Florian Ott

Deep Fake

Das Coverbild des Buches wurde von der künstlichen Intelligenz Midjourney generiert.

/imagine prompt: how deep fake will change our lives in 100 years

Florian Ott

Deep Fake

Wahrheit ist eine Illusion

vloo.me

Lektorat und Korrektorat: Manuela Tengler

Coverbild: Midjourney

ISBN: 979-8-863-71481-3

„Es ist leichter, Menschen zu täuschen, als sie davon zu überzeugen, dass sie getäuscht wurden."

Mark Twain

Prolog

Was für ein Kuss! Ich war überwältigt und zugleich hoch konzentriert. Die innerliche Anspannung hielt mich fest und durchfuhr mich gleichermaßen. Da war nur ein Ziel: Das Jetzt bis in die Unendlichkeit ausdehnen, die Zeit stillstehen lassen und für immer im Moment verweilen. Den Geschmack, den Geruch, die Erregung – alles festhalten und verinnerlichen. Niemals gehen lassen. Kein Fortschreiten oder Erwachen.

Nur das Hier und Jetzt …

Dies war ein Moment, in denen man nichts falsch machen durfte. Keine ruckartigen Bewegungen, nur ein leichtes Neigen des Kopfes. Und wie kann man eigentlich den eigenen Speichelfluss steuern?

Meine Gedanken rotierten, schweiften ab. War es möglich, im Jetzt zu verweilen? Nur auf den Augenblick zu fokussieren? Eine widrige Vorstellung.

Es raste in meinem Kopf. Ein Kaleidoskop aus Gefühlen überwältigte mich. Konzentration!

Unsere Zungenspitzen berührten sich. Was konnte jetzt noch schiefgehen? Oder vermochte ich noch etwas falsch zu machen? War es möglich, die Kontrolle über den Körper zu verlieren? Das Verschlucken der eigenen Zunge soll ja ein weitverbreitetes Phänomen sein. Ein kurzer Schauder durchfuhr mich – aus Schrecken oder Wonne konnte ich nicht sagen.

Die Faszination des ersten Kusses ist intensiv und fesselnd. Doch nach wenigen Augenblicken beginnt sie wieder zu verblassen. Der Reiz des Moments verfliegt, wenn man realisiert, dass der Kuss erwidert wird. Das angenehme

Gefühl und die Leidenschaft bleiben, aber die Anspannung, die so viel der eigentlichen Erregung ausmacht, löst sich auf. Man findet gemeinsam zur Normalität zurück. Erschreckend, wie schnell der Mensch gesättigt ist.

Gerne würde ich diesen ersten intensiven Moment halten. Der kurze Augenblick des vollkommenen Glücks. Denn kurz ist man sich sicher, dass dieses Gefühl ewig währt, wie man sonst nur an die Existenz der Welt als Ganzes oder die Beständigkeit der eigenen Vorstellungen glaubt. Denn die Leidenschaft dieses Kusses war real, und wann kann man heute noch sicher sein, dass etwas echt war?

... Er unterbrach die Aufzeichnung ...

Das war also ein Mindsqueeze. Informationen wenig strukturiert und unzusammenhängend aufbereitet. Keine systematische Aufbereitung der Postulate. Zeugte diese Information von jeglicher Relevanz? Was war deren Zweck?

Er hatte schon öfters Artefakte aus anderen Epochen registriert. Wenn auch niemand wirklich an den Inhalten Interesse haben konnte, so strahlten sie doch eine eigenartige Faszination aus. Oder um ein Wort aus dieser Quelle zu nutzen: Leidenschaft - ja, er fühlte Leidenschaft. Die Informationen gaben ihm die Möglichkeit, diese Welt auf eine andere Weise zu begreifen. Und es stellt sich noch eine andere Frage: Wie würde dieser Mensch den bevorstehenden SWIFT Incident überstehen?

... Er kehrte in die virtuelle Bibliothek zurück ...

1. Nah - Mindsqueeze

Den Geruch ihrer Haare konnte ich beinahe schmecken - ein leicht süßlicher, aphrodisierender Duft. Eine Mischung aus Schweiß und einem weichen, erfrischenden Parfum schoss mir in die Nase. Ich sog eine Wolke an Eindrücken ein und spürte, wie dies meine Erregung noch steigerte.

Die Wirkung dieser Frau war unglaublich. Mein Gehirn setzte für ein paar Sekunden aus. Unsere Körper waren ineinander verschlungen. Meine Haut glitt über ihre und der Raum, der uns trennt, schien dünner zu werden.

Doch dann löste sie sich unerwartet und hauchte in mein Ohr: »Danke. Es war ein sehr schöner Abend, Elias!«

Sie schaute mich dabei mit ihren glänzenden, leicht glasigen Augen an. Das Licht der Laterne am Rande des Parks, in dem wir standen, spiegelte sich in ihren Pupillen.

»Ich muss morgen früh raus, hab um 9:00 einen Termin mit allen Abteilungsleitern.« Dabei lächelte sie mich vielsagend an. »Aber am Wochenende hätte ich Zeit. Vielleicht können wir etwas unternehmen? Würde mich freuen.«

Die letzten Worte versuchte sie wohl möglichst gleichgültig klingen zu lassen. Erst jetzt wurde mir wieder bewusst, was für ein süßes Lächeln sie hatte. »Ja«, versuchte ich gelassen zu antworten, auch wenn es mich Überwindung kostete. »Ich glaub, am Samstagabend hätte ich noch nichts geplant, ich ruf dich an! Und«, fügte ich hinzu, »für mich war es auch ein sehr schöner Abend!«

Ich glaube, es klang aufgekratzt und wahrscheinlich lächelte ich schief. Bei Frauen wirkt das meist lieblich, bei

Männern oft nur dämlich. Erst im Laufe einer längeren Beziehung darf man sich so etwas erlauben.

Ich gab ihr noch einen kurzen, aber innigen Kuss, bevor ich mich auf den Heimweg machte. Es war eine traumhafte Nacht, auch wenn es langsam ein wenig kühl wurde. Auf einmal realisierte ich, wie ich unbewusst vor mich her pfiff. Eine Melodie, die ich wohl bei irgendeiner Dauerwerbesendung aufgeschnappt haben musste. Ich fühlte mich einfach gut.

Am nächsten Morgen war ich immer noch aufgekratzt. Ich hatte kaum geschlafen, fühlte mich übermüdet, aber rastlos. In meinem dämmrigen Zustand kamen die Bilder des gestrigen Abends wieder klarer zum Vorschein. Ihre grünen Augen, gepaart mit dem elektrisierenden Duft, manifestierten sich wieder.

Kaum vorzustellen, es war schon zwei Monate her. Nach fünf Jahren war sie zurückgekehrt. Fünf endlos lange Jahre. In unserer Schulzeit hatte ich mich schon zu ihr hingezogen gefühlt. Ich hatte aber nie den Mut, offen dazu zu stehen. Nie die Courage gezeigt, mehr als Freundschaft daraus zu machen. Zu gut erinnerte ich mich daran, wie sie dann bei einem Klassenfest mit einem drei Jahre älteren Idioten ihre Unschuld verloren hatte. Übrigens als erste unserer Klasse.

Sicher hatte ich damals durch die Gegend gepoppt. Später zwar, aber dafür umso intensiver. Die Mädels waren dabei nicht die Cleversten und meist auch nicht sonderlich attraktiv. Alkohol half dabei ungemein weiter, sowohl den Frauen wie auch mir. Die Unterhaltungen in meiner Stammbar verliefen kurz und effizient. Die erste Gesprächspause wurde dazu genutzt, ihr die Zunge in den

Hals zu stecken. In den wenigsten Fällen konnte ich mich am nächsten Morgen noch an ihren Namen erinnern. Es war mir aber egal.

Meine Kumpels waren mir wichtiger und an eine ernsthafte Beziehung dachte ich ohnehin nicht. Kein seriöses Mädchen hätte sich damals ernsthaft für mich interessiert. Zu sehr war ich mit mir selbst beschäftigt. Nici wäre vielleicht eine Ausnahme gewesen. Aber sie verspürte wohl kein großes Verlangen nach mir und mein damaliges Verhalten hätte es ihr unmöglich gemacht.

Dann kam die Zeit, in der mehr und mehr meiner Freunde in längeren Beziehungen feststeckten. Als ich erfuhr, dass Nici für ein Jahr in die Staaten ging, war das eigentlich nur ein weiterer kleiner Schlag in die Magengrube. Wer hätte gedacht, wie aus einem Jahr schnell mal fünf werden können?

Eher durch Zufall entwickelte sich dann zwischen uns eine Online-Freundschaft. Ich glaube, es fing mit irgendeinem geposteten Klassenfoto an. Dabei hielten wir beide von Social Media im Grunde nichts. Weder aktiv auf Portalen noch als Follower konnte ich mich mit dieser Facette der digitalen Welt anfreunden. Ihr ging es ähnlich und so machten wir uns anfangs in unseren Chats hauptsächlich über Online-Exhibitionismus lustig. Später kamen dann ernstere Themen hinzu. Ob Sport, Politik oder Religion: Es gab kein Thema, über das wir uns nicht stundenlang austauschen konnten.

Das Schreiben blieb für uns beide allein aus geografischen Gründen sehr unverbindlich. Man hätte Nietzsches Zitat, *»Frauen können recht gut mit einem Manne Freundschaft schließen, doch um diese aufrecht zu erhalten - dazu muss wohl eine kleine physische Antipathie mithelfen!«*, um ein *»… oder eine andere Zeitzone …«* ergänzen können.

Zudem steckten wir beide in mehr oder weniger ernsthaften Beziehungen. Ihre war wohl wesentlich weiter als meine. Dies wurde mir schlagartig klar, als ich eines Tages die Zeile »Ich hab Neuigkeiten: Habe mich gestern verlobt!« las. In den USA stand das Thema Hochzeit noch früher am Programm.

Doch als die Hochzeit dann kurzerhand abgeblasen wurde, war dies wohl für sie der Auslöser, nach Europa zurückzukehren und einen Job in einer Großbank anzunehmen. Politische Veränderungen und berufliche Verwerfungen mit ihrem alten Arbeitgeber, einem Wall Street Fintech, taten ein Übriges.

Als ich ihr Massenmail las, traf es mich wie ein Blitz. In nur drei Wochen würde sie wieder da sein.

In der folgenden Nacht, die ich mit meiner damaligen Freundin verbrachte, konnte ich kaum ein Auge zumachen. Insgeheim war ich mir sicher, dies würden wohl die letzten gemeinsamen Stunden sein. Somit bekam ich fast ein schlechtes Gewissen, als sie am Morgen meinen Schwanz ein letztes Mal in den Mund nahm.

Ich wartete noch zwei Tage, bis ich die Beziehungsfrage stellte. Im Grunde hatte ich den Moment bewusst so gewählt und gestaltet, dass es darauf hinauslief, dass sie Schluss machte. Noch nie hatte ich eine Beziehung aktiv beendet und wollte jetzt nicht damit anfangen. Ich verzichtete sogar auf den obligatorischen »Abschiedssex«.

In den nächsten Tagen versuchte ich mir einzureden, dass Nici nicht der Grund für diese Trennung gewesen war. Allerdings wusste ich, dass ich mich selbst belog. Mir war nicht klar, ob aus einer guten Online-Freundschaft eine Beziehung werden konnte. Aber einmal im Leben musste man etwas riskieren!

2. Fern - Zwei Welten

BRAT überlegte einen weiteren Eintrag zu registrieren, entschied sich aber dagegen. Ein Overlay blinkte auf. Es war schon 4:95 Uhr. Umgehend wechselte er in die virtuellen Essräumlichkeiten. Der Raum strahlte hell. Für einen kurzen Moment blendete ihn der Übergang. Auf dem Mobiliar und den Wänden spiegelten sich grün-bläuliche Pastellfarben. Die zahlreichen, exotischen Pflanzen schafften eine urwaldartige Atmosphäre. Die meisten anderen Schüler saßen bereits an den jeweiligen Tischen. Er nahm sich einen unbequemen Holzhocker und setzte sich neben KRAK.

Dieser blickte kurz zu BRAT, dann sah er wieder in den Raum und sagte: »Ich weiß nicht, warum sich die Innenarchitekturgruppe hier jeden Tag so austoben muss.«

»Tja, die Pflanzen sollen uns wohl stimulieren. Das ist doch wie aus dem Lehrbuch«, erwiderte BRAT augenzwinkernd.

KRAK zog eine Augenbraue hoch. »Ja, aber in Wirklichkeit glaub ich, die haben zu viel Infochips zum Thema Botanik implantiert bekommen. Obwohl das Ganze vielleicht verdauungsfördernd wirkt, bei mir löst es nur einen Brechreiz aus.« Beide mussten verhalten lachen.

»Wenn nur alle so enthusiastisch und ambitioniert wären.« BRAT sah sich nochmals im Raum um. »Alles hier ist saftig und grün - grasgrün und opalgrün und olivgrün mit grünen Schattierungen. Die anthropologisch bedingte menschliche Affinität zu dieser Farbe in allen Ehren, aber muss es immer nur grün sein?«

KRAK zwinkerte, während er sprach, »Farbpsychologie

liegt im Trend. Erreicht von der Wirkung her fast olfaktorische Manipulationen.«

»Apropos olfaktorische Wahrnehmung, nach was riecht es hier? Ist das Minze?« BRAT hob seine Nase leicht und atmete tief ein. »Und auf welche Mahlzeit werden wir wieder hin stimuliert?«

KRAK schaute sich um. Es erschienen die ersten Teller auf den Plätzen neben ihnen. »Schaut nach der üblichen gesunden Mischung aus Vitaminen und Hormonen aus. Und diesmal in Form eines Burgers! Ich hoffe, wir werden satt. Ich glaube, bei mir funktioniert der Mengenoptimierer nicht ganz so!«

»Ach was.« BRAT lachte. »Du bist einfach nur verfressen. Es ist faszinierend, was du verdrücken kannst. Die Sättigungsstoffe scheinen bei dir nicht anzuspringen. Vielleicht bekommst du irgendwann so einen Körper wie im 21. Jahrhundert!«

»Na ja, solange man mich hier nicht sehen kann!« KRAK machte eine kurze Pause, bevor er sprach. »Übrigens, wie war dein Tag? Hast du den Vormittag mal wieder mit der Historiendatenbank verbracht?«

»Ja«, erwiderte BRAT knapp.

»Du stehst auf das Zeug, oder?«, fragte KRAK nach.

BRAT sah auf seinen Teller und überlegte, ob er die Frage ignorieren konnte. Er war ein wenig missmutig. KRAK ritt in letzter Zeit gerne auf Dingen herum, für die nur er sich begeisterte. So entgegnete er kurz angebunden, »Hab heute einige durchforstet. Ist spannend - das Problem dabei ist: Es gibt nicht so viele Einträge und viele Daten sind nicht sequenziert. Zudem gibt es keine direkte Kopplung mit den Inhalten. Ich muss mir die Infos in der altmodischen Form holen - transkribiert. Das heißt, ich muss die Gedanken lesen. Ist mühsam, aber auch irgendwie interessant.«

»Was findest du an dem Stoff?«, fragte KRAK mit einem leicht herablassenden Unterton. »Ist doch nicht wirklich mehr aktuell und der Informationsgehalt ist überschaubar! Denk nur, die hatten damals die Zeitrechnung im Sexagesimalsystem. Wie unpraktisch ist es, dass eine Stunde nur 60 Minuten hat? Also ich möchte unsere Dezimalzeit nicht missen.«

»Ja, ja, ich weiß, dass es nicht deines ist. Aber auch dir würde es guttun, aus der Historie zu lernen! Die Aufzeichnungen sind noch vor dem SWIFT Incident. Noch vor den großen Verwerfungen und den vielen Toten und die wissen nicht, was auf sie zukommt. Die hatten noch ganz andere Probleme. Und das heißt für mich, das soziale und emotionale Umfeld vergangener Zeiten zu begreifen! Immerhin ist das der Ursprung unserer heutigen Gesellschaft!«

BRAT spürte, wie die Emotionen aus dem Mindsqueeze kurz in ihm hochkamen. In diesem Moment erschien SUES neben ihnen. Eine Erscheinung aus dem Nichts. Sie blickte beide ein paar Sekunden an, als ob sie im falschen Raum gelandet wäre. Dann setzte sie sich, ohne ein Wort zu sagen, auf dem freien Platz neben ihnen und widmete sich sogleich ihrer Mahlzeit. Ihre Darstellung wirkte sehr kalt und fokussiert! Das Licht wurde eher von ihrem Körper absorbiert, anstelle die volle Farbpalette wiederzugeben.

KRAK versuchte, den Gesprächsfaden wieder aufzugreifen. »Ja, ja, die vergangenen Welten - haben sicherlich ihre Nachwehen hinterlassen. Denk nur, wie wir hier gerade zusammensitzen, Nahrung in uns hineinstopfen.

Die soziale Interaktion beim Essen ist so anthropologisch bedingt wie dein Suchen nach Informationen, du kleiner Jäger und Sammler.« Er lächelte, bevor er etwas ernster fortfuhr: »Wobei teilweise absurd und problematisch zugleich. Wenn man einerseits Essen will und andererseits im gleichen Moment kommunizieren muss. Schon schräg! Und wir treffen uns dreimal am Tag hier und nehmen unsere Mahlzeit gemeinsam auf. Egal wo wir uns gerade physisch aufhalten.« Er machte eine kurze Pause, dann sprach er weiter. »Aber jetzt mal im Ernst, ist das alles wirklich so spannend?«

BRAT ignorierte die letzte Frage. Langsam nervte das. Er blickte sich in der Runde um. Entlang der Tischprojektion gab es zwei freie Plätze. Dabei konnte die Größe beliebig angepasst werden. Somit musste jemand fehlen. Unpünktlichkeit war wohl anthropologisch bedingt.

Nach wenigen Sekunden erschienen dann aber noch die beiden fehlenden Avatare! Endlich waren alle Jugendlichen komplett und die Mahlzeit konnte nun offiziell beginnen. Das Essen in der Gemeinschaft wurde als wichtig empfunden, auch wenn es in diesem Fall rein virtuell stattfand! Die physische Aufnahme der Nährwertstoffe erfolgte dabei parallel in den jeweiligen Körpern in der realen Welt. Für BRAT fühlte sich das immer irgendwie komisch an.

Nachdem sich alle intensiv den Speisen widmeten, unterbrach KRAK das angenehme Schweigen: »Habt ihr eigentlich die News gehört? Die durchschnittliche Wassertemperatur entlang des Western Cape ist innerhalb von wenigen Tagen um 2,5 Grad gestiegen! Nach verschiedenen Feeds gibt es hierfür bis jetzt keine Erklärung! In der Nähe von Hermanus ist kein einziger von den wenigen verbliebenen Walen und Haien mehr gesichtet worden.«

Eine erhoffte Reaktion der Anwesenden blieb aus. Nur TIAD und IANA blickten kurz auf. Teils ungläubig, teils wohl unsicher, ob sie sich dazu äußern sollten. Nachdem scheinbar aber niemand anderer in die Unterhaltung einsteigen wollte, blickten beide wieder verlegen auf die verbliebenen Überreste ihres Burgers.

Unerwartet wurde die schmatzende und schlürfende Geräuschkulisse durchbrochen. »Ja, hab ich vernommen!«, waren SUES gleichgültigen Worte. Ohne aufzusehen, fuhr sie fort, »Ich glaube, da geht es heiß her. Ein Analyseteam ist ja entsandt worden. In den nächsten zwanzig Stunden sollte ein Ergebnis vorliegen.«

»Glaubst du wirklich, die brauchen ganze zwei Tage für die Untersuchung?«, fragte IANA, die froh war, dass jemand dieses Thema aufgegriffen hatte und sie sich einbringen konnte. Die Ozeanologie war ihre große Leidenschaft.

»Na ja, ist doch am Rande unserer Zone und die Datenvalidierung dauert nun mal ihre Zeit«, erwiderte SUES, ohne großes Interesse zu heucheln.

»Wusstet ihr eigentlich, dass es massive Höhenunterschiede auf den Weltmeeren gibt?«, warf IANA in die Runde.

»Mhm«, erwiderte KRAK, der Höflichkeit halber.

»Bei einer Atlantiküberquerung legt man teilweise bis zu 130 Höhenmeter am Tag zurück. Zwischen dem Meeresspiegel im Nordatlantik und im Indischen Ozean besteht ein Unterschied von bis zu 170 Metern. Ist das nicht toll? Zum einen aufgrund der unterschiedlichen Schwerkraft. Das heißt die Wirkung von ozeanischen Kämmen und Tiefseegräben. Hier kann man an der Oberfläche die Topografie des Bodens ablesen.« Nun ließ sich IANA kaum stoppen. »Natürlich wirken große Wirbel – Eddies – und an deren Rändern ist der Meeresspiegel höher. Zum anderen ist aber auch die Gravitation in den Weltmeeren grundsätzlich unterschiedlich stark.«

»Ist ja spannend, nur überquert heute niemand mehr den Atlantik«, gab KRAK teilnahmslosen Stimme von sich. Er bereute wohl schon, dass er das Thema aufgebracht hatte.

BRAT musste schmunzeln. IANA so eine Vorlage zu liefern, war sehr unterhaltsam. Er war gespannt, wie KRAK sie wieder einfangen wollte.

»Außerdem ...«, wollte IANA gerade fortfahren.

»Ich glaub aber, dass hinter der Temperaturveränderung mehr steckt«, unterbrach SUES die sich warmlaufende IANA, »bin gespannt.«

BRAT beobachte SUES genauer aus dem Augenwinkel. Ihr Avatar entsprach ihrem tatsächlichen Äußeren, ihre Bewegungen waren äußerst grazil und meist hingen alle Anwesenden an ihren Lippen. Es war aber nicht nur ihr Äußeres, das BRAT faszinierte. Ihre raue, leicht frivole Stimme hatte es ihm angetan, obwohl er das nie offen zugeben würde.

So blieb sein Herz für einen Moment stehen, als SUES ihn direkt ansprach. »BRAT, hast du dich nicht einmal mit ähnlichen Phänomenen beschäftigt?«

»Äh ja«, erwiderte er verlegen, »ich hab ein wenig bei einem Projekt mitgearbeitet, bei dem es um die Wechselwirkungen der verschiedenen Klimaschichten ging. Dabei war auch das Zusammenspiel zwischen dem Kontinentalschelf in Küstennähe und der Tiefsee ein großes Thema. Da spielen Temperaturänderungen eine enorme Rolle, da der Großteil unserer Tierwelt hier beheimatet ist.«

»Aha – interessant«, meinte SUES mit leicht verschmitztem Grinsen, »hört sich spannend an.«

BRAT war sich nicht sicher, ob sie sich über ihn oder IANA lustig machte.

IANA verdrehte die Augen und widmete sich wieder beschämt dem Essen. Dies war nicht das erste Mal, dass sie in Unterhaltungen übergangen wurde, aber es tat ihr sichtlich weh.

BRAT überlegte kurz, wie er IANA wieder in die Unterhaltung einbeziehen konnte. Irgendwie tat sie ihm leid. Allerdings wollte er nicht den Ärger von SUES und KRAK auf sich ziehen. So widmete er sich wieder seinem Essen. Er mochte diese virtuellen Nahrungsmittel. Geschmack, Temperatur und Konsistenz waren nicht nur perfekt, sondern nahmen optisch jeweils im Auge des jeweiligen Betrachters eine idealtypische Form an. Dass die Übertragung der wesentlichen Nährstoffe in der realen Welt etwas uneleganter über Schläuche erfolgte, konnte auf diese Weise leicht verdrängt werden.

Bevor KRAK einen neuen Anlauf starten konnte, ein Thema zu eröffnen, erschien der Master-Päd. »Wenn ihr mit dem Essen fertig seid, gebt bitte eure Physioreports für die Gesundheitsauswertung frei. Wir wollen sicherstellen, dass wir eure Entwicklungsbereiche richtig vorantreiben. Die Zeit zwischen 5:20 und 6:75 steht euch frei zur Verfügung. Danach trefft ihr euch mit euren jeweiligen Gruppen zu den lokalen Trainingseinheiten.«

BRAT mochte die Ausflüge in die Realwelt. Es fühlte sich einfach anders an, sich in einer Welt zu bewegen, in der es keine automatischen Sicherheitsbarrieren gab, auch wenn die Möglichkeiten in jeglicher Hinsicht limitiert waren. Er freute sich schon auf die Zeit, wenn es ihm möglich sein würde, gleichzeitig in virtueller und physischer Welt zu leben. Noch konnte er sich nicht vorstellen, wie dies Erwachsene schafften. Somit war er froh, dass sein Körper in der VR-Liege sicher verwahrt war. Allerdings fühlte er sich auch manchmal wie eine Mumie, in diesem gepolsterten Sarkophag mit Schläuchen, in dem er sich gerade befand.

Nach dem Einwurf des Master-Päd kam keine Unterhaltung gänzlich zum Erliegen. BRAT führte schnell die ausstehenden Autorisierungen durch und registrierte den nächsten Eintrag …

3. Nah - Ein ganz gewöhnlicher Tag

Nach diesen unproduktiven acht Stunden im Büro, in denen ich mich nicht konzentrieren konnte, brauchte ich jetzt dringend eine Ablenkung. Es klingelte nur zwei Mal, bevor Max abnahm. Und natürlich hatte er Zeit. Max ist einer dieser Menschen mit tausend Freunden, die trotzdem immer Zeit finden, wenn man sie braucht. Dies hatte ich nie kritisch hinterfragt und wollte nicht jetzt damit anfangen. Wir verabredeten uns auf ein Bier und Billard in unserer Stammkneipe.

»Und wie läuft's im neuen Job? Wieder was gefunden, wo du das private Intraday Trading auskosten kannst?«, unterbrach ich eine längere Stille während des Spiels.

»Ach, ein wenig mehr ist schon zu tun. Meistens muss ich mich fast bis 11:00 mit beruflichen Dingen befassen. Ist schon fast unangenehm. Aber ich glaub, das ist nur eine Phase ...«

Max war ein richtiger Aufschneider, wenn es darum ging, als Nichtstuer abgestempelt zu werden. Allerdings nahm ihm dies wohl keiner so richtig ab. Er plante Schaltpläne für Steuergeräte, die insbesondere in der Satellitentechnik und auf der ISS zum Einsatz kamen. Somit durfte es sich um nichts Triviales handelte. Nicht jeder konnte damit prahlen, dass seine Arbeit Rocket Science war. Ich glaube, er war einfach nur sehr, sehr effizient und gut organisiert. Dazu konnte er in guten Monaten seinen eigentlichen Verdienst mit ein wenig Spekulationen noch verdoppeln. Insbesondere das Spielen mit Fremdwährungsderivaten schien ihm besonderen Spaß zu machen.

»Ansonsten ist es recht okay - Arbeit halt, aber nicht so

trivial wie bei IOS. Ein, zwei der Kollegen können sogar Bananen schälen - somit IQ über 25 erwiesen.« Max kratzte sich am Kinn. »Und wie läuft's bei dir mit unserer Kleinen? Hab gehört, du bist kurz vorm Abschluss.«

Ich stockte für eine Sekunde. Eigentlich wollte ich dieses Thema vermeiden. Woher wusste Max überhaupt davon? So nah standen wir uns dann doch nicht.

»Du meinst Nici?«, fragte ich unschuldig.

»Nö, ich mein Norma Jean. Du stehst ja auf kleine Blonde, die dann ‚Happy Birthday Mr. President' singen.« Max machte eine kurze Pause, um seinen dämlichen Grinser wirken zu lassen. »Natürlich meine ich Nici! Also, was geht?«

Ich stockte und mir fiel ein, ihm wohl von Nici's Auftauchen erzählt zu haben. »Es ist eh okay«, erwiderte ich, um möglichst gelassen rüberzukommen.

»Eh okay sind die Travel-Pussys aus dem Automaten auch. Drück nicht so rum, Mann. Raus damit, sind wir schon auf der Second Base?« Der Schluck Bier, den er süffisant nahm, wäre ihm vor lauter Grinsen fast wieder rausgeronnen.

Das verschmitzte Gesicht ärgerte mich ein wenig.

»Mit Baseball-Slang hab ich mich nie so ausgekannt, aber - es läuft. Wir sehen uns morgen wieder. Vielleicht könnte es was Ernsteres werden, aber das wird sich zeigen«, antwortete ich bestimmt, während ich mich für den nächsten Stoß positionierte. Die Kugel ging meilenweit am Loch vorbei. »Das heißt, es gibt nicht viel zu erzählen. Lass uns spielen. Du bist dran.«

Der nächste Tag verlief nicht viel produktiver. Den ganzen Tag sinnierte ich über den bevorstehenden Abend. Was sollte ich sagen? Und wie soll ich es sagen? Wird der Abend das

Erhoffte bringen, und was ersehnte ich eigentlich? Ich musste mir eingestehen, dass ich Nici wirklich mochte. Allerdings wusste ich nicht viel über sie. Gut, wir hätten in Kindheits- und Jugenderinnerungen schwelgen können. Früher kannten wir uns gut, aber das war Jahre her. Wie sehr konnte sich ein Mensch im Laufe der Zeit ändern? Wie sehr hatte ich mich selbst verändert?

Wir gehen davon aus, alle Menschen bleiben auf ewig gleich. Eingeschlagene Charakterzüge sind unveränderlich und als Beleg zieht man zumeist Klassentreffen heran. Dabei nimmt jeder brav wieder die Rolle ein, die er oder sie damals schon hatte. Der Klassenclown ist immer noch ein Kasperl, auch wenn er jetzt Universitätsprofessor ist und das schüchterne Entlein aus der letzten Reihe bringt nach wie vor kaum ein Wort heraus, obwohl sie mittlerweile die Spätnachrichten moderiert. In der Soziologie bezeichnet man das als Rollenerwartung. So spiegelt man instinktiv die Verhaltensweisen wider, die der Erwartung der anderen entspricht.

Das letzte Treffen mit Nici verlief wunderbar. Gleich nach ihrer Rückkehr hatten wir uns in der neuen Sushibar gemeinsam den Wamst vollgeschlagen. Das zweite Treffen hatten wir es dann aber erst am Mittwoch geschafft. Für jemand, der gerade seinen Wohnsitz von einem Kontinent auf einen anderen verlagert hat, ist Zeit wohl ein knappes Gut.

Nach dem Abendessen kam der Vorschlag von ihr entlang des Flusses zu bummeln. Trotz des neuen Hitzerekords diesen Sommer war es überraschend frisch. Ein feuchter Wind pfiff entlang der Promenade und ich nahm all meinen Mut zusammen und griff nach ihrer Hand. Fast hätte ich reflexhaft die Hand wieder zurückgezogen. Wie kann eine

Frauenhand nur so kalt sein? »Ist dir kalt?«

In solchen Phasen gingen mir aus Prinzip die Gesprächsthemen aus, da waren solche Floskeln als Konversationsstarter hilfreich. Meistens übernimmt ja die Frau ohnehin das Ruder. Nur leider funktionierte es mit Nici nie. Entweder sie wusste nicht, was sie Sinnvolles von sich geben konnte oder sie genoss einfach die Stille. Nachdem ich ihr mein Sakko übergehängt hatte, schlenderten wir schweigend unter den teilweise flackernden Laternen entlang. All unsere Konzentration schien sich allein auf die Verbindung unserer Hände zu fokussieren. Ich fühlte, wie die Wärme in ihre Fingerspitzen zurückkehrte.

Endlich durchbrach Nici das Schweigen. »Erzähl mir eine Geschichte, Elias!«

»Was für eine Geschichte denn?«, erwiderte ich leicht überrumpelt.

Nici lächelte pfiffig, »Ach, nur irgendeine Geschichte. Menschen mögen Geschichten - die Menschheit liebt Geschichten. Wusstest du, dass die Menschen nur durch ihre Fähigkeit, an Geschichten zu glauben, groß geworden sind? Märchen, Mythen, Sagen, der Glaube – das alles ist der Kitt, der unsere Gesellschaft über Jahrhunderte zusammengehalten hat. Diese Geschichten, an die wir glauben, sind die Strukturen, in denen wir leben.«

Nachdem ich nicht gleich antwortete und sie wohl fragend ansah, setzte sie fort: »Weißt du, zwei Menschen, die sich nie im Leben über den Weg gelaufen sind, konnten gemeinsam mit vielen hundert anderen an einem Dom bauen. Und warum das? Weil sie glauben – an etwas Größeres, höhere Macht, gottgegebene Strukturen …«

»Und natürlich an ihren Sold«, ergänzte ich mit der

Hoffnung, etwas zu der Unterhaltung einbringen zu können.

»Ja, Elias. Du hast recht, der Glaube an Geld war wohl das erfolgreichste Märchen der Geschichte. Etwas rein Fiktives und doch für jeden Menschen realer als alles andere auf diesem Planeten.«

»Du schließt wohl von dir auf andere?« Einen hämischen Unterton konnte ich mir nicht verkneifen. »Ich meine ja nur, du bist ja quasi eine Priesterin des Mammons. Hast du keine Angst, dass die Menschen ihren Glauben in deine Gottheit irgendwann einmal verlieren?«

Nici wirkte einen kurzen Moment nachdenklich.

»Doch natürlich«, antwortete sie schließlich. »Ich habe aber keine Angst wegen mir. Ich weiß leider zu gut, dass Geld nur eine Erfindung der menschlichen Fantasie ist. So wie der Osterhase, Gott oder die

Menschenrechte. Aber wir alle sollten Angst haben. Angst davor, wie unsere Welt ohne den Glauben an all diese Dinge aussehen würde.«

»Na ja, ich glaub ohne Gott, Geld und die Menschenrechte könnte ich leben. Aber ohne den Osterhasen? Muss ich dann alle Eier verstecken?« Zugegeben ein sehr dummer Spruch, aber mir fiel nichts Besseres ein.

Plötzlich ertönten schrille Schreie vom anderen Flussufer. Zwei Jugendliche verschwanden zwischen einer Trauerweide und einer Hecke im Gestrüpp. Nicht einmal dazu fiel mir etwas ein. So nahm ich den einzig möglichen Ausweg, drehte mich zu Nici, blickte ihr in die Augen und legte meine Hand auf ihre Hüften. Ein verschmitztes Lächeln glitt über ihr Gesicht und ich fühlte ihre andere Hand auf meinen Arm.

Ja, so war es gestern zu unserem ersten Kuss gekommen.

Nun stand heute unserer zweiten Verabredung an. Ich fragte mich, ob der Tisch in dem indischen Lokal wirklich eine gute Idee war, konnte aber nicht mehr zurück. Zumindest bot südasiatisches Essen naturgemäß Konversationsstoff. Nici war einmal für zwei Monate durch Indien und Myanmar getrampt, so konnte ich mit der Restaurantauswahl nicht ganz falschliegen.

Uns umgab ein intensiver Currygeruch, als wir das Lokal betraten, und direkt neben mir war ein junger Mann gerade dabei, sich geschickt sein Chicken Tikka Masala auf die Finger zu laden. Dabei formte er den Reis in seiner rechten Hand grazil zu einer Kugel und vermischte diese mit dem marinierten Fleisch. Da sein Kopf mit einem Dastar umwickelt war, handelt es sich wohl um einen Sikh, der diese Art zu Essen wohl nicht zum ersten Mal praktizierte. Ich musste daran denken, warum hier ausschließlich die rechte Hand verwendet wurde.

Die Kellnerin in einem traditionellen Sari überreichte uns feierlich die Speisekarte. Mir fiel die Entscheidung leicht. Das Masala vom Nebentisch sah überraschend gut aus. Viele andere Gerichte auf der Karte sagten mir rein gar nichts. Dies war der Nachteil an besseren Lokalen ohne Abbildung der Gerichte. Nici nahm eine gemischte Platte verschiedener Currys mit Fladenbrot.

»Und, wie war dein Tag?«, fragte Nici, nachdem wir bestellt hatten.

»Relativ ereignislos, in der Arbeit nur das übliche auf und ab«, entgegnete ich. Nicht unbedingt der spannendste Start für eine Konversation. Irgendwie merkwürdig, früher konnten wir uns seitenlange Mails schreiben und nun schien uns partout kein spannendes Konversationsthema einzufallen.

So versuchte ich es mit offensichtlichen Themen: »Wie läuft die Eingewöhnung in good old Europe?«

Nici überlegte kurz. »Na ja, jetzt bin ich doch schon über einen Monat wieder zurück. Allzu viel hat sich ja nicht verändert. Ist doch alles mehr oder weniger beim Alten.« Nici neigte den Kopf leicht, während sie weitersprach. »Aber der neue Job im Asset Liability Management ist doch recht herausfordernd.«

»Was machst du da eigentlich genau?«, fragte ich in der Hoffnung, dass sie nicht wusste, wie wenig Ahnung ich vom Bankgeschäft hatte.

»Ich bin primär für die Steuerung des Zinsrisikos im Bankbuch verantwortlich.«

Das war nun kein Thema, bei dem ich viel mitreden konnte. So versuchte ich es einmal mit einem Schuss ins Blaue: »Heißt das, dass ihr Prognosen über zukünftige volkswirtschaftliche Entwicklungen aufstellt?«

»Na ja, nur begrenzt. Unsere Volkswirtschaftsabteilung leitet die Prognosen aus Inflationsentwicklung, Wirtschaftswachstum, Arbeitslosenzahlen etc. ab. Unsere Aufgabe ist es, alle Zinsrisikopositionen entsprechend zu schließen und nur ein begrenztes Risiko offen zu lassen.«

»Aha«, war das Einzige, was mir darauf einfiel. Vielleicht war es doch besser, das Thema zu wechseln.

Nici hatte wohl aber Blut geleckt: »Das Hauptproblem ist, dass alles auf komplexen Modellen aufbaut. Und Modelle sind ein zweischneidiges Schwert. Sie sind mächtig, aber Fehler in Modellen können großen Schaden anrichten.«

»Was meinst du damit?«, fragte ich, obwohl ich schon davor nicht einmal die Hälfte verstanden hatte.

»Nimm zum Beispiel die Berechnung der Inflation. Weißt du, wie diese erfolgt?«

»Ich glaube, man schaut sich die Preisveränderung bei diversen Waren an und nimmt dann den Durchschnitt?«, antwortete ich unsicher.

»Genau! Als Basis für das Inflationsmodell dient ein Warenkorb aus Gütern und Dienstleistungen. Daraus wird ein Index berechnet und die Veränderung über ein Jahr gemessen. Und dieser Warenkorb soll repräsentativ sein - ist er aber nicht! Wusstest du, dass Wohnungskosten weniger als 15 Prozent des Warenkorbs ausmachen?«

»Äh nein«, war das Einzige, was ich dazu sagen konnte.

»Aber genau das ist das Problem. Keine Familie gibt nur 15 Prozent ihres Haushaltseinkommens für Miete aus, von sonstigen Wohnungskosten will ich gar nicht erst sprechen. Du weißt, wo Mieten heute liegen?«

Ich nickte. Trotz meines guten Jobs ging fast die Hälfte meines Gehalts für Miete und Nebenkosten für meine Wohnung in der Innenstadt weg. Aber daran hatte man sich gewöhnt.

»Das Problem ist, dass Wohnungskäufe nicht mitgerechnet werden, da man sich eh nur einmal im Leben eine kauft. Allerdings ist dadurch die Inflationsberechnung komplett falsch. Meist werden nur Mietzahlungen berücksichtigt und in manchen Ländern Osteuropas liegt die Eigentumsquote bei über 90 Prozent. Die Inflationsraten sind somit leider falsch und in Wirklichkeit viel höher«, sagte Nici mit ernster Stimme.

»Tja, interessant. Dann ist ein Preismodell falsch, was sicherlich schlecht ist, aber damit schadet man doch niemandem«, brachte ich mich unsicher ein.

»Schon, aber auf Basis dieses Modells werden Maßnahmen gesetzt«, erklärte Nici bestimmt. »So bekämpft die Europäischen Zentralbank eine hohe Inflation ja mit hohen Zinsen. Wenn man aber glaubt, die Inflation ist gar nicht so hoch, bleiben auch die Zinsen niedrig. Dann parken Investoren ihr Geld lieber in Immobilien und Wohnungspreise steigen, was wiederum dazu führt, dass weniger Menschen sich eine Wohnung leisten können. Und die Mieten steigen natürlich so munter weiter, wenn man überhaupt noch eine Wohnung findet. Da siehst du, was ein kleiner Fehler in einem Modell anrichten kann!«

»Also sind Banken und deren Modelle schuld an meinem leeren Konto?«, fragte ich verschmitzt. »Aber solange ihr sonst alles im Griff habt in der Hochfinanz.«

»Wenn dem so wäre.« Nici verdrehte die Augen. »Neben Modellen sind Daten das andere große Thema. Du glaubst gar nicht, wie viele verschiedene Datentöpfe mit unterschiedlicher Qualität wir haben. Auf jeden Fall geht es im Banking des 21. Jahrhundert nur noch um Modelle und Daten. Big Data ist das neue Zauberwort. Unsere Quants - Mathematikern, Physikern etc. - errechnen den ganzen Tag neue Modelle. Nur leider sind die Daten, die in die Modelle reingesteckt werden, oft einfach falsch…« Nici hielt inne und atmete tief durch. »Aber im Endeffekt ist Geld wie die Liebe. Wir sind uns sicher, dass es das einzige, wichtige auf der Welt ist und ewig währt.« Ihr schelmisches Grinsen bei diesen Worten musste ich festhalten. »Und nun lass uns nicht über die Arbeit sprechen.«

Tja schade - ich hatte zwar nicht viel verstanden, aber es war besser, als sich anzuschweigen. Meine Meinung über die Finanzindustrie war ja ohnehin nicht die Beste. Wenn man solche Geschichten hörte, wunderte man sich, dass das ganze Finanzsystem nicht in sich zusammenfiel wie ein Kartenhaus.

Somit holte ich gleich das Back-up-Gesprächsthema heraus: »Ich hoffe, du magst Indisch. Ich bin an dem Lokal vorbeigelaufen, war aber noch nie hier. Von außen sah es einladend aus.«

»Ja«, Nici grinste, »Indien ist meine Leidenschaft. Ich war mal einige Monate im Norden unterwegs. Das Essen hat mich zwar fast umgebracht, aber irgendwie liebe ich es.«

»Gut«, antwortete ich beruhigt, wenigstens damit nicht falsch zu liegen. »Ich war leider nie dort, aber das Essen hat was.«

»Die Gerichte im Land sind aber anders als hier.« Sie strich sich sinnierend durchs Haar. »In Indien findet man Dinge im Essen, die man dort lieber nicht entdecken möchte. Allein die Tatsache, ein Huhn als Ganzes - mit Knochen und allem Drum und Dran – zu verkochen, ist doch sehr gewöhnungsbedürftig.«

Während des Essens und danach durfte ich Nici's Abenteuern in Indien lauschen. Ihr zuzuhören war ein Vergnügen. Die Leidenschaft und Freude, die aus ihr sprach, waren mitreißend. Ich sah mich fast selbst mit dem Rucksack durch Indien trampen. Am liebsten wäre ich mit ihr in den nächsten Flieger gestiegen. Die Hitze des Essens stieg langsam in unseren Körpern empor und wir fühlten uns, durch die zwei Gläser Chardonnay, berauscht.

Ob Nici sich tatsächlich so fühlte wie ich, konnte ich nicht sagen – ich konnte es nur hoffen. Zwischenzeitlich hatte ich das Gefühl, durch den Nebel aus Currygerüchen ihr süßliches Parfum wahrnehmen zu können. Ich freute mich auf den abschließenden Spaziergang, um wieder nach ihrer Hand greifen zu dürfen.

Als wir an die frische Luft traten, merkte ich erst, welcher Sauerstoffmangel im Lokal geherrscht hatte.

Das tiefe Durchatmen tat gut, setzte unserem Rauschzustand aber stark zu.

»Lust auf einen Schlummertrunk?«, unterbrach Nici die Stille.

»Klar, und wo?«, fragte ich, unsicher, ob es gut war, Nici den Takt angeben zu lassen.

»Ich kenne einen Laden, der heißt *Glass Tube* und ist nicht weit von hier. War letzte Woche mit Arbeitskollegen dort, wirklich ein Erlebnis.«

Ich hatte von dem Lokal gehört, wer hatte das nicht? Klar wollte ich da auch schon mal hin, es war aber unmöglich, da reinzukommen. Normalerweise kannte ich diese Prozedere mit Türstehern und Schlangen nur aus Hollywoodfilmen, hier schien es aber zuzutreffen.

»Hört sich gut an. Schauen wir hin.« Ich wollte mich nicht gleich als Pessimist outen. Wie wir da aber speziell am Wochenende reinkommen sollten, war mir nicht klar.

The T, wie der *Glass Tube* oft genannt wurde, war eine imposante Konstruktion. Er schien in zwanzig Metern Höhe in der Luft zu schweben. Von Scheinwerfern angestrahlt, sah er aus wie der Ring aus *Herr der Ringe* im Superformat. Die Konstruktion hatte einen Durchmesser von gut hundert Metern. Kreisrund schwebte sie auf fast unsichtbaren Säulen. Die Glasfront war ungefähr fünf Meter dick und zwischen der Innen- und der Außenscheibe flossen kleine Wasserfälle herunter. Diese wurden mit großen Projektoren angestrahlt, was die Wände zum Fluoreszieren brachte. Verschwommen konnte man darin die High Society beobachten, die sich in

Ekstase zu rhythmischen Beats bewegte. Keine Ahnung, wie wir das reinkommen sollten? Ich hatte keine Lust, Stunden in der Schlange zu stehen.

Nici hingegen ging zielstrebig auf den Türsteher zu. Konnte ihr Lächeln diesen Zweimetermann verzaubern? Mit dem Folgenden hätte ich jedoch nicht gerechnet. Sie beschleunigte ihren Schritt, hob die Hand, gab einen schrillen Schrei von sich und pfefferte dem Security-Mann ihre Hand ins Gesicht. Auch wenn ein Mann dieser Größe die Ohrfeige wohl kaum gespürt hatte, wich er erschrocken zurück. Er war sichtlich erstarrt von der offen gezeigten Feindseligkeit und Aggression dieser zierlichen Person.

»Ihr verdammten Mistkerle!«, schrie Nici ihn jetzt an, »habt einfach zugeschaut, wie der verfickte Typ meine kleine Schwester in euren Scheißladen abgeschleppt hat. Sie ist erst vierzehn! Vierzehn – verstehst du? Sie hätte vor zwei Stunden daheim sein sollen. Jetzt hängt sie da drinnen rum und irgend so ein Mistkerl geht ihr gerade an die Wäsche!«

Der Türsteher wirkte überraschter als ich. Außer einem „Äh …" brachte er nicht viel heraus. Sein Kollege versuchte Nici zu beschwichtigen.

Nach wenigen Sekunden wurden wir an der Kasse vorbei gelotst. Hatte das wirklich so einfach funktioniert?

»Ich wollte das schon immer mal versuchen«, sagte Nici, nachdem wir außer Hörweite des Türstehers waren und in den Lift eintraten. »Hab ich irgendwann mal in einem Hollywood-Film gesehen. Ich dachte nicht, dass das so einfach geht! Ich glaube, bezüglich Minderjährigen im Lokal haben die hier wohl richtig Schiss.«

Ich war überwältigt von diesem Mädchen. So eine Show hätte ich in tausend Jahren nicht durchgezogen. Jetzt hieß es cool bleiben. Zum einen, um nicht aufzufallen, zum anderen aber, um nicht neben Nici als völliger Versager durchzufallen.

Das Lokal sah von innen noch beeindruckender als. Laserelemente spiegelten sich in der Wasseroberfläche, die uns im Inneren der Röhre umgab. Die Musik trieb mit ihren eingängigen Beats und ich versuchte, die nächste Bar ausfindig zu machen. Ich brauchte dringend ein Glas, an dem ich mich jetzt festhalten konnte.

»Was möchtest du trinken?«, schrie ich und musste überrascht feststellen, dass eine Kommunikation bei dieser Lautstärke problemlos funktionierte.

»Einen Pink Banana bitte.«

Klang nach einem Drink, der obszön und lächerlich zugleich sein wollte. Ich selbst bestellte einen Gin Tonic mit Gurke und Pfeffer.

Beim Anstoßen war es schon um mich geschehen. Der nächste Song gab mir den Rest. Unsere Körper kamen sich näher. Wir versuchten beide den Moment, in dem sich unsere Lippen berühren sollten, hinauszuzögern. Nach einer gefühlten Ewigkeit konnte ich mich nicht mehr zurückhalten. Ich stellte das Glas, das ich bis zu diesem Augenblick in der Hand gehalten hatte, ab und griff mit der Hand an Nici's Hüfte. Wir bewegten uns im völligen Einklang. Mit der anderen Hand strich ich ihr durchs Haar und hielt ihren Kopf fest. Der Moment des Kusses war noch intensiver, als ich es erwartet hatte. Diese Nacht würde lange nicht enden …

Am Morgen darauf erwachte ich durch das Surren meines Handys. Die Sonne schien durch das Fenster und es war mindestens schon 12:00 Uhr mittags. Vorsichtig schielte ich zur Seite und stelle erleichtert fest, dass Nici neben mir lag.

»Was für schräge Freunde hast du, die um diese Zeit schon anrufen?«

»Na ja, eigentlich ist es doch schon recht spät«, entgegnete ich im Halbschlaf.

»Klar doch. Wir haben es erst wirklich spät ins Bett geschafft. Die Sache hat sich doch etwas gezogen – den BH aufzumachen, ist wohl nicht deine große Stärke.«

Nici's Lächeln bei diesen Worten würde ich nie vergessen.

4. Fern - Optische Täuschung

BRAT musste abbrechen. Wenn er manche Erwachsene beobachtete, hatte sich wohl nicht viel geändert. Dem zwischenmenschlichen Verhalten konnten weder technische Entwicklungen noch Kriege etwas anhaben. Das wusste er trotz seiner Jugend. Zu gerne würde er eine solche Beziehung mit SUES haben. Nicht unbedingt sexuell, aber doch intim. Doch im Moment war er nicht einmal fähig, mit ihr überhaupt ein normales Gespräch zu führen. Hoffentlich würde sich dies ändern, wenn er etwas älter war.

Noch war Zeit. So konnte er den Squeeze verarbeiten. Allerdings war er sich sicher, dass viele der anderen schon in der Nähe des PLAYN Treffpunkts in der physischen Welt warteten. Dort gab es ein modernes Sport- und Schwimmareal und körperliche Aktivitäten erfolgten zumeist nicht in ihren Sarkophagen, sondern ich einer echten Umgebung. Und zu dieser Jahreszeit war die Anlage am Rand des Parks der perfekte Ort, um sich die Zeit zu vertreiben.

Er verließ den virtuellen Raum und fand sich in der Schlafumgebung wieder. Obwohl perfekt klimatisiert, strömte die zirkulierende Luft etwas Modriges aus. Man merkte, hier verbrachten junge Menschen viel ihrer Zeit.

Durch das bläuliche Milchglasfenster konnte er den Nachbarraum sehen. Verschwommen nahm man dahinter einen anderen Jungen wahr, der sich hektisch hin und her bewegte. Er war wohl gerade in der Regenerationsphase nach einem längeren Aufenthalt im virtuellen Raum.

Selbst hatte er erst vor einem Jahr damit angefangen, für

mehr als ein paar Minuten am Stück die Welten zu wechseln. Er konnte sich zu gut an die allererste, unglaubliche Erfahrung erinnern, der Umgebung, die er bis dahin gekannt hatte, zu entfliehen. In etwas komplett Neues und anderes abzutauchen. Irgendwie schien diese Welt besser und schlechter zugleich. Man konnte überall sein, sich direkt mit jedem treffen und den Ort sofort wieder verlassen – alle Räume lagen jenseits jeder Vorstellungskraft und den physikalischen Gesetzmäßigkeiten. Und trotzdem merkte er schnell, dass es hier Grenzen gab. Trotz aller perfekter visueller Nachbildungen – irgendetwas stimmte nicht.

Damals hatte er einige Zeit gebraucht, bis er es erkannte: Es war der Geruch der Umgebung, der nicht stimmig war. Es wurden Düfte erzeugt, die nahezu perfekt waren. Manche mehr als perfekt und dies machte den feinen Unterschied. Möglicherweise nur Nuancen, aber man nahm sie wohl unterbewusst wahr.

Zusammen mit den fehlenden Temperaturunterschieden, Luftbewegungen und Winden fühlte es sich künstlich an. Trotzdem liebte er es, Zeit in diesen verschiedenen Welten zu verbringen. Die Möglichkeiten, die einem offen standen, die Informationen, auf die man zugriff: Dies bot einem alles, was man sich nur wünschen konnte. Dennoch tat es gut, Zeit in der realen Welt zu verbringen. Die Sonne auf der Haut zu spüren und zu wissen, dass man hier keinerlei Sicherheit vor alltäglichen Gefahren hatte, all das machte den feinen Unterschied.

Wie die meisten seines Alters freute er sich schon sehnsüchtig auf die Zeit, in der es möglich sein. Er würde sich dann parallel in der virtuellen und realen Welt zu bewegen. Doch diese Pluralität erforderte viele Jahre an Übung und

Training. Nicht einmal alle Erwachsenen waren dazu in der Lage.

Sich durch die virtuelle Welt zu bewegen, Unterhaltungen zu führen und Informationen zu verarbeiten, während man Schritt für Schritt durch das reale physische Universum geht, war nicht einfach. Heute wäre es viel zu gefährlich für ihn. Für jemand seines Alters war es noch unmöglich, den Geist so zu trennen, um sich sicher in beiden Welten zu bewegen. Hierzu musste man einen Split-Brain-Zustand erreichen.

Beim Split-Brain befand sich je eine der zwei Gehirnhemisphären jeweils in einer Welt - entweder in der realen oder der virtuellen. Früher hatte man versucht, diesen Zustand der Pluralität durch chirurgische Eingriffe zu erreichen. Mit einer neurochirurgischen Durchtrennung des Corpus callosum, der die beiden Gehirnhälften verband, sollte eine stärkere Unabhängigkeit der Hemisphären erreicht werden. Dieses Mittel, das davor insbesondere bei der Behandlung von Epilepsien eingesetzt wurde, hatte sich als durchaus wirkungsvoll erwiesen. Allerdings waren die wenigsten Menschen bereit, einen solchen physischen Eingriff über sich ergehen zu lassen.

Somit waren Meditationstechniken in Verbindung mit Psychopharmaka ein effizientes Mittel. Wesentliches Element war aber die Übung. In BRATs Alter durfte die virtuelle Welt allein nur in geschützten Räumlichkeiten besucht werden. Außerhalb durfte nur über traditionelle Augmented Reality Tools zugegriffen werden. Eine parallele Fortbewegung in beiden Welten war aber im Moment absolut verboten.

Als BRAT an die frische Luft trat, genoss er die frühsommerlichen Sonnenstrahlen auf seiner Haut. Nur wenige Wolken schwebten am Himmel und Salzgeruch der nahen Küste lag in der Luft. Die wenigen Hundert Meter bis zum Treffpunkt legte er im Laufschritt zurück. Auf dem gesamten Areal wuchsen üppige Büsche und Sträucher, an denen sich Gartenroboter austobten.

Das PLAYN Sport- und Schwimmareal war schon von Weitem zu sehen. Die drei fast hundert Meter hohen Wasserkatapulte zählten zu den Highlights und konnten das ganze Jahr über genutzt werden. Im Inneren einer Röhre wurden Jung und Alt nach oben katapultiert.

Ein Nervenkitzel, der seinesgleichen suchte.

KRAK winkte selbstbewusst aus den kühlen Fluten zu. Er war eindeutig der sportlichere von den beiden und verheimlichte dies nicht.

»Na, wo hast du so lange gesteckt? Wieder in den Geschichtsbüchern versunken?«, fragte er mit einem herausfordernden Unterton. »Wir spielen eine Runde Subaqua, kannst aber einsteigen. Haben ja noch Zeit, bis die nächste Einheit startet.«

»Yeah, bin dabei. Wer ist im Team?« Dabei schaut BRAT zu den anderen in das marineblaue Becken. Im Wassertank sah er vier andere Jungen zwischen Grund und Oberfläche hin und her gleiten.

»Du kannst TIAD und LENI unterstützen – die haben das bitternötig. Bisher keine Konkurrenz für uns.« KRAK lachte und BRAT merkte, dass er seinen Freund manchmal nicht ausstehen konnte. Wenn es um Sport ging, war KRAK nur ein arroganter Angeber.

»Das wird sicherlich lustig, Euch verlieren zu sehen BRAT!«, fuhr eine Stimme von der Seite dazwischen.

BRAT wirbelte herum und wirkte überrasch, da er den mittelgroßen Jungen, der nur wenige Meter entfernt stand, zuerst nicht wahrgenommen hatte.

Trotzdem versuchte er möglichst souverän zu entgegnen: »Ach, das werden wir schon sehen. Und dir schwimm ich schon dreimal davon...äh...Du zweitklassiger Schwimmer.«.

Eigentlich wollt BRAT den Konter mit dem Namen des Jungen abrunden, doch seine Linse im Auge zeigte ihm nichts an. Und ohne diese Gesichtserkennungsfunktion fiel ihm beim besten Willen nicht ein, wer da vor ihm stand.

»Mein Name ist MUAN, falls dir nicht mehr einfällt, wer dich gleich fertig macht. Aber mach Dir nicht draus. Du wirst mich ohnehin nur von hinten sehen«, entgegnete der Angesprochene belustigt.

Dann dreht er sich um und ging Seite an Seite mit KRAK zum Schwimmbeckenrand. BRAT blickte beiden verblüfft nach. Eigentlich kamen solche technischen Probleme äußerst selten vor. Umso mehr ärgerte er sich darüber, dass ihm MUANs Name nicht einfallen wollte, zumal er ihn eigentlich fast täglich über den Weg lief. Er verließ sich wohl zu sehr auf all die Hilfsfunktionen, die ihm in seinem Auge sonst eingeblendete wurden.

Schnell fing sich BRAT wieder, entledigte sich seiner Kleidung, griff nach seiner Spezialschwimmbrille und sprang mit einem lauten Klatschen ins Wasser.

Im Becken erschienen die Spielfeldlinien vor seinem Auge. Der Augmented Reality Aufsatz seiner Schwimmbrille passte sich automatisch dem Vergrößerungseffekt und der Abstandswahrnehmung des Wassers an.

Ziel des Spieles war es, den virtuellen Ball einzufangen und auf die Gegner zu werfen. Entweder es gelang, die Gegner abzuschießen oder den Ball in die gegnerische Endzone zu werfen, um zu punkten. Dabei konnte man den

Ball zwischen den eigenen Spielen beliebig hin und her spielen. Der Gegner durfte einen geworfenen Ball nur mit den Händen abfangen, wenn er an einer anderen Stelle getroffen wurde.

Das Spiel lebte insbesondere davon, sich in dem dreidimensionalen Raum des Beckens frei zu bewegen. BRAT konnte bis zu drei Minuten die Luft anzuhalten. Nicht zu vergleichen mit Bekannten, die das über acht Minuten schafften. Dennoch war dies für jemand in seinem Alter eine beeindruckende Leistung.

»Also, fangen wir endlich an?«, rief MUAN.

»Klar, nehmt euch diesmal in Acht!« Mit diesen Worten versuchte TIAD wohl in erster Linie sich selbst zu überzeugen.

Danach erfolgte der Schaulauf als Auftakt. Perfekt abgestimmt nahmen KRAK und seine zwei Mitspieler Anlauf und sprangen synchron mit eineinhalb Salti vorwärts ins tiefe Becken. Das Wasser spritzte unmerklich, als sie in das 19,5 Grad kühle Nass glitten. Für BRAT war offensichtlich, dass diese Pose einstudiert war. Der Gegner sollte verunsichert werden – allein, es funktionierte. BRAT beobachtete, wie TIAD und LENI nur zaghaft ins Wasser stiegen.

In der Mitte des Beckens erschien eine Uhr, die in hohem Tempo von 100 herunterzählte. BRAT tauchte zum Boden des Beckens und deutete seinen zwei Mitspielern Position zu beziehen. Mit langsamen Bewegungen schwamm er zum Grund. In dem Moment, als die Anzeige auf null sprang, kam er am Boden an und sah zu, wie sich der Ball nur wenige Meter über ihm im Becken manifestierte.

Dank seines kraftvollen Abstoßes vom Grund erreichte BRAT den Ball einen Bruchteil vor KRAK. Somit war es nun ein Leichtes, seinen Freund aus kurzer Entfernung abzuschießen. KRAK hatte sichtlich nicht damit gerechnet, langsamer zu sein. Den Ball zu fangen oder auszuweichen, war ihm trotz seiner Behändigkeit nicht möglich. Man sah den Ärger in seinen Augen, als er zur Oberfläche schnellte.

»So ein Sch... Das bekommst du zurück!«, schrie er wutentbrannt in BRATs Richtung. Er war schon immer ein schlechter Verlierer.

»Ja«, erwiderte BRAT mit einem ironischen Lächeln, »im nächsten Leben!« Dann tauchte er wieder ab, denn nun hatten KRAKs Spielkollegen den Ball. Doch ohne ihren Spielmacher bestand nun für BRAT und seine Mitstreiter eine reale Chance. Doch die nächsten Bälle waren wenig erfreulich. Ehe er es sich versah, waren erst LENI und dann TIAD aus dem Spiel. Eine große Hilfe wären sie aber ohnehin nicht gewesen.

Bei einem kurzen Blick zum linken Beckenrand zuckte BRAT überrascht zusammen. Durch die Plexiglasscheibe konnte er SUES sehen, die das Spiel gemeinsam mit anderen Mädchen bewundernd verfolgte. Sie konnten ohne Brille dem Spiel folgen, da der Ball und die Spielfeldlinien im Glasfenster eingeblendet wurden. Die unerwartete Zuschauerschar und insbesondere SUES' Anwesenheit gab BRAT neuen Antrieb. Das Spiel war zwar fast schon vorbei, aber er konnte immer noch beide Gegner abschießen, um es vorzeitig zu beenden.

MUAN war sichtlich der schwächere der beiden verbliebenen Spieler. Doch beide waren perfekt eingespielt und hatten sichtlich mehr Übung als BRAT. Mit einem geschickten Umkehrmanöver konnte BRAT MUAN überraschend mit einem Schuss erwischen. Somit blieb nur ein Gegner übrig. BRAT eroberte den Ball erneut, doch leider befand er sich nun außerhalb der Spielzone. Somit wurde ein

Neustart notwendig.

Die Uhr erschien wieder und begann zu zählen. BRAT wollte das Manöver von Beginn des Spieles wiederholen Doch als er nach oben schoss, konnte er seinen Augen nicht trauen. Dort, wo er soeben noch den Ball gesehen hatte, waren jetzt zwei Kugeln. Wie konnte das sein? Diese Variante des Spiels kannte er nicht. Er entschied, den rechten Ball anzusteuern, doch als er sich diesem näherte, teilte er sich erneut. Beim Griff danach glitt seine Hand ins Leere. In der Zwischenzeit hatte der Gegner die zwei Bälle nach ihm geschleudert.

»Verdammter Mist!«, dachte BRAT. »So knapp!«

Wieder an der Wasseroberfläche blickte er nur in fragende Gesichter.

TIAD war der Erste, der sich äußerte. »Was war los mit dir?«

»Ja, BRAT. Warum bist du am Ball einfach vorbei geschwommen? Wir – ich meine, du – hattest ihn fast«, ergänzte Leni.

»Ihr habt doch gesehen, dass da auf einmal mehrere Bälle waren«, erwiderte BRAT wütend, »So ein Mist.«

»Was? Nein.« TIAD klang verwirrt. »Welche anderen Bälle?«

»Na, die im Wasser. Welche sonst?«, erwiderte BRAT verärgert. Erst als er sich umschaute und ihn alle nur skeptisch ansahen, ergänzte er aufgebracht, »Habt ihr alle die etwa nicht gesehen?«

»Nein«, brachte sich KRAK nun mit einem süffisanten Lächeln in die Unterhaltung ein. Er schien die Verwirrung zu genießen. »War wohl nichts, mein Freund. Beim nächsten Mal vielleicht. Denk dir nichts, beim Spiel gegen uns wird so manchem schwindlig. Da sieht man oft mehr, als da ist.«

BRAT war verwirrt. War das wirklich nur ein Fehler in seinem System? Aber so etwas durfte nicht nochmals vorkommen. Er sah SUES in einiger Entfernung, die ihrer Unterhaltung interessiert lauschte. Hatte er sich das eingebildet? Nein, sicher nicht. Er aktivierte die automatische Wiedergabe in seinem Screen, als ihm sein Mund offenblieb. Wo waren die anderen Bälle? Ein solcher Fehler war nicht möglich?

Seine Mitspieler hörten nicht auf, ihn mit Fragen zu löchern. BRAT atmete durch und brachte schließlich ein möglichst gelassenes »Tja, ist auch egal« heraus. »Vielleicht beim nächsten Mal.« Danach ließ er die anderen stehen. Bevor er mit jemand anderem weiterreden konnte, musste er sich erst einmal beruhigen, verstehen, was vorgefallen war.

Hinter einer blühenden Hibiskushecke fand er eine erholsame Liegewiese. Dort sah er wiederholt die Aufzeichnung aus mehreren Perspektiven. Nirgends konnte er weitere Objekte oder Anomalien entdecken. Hatte er sich das nur eingebildet? Je mehr er darüber nachdachte, umso unsicher wurde er. Welche andere Erklärung gab es dafür? Selbst wenn es jemand versucht hätte: Es war unmöglich, das Anzeigesystem zu manipulieren, und technische Fehler dieser Art kamen nicht vor. Zudem hätte er das auf einer der Analysen gesehen.

Er entschied, sich abzulenken. Noch hatte er etwas Zeit und von hier konnte er online gehen. Die nächste Aufzeichnung war schnell gefunden, auch wenn zwischen diesem Neuen und dem letzten Eintrag etwas Zeit vergangen war. Ein Mindsqueeze würde ihn zumindest auf andere Gedanken bringen.

5. Nah - Spätsommer

Von allen wunderlichen und surrealen menschlichen Verhaltensweisen gibt es wohl nichts Angenehmeres als einen Samstagnachmittag auf der Couch. Die Füße hochlegen, aus dem Fenster starren und ihr süßliches, samtenes Parfum in der Luft. Gerade hatte sich ein heftiges Sommergewitter ausgetobt. Durch das offene Balkonfenster kam kühl-feuchte Luft herein. Im Radio lief U2 und ich spürte, wie ihr Kopf auf meinem Bauch leicht zum Rhythmus wippte.

»Verdammt, ich liebe diesen Song!« Nici's zart-freche Stimme verzauberte mich jedes Mal wieder. »War auch eines der besten Livekonzerte, das ich je gesehen habe. U2 ist der Hammer.«

Auf einmal wurde sie nachdenklich. »Auch wenn der Text zum Nachdenken anregt - glaubst du, dieses sinnlose Blutvergießen in Nordirland wird jemals enden?«

»Tja, zwischenzeitlich sah es ja so aus.

Ich glaub, alles läuft auf einen endlosen Teufelskreis hinaus«, entgegnete ich unsicher. »Ich könnte mir nicht vorstellen, jemals zu verzeihen, wenn jemandem, den ich liebe, etwas angetan wird.«

»Ach. Gibt's da so jemanden in deinem Leben?«, fragte Nici mit einem sanften Lächeln, das mir den Atem raubte.

»Nun, äh …« Ich musste grinsen. »Wer weiß …« Ich war nicht bereit, die magischen Worte zu sagen.

Nici setzte sich ruckartig auf und warf sich mit einem Grinsen auf mich. »Ach du.« Dabei zwickte sie mich mit ihren Fingern in die Hüften.

»Auuu«, zischte ich, »leg dich nicht mit Stärkeren an!« Lachend wuchtete ich sie auf die Couchkissen neben uns. Dank ihrer Größe schien sie in dem Polstermeer zu versinken. Ich warf mich auf sie, nahm ihre Arme und führte sie über ihren Kopf. Lasziv blickte sie dabei zu mir hinauf und ihr T-Shirt rutschte hoch. Dabei kam der braun gebrannte Bauchnabel zum Vorschein. Sie grinste keck und ich konnte mich wieder einmal nicht mehr halten. Zum dritten Mal an diesem Tag hatten wir Minuten der Ekstase vor uns und ich war froh, dass sie diesmal nichts unter ihrem Shirt trug.

Erhitzt und ausgelaugt lagen wir etwas später nackt nebeneinander. Die Schwüle des Tages machte uns träge. Beim Kuss auf ihre Schulter schmeckte ich ihre salzige Haut und muss unwillkürlich an Bier denken.

»Maus, ich hab ganz vergessen, ich wollte heute mit Max was trinken gehen!«

»Viel Vergnügen«, antwortete Nici rasch. „Aber spar dir diese Nagetiernamen.« Sie konnte mit Kosenamen generell nicht viel anfangen.

»Okay Hase«, sagte ich und sprang fluchtartig auf, um einer möglichen Ohrfeige zu entgehen. „Du solltest ihn einmal kennenlernen. Ich glaub, seine alternative Art wäre genau deines."

»Ich kenne Max doch eh.«

»Ach wirklich?«, frage ich überrascht.

Max kam zwar aus der Gegend, war aber auf eine andere Schule gegangen. Ich hatte ihn eher zufällig auf der Uni kennengelernt. Irgendeine dieser komischen Einführungsveranstaltungen, bei der wir beide nach kürzester Zeit entschieden hatten, die esoterisch angehauchte Vortragende ein wenig aus der Reserve zu locken. Wir hatten sie sogar dazu gebracht, dass sich ihre Stimme einige Male überschlug. Das war der Beginn einer wunderbaren Freundschaft.

»Klar, Maximilian Reiter, oder? Etwas größer mit Drei-Tage-Bart?«

Etwas größer traf es gut. Max war einen Kopf größer als ich. »Den Drei-Tage-Bart hat er vor ein paar Jahren gegen einen Vollbart eingetauscht.

Aber sonst ja. Woher kennst du ihn?«

»Ach, kurz nach Schulabschluss haben wir uns wohl kennengelernt. Hatten damals einen gemeinsamen Freundeskreis. Ich glaube, Inga hatte mehr mit ihm zu tun.«

»Ok, die Welt ist klein. Ich muss jetzt leider los.« Ich beschloss, Max bei unserem Treffen ein wenig darüber auszuquetschen – komisch, dass er letztens nichts dazu erzählt hatte.

»Mach's gut!«

»Du auch, aber nicht zu oft – vor allem ohne mich!« Nici's lachende Stimme klang überraschend zweifelnd.

Beim Blick über meine Schulter sah ich, wie sie sich von der Couch erhob und das einfallende Licht ihren nackten Körper umstrahlte. Ein Bild, das ich nie vergessen werde.

»Schubs die Tür auf, is offen«, hörte ich Max knarzig sagen.

»Hey, wie läufts?«, rief ich zurück und trat über die Eingangsschwelle.

»Nimm dir ein Bier aus dem Kühlschrank! Ich brauch noch ne Minute! Gleich hab ich diesen kleinen Scheißer …« Max Begeisterung für Online-Rollenspiele hab ich nie wirklich nachvollziehen können.

Der Kühlschrank besaß das Flair einer Studenten-WG. Die untere Hälfte war komplett voll mit Bier und Wein. Das Ganze war garniert mit einer leicht fauligen, speckigen Note. Sicherlich war nicht alles in diesem Kühlschrank im klassischen Sinn verwertet worden. Ich griff mir ein *Becks* und schlurfte ins Wohnzimmer.

»Und, wie läuft der neue Job? Der Dritte in diesem Jahr, nicht?« Den letzten Teil des Satzes konnte ich mir nicht verkneifen. Max wechselte den Arbeitgeber wie andere die Unterhosen. Doch er war scheinbar gut und konnte es sich leisten, jeden vor den Kopf zu stoßen.

»Ach, du weißt schon – das Übliche. Mal so, mal so – aber lass uns nicht über die Arbeit sprechen. Dazu hab ich heut keinen Bock.« Ohne aufzusehen, griff er mit der linken Hand nach einem Flyer und reichte ihn mir. »Such dir eine Pizza aus – ich verhungere!«

Grafisch überraschend ansprechend designet, war das Angebot des Pizza-Dienstes umso kürzer. Ein Lieferservice mit nur sechs Pizzen zur Auswahl war doch überraschend. So nahm ich eine Pizza Morte, die im Grunde eine Diavolo war. Max wollte die Pezzo Grozzo, eine Thunfischpizza.

Fünfzehn Minuten später klingelte es schon.

»Sch…, die sind aber schnell.«

»Ja, die Jungs sind spitze«, murmelte Max, während er seine Brieftasche suchte. »Einmal hab ich eine Pizza unter 10 Minuten bekommen. Keine Ahnung, wie die das machen, aber so stell ich mir Service vor. Scheiß auf Haute Cuisine.« Dann öffnete er die Tür und griff nach seiner Geldbörse, um zu zahlen.

Inzwischen nahm ich dem jungen Mann die Pizzen ab. Er sah so aus, als könnte man weit mehr als nur italienischen

Teig von ihm erwerben. Schnell nahm er das Geld an sich und schon war die Tür wieder im Schloss.

Wir machten es uns mit der Pizza auf der Couch bequem.

»May the Force be with you«, schallte es und Max klickte auf Play. Bier, Pizza und die Original-Trilogie, das ist der Inbegriff von Dekadenz.

Nach dem ersten Teil gönnten wir uns eine kleine Pause. Max holte die Zigarillos raus und wir genossen den lauen Spätsommerabend auf der Loggia.

»Ach übrigens, Nici hat heute gemeint, dass ihr euch kennt.«

Max blickte mich für einen Moment zu lange an, bevor er antwortete: »Ach echt? Ja, wir hatten früher mal Kontakt.«

»Und warum hast du nie erwähnt, dass ihr euch kennt? Hab doch jetzt schon oft genug von ihr gesprochen.«

Max schien zu überlegen. »Na, ich hab nicht gleich gecheckt, dass deine Nici die Nici ist, die ich kenne. Ist halt kein einzigartiger Name«, antwortete er ausweichend.

Ich hakte nach: »Und, woher kennt ihr euch?«

»So, über gemeinsame Freunde –die Welt ist klein«, sagte er und drückte seine Zigarillo im

Kristallaschenbecher aus. Eines der vielen Dinge in Max' Wohnung, die sehr deplatziert wirkten.

Er wollte schon wieder in die Wohnung treten, als ich weiter nachbohrte, »Komm, ein wenig mehr Details wären angebracht.«

»Hat Nici dir nichts erzählt? Oder willst du jetzt meine Seite hören?«

»Was für eine Seite?«, fragte ich verblüfft. »Nein, sie hat mir nichts erzählt. Hab es erst erfahren, wie ich gerade aus dem Weg aus ihrer Türe raus war. Stimmt was nicht?«

»Doch, doch ...« Max druckte herum. »Es ist alles eine Ewigkeit her. Wollte die Sache eigentlich gar nicht erwähnen. Ist nichts Großes ...«

»Was denn jetzt?«, reagierte ich leicht entnervt.

»Na gut. Ich glaub, es muss kurz nach dem Schulabschluss oder so gewesen sein - wie auch immer. Das war die Zeit, in der ich es manchmal doch etwas übertrieben hab. Hatte damals ein paar schräge Kumpel. Ich glaub, Sascha hast du ja eh einmal kennengelernt?«

Ja, an den konnte ich mich erinnern. Hatte die einnehmende Art eines Zuhälters, der unter Geldmangel litt. Ich bin ihm nur einmal in einem Café gemeinsam mit Max begegnet. Einer dieser Menschen, die dir auf Anhieb unsympathisch sind. War irgendwie als Vermögensberater aktiv.

»Mhm - ja«, sagte ich schließlich mit der Hoffnung, etwas schneller mit der Geschichte voranzukommen und zu dem relevanten Teil vorzustoßen.

»Nun ja, wir sind damals auf irgend so einer schrägen Kellerfete aufgeschlagen. War nicht viel los und wir waren beide recht breit. Zumindest haben wir Nici dort getroffen. Das heißt wieder gesehen. Kennengelernt hab ich sie, glaub ich, beim Joggen im Frankenpark.«

»Was, du joggst?«

Max blickte kurz auf. »Ja, war einmal. Damals - aber, zumindest haben wir uns schon gekannt. Und an dem Abend haben wir uns halt besser kennengelernt.«

»Was heißt besser?«, fragte ich. Eigentlich wollte ich die Antwort gar nicht hören.

»Ach Elias - ist alles so verdammt lang her. Lass uns den

Film schauen.«

»Verdammt. Ihr hattet was miteinander? Das hättest du auch schon mal früher rauslassen können.« Ich fühlte, wie eine Wut in mir aufstieg. »Und was hat Sascha mit der Geschichte zu tun?«

Max wirkte unsicher. Eine Eigenschaft, bei der ich bisher vermutet hatte, dass man sie bei ihm einfach vergessen hatte.

»Es waren damals Alkohol und zu viele Drogen im Spiel. Sascha, der Arsch, hat noch welche draufgestreut. Und so haben wir uns halt am nächsten Morgen im Bett wiedergefunden.«

»Was, du und Nici oder ihr alle drei?« Mir blieb die Luft weg.

»Ich mach solche Sachen sonst nicht. Schon gar nicht mit einem anderen Mann. Is halt dumm gelaufen.«

Ich wäre ihm am liebsten an die Gurgel gesprungen. Mein Gehirn raste. »Scheiße, du hättest mir das sagen sollen.«

»Mach ich doch gerade.«

»Viel, viel früher – verdammt, du hattest einen Dreier mit der Frau, die ich liebe.«

Max blickte mich entgeistert an. »Du – was? Äh – cool.«

Er suchte sichtlich nach den passenden Worten. »Ich wollte dir davon schon früher erzählen, dachte aber, es sollte eigentlich von ihr kommen.«

Meine Gedanken rotierten. Ich merkte, wie das Bier den Weg zurück nach oben suchte. Ein tiefer Hass stieg in mir auf. Eine innere Stimme sagte, es war nicht seine Schuld. Aber ich hätte ihn am liebsten angeschrien. Nein - angespuckt, getreten und geschlagen.

Allerdings, gegen diesen Zweimeterriesen hätte ich mit Sicherheit nicht den Hauch einer Chance. Für einen Moment spielte ich mit dem Gedanken, es trotzdem zu versuchen.

Nein, ich konnte nicht hierbleiben. Ich zeigte Max meine Kehrseite, schnappte meine Jacke und schritt Richtung Tür.

»Elias! Mann warte. Es ist doch alles ...«

»Nein, Mann!«, schrie ich, ohne mich noch einmal umzuschauen. »Ich wünsche dir einen schönen Abend." Und warf die Tür hinter mir ins Schloss.

Am nächsten Morgen vibrierte mein Handy. Es war Nici. Ich drückte sie sofort weg. Wenige Sekunden später ertönte das Signal einer Textnachricht:

Hi Elias,

Max hat mir geschrieben. Hatte wohl meine E-Mail aus deinem Verteiler.

Wir müssen reden! Bitte, bitte ruf zurück!

Bussi Nici

Was sollte ich mit ihr bereden? Mehr Einzelheiten zu dem Abend mit den beiden Typen? Eher nicht. Ich musste mich erst mal auf andere Gedanken bringen. Ohne zu frühstücken, griff ich mir meinen Helm und sprintete in die Garage. Ich stieg auf meine Suzuki-Intruder und gab Gas.

Auf der Straße konnte ich abschalten. Der Morgen war überraschend kühl. Der Nebel löste sich gerade über der Straße auf. Die Versuchung war da, richtig Gas zu geben - aber ich widerstand. Heute wollte ich nicht als Organspender enden.

6. Fern - Informationssicherheit

BRAT hing einige Sekunden in der vergangenen Welt fest. Nur langsam glitt er wieder in das hier und jetzt zurück. Beinahe hätte er die Zeit übersehen. Erst das wiederholte Vibrieren seines Inlays im Armgelenk holte ihn endgültig zurück.

Waren Beziehungen zwischen Menschen damals so kompliziert? Wobei – hatte sich etwas geändert? Er hatte viel darüber gehört und Informationen erhalten, doch wirklich vorstellen konnte er sich das nicht. Wie fühlte sich Sex an? »Ein Hormoncocktail, der dir jeglichen klaren Gedanken raubt.« So hatte es der Freund seiner Schwester einmal beschrieben. Und warum empfand man dies als angenehm?

Na ja, irgendwann würde er es wohl herausfinden. Jetzt musste er erst einmal los.

Auf dem Weg zum Treffpunkt überfiel ihn wieder ein ungutes Gefühl. Was war beim Subaqua vorgefallen? Aus rein logischer Perspektive musste er sich das eingebildet haben. Aber alles hatte sich so echt angefühlt. BRAT hatte etwas gesehen, was niemand anderer wahrgenommen hatte. Wie konnte so etwas sein? Ein Neurocheck war wohl notwendig, auch wenn ohnehin ein andauerndes Monitoring seiner Vitalwerte erfolgte. Einen virtuellen Ball doppelt zu sehen, der sich danach nochmals teilte, das durfte man wohl nicht ignorieren.

Er kam keinen Moment zu früh bei den anderen an. Der Master-Päd hatte gerade mit seiner Einführung begonnen. Einen kurzen Moment starrten alle auf BRAT. Scheinbar hatte sich das Spiel herumgesprochen. Er versuchte, die Blicke mit einem verlegenen Lächeln zu erwidern. Dann klebten seine Augen nur noch am Lehrer und er hoffte, die anderen würden seinem Beispiel folgen.

»Also meine Lieben«, sagte der Master-Päd und blickte bei seinen Worten über die Runde der Anwesenden, »wir wollen uns heute ein wenig der Thematik Gesellschaftskritik widmen. Wir haben in den letzten Wochen die Geschichte unseres Abschnitts aufgearbeitet, nur wollen wir in Diskussionsrunden den Vergleich mit anderen Abschnitten ziehen.« Er wartete einige Sekunden, bevor er fortfuhr. »Also bitte bildet Gruppen. In der Gruppe werden unterschiedliche Rollen von jedem übernommen. Jemand erstellt die Liste der Fragen und leitet die Diskussion. Im Diskurs sind jeweils drei Personen beteiligt. Die anschließende Bewertung und das Feedback kommen von einem unabhängigen Bewerter und dem Diskussionsleiter. Bei Beurteilungsgleichstand entscheidet die Einschätzung des unabhängigen Bewerters.«

»Gut, Gruppen zu je fünf. Und wie stellen wir die Gruppen zusammen?«, fragte IANA, die sichtlich wieder in ihrem Element war.

»Die jeweilige Gruppe und die Rolle werden jetzt in euren Linsen eingeblendet. Ihr habt fünfundzwanzig Minuten Zeit, danach erfolgt eine neue Zuordnung. Wir haben vier Durchläufe. Das heißt, der Fortschritt in der Diskussion von Runde zu Runde wird zusätzlich vom AGI-System gemessen.« Der Master-Päd senkte nach den Worten seinen Tonfall, blickte einmal über die Runde, drehte sich dann um und ging.

AGIs, Artifical General Intelligence-Systeme, waren eine Weiterentwicklung der traditionellen künstlichen Intelligenz. Im Gegensatz zu einer einfachen Artifical Intelligence, die im

Grunde nur auf linearer Optimierung beruhte, waren sie zum flexiblen und selbstständigen Lernen in der Lage. Neuronale Netze erlaubten es AGIs von Menschen nicht unterscheidbar zu sein. BRAT fragte sich manchmal, ob die Anwesenheit des Master-Päds aus pädagogischer Sicht überhaupt erforderlich war. AGIs könnten ihn in jeglicher Hinsicht ersetzen. Wahrscheinlich war dies mehr Tradition als Notwendigkeit.

In seinen Augen erschien die Zuordnung:

Diskussionsaufgabe:

Gesellschaftskritik – Vergleich superterraner Abschnitte

Gruppenzuordnung:

Gruppe 3

Rolle von BRAT21331212:

Unabhängiger Beobachter

Andere Gruppenteilnehmer:

TIAD21330910; SUES21340113;

IANA21331113; MUAN21340316

»Sch… ade!«, war BRATs erster Gedanke. Zu gerne hätte er aktiv an der Diskussionsrunde teilgenommen. Die Rolle des Beobachters und Bewerters lag ihm nicht. Zudem war SUES in seiner Gruppe. Wie könnte er ausgerechnet sie neutral beurteilen?

»Hey BRAT!«, schrie MUAN zu ihm rüber, »wir treffen uns da drüben.« Er zeigte dabei auf einen großen Affenbrotbaum, der inmitten dieser grünen Landschaft deplatziert wirkte.

MUAN übernahm also gleich mal wieder das Kommando. Das sah ihm ähnlich. Seine Begeisterung über den Sieg zuvor hatte nicht nachgelassen. Nur weil sowohl BRAT wie auch MUAN mit KRAK befreundet waren, kamen sie einigermaßen miteinander aus.

»Na gut, ich komme«, erwiderte BRAT und ging zum Baum, unter dem einige Liegematten ausgebreitet waren. Dank der kontinuierlichen Reinigung mittels Nanorobotern lagen die Matten das ganze Jahr über bereit und waren selbst nach einem Regenschauer sauber, trocken und vor allem bequem.

IANA hatte die Rolle der Fragestellerin und Diskussionsleiterin inne. Sie begann in ihrer typischen, leicht unsicheren Stimme. »Also gut ihr Lieben. Ich fasse zusammen. Die Diskutanten sind SUES, MUAN und TIAD. BRAT übernimmt die Rolle des Bewerters. Bitte haltet euch an meine Fragestellungen.«

Ein Lächeln in MUANs Gesicht verriet, dass er wohl ihre Autorität nur sehr bedingt akzeptieren würde.

IANA registrierte seinen Blick und musste schlucken. »Äh«, fuhr sie mit einem leichten Zittern in der Stimme fort, »Also gleich zur ersten Frage: Warum kann man davon ausgehen, dass unsere Gesellschaftsstruktur in dieser Form nicht zukunftsfähig ist, weshalb wir anderen Abschnitten unterlegen sind?«

TIAD verzog das Gesicht. »Was soll das heißen? Ist doch gar nicht so! Ich dachte, du solltest eine neutrale Diskussionsleiterin …«

MUAN unterbrach ihn. »Sie versucht nur zu provozieren. Was geht mit dir ab? Noch nie eine richtige Diskussion geführt?«

»Mhm, äh … natürlich …«, murmelte TIAD verlegen.

Klar, MUANs Reaktion war mehr als Einschüchterung von TIAD gedacht. Hier hatte er klar gepunktet, auch wenn die Vorlage von IANA kam.

»Also rein empirisch betrachte lässt sich diese Entwicklung aus heutiger Sicht nicht belegen. Um jetzt einmal auf das Thema einzugehen«, griff SUES mit unbewegter Miene in die Diskussion ein. »Unser Abschnitt hat sich bewusst sehr konservativen Strukturen unterworfen. Dies bedeutet aber nicht, dass der Fortschritt generell abgelehnt wird.«

»Wir nützen aber bei Weitem nicht das Potenzial, das sich bietet. Man denke nur an die vielen Abschnitte, die direkte Gehirn-zu-Gehirn und Gehirn-zu AGI-Verbindungen erlauben.« MUAN hob bei den Worten die Stimme. Er nützte eine Reihe rhetorischer Tricks sehr bewusst. »Dabei werden sowohl biologische wie künstliche Prozesse miteinander verbunden. Somit ist die gesamte Rechenleistung, über die diese Menschen/AGI-Gruppen verfügen, weit höher als unsere.«

»Das mag auf den ersten Blick so wirken«, erwiderte SUES, ohne auf die Provokation einzugehen, »allerdings hat diese Struktur ebenso viele Nachteile. Man bedenke die eingeschränkten Erkenntnisse. Mit einem breiteren Angebot an unabhängigen Ideen kann man mit einer höheren Wahrscheinlichkeit Fortschrittsansätze hervorbringen.«

»Genau«, brachte TIAD sich wieder ein, »denkt an den Ursprung unserer Strukturen. Die Erde besteht heute aus weitgehend abgeschotteten Abschnitten. Jeder Abschnitt soll nur so viele Einzelindividuen umfassen, damit ein persönlicher Kontakt zwischen den einzelnen Menschen möglich ist. Nur auf diese Weise kann gewährleistet werden, dass wir keinen falschen Informationen zum Opfer fallen. Jeder Mensch, mit dem wir kommunizieren, soll tatsächlich existieren. Dies ist nur möglich, wenn wir die Personen in unserem Umfeld wirklich persönlich kennen. Ansonsten besteht das Risiko, dass wir gefälschten Daten aufsitzen.«

»Danke für diese Geschichtsstunde«, unterbrach MUAN TIADs Ausführungen. »Und was hat das mit der Fragestellung zu tun? Unser Abschnitt versus andere Abschnitte?«

»Äh«, TIAD sprach verunsichert weiter, »ich wollte damit sagen, dass wir eine Trennung der Abschnitte aus Sicherheitsgründen eingeführt haben. Es existiert keinerlei digitaler Austausch zwischen unserem Abschnitt und den anderen. Da keine Kopplung der einzelnen Personen in unserem Abschnitt erfolgt, ist da halt eine zusätzliche Sicherheitsstufe …«

»Ich glaube, was TIAD hier herausstreicht«, kam SUES zur Hilfe, »ist, dass die Risikominimierung nicht auf die Trennung der Abschnitte begrenzt ist. Ich finde das ein sehr gutes Argument.« Mit dieser Unterstützung zielte sie sichtlich darauf ab, TIAD auf ihre Seite zu ziehen. Ob dies aber TIAD klar wurde, war fraglich. Ein Lächeln bildete sich in seinem wild nickenden Gesicht.

SUES fuhr fort: »Soweit wir wissen, hat nur ein kleiner Teil der sonstigen Abschnitte eine komplette Verbindung der Menschen und Systeme über Interfaces erlaubt. Diese Freischaltung macht das gesamte System angreifbarer. Eine Virusattacke auf ein Individuum kann sich problemlos auf alle anderen übertragen. Jegliche Sicherheitsbarrieren sind somit beseitigt. Man denke an den Vorfall von Xi-Pan-Xi.«

»Das ist doch eher eine Legende«, entgegnete MUAN.

»Wer weiß …«

»Wieso, was war bei Xi-Pan-Xi?«, TIAD wirkte verwirrt. Auch BRAT sagte dieser Ort nichts.

»Spielt das eine Rolle für unsere momentane Diskussion?«, fragte IANA. Sie wirkte ebenso verwirrt, hatte aber anscheinend das Bedürfnis, ihre Rolle als Diskussionsleiterin möglichst ernst zu nehmen.

MUAN entgegnet lautstark. »Ist nur eine Legende. Keine gesicherten Quellen. Somit nicht relevant.«

»Das sehe ich nicht so«, meinte SUES mit einer überzeugend gespielten Gleichgültigkeit. »Nur, weil keiner mehr übrig ist, der von dem Ereignis berichten kann, ist es nicht irrelevant!«

»Somit irre relevant«, versuchte TIAD die Stimmung zu entschärfen.

»Also gut«, begann MUAN, »dann rück mal mit deinem Märchen raus.«

SUES sprach jetzt mit theatralischer Stimme. »Was wir auf jeden Fall wissen: Der Kontakt mit dem Abschnitt 121/31 ist vor circa 15 Jahren komplett abgebrochen. Da es nur die halbjährlichen Treffen zwischen Vertretern der einzelnen Abschnitte gibt, ist in den ersten Jahren nicht weiter aufgefallen, dass kein Vertreter dieses Abschnitts dabei war. Es ist nicht ungewöhnlich, dass manche Abschnitte die vollkommene Isolierung vorantreiben und keinerlei Austausch mit anderen Abschnitten zulassen. Als aber von beiden Nachbarabschnitten über ein Jahr hinweg keine Lebenszeichen mehr ausgemacht werden konnten, kam man zu der Entscheidung, eine Forschungseinheit in die Region zu entsenden.«

»Und der Name der Region, in der sich Abschnitt 121/31 befindet, ist Xi-Pan-Xi«, unterbrach MUAN sie.

»Ja.« SUES ließ sich nicht aus ihrem Konzept bringen und fuhr mit ruhiger Stimme fort, »Der Zugang zu der Region galt als abgesichert. Gut, das sind alle Abschnitte, aber hier war es besonders schlimm. Es schien so, als ob die Sicherungen nicht nur gegen das Eindringen von außen, sondern gegen die Flucht von innen dienen sollten. Drei der Expeditionsteilnehmer wurden beim Außerkraftsetzen der Sperren schwer verletzt, einer kam sogar ums Leben. Im Abschnitt selbst konnte kein einziges menschliches Lebewesen gefunden werden. Es sah so aus, alle hätten alle kollektiv die Region verlassen. Auch alle elektronischen Speicher und AGIs waren entweder unwiderruflich gelöscht oder ließen sich nicht mehr reaktivieren. Die gefundenen und wiederhergestellten Daten waren genau 13 Monate alt. Danach fehlte jegliche brauchbare Information. Allein im Küstenbereich konnte eine erhöhte Menge menschlicher DNA-Überreste gefunden werden. Allerdings war dies vergleichbar mit einer großen Menge Menschen, die gemeinsam ein Bad nehmen. Was tatsächlich aus allen geworden ist, konnte nicht geklärt werden.«

»Aber es sind Aufzeichnungen gefunden worden«, entgegnete MUAN.

»Das wiederum ist wirklich eine Legende.« SUES verdrehte bei ihren Worten die Augen. »Aber gut. Es gibt Gerüchte, dass einer der Forschungsreisenden ein Tagebuch auf Pergamentrollen gefunden hat. Klingt für mich eher nach antiken Märchen. Da soll ein Mädchen die letzten Tage von Xi-Pan-Xi beschrieben haben. Allerdings soll das Dokument zerstört worden sein. Schon eher mysteriös.«

»Man muss wissen, der Abschnitt 121/31 war einer der ersten, in dem eine komplette Vernetzung aller Individuen ermöglicht wurde«, fuhr MUAN fort, »Somit eine vollkommene Löschung des individuellen Geistes. Die Speicherung von Wissen erfolgt allein im Geist beziehungsweise in technischen Speichern. Es besteht somit keine Notwendigkeit, in irgendeiner anderen Form Daten zu erhalten. Selbst beim Tod eines Individuums verbleibt eine redundante Datenhaltung in den Gehirnen der anderen. Dazu besteht eine Vernetzung mit AGIs, als starke AIs - und Speicherclustern. Allein Kinder bleiben anfangs unabhängig. Der Eintritt ins kollektive Netzwerk ist ein schrittweiser Prozess. Daher kann es üblich sein, dass Kinder eigene Aufzeichnungen geführt haben. Warum aber auf Pergament, ist eine andere Frage. Vermutlich kindliche Nostalgie.«

»Und was soll in den Schriften gestanden sein?«, fragte TIAD, der sichtlich mitfieberte.

»Experten gehen davon aus, dass ein komplexer Netzwerkfehler oder Virus die Gesellschaft zur Selbstauslöschung getrieben hat.« SUES behielt ihre sachliche Stimmlage. »Hier können einfache Gefühle, die oszillieren, schon massive Veränderungen hervorrufen. Also vermutlich eine Art kollektiver Freitod.«

»Oder«, fügte MUAN hinzu, »man folgt der Beschreibung aus dem Dokument. Da soll scheinbar eine Art Revolution stattgefunden haben. Offenbar hatte das Mädchen immer wieder über die nächste Singularität geschrieben. Der Plan, die bestehenden Strukturen zu überwinden und den nächsten evolutionären Schritt zu wagen. Der Mann, der das Dokument gefunden hatte, konnte es leider nur überfliegen.

Ein technisches Sicherungssystem hat versagt und das ganze Gebäude unerwartet zum Einsturz gebracht.«

»Das Ganze klingt nach einem schlechten Thriller. Woher habt ihr beide diese Informationen? Ich habe nie dazu irgendwo Daten oder Quellen gesehen, noch habe ich jemand anderen darüber reden gehört. Eine Geschichte über das plötzliche Verschwinden von vielen Tausend Menschen müsste doch bekannter sein«, meinte IANA mit einem zweifelnden Unterton.

»Da die Informationen als hohes allgemeines Sicherheitsrisiko eingestuft sind, wird die Verbreitung untersagt.« MUAN versuchte hier sichtlich überzeugend zu wirken.

»Also ich habe die Information von meiner Mutter. Scheinbar ist die Verbreitung aber aus sicherheitspolitischen Gründen stark limitiert«, erwiderte SUES.

IANA schmunzelte. »Also doch eine Geschichte. Aber danke für das nette Märchen. Ihr habt uns gut unterhalten, allerdings möchte ich doch auf die eigentliche Diskussion zurückkommen.« Sie wandte sich an TIAD. »Als Verteidiger unserer Gesellschaftsstruktur. Wie reagierst du auf die Kritik, dass wir nicht den vollen Umfang unserer Entwicklungsstufe ausnutzen?«

TIAD gab stotternd einige Antworten von sich, denen BRAT nicht mehr wirklich folgte. Seine Argumentation des sicherheitstechnischen Überlebens wurde mehr oder weniger wiederholt. Keine brillante Leistung. Auch die Aussagen der anderen waren wenig überraschend und nicht unbedingt neu. BRAT nutzte daher die Zeit, sich Gedanken über die Geschichte von Xi-Pan-Xi zu machen. War dies nur ein Märchen oder gab es doch einen wahren Kern? Wenn die

Geschichte eines gelehrt hatte, dann war das die Tatsache, dass der Schein trügen kann. Ihre ganze Gesellschaft war allein darum entstanden, um richtige von falschen Informationen zu trennen.

Die Zeit für die erste Diskussionsrunde war zu Ende und BRAT konnte sich endlich einbringen. Er versuchte so sachlich wie möglich die Diskussion und das Verhalten der Teilnehmer aufzubereiten. Dabei lobte er MUAMs rhetorische Tricks und SUES' klare, sachliche Aufarbeitung. Allerdings kritisierte er auch ihre Abweichung von der vorgegebenen Fragestellung. Bei MUAM strich er heraus, dass seine Taktik in einer Dreierdiskussion nicht zielführend war. Er hatte erreicht, sich zwei Gegner und nicht nur einen zu schaffen. Nur bei TIAD hielt er sich aus Mitleid mit einer vollständigen Kritik zurück und hob nur einige gravierende Fehler während der Diskussion hervor.

Danach gab es eine kurze Pause. Bis zur nächsten Runde hatten alle etwas Zeit. BRAT wollte die Zeit nutzen, um etwas zu essen und sich abzulenken. Ein weiterer Mindsqueeze schien ihm genau das Richtige.

7. Nah - Der Herbst beginnt

Ich hatte Nici nicht zurückgerufen - auch nicht am nächsten oder am darauffolgenden Tag. Die ganze nächste Woche mied ich mein Telefon wie der Teufel das Weihwasser. Insgesamt hatte ich bis Mittwoch 27 Nachrichten und 53 verpasste Anrufe von ihr. Auch Max hatte es ein paar Mal versucht. Es war nicht Wut, mehr Überforderung aufgrund der Situation. Im Grunde wollte ich alles klären. Das Gefühl, der innere Drang aufzustehen, zur Tür zu gehen, das Haus zu verlassen, den Weg zu ihrer Wohnung im Sprint zu überwinden, um sie wieder in die Arme nehmen zu dürfen. Doch ich konnte nicht.

Die Realität schien zu verblassen und mich in einem Strudel mitzureißen. Jedes Mal, wenn ich den ersten Schritt tun wollte, hielt mich etwas Unterbewusstes zurück.

So verging die Woche und ich merkte, wie der Weg zurück mit jeder Minute unmöglicher wurde. Wie auch – ich konnte mein eigenes Verhalten und meine Gefühle weder begreifen noch beschreiben. Der erste Schmerz war inzwischen vergangen, aber das, was geblieben war, entpuppte sich als ein viel größerer Keil. Ein Bollwerk lag vor mir. Unglauben überlagerte Wut. Verzweiflung verdrängte Unglauben.

Im Grunde war diese ganze Geschichte keine große Sache. Kein wirkliches Ärgernis- nur eine leichte Magenverstimmung. Doch dies verstärkte sich Tag für Tag.

Dieses Kaleidoskop an Emotionen, das ich nicht greifen konnte.

Eines Tages erwachte ich abrupt aus meinem Wachschlaf, als ich anfing, einen Praktikanten wegen eines fehlerhaften

Dokumentes anzuschreien. Die Gehässigkeit in meiner Stimme erschreckte mich.

Ich hielt inne. Sah in die feuchten Augen des jungen Mannes und drehte mich ab. Ich musste raus aus diesem Irrsinn.

Dann, zwei Wochen später, saß Nici auf dem Stufen vor meinem Hauseingang. Mit aufgedunsenem Gesicht und Ringen unter den Augen sah sie zu mir auf. Es war ein kühler Freitagabend. Der Tag im Büro hatte länger gedauert als üblich. Vermutlich hatte ich die Arbeit bewusst in die Länge gezogen. Daheim allein mit einem schalen Bier zu sitzen, hatte an Reiz verloren. Obwohl ich diese Unterhaltung in den letzten Wochen schon tausendmal durchgespielt hatte, wusste ich nicht, wie ich reagieren sollte. Für eine ewige Sekunde starrten wir uns an und schienen die Zeitquanten zu zählen.

Dann durchbrach Nici das Schweigen: »Du verdammter Mistkerl!«

Damit hatte ich nicht gerechnet. Ich versuchte meine Verwunderung und Überforderung zu verbergen und so reagierte ich wütend. »Was? Du hast …«

»Ich hab mindestens 50-mal versucht, dich zu erreichen. Hab angerufen, dir Nachrichten geschickt – immer und immer wieder. Für was? Was hab ich bitte getan? Du hast nicht einmal den Mut, an dein beschissenes Telefon zu gehen.«

Ich nütze den Moment, in dem sie Luft holen musste, um einzuwenden: »Moment mal, ich …« Doch sofort signalisierte mir Nici, dass sie an der Reihe war und ich Pause hatte.

Sie ging zwei Schritte auf mich zu, während sie fortfuhr:

»Ich weiß, manches ist nicht so leicht zu verstehen. Du hättest dir aber mindestens meine Seite anhören müssen. Das bist du mir mehr als schuldig.«

Wieder einmal hatte eindeutig sie die Kontrolle übernommen.

Ich konnte nur unwillkürlich nicken und erwidern: »Ja, du hast recht. Aber ich war mit der Situation überfordert. So wütend und enttäuscht war ich noch nie in meinem Leben. Ich brauchte etwas Zeit, das zu verarbeiten.«

»Du warst enttäuscht?« Nici sah mich nun mit einem Hauch von Zweifel an. »Und hast Zeit zum Nachdenken gebraucht? Und das über Wochen? Für etwas, das Jahre her ist und obwohl du nur die nette Version von deinem Kumpel gehört hast.«

»Ist etwas nichts passiert? Hattest du nicht Sex mit Max und diesem obercoolen Sascha?«, fragte ich mit zynischem Unterton.

»Ja, ich hatte etwas mit beiden. Auch mit diesem Arsch von Sascha. Max ist ja irgendwie in Ordnung – zumindest hat er mich nach eurem Gespräch gleich angerufen. Ich hatte schon ein ungutes Gefühl, als du aus meiner Wohnung raus bist. Aber …« Sie hielt kurz inne und sah sich um. «Bitte, lass uns nicht auf der Straße reden …«, Nici blickte zur Tür.

»Gut«, erwiderte ich unsicher, ob dies eine gute Idee war. »Dann lass uns raufgehen und reden.«

Den Weg die Treppe hinauf schwiegen wir uns an.

»Willst du etwas trinken?«, fragte ich, nachdem wir in meiner Wohnküche standen. Das Abendlicht über den Balkon färbte den Raum rötlich.

»Ja bitte. Ein Glas Wasser wäre toll. Ich habe fast drei Stunden vor deiner Tür gewartet.«

Ich schluckte, wollte mir aber kein schlechtes Gewissen anmerken lassen. »Mineral oder Leitungswasser?«

Sie sah mich zweifelnd an. »Hast du echt vergessen, dass ich nur Leitungswasser trinke? Nach ein paar Wochen?«

»Natürlich nicht, ich wollte nur höflich sein«, antwortete ich schnell, musste aber feststellen, dass ich mich nicht an ihre Getränkepräferenzen erinnern konnte. Wie viel wusste ich wirklich über Nici? War unsere bisherige Beziehung tatsächlich nur auf hormoneller Anziehung aufgebaut?

Nici verzog das Gesicht. Wollte etwas sagen, entschied sich dann aber doch, erst einen Schluck Wasser zu nehmen. Sie atmete tief ein, bevor sie loslegte: »Es war eine dieser klassischen Samstagabendrunden. Ich war mit ein paar Mädels unterwegs und wir waren gelangweilt. Du kennst diese Phase. Der erste Ausgehreiz ist schon verklungen und trotzdem erwartet man sich von jedem Abend, dass er legendär wird. Dieser spezielle Abend verlief aber alles andere als prickelnd. Irgendwann hat dann eines der Mädels gemeint, wir könnten auf so eine Underground-Fete von einem Kumpel gehen. Mit Underground war dann einfach ein Keller gemeint. Irgend so eine Mischung aus Mini-Disco und Privatfeier. Im Grunde haben sie jeden von der Straße reingeholt, der aufrecht stehen konnte. Ich war damals seit Kurzem wieder Single und etwas verrückt drauf. Hab gemerkt, wie sie den Mädels irgendwelche Partydrogen in den Drinks gekippt haben. Ich weiß, das klingt jetzt sehr klischeehaft, war aber leider so. Ich bin mir übrigens sicher, Max hatte nichts damit zu tun. Bei Sascha seh ich das anders.«

»Ich kann mir bei dem Kerl vieles vorstellen«, unterbrach ich Nici, signalisierte ihr aber fortzufahren.

»Wie auch immer. Zumindest haben die zwei anderen

Mädels sich relativ schnell von irgendwelchen Jungs abschleppen lassen. Ich war somit allein und der ganze Laden war mir nicht geheuer. Dann sah ich Max – den hatte ich mal beim Laufen kennengelernt. Er hatte sich damals die Füße verknackst und ist mitten auf der Laufstrecke rumgelegen. Ich konnte mir ein paar blöde Kommentare nicht verkneifen.

So war ich froh, jemand Bekannten zu sehen und hab mich auf ein paar Gläser Long Island einladen lassen. Sein Freund Sascha war da recht dahinter. Wie ich mich dann verabschieden wollte, ließ er mich nicht recht gehen. Max hat dann vermittelt und wir haben uns auf einen Location-Wechsel geeinigt.

Dort sind wir, glaube ich, aber nie angekommen. Nachdem wir den Keller verlassen hatten, kann ich mich an nichts mehr erinnern.«

Nici machte eine kurze Pause, um Luft zu holen, und ich sah die wiederaufsteigende Scham in ihren Gesichtszügen.

»Am nächsten Morgen bin ich mit den beiden Typen im Bett aufgewacht und hab mich beschissen gefühlt. Max ging es ähnlich. Er hat wohl auch einen Filmriss gehabt und sich 1000-mal entschuldigt. Er war sich nicht sicher, ob echt was gelaufen ist. Dafür war Sascha ein Vollarsch. Hat den Obermacker raushängen lassen und mich quasi halb nackt aus der Wohnung geworfen. Ich bin heulend rausgerannt. Nachher ist es mir beschissen gegangen. Ich konnte mir im Spiegel nicht mehr in die Augen schauen. Vor allem wusste ich nicht, was wirklich alles in der Nacht abgelaufen ist.«

Nici hielt inne. Griff nach ihrem Glas. Spielte aber nur damit, ohne einen Schluck zu nehmen. Ich merkte, wie ihre Augen glasiger wurden. »Scheiße, ich wollte nur weg. Ich hab mich für ein Jahr nicht mehr unter Leute gewagt. Am Ende hab ich mich entschieden, abzuhauen. Das war dann einer der Gründe für mich auszuwandern – von wegen die Welt entdecken – ich bin einfach davongerannt.«

Längere Zeit sahen wir einander nur an. Ich wusste nicht, was ich sagen konnte. Mit irgendeiner Geschichte hatte ich insgeheim gerechnet. Jetzt traf es mich dennoch unvorbereitet. Es war inzwischen dunkel geworden, so stand ich auf und schaltete das Licht in der Küche ein. Als ich mich wieder zu ihr drehte, spiegelte sich der Schein der Lampe in ihren Augen. Verdammt, ich liebte diese Frau. Ich ging die drei Schritte auf sie zu und nahm sie fest in die Arme. Jetzt wollte ich nur mehr ihr Schluchzen hören.

Ich erwachte. Zuerst war mir nicht klar, wo ich mich befand. In dem stark gedämmten Licht erkannte ich die Umrisse etwas Metallenen über mir. Matt reflektierend strahlte es auf mich herab. Es war mein Dunstabzug. Aus dieser Perspektive hatte ich ihn noch nie betrachtet. Ich lag komplett nackt auf dem Küchenboden. Neben mir, in mein Hemd eingewickelt, sah ich Nici schnarchen. Langsam erwachten die Fetzen der Erinnerung an die intensivste und leidenschaftlichste Nacht meines Lebens.

Der Schmerz und die Wut hatten sich gewandelt. Eine gute Stunde hatten wir nur geredet. Gemeinsam geweint – gut, hauptsächlich hatte sie geweint. Was wir sagten, war nicht wichtig. Das Gefühl von Leichtigkeit umgab uns wieder. Endlich schien alles gesagt. Da merkten wir, wie wir uns nicht nur psychisch nacheinander verzehrt hatten. So sehr, dass wir es nicht mehr aus der Küche schafften. Wir waren ineinander gefangen.

Jetzt konnte ich ihr schlafendes Gesicht betrachten und

ihren Duft in der Luft verinnerlichen. Ich küsste sie sanft auf die Stirn und strich ihr durch ihr welliges, nussbraunes Haar. Berührte ihre Wange mit meinem Handrücken, zart, ganz zart. Aber es reichte. Ihr linkes Auge öffnete sich zaghaft. Sie blinzelte und ihre Lippen formten ein sanftes Lächeln.

»Hi«, hauchte sie mit einer Süße, die mich alles vergessen ließ.

»Hi«, antwortete ich wenig originell.

Sie streckte sich ein wenig und sah sich um. Dann drehte sie sich zu mir und ihre Augen schienen auf einmal hellwach.

»Elias, es gibt einen weiteren Grund, warum ich heute hier bin.« Sie hielt einen Moment inne, als wäre sie nicht sicher, ob sie fortfahren sollte.

»Ich wollte um dich kämpfen. Ich wollte für unsere Zukunft kämpfen.« Sie musste schlucken und biss sich leicht auf ihre Unterlippe, bevor sie fortfuhr. »Aber unsere Zukunft heißt vielleicht nicht nur deine und meine. Unsere heißt …«

Tausend Gedanken rasten mir durch den Kopf. War es doch nicht nur ein einmaliger Ausrutscher? Wollte sie mich nur als Gespielin unter vielen? Was war eigentlich die männliche Form von Gespielin? Ich hielt den Atem an, hoffend Worte, die ich nicht hören wollte, verdrängen zu können.

»Wir heißt …«, setzte Nici erneut an, »Elias, ich glaub, ich bin schwanger.«

8. Fern - Bigger Data

Verdammt! Die Pause war vorbei und BRAT musste sich beeilen, um rechtzeitig zur zweiten Diskussionsrunde bereit zu sein. Die Gruppen wurden neu gemischt und diesmal hatte er eine Rolle in der Diskussion. Seine Gegner waren KRAK und IANA. Die Diskussionsleitung hatte LENI inne. Bewerterin war SUES. Somit war es umso wichtiger, einen guten Eindruck zu hinterlassen.

»Hey Mann, bist spät dran«, begrüßte ihn KRAK. »Immer noch ausgelaugt von der ersten Runde oder unserem Subaqua Spiel?«

»Weder noch«, entgegnete BRAT nüchtern, »aber dafür wirst du jetzt einmal sehen, was eine wirkliche Diskussion ist.«

»Ja, ja – schon gut!«

»Also, jetzt wo wir vollzählig sind«, begann LENI, »können wir gleich mit der zweiten Runde starten. Die Regeln sollten allen klar sein. Bitte keine Unterbrechungen der anderen, es sei denn durch mich. Bitte geht klar auf die Fragestellung ein, ansonsten gibt es Abzüge in der Bewertung.«

BRAT war überrascht. So tough hätte er LENI gar nicht eingeschätzt. Er war sonst sehr ruhig und trat nur als Duett mit TIAD in Erscheinung.

»Gut, zur ersten Frage: Rückblickend auf unsere Geschichte – wären andere Gesellschaftsformen möglich gewesen oder war die Struktur, in der wir uns heute befinden, die einzig logische Konsequenz?«

»Klar wären andere Strukturen denkbar«, sprang KRAK

in die Diskussion, ohne jemand anderen überhaupt Luft holen zu lassen. »Es ist eine Illusion zu glauben, dass unsere Gesellschaftsstruktur mit getrennten Abschnitten und vollkommener Abschottung gegenüber anderen Gruppen der Allgemeinheit dient. Wissens- und Kulturaustausch sind nicht mehr möglich, die persönliche Freiheit ist eingeschränkt, ein Großteil der Erde ist absolut unbewohnbar und dies alles nur aufgrund der Notwendigkeit der Überwachung und vermeintlich höheren Sicherheit.«

»Das ist so nicht korrekt«, erwiderte IANA mit einer erzwungenen Nüchternheit in der Stimme. »Wir haben diese Struktur nicht gewählt, um eine Überwachung zu ermöglichen oder einen Sicherheitslevel zu erhalten. Es war eine Frage des schlichten Überlebens, und das nicht nur wegen der vermehrt auftretenden Pandemien. Mit der technischen Weiterentwicklung des 21. Jahrhunderts und der Ausdehnung der Innovation auf das tägliche Leben, sprich Internet of Things, war es ein logischer Schritt, alle verfügbaren Daten zu sammeln.«

»Der Hype der Big Data Analysis.«, fuhr BRAT dazwischen und hoffe so in das Gespräch einzusteigen.

Doch IANA fuhr unbeirrt fort: »Mithilfe von Artificial Intelligence und schnelleren Prozessoren konnten alle erforderlichen Analysen durchlaufen werden. Predictive Analytics war dank der Big Data-Auswertungen so exakt, dass das Verhalten einzelner Individuen und von Kollektiven genauestens prognostiziert werden konnte. Der Zweifel, das exponentielle Wachstum im Big-Data-Management könne ein jähes Ende nehmen, wurden widerlegt. Mit der Einführung von dreidimensionalen Molekularchips war im Grunde keine Limitierung bezüglich der Speicherung und Verarbeitung von Daten mehr gegeben. So konnten Probleme, die durch Quanteneffekte bei kleiner werdenden Siliziumchips auftraten, problemlos umgangen werden. Alle verfügbaren Daten wurden gesammelt, gespeichert und beliebig analysiert.«

»Ja, das war schon verheerend«, unterbrach sie KRAK. Mit einem zynischen Unterton fuhr er fort: »Diese gewaltigen Datenanalysen haben ja sofort zu einem Umbruch geführt, nicht wahr? Kaum auszumalen, hätte man damals nicht alle kleinen Marihuana-Pflanzungen ausfindig gemacht. Das war nämlich eines dieser tollen Big Data-Beispiele. Die Polizei hat die Energienutzung von Haushalten überwacht und überproportional hoher Energieverbrauch war ein Indikator für illegalen Anbau im eigenen Haus. Und das ist deiner Meinung nach der Grund für unsere heutige Struktur?«

»KRAK, bitte unterbrich andere nicht«, ermahnte ihn LENI, der seine Rolle sichtlich sehr ernst nahm.

»Die Sammlung und Nutzung von Big Data sicher nicht«, fuhr IANA unberührt fort, »aber die natürliche Gegenreaktion. Nicht nur kleine Drogendealer, sondern das gesamte organisierte Verbrechen waren von dieser Entwicklung bedroht. Auch anarchistische Gruppierungen zeigten sich mit dieser Entwicklung sehr unzufrieden. Im Grunde handelte es sich um die totale Überwachung durch den Staat oder Großkonzerne. Doch die Entwicklung in der Robotik und Artifical Intelligence erlaubte eine einzigartige Gegenreaktion: DEEP FAKE! Wenn alle verfügbaren Daten über dich gespeichert werden, dann produzier einfach noch mehr. So weiß man nie, welche Daten echt und welche gefälscht sind. Im Rahmen von Deep Fake wurden eine Vielzahl an Kunstdaten geschaffen – rein computergenierte

Verhaltens- und Bewegungsprofildaten. Zu Beginn war es relativ simple, echte von gefälschten Informationen zu unterscheiden. Doch mit den Fortschritten in der Simulationsfähigkeit komplexer Systeme konnten bald zusammenhängende Datenpunkte geschaffen werden, die von echten nicht mehr zu unterscheiden waren. Schon sehr früh konnten ganze Videos von real existierenden Personen produziert werden. Diese sagten und taten, was immer man wollte, und vor allem: Man konnte sie von einem echten Video nicht mehr unterscheiden. Alles war damals schon täuschend echt. Sogar Prominente konnten so wie Marionetten gesteuert werden. Dies war aber nur der Anfang.«

KRAK verdrehte die Augen, um IANA zu signalisieren, dass sie zum Punkt kommen sollte. Diese ließ sich aber nicht verunsichern.

»Jeder Thermostat wurde im Laufe der Zeit ans Internet angeschlossen und lieferte dank Deep Fake auf einmal nicht mehr nur einen, sondern zweihundert Werte. Man konnte die Datenüberflutung nicht mehr in den Griff bekommen. Die manipulierten Daten ergaben irgendwann ein stimmiges Bild. Somit war die Reduktion auf persönliche Überwachung das einzige Mittel, ein Zusammenleben zu ermöglichen.«

»Ganz so simplifizieren darf man nicht«, brachte sich BRAT in die Diskussion ein. »Die Abgrenzung aller Abschnitte war sicherlich zum Teil auf die Entwicklung der Datenüberwachung zurückzuführen. Die Überwachung im Rahmen von Big Data und die Gegenreaktion der Bigger Data führten zu Verwerfungen. Ja, mit der Reduktion eines Abschnitts mit wenigen Tausend Menschen und Unterabschnitten mit einigen Hundert ist ein persönlicher

Kontakt möglich. So kann der Gefahr von falschen Daten über anonyme Individuen entgegengewirkt werden. Auch lassen sich in solchen eingeschränkten Strukturen rigorose Gesetze gegenüber jeglicher Datenmanipulation leichter umsetzen. Allerdings ist das nur ein Teil der Wahrheit.«

KRAK deute mit zwei gestreckten Daumen nach oben und BRAT musste ein Lächeln unterdrücken. Diese Geste war zwar nicht mehr gebräuchlich, aber ihm wohl bekannt. KRAK spielte mit allen Tricks, doch so leicht ließ sich BRAT auch nicht aus dem Konzept bringen.

»Bigger Data Disruption und Deep Fake wurden nicht nur von kriminellen Organisationen oder Anarchisten genutzt. Die Erzeugung von künstlichen, falschen Daten wurde auf verschiedenen Ebenen vorangetrieben. Jeder war beteiligt. Von liberal denkenden Gruppierungen, Hacktivisten bis hin zu ausländischen Geheimdiensten – alle waren daran interessiert, einen totalen Überwachungsstaat nicht zu ermöglichen. Dass diese Gegenbewegung fast zum Zusammenbruch des gesamten sozialen Gefüges geführt hat, war nicht erwartet worden. Denn am Ende der Entwicklung konnte man überhaupt keinen Informationen mehr trauen. Trotzdem war die Abschottungspolitik und Zersplitterung der Strukturen nicht nur durch manipulierte Bigger Data verursacht. Insbesondere die politische Entwicklung, terroristische Attacken, Pandemien und populistische Gegenbewegungen waren hier ebenso ausschlaggebend. Der SWIFT-Incident war der Moment, der das Fass zum Überlaufen gebracht hat.«

»Klar, der SWIFT-Vorfall hat sicherlich etwas verändert«, stimmte KRAK seinem Freund zu. »Allerdings war das Problem mit falschen Daten schon immer da. Ich denke nur an all die von dir so geliebten geschichtlichen Beispiele.« Mit dieser Ansprache von BRAT drängte er IANA sehr bewusst aus der Diskussion heraus. Diese verzog den Mund, wusste aber sichtlich nicht darauf zu reagieren.

»Ich denke nur an eine der ersten professionell durchgeführten Cyber-Attacken auf iranische Atomkraftwerke«, fuhr KRAK mit seinen Ausführungen fort. »Damals war die Schwachstelle ein Ingenieur. Dieser kam auf die geniale Idee, einen zufällig am Parkplatz liegenden USB-Stick an seinem Firmencomputer anzustecken. Das Netzwerk des Atomkraftwerks war natürlich nicht mit dem Internet verbunden. Allerdings reichte dieser Fehler, den berühmten Stuxnet-Virus einzuschleppen. Dazu wurde ein geheim gehaltener Windows Zero Day Exploit, also eine Sicherheitslücke in dem gängigen Betriebssystem, genutzt. Dieser in Kooperation zwischen US- und israelischen Geheimdienst entwickelte Wurm war der Erste seiner Art, der eine stufenweise Infiltration des Systems anwendete.

1. Phase: Totale Überwachung; Verteilung im System; Sammlung von Daten und abhören.
2. Phase: Kleine Manipulationen an Systemen, Reduktion der Effizienz der Abläufe
3. Phase: Zerstörung der Systeme, wobei den Ingenieuren korrekte Werte über die Messsysteme angezeigt wurden. Darum verursachten Gegenmaßnahmen nur größeren Schaden, da die angezeigten Werte immer falsch waren.

Somit war das Streuen von falschen Informationen und falschen Daten das eigentliche Desaster.«

»Gut«, unterbrach ihn LENI, »und was hat das mit unserer heutigen Gesellschaftsstruktur und möglichen

Alternativen zu tun?«

»Nun ja«, KRAK wirkte kurz verunsichert, »ich wollte BRATs Ausführungen unterstreichen. Ich meine, es gab verschiedene Ursachen für diese Entwicklung.«

»Da stimme ich KRAK zu«, kam BRAT wiederum seinem Freund zu Hilfe. KRAK war ein sehr guter Sportler, aber in Diskussionsrunden verlor er manchmal den Faden. »Die eingeschlagenen Entwicklungsströme hätten ganz anders verlaufen können. Wir wissen heute nicht, ob alle Informationen und Daten, auf die wir täglich zugreifen, korrekt sind.«

»Das ist doch Schwachsinn«, versuchte IANA mit einem emotionalen Einstieg in die Diskussion zurückzufinden. »Die Daten, mit denen wir heute arbeiten, sind immer korrekt. Das ist die Grundlage unserer Gesellschaft! Wir haben kleine, überschaubare Strukturen geschaffen, um über persönlichen Kontakt die Authentizität der Daten, die wir erhalten, zu prüfen. Jeder kennt jeden – somit kann vorgebeugt werden, dass jemand mit einer falschen Identität auftritt oder falsche Daten in das System einspeist.«

»Nun ja«, BRAT versuchte, möglichst unaufgeregt zu antworten, »ich glaube, man kann das bestehende Gesellschaftssystem auch überschätzen. Das Beispiel von KRAK lehrt, dass man über Jahre hinweg ein System unbemerkt infiltrieren kann. Stuxnet hat dem iranischen Atomprogramm und den Reaktoren massiven Schaden zugeführt. Aber es war nur der erste dementsprechende Ansatz, wie wir wissen. Unsere bestehenden Strukturen verringern die Wahrscheinlichkeit falscher Daten, aber ich glaube nicht, dass es unmöglich ist – auch bei uns nicht …«

»Gut, wenn dem so wäre«, trat LENI in seiner Rolle in die

Diskussion wieder ein, »was wären denkbare alternative Gesellschaftsstrukturen? Wohin hätte sich die Menschheit sonst entwickeln können?«

»Gute Frage«, entgegnete KRAK jetzt in fraternisierenden Tonfall. »Denkbar wäre ein Beibehalten der davor bestehenden offenen Weltgemeinschaft. Man hätte auf die zunehmenden Konfliktherde mit Diplomatie und nicht nur mit Abschottung reagieren können. Zudem hätte man die Problematik der Bigger-Data-Disruption vermeiden können. Dies war eine natürliche und vorhersehbare Gegenreaktion auf die totale Überwachung aller Teilbereiche des Lebens. Mit einer Reduktion der Überwachung und Schaffung von Freibereichen hätte man diese Struktur des globalen Miteinander aufrechterhalten können.«

IANA zog die Augenbrauen hoch. »Das klingt sogar aus deinem Mund naiv. Warum hätte man die Möglichkeiten, die sich boten, nicht nutzen sollen? Zudem standen die Politiker massiv unter Druck und die Gesellschaft war am Rande des Abgrunds. Es gab keine andere Alternative als die gezielte Aufsplittung.«

»Du meinst die totale Abschottung«, ergänzte BRAT. »Das ist es doch. Die Struktur, der wir heute folgen. Wir reduzieren unser Risiko und machen uns weniger angreifbar. Wir verlieren die Möglichkeit, von anderen zu profitieren. Und wir wissen nicht mal konkret, was außerhalb unseres Abschnitts wirklich vorgeht. Ja, ich bin mir sicher, dass es andere alterative Strukturen gibt, die auch funktionieren. Man hätte etwas Verbindendes über die Menschheit legen können. Mit der Reduktion von Ungleichheiten wären gemeinschaftliche Lösungen möglich gewesen …«

»Gut, die Zeit ist um!«, unterbrach LENI die Diskussion.

Er führte seine Rolle überzeugend zu Ende.

Die anschließende Analyse von SUES fiel pointiert, aber sehr hart aus. An allen dreien ließ sie wenig Gutes. Zu unstrukturiert, die Fragen nicht beantwortet und emotionsgeladen waren noch die positivsten Aussagen.

BRAT fühlte sich ein wenig zerstört. Er verließ das

Gelände gleich nach SUES' letzten Worten. Mit flotten Schritten suchte er einen ruhigen Ort. Er brauchte wieder dringend Ablenkung. Zudem hatte ihn die Geschichte über Elias mindestens so gefesselt wie seine Gefühle für SUES.

9. Nah - Der Herbst vergeht

Die Tage wurden kürzer. Es war erst halb sechs und die Dämmerung setzte bereits ein. Die abendliche Sonne blendete, als ich mit dem Motorrad aus einer düsteren Seitenstraße bog. Ich musste mich bei dem starken Feierabendverkehr konzentrieren, um nicht irgendeinen Fußgänger zu übersehen. Es war herausfordernd, sich zwischen den schleichenden Fahrzeugen hindurchzuschlängeln. Der Weg zu Nici's Wohnung war nicht sonderlich lange, aber heute kam er mir ewig vor.

Wir mussten überraschend lange auf den heutigen Termin warten. Auch wenn wir gemeinsam den Test zweimal wiederholt hatten, eine Unsicherheit bleibt. Leider war Nici's Frauenärztin gerade auf Urlaub. Und Nici weigerte sie partout, zu einer anderen Ärztin zu gehen. Somit mussten wir fast zwei Wochen auf diesen Termin warten. Eine emotionale Achterbahn voller Ungeduld und grübeln. War ich nicht viel zu jung? War Nici vielleicht die Falsche? Zerstört ein Baby das ganze Leben?

Ehrlich und rational konnte ich nur alle Fragen mit Nein beantworten. Dies half aber nicht, die Spannung und Unruhe zu verdrängen. Nici gegenüber hatte ich eine oscarreife Vorstellung hingelegt. Ohne einen Moment des Zögerns hatte ich sie in die Arme genommen und meinen treusten Dackelblick aufgesetzt. Mein Kopf raste, aber ich brachte die Worte »Das ist ja wunderbar!« ohne zu stocken über die Lippen.

Um mich ein wenig abzulenken, aktivierte ich das Radiostreaming in meinen Helm. Leider lief gerade eine

Nachrichtensendung:

»… niedergebrannt. Das Militär hat die Region großräumig abgeriegelt. Nach Schüssen auf zwei unbegleitete Minderjährige, die versucht haben, den Zaun mit selbst gebastelten Sprengkörpern zu destabilisieren, ist die Lage eskaliert. General Babarz bestätigte in einer Pressekonferenz, dass einer der Jugendlichen den Verletzungen erlegen ist. Dennoch wird an der strikten Grenzpolitik festgehalten.«

Ich wechselte den Sender. Diese Geschichten wollte ich heute nicht hören. Eigentlich wollte ich sie nie hören, zu frustrierend waren die Entwicklungen der letzten Jahre. Die zunehmende Radikalisierung und Gewaltbereitschaft dominierte die Medienberichterstattung. Autokratisch geführte »Demokratien« wurden von einer Verrohung der Sprache getragen. Aber ich konnte nur mit dieser Entwicklung leben und froh sein, auf der richtigen Seite des Zauns zu sein. Im Grunde verblasste der Schrecken solcher Nachrichten mit jedem Mal. Die sanften Töne von Radiohead auf dem anderen Sender sagten mir mehr zu.

Als ich endlich vor Nici's Wohnblock ankam, stand sie schon vor der Tür und machte einen genervten Eindruck. Nur in ihren Augen las ich, dass sie mindestens so nervös war wie ich.

»Du hast Nerven! Wir haben in fünf Minuten unseren Termin!«, fuhr sie mich an, bevor ich den Motor abgestellt hatte.

Ich blicke sie schief an und hoffte auf etwas Gnade. »Sorry, der Verkehr war der Horror und ich bin nicht aus dem Büro rausgekommen. Paul dreht im Moment einfach durch.«

»Ok.« Nici schien sich nicht weiter dafür zu interessieren.

»Lass uns gehen. Ihre Ordination ist dort die Straße runter.«

Damit war die Unterhaltung beendet. Wir gingen schweigend nebeneinander. Nach 150 Metern griff sie nach meiner Hand. An dem schüchternen Griff und der feuchten Haut merkte ich ihre Unruhe. Schweigend erreichten wir das Ärztezentrum, in dem eine Frau Doktor Elisabeth Oberhummer ihre Ordination hatte. Eine leichte Übelkeit stieg in mir auf. Bisher war ich nie in irgendeiner Form in Kontakt mit Frauenärzten gewesen. Wie auch. Bilder aus Hollywoodfilmen kamen mir in Erinnerung, in denen Ärzte mit meist ausländischem Akzent um einen großen Metallstuhl herumstanden. Im Grunde konnte man nur die Beine der Patientin sehen. Dieser Wellnessstuhl war umgeben von großen Richtscheinwerfern.

Nervös blickte ich mich nach dem Eintreten in der Ordination um. Würden wütende Blicke auf mir kleben, als unerwünschter Mann in dieser Frauenwelt? Angeprangert als Perverser, der sich hier seinen Kick holt? Überrascht musste ich feststellen, dass zwei weitere Männer im Warteraum saßen. Der eine hielt die Hand seiner hochschwangeren Frau, während er ein Magazin über Kinderzimmereinrichtung las. Der andere saß allein auf einen Stuhl und spielte mit seinem Handy, blickte kurz auf, tippte dann aber unvermittelt weiter.

Nici blickte zu mir und lächelte endlich wieder. »Du schaust aus, als würdest du dich etwas unwohl fühlen?«, fragte sie scherzhaft. »Keine Angst. Ist hier nicht anders als beim Hautarzt.«

»Nur, dass mir der Hautarzt nicht in alle meine Körperöffnungen schaut«, erwiderte ich flüsternd.

»Das ist der Grund, warum ich nur zu Frauenärztinnen gehe. Du bist der einzige Mann, der in meine Körperöffnung schauen darf.« Nici grinste schief. »Na ja, mit Ausnahme meines Zahnarztes.«

Dann öffnete sich die Tür und eine Frau um die vierzig stampfte dynamisch heraus. Sie blickte zu dem alleinsitzenden Mann, der sofort das Handy in der Hosentasche verschwinden ließ und aufsprang. »Lass uns gehen!«, krächzte sie ihm zu und mir lief ein Schauder über den Rücken. War dies die Zukunft einer jeden Beziehung? Eine Frau, die ihren körperlichen Zenit hinter sich gelassen hatte und jetzt wohl noch mal in die Kinderproduktion einsteigen wollte.

Wobei, vielleicht gab es auch andere Dinge als nur Kinder beim Frauenarzt zu behandeln.

Bevor ich den Gedanken beenden konnte, wurden wir aufgerufen. Ich war ein wenig verwundert. Die schwangere Frau, die schon vor uns da war, nickte uns aber freundlich zu. Somit traten wir zügig in das Behandlungszimmer. Die Ärztin saß hinter einem Glasschreibtisch an ihrem Notebook und tippte eifrig im Adlersuchmodus auf ihrem iBook. Als sie uns sah, stand sie auf und ging zwei Schritte auf Nici zu.

»Nicola, wie schön Sie zu sehen!«, sagte sie, während sie Nici die Hand reichte. Dann wendete sie sich zu mir: »Und das muss wohl der potenzielle Vater sein. Habe ich recht?«

Ihr Lächeln wirkte natürlich und nicht aufgesetzt. Sie war groß gewachsen und mochte Ende 30 sein. Mit dem rotgelockten Haar und den grünen Augen wirkte sie durchaus attraktiv. Ganz anders, als ich mir einen Frauenarzt vorgestellt hatte.

Ich blickte mich im Raum um und suchte vergeblich einen Riesenstuhl in der Mitte des Raumes. Nur im hinteren Eck, hinter Monitoren versteckt, konnte ich etwas Vergleichbares entdecken. Die riesigen, ausladenden Metallbeine schienen irgendwo verloren gegangen zu sein.

Frau Doktor Oberhummer bat uns, Platz zu nehmen. Dann setzte sie sich ebenfalls hinter ihren Schreibtisch auf den futuristisch wirkenden Bürostuhl. Dem Gespräch konnte ich kaum folgen. Fragen nach der letzten Regelblutung oder eventuelle Symptome wie Morgenübelkeit gingen an mir vorbei. Ich streifte in Gedanken versunken über die Wände. Zahlreiche anatomische Darstellungen zierten das Zimmer und ich fühlte mich unwillkürlich an den Aufklärungsunterricht in Schulzeiten erinnert.

Dann endlich kam der Teil mit dem Ultraschall. Überrascht sah ich zu, wie Nici Hose und Unterhose auszog und auf der Liege Platz nahm. Doktor Oberhummer griff nach einem Knüppel, der mich unwillkürlich an einen Vibrator denken ließ. Diesem stülpte sie etwas Kondomähnliches über und drückte aus einer Tube ein Gel heraus, das sie auf Knüppel und Kondom verschmierte. Ich hatte das Gefühl, gleich dämlich lächeln zu müssen, und konzentrierte mich, um an meinen starren Gesichtszügen festzuhalten.

Die Ärztin platzierte sich zu Nici's Füßen und fuhr mit dem Gebilde in ihre Scheide. Ich hätte mit der Anwendung des Ultraschallgerätes auf der Bauchdecke gerechnet. Näher nachfragen wollte ich aber sicher nicht. Ich konnte mich an keine solche Szene erinnern, aber vielleicht sah ich einfach die falschen Filme.

Auf dem Monitor erschien ein schwarz-weißes Flimmerbild. Rundliche Objekte bewegten sich, während Doktor Oberhummer den Knüppel ruckartig bewegte. Wirklich erkennen konnte man nichts. Dann die erlösenden

Worte: »Ja, Gratulation! Sie sind tatsächlich schwanger!« Sie drehte einen Trackball unterhalb des Bildschirms. Das Bild am Monitor änderte sich, als sie sich zu mir drehte und sagte: »Schauen Sie, das ist Ihr Kind!«

Ich erstarrte für einen Moment. In dem monochromen Flimmern konnte ich weiße Punkte sehen, die sich rhythmisch und sehr, sehr schnell bewegten.

»Das ist das kleine Herzchen. Das schaut sehr gut und regelmäßig aus«, erklärte die Ärztin.

Ich konnte es nicht fassen. Der Herzschlag meines Kindes. Nie hatte ich etwas Surrealeres gesehen. Mit einem rasenden Tempo bewegte sich hier etwas inmitten des großen, schwarzen Flecks. Ein tatsächliches Lebewesen. Alle Ängste und Zweifel waren augenblicklich verschwunden, für immer vernichtet und unwiderruflich gelöscht. Ich musste mich konzentrieren, damit meine Gesichtszüge nicht entgleisten. Mir entkam ein blechernes »Schön«.

Was hieß hier schön? Das war der wundervollste Anblick meines Lebens. Einen Moment, den ich auf ewig im Gedächtnis behalten würde. Eingebrannt in meiner Erinnerung, heller und intensiver als der erste Kuss, der erste gebrochene Arm oder Nici's Lächeln nach unserer ersten gemeinsamen Nacht.

Nach einer gefühlten Ewigkeit konnte ich meine Augen kurz vom Monitor abwenden und blickte zu Nici. Ihr Lächeln war zart, nicht übermäßig. Ihre Augen strahlten und das schale Licht der Anzeige spiegelte sich in ihren Pupillen. Ihre Freude verzuckerte jeden Millimeter des Gesichts. Die Zeit hätte stehen bleiben sollen. Das tat sie aber nicht …

Wenig später fand ich mich auf der Straße wieder –

gehend. Die letzten Minuten waren wie ein schaler Schatten der Realität an mir vorbeigezogen. Ich ging wie in Trance. Erst jetzt bemerkte ich, dass es bereits dunkel war. Nici ging ebenso schweigsam und sinnierend neben mir. Es war schnell kalt geworden. Konnte das gefährlich für eine Schwangere und ihr Kind sein? Jetzt bloß nicht durchdrehen. Einmal durchatmen und versuchen in die Realität zurückzukehren.

»Nici, es ist ganz schön kühl. Möchtest du mein Sakko haben?«, fragte ich im wohl schulmeisterlichen Ton, der mir sofort unangenehm auffiel.

Nici musste lächeln und drehte sich zu mir. »Jetzt nicht übertreiben. Du bist doch nicht so einer, der jetzt in Panik verfällt?« Sie griff nach meiner Hand. »Wir werden das alles gemeinsam schaffen, also ganz ruhig!«

»Ich glaube, du interpretierst da ein wenig viel rein«, versuchte ich nicht nur sie zu überzeugen.

»Wie auch immer. Kannst du es fassen? Wir werden Eltern.« Sie blieb stehen. »Wir werden Eltern! Du und ich – und eine kleine Maus! Freust du dich?«

Ich blickte sie an, als stünde ich unter Eid: »Und wie! Ich hätte nie gedacht, mich jemals über so etwas so freuen zu können.« Bei diesen Worten merkte ich tatsächlich, wie eine ungeahnte Euphorie in mir hochstieg. »Hast du das kleine Herzchen gesehen?« Ich musste mich anhören wie ein kleines Mädchen, das zum ersten Mal ein Lämmchen gesehen hatte.

»Wir sollten noch nicht abheben. Die ersten Wochen sind kritisch. Hab gelesen, dass bei gut einem Drittel etwas schief gehen kann. Wir sollten es für eine Weile für uns behalten.«

Warum war sie auf einmal die Rationale von uns beiden? War es nicht die Aufgabe des Mannes?

»Versprich mir, dass wir das gemeinsam durchziehen,

egal was kommt.« Auf einmal schien sie feuchte Augen zu haben.

Ich musste lächeln. Waren das die Stimmungsschwankungen bei Schwangeren, von denen immer die Rede war? »Schatz«, sagte ich schmunzelnd, »lass uns den Moment genießen. Und ja, ich werde immer für dich da sein. Alles wird gut. Wir werden Eltern!« Ich nahm ihr Gesicht zwischen meine Hände, wischte die Träne mit meinem Daumen von ihrem linken Auge und küsste sie. Es war fast besser als beim ersten Mal.

Abrupt riss uns ein lauter Knall aus dem Moment. Ich wirbelte herum, konnte aber nicht erkennen, woher das Geräusch gekommen war. Dann erklang ein weiterer Knall. Es war eher ein Donnern. Als ob eine Rakete im Inneren einer Kirche gezündet wurde.

»Feiern die heuer Silvester schon so zu früh?«, war Nici's gelassene Reaktion.

Ich war nicht überzeugt. Das klang nicht nach einem Feuerwerk. »Lass uns rein gehen«, sagte ich in möglichst ruhigen Tonfall.

Es waren nur wenige Schritte zur Tür und ich beschleunigte ein wenig unseren Gang. In der Wohnung angekommen konnte ich nicht umhin, den Fernseher einzuschalten. Ich zappte durch alle Kanäle. Überall nur der übliche Müll. War wohl nichts. Werde ich jetzt schon paranoid bei den kleinsten Geräuschen? Ich musste schmunzeln. Wie schnell ein Kind einen schon verändert. Macht aus einer Mücke einen Elefanten …

Ich schalte den Fernseher wieder ab. Nici nahm sich ein Bier aus dem Kühlschrank, lachte dann laut auf und griff sich an die Stirn. »Macht der Gewohnheit, aber das wird's wohl die nächste Zeit nicht mehr spielen. Willst du mein Bier?« Sie hielt mir das offene *Becks* hin.

Ich nahm die Flasche bereitwillig entgegen. »Danke. Es sind ja nur ein paar Monate.« Ich holte mein Handy heraus und setzte mich auf die Couch. Mails hatte ich keine bekommen. So klickte ich auf die Website des regionalen Nachrichtendiensts und hielt inne:

BREAKING NEWS

Explosion im Stadtzentrum - unbekannte Anzahl an Verletzten

Laut Informationen des Pressedienstes haben sich heute um 18:43 mehrere Explosionen in der Umgebung der Stadtkirche St. Paulus ereignet. Eine Bestätigung durch die Behörden ist noch ausständig.

Der Pressedienst berichtet zudem über brennende Häuser. Die Feuerwehr ist mit mindestens 7 Löschfahrzeugen vor Ort. Die Brände sind noch nicht unter Kontrolle. Zu der Anzahl der Verletzten und möglichen Todesfällen liegen im Moment keine Informationen vor.

Ich schluckte und reichte Nici das Handy. »Ich glaub, das war vorhin doch kein Feuerwerk. Schau mal.«

Unwillkürlich musste ich an all die Terroranschläge in letzter Zeit denken. Objektiv waren es nicht so viele, aber die Brutalität war deutlich gestiegen. Bei der letzten Attacke in Madrid waren drei Attentäter, nachdem sie Bomben an neuralgischen Punkten zur Explosion gebracht hatten, noch weiter durch die Städte gezogen. Mit AK 47

Halbautomatikwaffen wurden die Gassen nach weiteren Zielen abgegrast. Insbesondere kleine Kinder wurden ausgewählt und bewusst verfolgt. Mit gezielten Schüssen ließen sie ihnen keine Chance. Deren Mütter und Väter wurden meist unverletzt mit den Leichen ihrer Söhne oder Töchter zurückgelassen. Es dauerte über eine Stunde, bis die Schützen von Spezialeinheiten ausgeschaltet werden konnten. Insbesondere in den ersten zehn Minuten waren über 150 Menschen, darunter 70 Kinder, dem Massaker zum Opfer gefallen. Waren wir jetzt von so einem Schreckensszenario betroffen?

»Scheiße, was heißt das?« Nici sah vom Handy auf und starrte mich an. »Eigentlich steht da gar nichts. Was sagen denn die anderen Medien?«

»Hab ich noch nicht nachgeschaut. Lass uns den Fernseher wieder einschalten, vielleicht kommt doch etwas.« Ich griff nach der Fernsteuerung und sprang gleich auf den Nachrichtenkanal. Hier lief eine Reportage über den internationalen Kunsthandel. Darunter blinkten ein roter und ein weißer Balken mit weißen und schwarzen Lettern:

BREAKING NEWS

Moorberg: Explosion mit mindestens 20 Verletzten.

Behörden können laut Tweet einen terroristischen Hintergrund nicht ausschließen.

Wir warteten ein paar Sekunden und starrten voller Anspannung auf dem Bildschirm, aber es folgten keine weiteren News.

»Entweder das Ganze ist nicht so schlimm, oder die wissen auch nicht mehr.« Nici klang völlig gefasst. »Schalt mal um, ob irgendwo anders mehr läuft.«

Ich sprang zwischen den Sendern hin und her. Es liefen nur Einblendungen in der Fußzeile. Auch im Internet blieb die Informationslage recht spärlich. Nach endlosen Minuten gewannen wir langsam ein erstes Bild. Vermutlichen waren zwei Sprengsätze in einer Lagerhalle neben der Kirche explodiert. Dabei hatte sich das Nachbarhaus entzündet. Die Feuerwehr rechnete damit, die Lage in Kürze unter Kontrolle zu haben. Mir war nie klar, was das hieß. Bedeutet dies eine vollständige Löschung des Brandes oder konnte man ein Feuer ohne größere Gefahr köcheln lassen?

Die Minuten verliefen zäh wie Stunden. Dank der Medienberichte über alte Terrorattacken in den letzten Jahren ließ uns die Anspannung nicht los. Waren wir vielleicht in Gefahr? Rannten irgendwo muslimische Terroristen oder rechtsnationale Anarchisten mit Sturmgewehren durch die Gegend? In welcher Welt würde unser Kind aufwachen müssen, vorausgesetzt, wir überlebten den heutigen Abend?

Nach einer endlosen Stunde kam dann die Entwarnung: Die Polizei hatte zwei Jugendliche dingfest gemacht. Diese gestanden sofort, zwei Rohrbomben zur Explosion gebracht zu haben. Ziel war dabei das regelmäßige Treffen des Flüchtlingsvereins im Pfarrheim der Kirche St. Paulus. Glücklicherweise war das Treffen kurzfristig abgesagt worden. Die Ekrasit-Sprengkörper gingen nach einiger Zeit dennoch selbstständig los und durch die unsachgemäße Lagerung einer Gaskartusche kam es zum Brand im anliegenden Wohntrakt der Pfarre.

Das Motiv der beiden Schüler blieb unbeantwortet. Laut

offizieller Aussage eines Sprechers der Polizei war das Verhör noch im Gange. Von diversen Mediensprechern wurde ein ausländerfeindlicher Hintergrund vermutet. Zudem brachte ein Nachrichtensender ein Interview mit einem Freund der beiden Täter, der dessen fremdenfeindliche Haltung nicht nur bestätigte, sondern auch unterstützte.

Ich fragte mich, wie Medien so flott ein stimmiges Bild präsentieren konnten. Vor allem – wie findet man so schnell einen Freund der Attentäter, der auch bereit ist, offen über alles zu sprechen? Gibt es bei Fernsehsendern ein Register aller potenziellen Verbrecher mit den Telefonnummern all ihrer Bekannten? Na ja, vieles möchte man wohl nicht wissen.

Kurz vor Mitternacht wurde in den Medien die Vermutung zur Herkunft der Bomben geäußert. Die Pikrinsäure war wohl einem örtlichen Heizungsbauer entwendet worden. Einer der Jungen hatte dort ein Sommerpraktikum absolviert und so waren die erforderlichen Stoffe für ihn zugänglich.

»Pikrinsäure wird zum Ätzen von Metallen eingesetzt, somit werden die wohl ein recht großes Lager dort haben!« Nici zeigte sich diesbezüglich interessierter als bei den Motiven der Tat. »Ist übrigens sehr empfindlich gegenüber Hitze, Erschütterung und Reibung. Also Profis waren das keine, sonst hätte sie die Rohrbomben anderweitig gefüllt. Aber man kann zumindest nicht behaupten, dass ein Sommerpraktikum gar nichts bringt.«

»Okay, Bombe bauen bringst du zukünftig unseren kleinen Schatz bei«, entgegnete ich und merkte, wie der Druck von mir abfiel. Zynismus wirkte befreiend.

»Wo lernt man so etwas?«

Auch Nici konnte wieder lächeln. »Im Terroristen-

Bootcamp natürlich. Nein, Chemie hat mich schon immer interessiert. Das lag aber vielleicht an unserem schnuckligen Chemieprofessor.«

»Du konntest wohl nie die Finger von Männern lassen?«

Nici sah mich mit einem verschmitzten Grinsen an: »Nur, wenn sie so süß sind wie du.« Dann knöpfte sie sich ihre Bluse auf.

Ich weiß nicht, ob es die Anspannung oder die Schwangerschaftshormone waren, aber die nächsten Stunden wurden zur sportlichen Höchstleistung.

Am nächsten Morgen hatten wir jeglichen Gedanken an die gestrige Aufregung vergessen. Erst die Sonderradiosendung erinnerte uns wieder an die bangen Stunden. Doch außer drei Leichtverletzten war ja niemanden etwas passiert. Wieder nur ein Thema, das übermäßig von den Medien gehypt wurde.

Nun musste ich aber los. Auf dem Weg zur Arbeit hörte ich einen Podcast über die verfehlte Außenhandelspolitik in Zentralafrika. Mit den stark subventionierten europäischen Agrarexporten konnten Bauern in Ländern wie Nigeria, Senegal, Gambia oder Ghana wohl nicht mithalten. Da insgesamt mehr als 60 % der erwerbstätigen Afrikaner in der Landwirtschaft tätig waren, führte diese Entwicklung zu einer weiteren, massiven Verschlechterung der Lebensbedingungen in vielen Regionen. Ich frage mich kurz, ob irgendjemand die langfristigen Auswirkungen mitbedachte, bevor dieser Gedanke von den inneren Bildern meiner kleinen Familie verdrängt wurde.

Auch im Büro schaffte es kein Meeting, mir die Freude an meiner gemeinsamen Zukunft mit Nici und unserem Zwerg zu nehmen. Ich musste unbedingt wieder ihre Stimme hören. In der Mittagspause versuchte ich, kurz bei ihr durchzuklingeln, hatte aber keinen Erfolg. Auch am Nachmittag ging sie nicht ans Handy. Komisch, normalerweise rief sie eigentlich schnell zurück. Na ja, vielleicht ein stressiger Tag bei ihr.

Als ich am Abend daheim angekommen war, hatte ich immer noch nichts von ihr gehört. Fühlte sich irgendwie nicht gut an. Ich hoffe, es ist nichts mit dem Baby. Doch dann rechnete ich nach: Sieben Stunden nichts zu hören, war eigentlich nicht lange. Kein Grund, sich Sorgen zu machen.

Endlich, mein Handy vibrierte. Doch leider war es nicht Nici. Die Nummer auf dem Display hatte ich nicht eingespeichert. Hoffentlich keiner dieser lästigen Werbeanrufe. Ich nahm ab.

»Spreche ich mit Elias Beamer?«

Ich bejahte ein wenig verdutzt.

»Hier spricht Edmund Andres, Nicolettas Vater.« Er stockte und ich hörte ihn nach Luft schnappen, als hätte er gerade hyperventiliert. Dann fuhr er mit einer belegten Stimme fort: »Meine Tochter hatte einen Unfall. Mir wurde gesagt, Sie sollten das wohl wissen.«

10. Fern - Falsche Daten

Ein Alarm am Handgelenks Inlay riss BRAT aus dem Mindsqueeze. Erst musste er sich einige Sekunden lang sammeln. Der Wechsel zwischen den Welten brauchte Zeit und ein solcher Alarm kam selten vor - eigentlich nie. Was war vorgefallen? BRAT wurde aufgefordert, sich vollständig in der virtuellen Realität einzuklinken. Den Zugriff, den er im Moment nutzte, war ein rein visuelles Interface. Eine vollständige Simulation war nicht denkbar und nicht gewünscht.

BRAT wurde angewiesen, sich so schnell wie möglich vollständig zurückzumelden. Somit eilte er mit schnellen Schritten zum Hauptgebäude zurück. Auf dem Weg über den Campus merkte er, dass er nicht der Einzige war, der alarmiert wurde. Überall gingen und liefen Kinder, Jugendliche und Erwachsene aus unterschiedlichen Richtungen auf das Hauptgebäude zu. Wie an den verwirrten Gesichtsausdrücken zu erkennen war, wusste wohl niemand, was vorgefallen war. Die Sonne schickte sich gerade an unterzugehen und hüllte das Gelände in ein idyllisches Rot. Eine romantische Stimmung, die überhaupt nicht zur ausbrechenden Hektik zu passen schien.

Vereinzelt konnte man Überwachungsroboter patrouillieren sehen. Normalerweise waren diese Drohnen unauffällig und konnten mit bloßem Auge nicht wahrgenommen werden. BRAT vermutete, dies sollte ein Gefühl von Sicherheit erzeugen - oder doch das Gegenteil?

Als er das Zentralgebäude erreichte und durch die Türen schritt, konnte er überall die bläulich glühenden

Milchglasscheiben sehen. Fast alle Schlafräumlichkeiten waren schon belegt. Am hinteren Ende des Gebäudes fand er einen freien Slot und klinkte sich unverzüglich ein. Der Wechsel in die virtuelle Realität dauerte nur wenige Sekunden. Jugendliche Gehirne brauchten diese Übergangszeit, um mit der veränderten Umgebung zurechtzukommen.

»Hallo BRAT, danke, dass du dich so schnell eingeklinkt hast«, begrüßte ihn eine verführerisch lächelnd Frau unbestimmten Alters mit langen, leicht gelockten, schwarzen Haaren und blonden Strähnen.

»Gerne LISA.«

Sie befanden sich in einem langen, hell schimmernden Raum mit Glasfronten auf beiden Seiten. Durch die Scheiben konnte man die Sonnenstrahlen sehen, die sich auf dem weit ausladenden Meer reflektierten. Dahinter erhob sich eine beeindruckende Landschaft aus Fjorden und Schluchten. Am Horizont im Hintergrund war der schwebende Saturn mit seinen Ringen klar zu erkennen. Sie befanden sich ohne Frage in Ligeia Mare, dem riesigen Methansee auf dem Saturntrabanten Titan. Dieser virtuelle Hintergrund war eine beeindruckende Kulisse, die einem sofort Ehrfurcht einflößte. BRAT war bewusst, dass dies sicherlich kein Zufall war.

»BRAT, weißt du, warum wir dich hergerufen haben?« Lisa sah ihm mit einem unschuldigen Blick tief in die Augen.

»Nein. Ich habe keine Ahnung. Ich denke aber, ich bin nicht der Einzige, der im Moment von dir befragt wird.« BRAT wollte selbstsicher wirken, war sich aber nicht sicher, ob ihm das jemand abnehmen würde.

»Hast du von den ungewöhnlichen Temperaturänderungen vor der Küste bei Hermanus gehört?«, fragte LISA, ohne auf BRATs Bemerkung einzugehen.

»Ja«, antwortete BRAT wahrheitsgemäß. »Wir haben heute darüber gesprochen. Es soll dafür eine Untersuchungskommission eingesetzt worden sein.«

»Das ist korrekt. Diese hat vor wenigen Minuten ein Zwischenergebnis vorgelegt.« LISA schwieg für einige Sekunden andächtig.

BRAT vermutete, dass sie die Ergebnisse der parallellaufenden Befragungen angleichen musste.

»Nun ja, das Ergebnis der ersten Analyse ist mehr als beunruhigend.«

BRAT wunderte sich. Eine neue Erkenntnis zur Klimaentwicklung sollte doch eigentlich keine solche Reaktion hervorrufen.

LISAs Stimme verlangsamte sich, während sie weitersprach. »BRAT, du weiß vermutlich sehr gut über unsere Geschichte Bescheid. Als Gegenbewegung zur vollständigen Überwachung aller Daten und Menschen kam es Mitte des 21. Jahrhunderts zu den Bigger Data Attacken. Terroristische Gruppierungen schufen mittels Deep Fake artifizielle Datenstrukturen, die von der Realität nicht mehr unterscheidbar waren. Fiktive Dokumentation, Schaffung einer Unmenge an Informationen bis hin der Erstellung von künstlichen Individuen. Menschen, die niemals existiert haben. Das alles mit dem Zweck, Verunsicherung hervorzurufen. Man konnte am Ende keiner einzigen Information, keinem einzigen Datenpunkt mehr trauen. Die Existenz der gesamten Menschheit stand auf dem Spiel. Wenn unklar ist, ob ein Flugzeug in 100 Meter oder 10.000 Meter Höhe fliegt – nicht weiß, ob die Wassertemperatur 10 oder 100 Grad hat – ein Stecker wirklich stromlos gestellt ist – ob die radioaktive Strahlenbelastung bei 10 oder 1000 Millisievert ist – der entgegenkommende Zug tatsächlich auf einen zukommt – das alles waren Fragen über Leben oder Tod.«

BRAT nickte eifrig, da ihm die geschilderte Entwicklung wohl bekannt war. All dies hatte politische Strukturen zum Zusammenbruch gebracht, da man oft nicht mehr wusste, gegen wen man kämpfte. Jede Information, die man aus den Medien erhielt, konnte genauso gut erfunden oder fiktiv sein. Der Feind existierte vielleicht gar nicht. Vielleicht sogar der so gute Freund. Alles konnte damals künstlich geschaffen sein.

Allerdings wusste er immer noch nicht, worauf LISA hinauswollte. So ließ er ihren Monolog weiter über sich ergehen.

»Als einzigen Ausweg haben wir den persönlichen Kontakt gewählt. Durch kleine Gruppenstrukturen, in denen jeder jeden gut zu kennen vermag, konnte man den drohenden Untergang abwenden. Informationen wurden wieder sorgsam von einem zum anderen weitergetragen. Daten von Hand zu Hand gereicht. Nur der, den man kannte, der existierte. Nur wenn die Person vertrauenswürdig war, waren es auch die Informationen. Robotik, 3D Druck und Artifical Intelligence ermöglichte kleineren Gruppen wie uns weitgehende Autonomie. Zuvor war zum Beispiel die Herstellung von Halbleitern ein arbeitsteiliger Prozess, an dem mehrere Hundert Individuen beteiligt waren. An der Erstellung eines einfachen Mobiltelefons waren über tausend Personen beteiligt – doch dies war nicht mehr notwendig und erlaubte es uns, in kleine Gruppen eine neue Struktur aufzubauen. Ein besseres Leben und eine neue Welt zu schaffen.«

BRAT überlegte etwas zu erwidern, wagte aber immer noch nicht LISA zu unterbrechen. So fuhr diese fort: »Oberste Maxime war sicherzustellen, dass wir unserer Umgebung wieder Vertrauen entgegenbringen konnten. Jegliche Veränderung von Daten oder Generierung von fiktiven Informationen wurde mit drakonischen Strafen belegt. Dies war wichtiger als alles andere, Wissen baut auf Vertrauen auf. Nur was wir messen können, können wir steuern. Der Kontakt mit anderen Abschnitten ist unterbrochen. Keine digitalen Informationen dürfen in unseren Abschnitt eindringen oder diesen verlassen. Individuen müssen dort leben, wo sie geboren sind. Diese Struktur hat in den letzten Jahrzehnten unser Überleben gesichert. War das Fundament unserer Existenz – bis zum gestrigen Tag.«

LISA hielt inne, wollte wohl die Reaktion von BRAT abwarten. Dieser zog seine Augenbrauen hoch, schwieg aber. Er wartete bewusst, was LISA eigentlich zu sagen hatte, bevor er mit einer dummen Frage dazwischenfuhr.

»Gestern«, sprach LISA mit theatralischer Stimme weiter, »wurden bei uns manipulierte Daten entdeckt. Jemand oder etwas hat unsere oberste Maxime ignoriert und untergraben. Sämtliche Informationen, die wir bei der Untersuchung der Meerestemperaturströmung herangezogen hatten, waren gefälscht.«

»Heißt das, dass die Wassertemperatur sich gar nicht geändert hat?«

»BRAT, wir wissen es nicht. Das ist das eigentliche Problem, verstehst du nicht? Wir haben es nicht nur mit zusätzlichen Daten zu tun. Wir sehen nur ein Bild und wissen, dieses ist eine Fälschung. Doch wie das Original aussieht, können wir im Moment nicht einmal erahnen. Allerdings wissen wir nicht, ob die Temperatur tatsächlich gestiegen ist. Ob die Tierwelt tatsächlich verschwunden ist. Ob unsere Messgeräte und Roboter überhaupt noch existieren. Als ersten Schritt haben wir alle Verbindungen zu dem Teilabschnitt gekappt. Wir wissen nicht, was neben den falschen Informationen noch alles auf uns zukommen kann. Die Gefahr eines gezielten Angriffs ist zu hoch. Jedes Risiko der Weiterverbreitung auf andere Teilabschnitte muss um jeden Preis vermieden werden. Erst müssen wir verstehen, was vorgefallen ist. Darum bist du hier, BRAT.«

BRAT biss sich auf die Lippe. Es war also doch ein Verhör. Was hätte es auch anderes sein sollen. Er wusste, jede seiner Regungen und Gehirnwellen wurde überwacht. Somit war es hoffentlich offensichtlich, dass er über diese Sache nichts wusste.

»Wie kann ich helfen?«, fragte BRAT möglichst selbstbewusst.

»Wo warst du in den letzten 20 Stunden?«

BRAT überlegte kurz. »Um es auf den Punkt zu bringen. Gestern habe ich den Tag mit meiner Familie, das heißt mit meiner Mutter und meinem älteren Bruder verbracht. Wir waren klettern und schwimmen. Heute habe ich den Vormittag im Information Room verbracht. Ich habe zum einen an meinem Projekt gearbeitet, zum anderen habe ich mich durch ein paar Mindsqueeze durchgearbeitet. Nach dem Essen haben wir Subaqua gespielt. Danach gab es mehrere Diskussionsrunden im Rahmen des Master-Päd-Programms.«

»Ja, das entspricht unseren Aufzeichnungen. Und hast du

irgendwas Ungewöhnliches in dieser Zeit wahrgenommen?«

BRAT überlegte kurz. »Im Grunde nein. Es waren Tage wie immer. Nichts Besonderes.«

»Irgendwelche ungewöhnlichen Unterhaltungen? Jemand, der nicht dem normalen Verhaltensmuster entsprochen hat?«

BRAT musste kurz an die Diskussionen vom Nachmittag denken. Die Geschichte von Abschnitt Xi-Pan-Xi kam ihm kurz in den Sinn. Warum hatte er davon nie gehört? War dies einer dieser Hinweise, nach denen LISA suchte? Er entschied sich dagegen, etwas zu erwähnen. Manchmal erfuhr man Neuigkeiten, das war doch ganz normal. Zudem wollte er seinen Freunden, insbesondere SUES, keine Probleme machen.

»Nein«, meinte BRAT schließlich, »mir fällt beim besten Willen nichts Ungewöhnliches ein. Auch in den Tagen zuvor nicht.«

»Na gut.« LISA wirkte von der Antwort nicht wirklich überrascht. »Bitte denke weiter. Wir werden euch alle über den Fortschritt und die Maßnahmen, die wir setzen werden, auf dem Laufenden halten.«

BRAT wollte sich gerade umdrehen, um zu gehen – eine Geste, die sich im virtuellen Raum eingebürgert hatte, obwohl hier keine Notwendigkeit hierzu bestand – als LISA ihm noch eine Frage nachrief. »Ach übrigens, sagt dir der Name Theia etwas?«

Er zuckte zusammen, überlegte kurz und durchsuchte seine Informationsquellen. »Nein, ich glaube nicht. Ich schätze, es geht ja nicht um den Protoplaneten, der durch den Zusammenstoß mit unserer Erde den Mond hervorgebracht hat, oder?«

»Nein, geht es nicht.« LISA ließ neben sich ein Bild einer rothaarigen Frau um die fünfzig erscheinen, die einen archaisch wirkenden Sari trug. »Ich meine diese Theia. Sie ist einer der wenigen Menschen, die sich in mehreren Abschnitten aufgehalten hat. Zumeist in der Rolle einer Führerin. Sie stammt vermutlich ursprünglich aus dem Abschnitt 108/14. Danach haben wir Quellen, dass sie im Abschnitt 121/31 verweilte, bis sie sich im heutigen Abschnitt 140/36 niedergelassen hat.«

BRAT musste schlucken. Theia hatte sich im Abschnitt 121/31 aufgehalten? Abschnitt Xi-Pan-Xi? Der Abschnitt, der untergegangen war? War es Zufall – wohl kaum. Warum hatte er von ihr und diesen Geschichten nie etwas gehört?

»Ich dachte, ein Wechsel von Abschnitten ist verboten beziehungsweise unmöglich? Oder wird das nur in unserem Abschnitt so streng gelebt?«, fragte er.

»Ja und nein.« LISA blickte jetzt sehr ernst. »Es ist unmöglich, zwischen Abschnitten zu wechseln. Allein der Besuch auf neutralen Gebieten für gemeinsame Treffen ist nur sehr, sehr wenigen gestattet. Wir haben keine Erklärung für diese Geschichte. Es könnte aber sein, dass Theia eine rein fiktive Person ist. Zu lange gibt es schon Erzählungen von ihr. Vielleicht auch nur ein Märchen.«

»Und was hat Theia mit der Datenmanipulation zu tun?« BRAT wollte sich sein Wissen um Xi-Pan-Xi nicht anmerken lassen.

»Nun, der Name ist heute bereits zweimal genannt worden. Wir untersuchen die Zusammenhänge. Einer, der den Namen Theia erwähnt hatte, ist wohl ein guter Freund von dir.« LISA betonte die letzten Worte so, dass BRAT nicht wusste, ob es eine Frage oder eine Aussage war.

»Und wer?«

»Ach, das spielt keine Rolle. Wenn dir der Name nichts sagt, danke ich dir für deine Zeit.«

BRAT blickte verständnislos zu LISA, als diese sich auflöste. So verhielten sich nur Wesen, die alleinig in der virtuellen Realität lebten. Ein Mensch wie BRAT brauchte einen Abgang.

Er überlegte, was LISAS's letzte Sätze bedeuten sollten. Sicherlich keine Information für ihn, eher eine Aufforderung. Man hatte ohne Frage seine Reaktion beobachten wollen. Der Name des Freundes oder der Freundin wurde nicht genannt. Damit hatte man sicher etwas bezweckt. Er sollte selbst Nachforschungen anstellen. Alle sollten das tun. Nur durch Streuung gezielter Informationen konnte man Menschen steuern. Aber wollte er sich wirklich instrumentalisieren lassen? Sollte er direkt zu KRAK gehen? Oder war jemand anderes dieser Freund? BRAT wusste es nicht. Er brauchte Zeit zum Nachdenken. Jetzt keine überstürzten Handlungen. Auch andere waren von LISA interviewt worden. Nicht nur die Gemeinschaft suchte nach Antworten, auch jeder Einzelne.

Sie lebten jetzt in einer Welt, in der nicht jede Information automatisch richtig sein musste. Dies hätte BRAT davor im Hinterkopf behalten sollen. Jeder hatte dies gelernt, doch es stimmte bis heute nicht mit der Realität überein - bis heute.

Er dachte daran zurück, wie der Tag begonnen hatte. Ja, vielleicht würde ihm etwas Ablenkung jetzt ganz guttun.

11. Nah – Dunkelheit

Als ich vor die Tür trat, blies mir ein feuchtkalter Wind ins Gesicht. Dank des Nebels konnte ich kaum bis zur Straßenbahnstation sehen. Ich klappte den Kragen meines Mantels hoch und musste kurz an einen Jerry-Cotton-Roman denken. Mit schlurfendem Gang bewegte ich mich unwillig vorwärts. Trotz der frühen Uhrzeit wartete ich allein an der Haltestelle. Musste denn an diesem versifften Novembertag niemand arbeiten?

Auf der anderen Straßenseite liefen drei Kinder mit übergroßen Schulrucksäcken an mir vorbei. Einer bückte sich schnell und hob im Vorbeilaufen einen abgebrochenen Ast vom Boden auf. Damit imitierte er Samuraibewegungen mit überraschender Präzision. Die anderen beiden, ein Junge und ein um mindestens einen halben Kopf größeres Mädchen, blickten ihn kurz ehrfürchtig an. Dann rannten sie im zügigen Tempo weiter – waren wohl spät dran. Ich blickte auf die Uhr – ja, ich auch. Wie schön wäre es, wenn dies irgendeine Gefühlsregung bei mir hervorgerufen hätte. Nicht nur der Morgen war eiskalt.

Die letzten Wochen hatte ich wie in Trance verbracht. Der Anruf von Nici's Vater hatte mich aus der Realität gestoßen. Nach dem Telefonat konnte ich mich nicht mehr auf den Beinen halten. Trotz aller Bemühungen vermochte ich nicht, den ersehnten Schmerzensschrei freizulassen. Meine Kehle hatte sich zugeschnürt und ließ mir keine Luft zum Atmen. Das Nächste, an das ich mich erinnern konnte, war der monatliche Anruf meines Vaters. Ein Ritual, das uns beiden keine große Freude bereitete. Ich hatte kein Wort darüber verloren, dass ich kurz zuvor die Liebe meines Lebens verloren hatte. Wozu auch? So führten wir ein belangloses Gespräch über die letzten Meisterschaftsspiele. Zwischenzeitlich hatte ich das Gefühl, aus einem schlechten Albtraum erwacht zu sein. Als er endlich aufgelegt hatte, konnte ich endlich den so behüteten Schrei in die Welt entlassen. Die Laute, die ich danach von mir gab, konnte ich selbst nicht fassen - eine Mischung aus Winseln und Jaulen - ein Gefühl, als ob einem die eigene Haut ganz langsam und stetig vom Körper abgezogen würde. Beim Faustschlag gegen die Rigipswand hinterließ ich ein Abbild meiner Faust, das mich seitdem jeden Morgen hämisch angrinste.

Doch all dies waren nur Vorboten der richtigen Hölle. Ich hatte nicht annähernd realisiert, was sich ereignet hatte. Es fühlte sich wie ein schlechter Scherz an. Laut dem Bericht von Nici's Vater war sie auf der Stelle tot gewesen. Im Krankenhaus hatte man zwar versucht, sie wiederzubeleben, allerdings ohne Erfolg.

Was war aber mit dem Kind? Niemand wusste, dass sie schwanger war. Ich griff sofort nach meinem Handy und wählte die Nummer der Unfallstation. Es dauerte einige Momente, bis sich eine Schwester meldete. Ich tat mir schwer, verständliche Sätze zu stammeln - ihr klarzumachen, dass meine Freundin tot war, unser gemeinsames Kind aber vielleicht noch lebte. Die Sätze klangen für mich schon absurd, als ich sie aussprach. Ruhig und gefasst bat sie mich, am Telefon zu bleiben. Wenige Augenblicke später meldete sich der behandelnde Oberarzt. Er erklärte mir, dass er telefonisch keine Informationen zu Todesfällen geben durfte. Ich hörte eine leichte Anspannung in seiner Stimme. Die Schwester musste ihm wohl berichtet haben, dass es einen

Todesfall mit einer Schwangeren gab, die die Schwangerschaft geheim gehalten hatte.

Ich ließ nicht locker und erklärte ihm, dass unbedingt geprüft werden müsse, ob mein Kind noch lebte. Als ich danach festhielt, dass Nici wohl so in der 7. Bis 8. Woche war, unterbrach er mich abrupt.

»Es tut mir von Herzen leid, aber in dieser frühen Schwangerschaftsphase ist kein Überleben möglich. Dafür ist der Fötus nicht ausreichend entwickelt.«

Ich schluckte. Mein letzter Strohhalm war untergegangen und hatte mich mitgerissen. Ich brachte noch ein »Äh danke« hervor, bevor ich auflegte, ohne den Arzt weitersprechen zu lassen. Meine ganze Welt war implodiert.

Die Beerdigung fand schon drei Tage nach dem Unfall statt. Diesen absurden Vorfall, bei dem sich Nici trotz des perfekten Spätsommerabends und der trockenen Fahrbahn dafür entschieden hatte, die Eiche auf der Margarethenstraße einfach aufzuspießen. Frontal und mit voller Geschwindigkeit war sie mit ihren Toyota Yaris in den Baum gerast und hatte sich um den Baumstamm gewickelt. Was genau vorgefallen war, konnte mir niemand mit Gewissheit sagen. Ein kleiner Junge, der als Einziger den Moment beobachtet hatte, faselte irgendetwas von einer Katze. Vielleicht war sie irgendeinem Vieh ausgewichen. Eventuell lag es auch an der tief stehenden Sonne. Wir werden es nie mit Gewissheit sagen können und es war mir auch egal. Da war niemand, dem man die Schuld geben konnte, das war das Schlimmste. Zu gerne hätte ich meine Wut auf irgendetwas oder irgendjemanden gerichtet. Meinen Zorn kanalisiert. So fühlte ich aber, wie meine Verbitterung von Minute zu

Minute wuchs. Hass auf die Welt, auf mich, auf Existenz als solches.

Die Beerdigung selbst war unspektakulär. Ich wechselte kaum drei Sätze mit Nici's Eltern. Viele der Freunde kannte ich nicht einmal und jetzt machte es wohl auch keinen Sinn mehr, den gemeinsamen Freundeskreis zu erweitern. Diverse Beileidsbekundungen nahm ich emotionslos entgegen. Dem anschließenden Leichenschmaus entging ich, indem ich einen Anruf vortäuschte. Danach ließ ich mich nicht mehr blicken. Ich konnte und wollte mich nicht mit Nici's Verwandten unterhalten, mich nicht besser fühlen, in dem ich mich mit irgendjemandem über Gefühle unterhielt oder Anekdoten austauschte.

Die Sprachnachrichten von Nici's Mutter in den nächsten Tagen ignorierte ich ebenso wie Mails oder andere Anrufversuche von diversen Freunden. Nach zwei Wochen hatte ich es dann geschafft. Ich wurde von allen als hoffnungsloser Fall abgestempelt.

An einem Abend gegen halb neun war ich wohl schon auf der Couch eingenickt, als ein wiederholtes Klingeln mich aus dem Schlaf riss. Wer immer es war, er oder sie konnte mich mal. Wahrscheinlich eh nur irgendwelche verdammten Kinder. Nach gut fünf Minuten Dauerbeschallung schleppte ich mich dann doch zur Gegensprechanlage.

«Was?«, schrie ich mit einer lallenden Stimme in den Hörer.

«Ich bin's - Max!«, hörte ich es nur knacksen. «Mach auf!«

«Danke, dass du vorbeigeschaut hast - kein Interesse!«

«Mann, ich kann die ganze Nacht hier rumstehen und die Bedienung der Klingel überfordert mich auch nicht, also mach auf!«, schnaubte es durch den Hörer. «Und denk nicht im Traum daran, die Bullen zu rufen. Das wird für dich peinlicher als für mich.«

Ich überlegte. Es stimmte. Wenn ich jetzt die Polizei rufen würde, müsste ich ihnen alles in meinen angetrunkenen Zustand erklären. Zusätzlich käme ich wohl nicht um ein Gespräch mit Max umhin, nur halt vor Publikum.

Das Klingeln setzte wieder ein und es machte mir das Nachdenken nicht unbedingt leichter. Nun hörte ich ein Klopfen vom Stock unter mir. Ob ich denn wohl taub sei, ließ mir Frau Breitmüller ausrichten. So drückte ich in einem schwachen Moment den Türöffner.

Wenige Sekunden später stand Max schon in der Tür. Überraschenderweise schien er auf eine Einladung zu warten, um auch die Türschwelle zu passieren.

»Komm schon rein«, sagte ich, während ich mich in Richtung Küche bewegte. »Was zu trinken?«

»Danke, ja. Ein Bier bitte«, erwiderte er in einem für ihn ungewohnt freundlichen Tonfall.

Ich griff in den Kühlschrank und musste erschrocken feststellen, dass nur drei *Becks* Flaschen übrig waren. Ich nahm zwei heraus, reichte ihm eins und nahm mir vor, das letzte verbliebene Bier sicher nicht mit diesem Kerl zu teilen.

»Also, was willst du?«, fragte ich und merkte, wie sich meine Zunge schwertat, den Anweisungen des Gehirns zu folgen.

Max blickte mich mit seinen dunklen Augen für mindestens zwei Sekunden an, bevor er sprach: »Mann, was ist mit dir los? Mir ist klar, dass die letzten Wochen nicht leicht für dich waren. Nachdem du die Geschichte mit Nici und mir erfahren hast, warst du ja schon mal nicht mehr wirklich für mich zu sprechen – hab ich ja verstanden. Dann die scheiß Geschichte. Gut, hab verstanden, dass du Zeit brauchst und vermutlich nicht gerade mit mir darüber sprechen willst.« Er machte eine kurze Pause und schaute geistesabwesend aus dem Fenster, bevor er fortfuhr: »Aber du – Frau Andres hat mich kontaktiert – du bist wohl jeglichem Kontakt ausgewichen. Die arme Frau. Ihr Mann muss wohl ein emotionaler Eiswürfel sein. Die Frau hat wohl gehofft, in dir jemand zu finden, mit dem sie sich austauschen kann und gemeinsam die Trauer bewältigt.«

Ich blickte Max an: »Ach komm. Ich hab die Frau maximal zweimal gesehen. Und richtig gedacht, ich hab keine Lust, das Thema mit irgendjemandem aufzuarbeiten. Okay?«, fuhr ich ihn an. »Schon gar nicht mit Nici's Mutter.«

»Du sollst nichts aufarbeiten, sondern dich um sie kümmern. Das bist du Nici schuldig!«

Nun wurde ich wütend. »Sag du mir verdammt noch mal nicht, was ich irgendjemandem schuldig bin. Du hast nicht die geringste Ahnung.« Am liebsten hätte ich geschrien, wollte aber nicht Frau Breitmüllers Jammern von unten hören. »Ja, die Frau tut mir leid. Aber es ist nicht mein Problem. Ich bin dabei, mein Leben wieder in den Griff zu bekommen. Dabei kann ich sie leider nicht gebrauchen.«

»Du bist was?« Max sah mich zweifelnd an. »Schau dich doch an. Wann warst du das letzte Mal unter Menschen?«

Ich überlegte kurz, bevor ich antwortete: »Ich gehe jeden Tag ins beschissene Büro. Hab keinen einzigen Tag ausgesetzt.«

»Das hat nichts mit Menschen zu tun. Ihr seid doch nur irgendwelche Roboter, die da herum roboten. Du weißt, was ich meine.«

Max wollte mich aus der Reserve locken, mich dazu bringen, mich zu öffnen. Aber das konnte er sich abschminken. »Mir reicht das an menschlichen Kontakten. Danke! Also hast du gesagt, was du sagen wolltest?«

Max schluckte. Er hatte sich den Verlauf des Gespräches wohl anders vorstellt. »Ach komm«, versuchte er es jetzt mit einem weit freundlicheren Ton, »ich versuch dir doch nur zu helfen.«

»Danke Max. Hast schon genug geholfen«, sagte ich mit einem Blick zur Tür.

Max blickte skeptisch. Schien zu überlegen. Dann knallte er die volle Bierflasche auf den Tisch, ohne einen einzigen Schluck daraus getrunken zu haben. Gut so, dacht ich, damit hatte ich vielleicht doch genug für diesen Abend. Dann stürmte er Richtung Tür. Vor der Schwelle drehte er sich noch einmal um. »Elias, denk wenigstens daran, was Nici von dir erwartet hätte. Sicher nicht, dass du hier in deinem Appartement dahinvegetierst.« Danach verließ er die Wohnung und warf die Tür lautstark ins Schloss.

Ich lauerte regelrecht, Frau Breitmüller wieder brüllen zu hören.

»Morgen rede ich mit dem Vermieter«, vernahm ich von unten einen Schrei.

Max' letzte Worte hallten in meinem Ohr wider. Was hätte Nici von mir erwartet? Hätte sie gewollt, dass ich mich um ihre Mutter kümmere – wohl nicht – so gut kannte sie mich dann doch. Aber sollte ich das als Chance für einen Neuanfang nehmen? Mein Leben kotzte mich an. Aber was konnte ich hier schon tun? Mein ganzes Leben war schon vor Nici eintönig gewesen. Jetzt war es nur grau in grau.

Ich leerte die Flasche, die Max mir hinterlassen hatte, in

einem Schluck - sozusagen als Inspiration. Ich merkte, wie Übelkeit in mir aufstieg. Bloß nicht übergeben. Mit Konzentration konnte ich den Brechreiz unterdrücken.

Irgendwie kam mir auf einmal der Geruch von Curry in die Nase. Vielleicht bildete ich mir das nur ein, doch nun sah ich wieder Nici in dem Lokal sitzen und mit den Händen den gelblichen Reis in den Mund schieben. Zierlich und grazil, als wäre es das Natürlichste auf der Welt. Mir wurde klar, hier in dieser Wohnung, in diesem Job, in diesem Leben, würde ich kein Glück mehr finden. Ich musste raus, weg und alles hinter mir lassen. Nici hatte es mir vorgemacht.

Ich nahm die andere Flasche Bier und konzentrierte mich. Jetzt oder nie. Ich setzte an und leerte sie ebenfalls, ohne abzusetzen. Diesmal war ich auf den Brechreiz vorbereitet, dies machte es aber nicht unbedingt besser. Ich sog die Luft durch die Nase und merkte, wie ich nach hinten torkelte. Dann drehte sich alles und ich fiel rücklings über den Stuhl. Das Letzte, was ich wahrnahm, war das Donnern, als ich mit dem Hinterkopf hart aufschlug.

Als ich erwachte, sah ich als Erstes den Esszimmertisch über mir und die Morgendämmerung schien schon durchs Fenster. Mein Kopf schmerzte höllisch. Der letzte Gedanke des Abends kam mir wieder in den Sinn: Aufbrechen und alles hinter sich lassen.

Ich rappelte mich auf und schleppte mich zur Abstellkammer, schaltete das Licht ein und schob ein paar Taschen im obersten Regal zur Seite. Ja, da war er, mein alter Backpacker-Rucksack. So wie ich ihn in Erinnerung hatte: Blau-grün mit Metallgestell und einer unzähligen Anzahl an Riemen. Auf der Seite war meine alte Isomatte festgeschnallt.

Das Ding muffelte. Kein Wunder, ich hatte ihn wohl beim Einzug vor acht Jahren das letzte Mal bewegt.

Dies war der letzte Tag, an dem ich in dieser verdammten Wohnung rumsitzen und meinen Frust mit Alkohol runterspülen würde. Wenn man schon ein beschissenes Leben führte, konnte man das wenigstens mit der ganzen Welt teilen. Nichts hielt mich mehr in dieser Stadt. Das Gefühl davonlaufen zu können, gab mir zum ersten Mal so etwas wie Hoffnung.

Ich überlegte, was zu tun war. Job kündigen – das könnte eine Herausforderung werden, wobei: Vermutlich wollten die mich so schnell als möglich loswerden. Die Wohnung – sollte ich sie kündigen? Nein, dann wusste ich nicht, wohin mit meinen Sachen. Zu meinem Vater konnte und wollte ich das nicht stellen und in ein Lager irgendwie auch nicht. Was sprach dagegen, die Wohnung zu behalten? Die Miete war verhältnismäßig niedrig. Ein Jahr ging sich locker aus. Ich hatte genug Ersparnisse. Also war alles, was mir noch fehlte, ein Flugticket. Aber wohin wollte ich eigentlich?

12. Fern - Gray-Goo

Es war 7:95 - Zeit, sich auf den Weg zu machen. BRAT wurde zu Hause erwartet. Er war glücklich, in einem Abschnitt zu leben, in dem es noch Familienverbände gab. In anderen Abschnitten war es durchaus üblich, Kinder gleichen Alters abgeschieden in Gruppen aufwachsen zu lassen. Sicher, es gab Kontakt zu Erwachsenen. Nicht alle Pädagogen waren AGIs. Auch für ausreichend Formen der Zuneigung war gesorgt, aber der Bezug zu einer kleineren, speziellen Gruppe - seiner Familie - war etwas Besonderes, das er nicht missen wollte.

BRAT fragte sich, warum dieses Thema heute nicht in der Diskussion zur Sprache gekommen war. Bei aller berechtigten Kritik an ihrer Struktur konnte man manches Positive nicht ignorieren. Der Zusammenhalt, die Wärme und das vertraute Umfeld der Familie konnte man nicht hoch genug schätzen.

BRAT war mit der Familie, der er zugeteilt worden war, sehr zufrieden. Seine Mutter MONA hatte nur einen anderen Jungen, seinen Bruder LIUS, um den sie sich im Moment kümmern durfte. Daneben gab es nur die AGI LEXA bei ihnen als künstliches neuronales Netz im Haus.

Die Zuteilung der Familien erfolgte in der Regel aufgrund von Algorithmen, die genetische Muster verglichen und mögliche Verhaltensschablonen abglichen. Detaillierte Informationen zu der dahinerliegenden Logik wurden aber geheim gehalten, wohl auch um dem künstlichen Fortpflanzungsprozess eine gewisse Mystik zu erhalten.

Konformität sollte dabei aber vermieden werden und der

Erhalt einer möglichst bunten Gesellschaft war ein klares Ziel. So gab es unterschiedlichste Familienstrukturen. Ein Vater, der sich um vier Kinder kümmerte – so erging es übrigens KRAK. Oder auch zwei Mütter, die nur ein Kind betreuten – dieses Vergnügen hatte wohl SUES, wie er gehört hatte.

Wie es wäre, abends nicht in ein gemeinsames Haus zu kommen, konnte er sich gar nicht vorstellen. Er wusste, dass seine Mutter einmal mit einem Mann gut befreundet war. Dies war vor seiner Geburt gewesen.

Leider war er bei einem fehlgelaufenen Versuch mit Nano-Replikatoren ums Leben gekommen. Viel mehr hatte MONA hierzu nie erzählt und BRAT ließ es dabei bewenden. Nur gelegentlich fragte er sich, wie es wohl wäre, einen Vater zu haben.

»Hallo Schatz«, begrüßte ihn MONA mit einem Kuss auf die Stirn.

Sein Bruder LIUS lehnte an der Wand und streichelte das Faultier, das sich gerade mühsam den Weg zur fünf Meter hohen Decke erkämpfte. Sie hatten den Vorderraum als botanisches Spielzimmer konzipiert und BRAT konnte sich zu gut daran erinnern, wie sein Bruder und er sich früher Wettrennen mit Bob, dem Faultier, geliefert hatten. Heute war Bob alt und eher ein Schmusetier als ein Wettkampfkletterer.

LIUS und MONA waren wohl mitten in ein Gespräch vertieft gewesen, als LIUS plötzlich aufblickte und fragte: »Hat dein Verhör so lange gedauert? MONA und ich sind schon länger zurück und haben gerätselt, was das heute sollte. Was wollte LISA denn von dir wissen?«

Bevor BRAT antworten konnte, unterbrach ihn seine Mutter. »Verbindet euch erst mit dem Esszimmer und wir reden dort weiter. Nicht, dass ihr mir verhungert.«

MONA selbst musste sich nicht zusätzlich neu connecten, da über ihr bionisches Interface im Auge eine Permanentverbindung bestand. Erwachsene bewegten sich in der virtuellen Realität zumeist gleichzeitig mit der Fortbewegung durch den physischen Raum. Nur das Essen musste sie sich natürlich aus der Küche holen.

BRAT und LIUS mussten für den Wechsel in ihre Zimmer marschieren, um über ihre jeweiligen Verbindungskonsolen einzusteigen. Beide legten sich routinemäßig in den Sarkophag und verbanden alle Anschlüsse, um sich in der virtuellen Realität einzuklinken. Das Bild vor ihren Augen sprang augenblicklich um. Eine parallele Bewegung durch zwei Realitäten war in dem jungen Alter noch nicht möglich und zu gefährlich. Dennoch fanden sich jetzt alle drei um den gemeinsamen Esstisch wieder.

LEXA leistet ihnen ebenfalls als blauer Avatar Gesellschaft. Auch ohne die Notwendigkeit der Nahrungsaufnahme empfanden es AGI-Systeme in der Regel als angenehm, bei gemeinsamen Essen anwesend zu sein. Gesellschaftliche Konventionen wurden zwar immer wieder von LEXA infrage gestellt, doch manchmal hatte BRAT den Eindruck, dass sie diese Rituale mehr liebte als alle menschlichen Teilnehmer.

Aus dem Fenster konnte man Steilklippen und darunter die stürmische See beobachten. Das Rauschen der Wellen klang echter, als BRAT es in der realen Welt jemals erlebt hatte. Entsprechend der Tageszeit spiegelten sich die Sterne im Meer. Die frische salzige Luft wirkte entspannend. MONA hat heute wieder das passende Ambiente ausgewählt. Auf den Tellern vor ihnen materialisierte sich ein Schwertfischsteak mit Zitronen-Kapern-Soße und Radicchio.

»Also«, hakte LIUS wieder nach, nachdem sie Platz genommen hatten, »wie war's?«

BRAT überlegte kurz, dann berichtete er ausführlich von LISAs Befragung. Insbesondere auf das Ende der Unterhaltung ging er detailliert ein und ließ keinen Punkt des Gesprächs aus. Er fragte sich, was sie wohl genau beabsichtigt hatte. »Im Grunde war es eigentlich keine richtige Befragung. Sie hat wesentlich mehr gesprochen als ich«, schloss er seine Ausführungen.

»Nicht ungewöhnlich«, erwiderte seine Mutter, »so läuft es bei den meisten Interviews. Du weißt ja, wie viel LISA aus deiner Reaktion herauslesen kann. Somit geht es eher darum, Ansatzpunkte für zukünftige Befragungen zu identifizieren, als um konkrete Antworten.«

»LISA ist eine überaus mächtige AGI, einfachen Artifical General Intelligence – Systemen weit überlegen«, ergänzte LEXA. »Da reichen Gesten. Die relevanten Informationen, die sie sucht, werden dann herausgefiltert.«

»Ja«, stimmte LIUS zu, »bei mir ging die Befragung schneller vorbei. Das mit dieser Theia wollte sie bei mir gar nicht wissen. Komisch, dass ich von der noch nie gehört habe.«

»Mir sagt der Name leider nichts«, entgegnete MONA, die die Blicke beider Jungen auf sich fühlte.

Auch LEXA blieb stumm. So gesprächig, wie sie in der Regel war, war dies eindeutig.

»Wirklich?«, sagte BRAT enttäuscht. »Ich hatte gehofft, von euch mehr zu erfahren. Oder von diesem Abschnitt Xi-Pan-Xi.«

Seine Mutter schluckte. Ihr schien der Bissen Fisch beinahe im Hals stecken zu bleiben. »Wie bitte? Was hast du gemeint, mein Schatz?«, fragte sie mit einem Lächeln nach.

»Nun, zwei meiner Bekannten haben heute über Xi-Pan-Xi gesprochen, den Abschnitt 121/31«, antwortete BRAT wahrheitsgemäß, »Weißt du etwas darüber?«

MONA starrte zu LEXA, bevor sie antwortete. »Ja, hab ich. Allerdings ist dies eine der Informationen, die bewusst in unserem Netzwerk nicht weitergeben wird. Schon gar nicht an Kinder.«

»Auch mir«, ergänzte LEXA, »stehen hierzu Informationen nur in sehr rudimentären Umfang zur Verfügung.«

»Aber warum? Es heißt doch, bei uns gibt es keine Zensur?« BRAT war aufgebracht. »Manchmal bin ich mir nicht sicher, in welchem System wir wirklich leben.«

»Begründet wird dies mit sicherheitspolitischen Überlegungen«, wandte LEXA ein. »Zumindest wird das bei mir für diese Anfrage angezeigt.«

»Ja und nein«, ergänzte MONA. »Ich weiß nicht viel über den Vorfall. Aber ein wenig mehr. Es war vor sehr, sehr langer Zeit. Ich hab euch doch einmal von FERD erzählt?«

Beide Jungen nickten. Ja, das war der Name von MONAs Freund gewesen. In ihren Augen konnte BRAT erkennen, dass ihre Mutter ihn wohl von ganzen Herzen geliebt hatte. In ihren Pupillen blitzte es kurz auf, als sie den Namen ausgesprochen hatte. Insbesondere die realitätsnahe Replikation ihrer Augen wirkte in der virtuellen Realität nahezu perfekt.

»Wir waren schon eine längere Zeit zusammen«, fuhr MONA fort, »als FERD unerwartet zu einem Außeneinsatz entsandt wurde. Er war Spezialist für Micro- und Nanotechnologie, vielleicht führend in unserem gesamten

Abschnitt. Das war es, was ihn begeistert und fasziniert hat – seine einzig wahre Liebe. Da konnte wohl nicht einmal ich mithalten.« MONA zwang sich ein schiefes Lächeln ab. »Auf jeden Fall wurde er sehr unerwartet abkommandiert. Er hatte nicht einmal Zeit, seinen laufenden Versuch abzuschließen. Das sollte ich während seiner Abwesenheit übernehmen. Als er nach fünf Tagen zurückkehrte, durfte er mir im Grunde über den Einsatz nichts sagen. Ich merkte nur, dass es etwas Schreckliches gewesen sein muss. Er war wortkarg, fast schweigsam. Ich ertappte ihn mehrmals, wie er geistesabwesend an die Decke starrte und mit sich selbst sprach. Irgendwann hielt ich es nicht mehr aus und stellte ihn zur Rede.«

MONA atmete tief ein und aus, bevor sie weitersprechen konnte: »Mir war bewusst, dass er mir von dem Einsatz nichts berichten durfte, aber ich konnte es nicht länger ertragen, ihn so zu sehen. Man merkte, dass er im Grunde darüber reden wollte, ja musste. Die Psychologie-AGIs hatten ihm aus irgendeinem Grund nicht weiterhelfen können und die weiteren Post-Mission-Rehabilitations-Maßnahmen schienen nicht anzuschlagen. So verbrachten wir einen langen Abend damit, über Dinge zu sprechen, über die wir eigentlich nicht reden durften. Er berichtete, wie er in einem Team von vier Wissenschaftlern und zwei AGIs in den Abschnitt 121/31 entsendete wurde. Das Gebiet war schwer zugänglich, komplett abgeschirmt. Die Waffentechnologie, die zur Sicherung der Grenze eingesetzt wurde, war wesentlich moderner als unsere. Selbst die AGIs konnten sich nicht einmal ansatzweise in das System einklinken. «

BRAT spürte, wie die Herzfrequenz bei den Worten seiner Mutter immer mehr anstieg.

»Als sie nach dem zweiten Versuch einzudringen, wieder auf Sicherheitsabstand gegangen waren, sind ihnen Suchdrohnen gefolgt und haben einer der Kolleginnen den Unterarm abgerissen. Nicht getötet, nein! Sie haben sie bewusst aufgehalten und bei vollem Bewusstsein die einzelnen Hautschichten abgezogen. Alle anderen konnten, ja sollten zusehen. Eine perfide Abschreckungsmaßnahme. Erst als Unterstützung von einem anderen Abschnitt eingetroffen war, war es dem Team gelungen, sich eine Eingangsschneise freizusprengen. Das alles wegen eines vermeintlichen Notrufs. Es wurde vermutete, dass Menschen ebenso wenig aus dem Abschnitt raus konnten, wie es uns unmöglich war, einzudringen. Was aber tatsächlich vorgefallen war, blieb ungeklärt. Man konnte keinen einzigen Menschen, kein Individuum, kein einziges höheres Lebewesen mehr lokalisieren. Auch alle AGIs waren defekt und irreparabel. Manche vermuteten einen Bioangriff oder Massensuizide. Aber was war dann aus den AGIs oder anderen Lebewesen geworden? FERD war sich allerdings sicher, dass es nur eine einzige logische Erklärung dafür geben konnte. Etwas, das aber auf Basis unseres aktuellen Erkenntnisstands eigentlich unmöglich war: ein Angriff mit selbstreplizierenden Nanobots.«

»So wie in alten Ideen von Eric Drexler?«, unterbrach sie LEXA. »Der hatte als einer der ersten den Ansatz vorgestellt, molekulare Nanotechnologie für Assembler zu nutzen. Man schafft einzelne Roboter im Kleinstformat. Diese sind in der Lage, Atome und Moleküle zu manipulieren. Programmierbare Assembler, die sich dann selbst replizieren. Sie können eine vollständige Kopie ihrer selbst eigenständig erzeugen. Theoretisch könnten nanotechnische Replikanten aus den gängigen zur Verfügung stehenden Molekülen hergestellt werden. So könnte man ein stetiges Wachstum zuwege bringen.«

LIUS nickte: »Daraus ergibt sich die gängige Horrorvorstellung, in der außer Kontrolle geratene Nanobots unkontrolliert exponentiell wachsen, nicht?«

»Stimmt«, bekräftigte LEXA. »In dem Gray-Goo-Szenario wird davon ausgegangen, dass ein Nanoroboter jeweils eine Kopie von sich innerhalb von tausend Sekunden herstellen könnte. Danach würde jede weitere Kopie wieder tausend Sekunden benötigen. Die Entwicklung folgt einer kontinuierlichen Verdoppelung. Somit sind es gleich einmal acht, danach sechzehn, zweiunddreißig, zweiunddreißig, vierundsechzig und so weiter. Nach einem Tag hätten sie die Masse von einer Tonne erreicht. Nach nicht einmal zwei Tagen die komplette Erde abgedeckt. Daher der Name – man würde so die Erde in eine große, graue Schmiere verwandeln.«

»Ja«, fuhr MONA fort, ohne sich aus dem Konzept bringen zu lassen. »Allerdings gibt es für das Szenario eine Fülle an Hindernissen. Rein physikalisch ist es zweifelhaft, ob eine solche Struktur überhaupt möglich ist. Wissenschaftler haben hier oft vom fat-finger oder sticky-finger Problem gesprochen. Es ist äußerst fraglich, ob es möglich ist, die Verbindungen und Replikationen auf molekularer Ebene herzustellen und sich gleichzeitig zu replizieren. Zudem muss ein passender Trägerstoff bestehen. Irgendwoher muss der Nanoroboter ja seine Energie nehmen. Verarbeitet er alles Umliegende in neue Nanobots, zerstört er gleichermaßen seine Energiequelle. Somit ist auch ein natürliches Ende gegeben. Doch für einen begrenzten Rahmen kann dies ein äußerstes tödliches Szenario sein.«

MONA hielt inne und schien dabei die Luft anzuhalten, doch niemand wagte sie unterbrechen. Nach endlos langen Sekunden sprach sie weiter: »FERD war der Meinung, dass ein geplanter Angriff oder ein ungeplanter Unfall für das Verschwinden aller kohlenstoffbasierenden Lebewesen verantwortlich war. Er konnte etwas isolieren, was er für defekte Nanobots hielt. Allerdings teilten viele andere im Team seine Ansichten nicht. Jemand aus einem anderen Abschnitt wollte sogar beweisen, dass die Nanobots nicht funktionierten. Bei einem Versuch kam es zu einer Gegenreaktion, die ebenfalls außer Kontrolle geriet. Die Nanobots fraßen im bildlichen Sinn den Mann auf. Nur mit einer kontrollierten Sprengung konnten eine Kettenreaktion und eine exponentielle Ausbreitung auf die anderen Mitglieder der Mission verhindert werden. In der Folge entschied man sich, die Untersuchungsarbeiten einzustellen und den Abschnitt zu sperren. Informationen sollten nur sehr gefiltert weitergegeben werden. Zu groß war die allgemeine Angst, dass jemand versuchen würde, das Szenario nachzustellen beziehungsweise weitere Nanobots in dem Abschnitt zu finden.« MONA brach ab und musste sich wieder fangen, bevor sie fortfuhr. Dabei überschlug sich ihre Stimme beinahe. »Ich merkte, wie unglaublich schrecklich diese Ereignisse für FERD gewesen sein mussten. Er hatte mitansehen müssen, wie ein Mensch vor seinen Augen aufgefressen wurde. Er wollte die Entscheidung, die Forschung auf diesem Gebiet einzustellen, nicht akzeptieren. Aus seiner Sicht musste man eine Gegenstrategie entwickeln. Allerdings wurde dies von unserem Abschnitt nicht unterstützt. Somit wurde seine Sicherheitsinfrastruktur sehr eingeschränkt. Was dann irgendwann zu dem Unfall führte …«

»Ist schon gut, Mami!« LIUS griff nach der Hand seiner Mutter und streichelte sie zart. »Denk nicht mehr daran.«

BRAT hatte seine Mutter nie so offen und verletzlich erlebt. Er stand auf, ging auf sie zu und wollte sie in den Arm nehmen.

»Ist schon gut, Schatz.« MONA wirkte augenblicklich wie ausgewechselt und hatte sich wieder beruhigt. »Aber bitte tut mir einen Gefallen und behaltet die Sache für Euch. Ich weiß nicht, was und ob es etwas mit der laufenden Untersuchung und der Datenmanipulation zu tun hat, aber ich will euch nicht in etwas Gefährlichem involviert wissen!«

»Ja MONA«, erwiderten beide Brüder im Chor.

»Gut! Und jetzt lasst euch euer Essen schmecken.« MONA blickte Richtung LEXA. »Und du erzählst uns ein wenig von den laufenden Aktivitäten im Abschnitt!«

LEXA konnte ein richtiges Gossip Girl sein. Niemand wusste über Klatsch und Tratsch besser Bescheid als LEXA und so gelang es ihr in kürzester Zeit, alle auf andere Gedanken zu bringen.

Nach dem Essen wechselte BRAT durch ein paar virtuelle Räume, bis er sich entschloss herauszufinden, wie es mit seinem Mindsqueeze weiterging. Morgen würde er mit seinen Freunden versuchen herauszufinden, wer Theia war, aber heute brauchte er noch eine Ablenkung.

13. Nah – Eine neue Hoffnung

Als ich von dem kalten, feuchten Herbstwind in die Abflughalle geschoben wurde, musste ich innehalten. Schon seit Jahren hatte ich keinen Flughafen mehr von innen gesehen. Aus irgendeinem Grunde war es sich nie ausgegangen zu verreisen. Auch diverse geplante Dienstreisen fielen immer kurzfristig aus. So wirkte dieser Ort vertraut und fremd zu gleich. Auf beiden Seiten hasteten Männer im Anzug an mir vorbei. Die Trolleys, die sie hinter sich herschoben, schienen fast abzuheben. Etwas entfernt stand eine Familie mit drei Kindern verwirrt um einen Berg Koffer herum. Sie schienen zu versuchen, aus den sich schnell ändernden Anzeigen am Monitor schlau zu werden. Allerdings kamen sie wohl zu keinem gemeinsamen Verständnis, da der Ton in der Diskussion zwischen Vater und Mutter lauter wurde. Dies lag aber wohl daran, dass die Kinder die beiden in Satellitenbahnen lautstark umkreisten. Für einen kurzen Moment musste ich lächeln. Dann wurde mir bewusst, dass ich wohl nie in einer solchen Situation stecken würde.

Jetzt galt es allerdings mein Leben hinter mir zu lassen. Im Grunde musste ich heute nur den letzten Schritt machen. Die vergangenen Wochen waren überraschend rastlos gewesen. Zuerst die Kündigung, die sich doch länger hingezogen hatte. Das Kündigungsschreiben hatte ich gleich nach dem letzten Treffen mit Max losgeschickt. Das Gespräch mit Herrn Bader, meinem Chef, war seltsam verlaufen. Zuerst schien er vollkommen vor den Kopf gestoßen zu sein. Er hatte wohl nicht mit dieser Entscheidung gerechnet und bekam Angst um seine laufenden Projekte. Wirklich überrascht hatte er mich mit seinem Angebot, die Teamleitung zu übernehmen. Scheinbar war er nicht so unzufrieden mit meiner Performance, wie ich gedacht hatte. Absurd, ich war vollkommen unmotiviert in jedem Meeting und hatte nur Arbeit abgeschoben - die Geschäftswelt werde ich nie verstehen.

Allen Fragen nach dem Grund meines Ausscheidens und wohin ich denn wechseln wolle, war ich eloquent ausgewichen. Die Geschichte mit Nici wollte ich auch zum Schluss mit niemandem teilen. So faselte ich etwas von neuen Herausforderungen und Umorientierung. Ich brauche einmal eine Auszeit. Ach, dann hätte ich noch gar keinen neuen Job? Dann könnte ich doch zumindest bis zum Ende des Projektes in vier Monaten bleiben. Ein längerer Verbleib wäre unter keinen Umständen eine Option für mich. Daraufhin änderte sich sein Ton abrupt. Er drohte mir mit einem schlechten Referenzzeugnis und der Aussicht, dass ich nie wieder eine Arbeit finden würde. Daraufhin musste ich zum ersten Mal seit einer Ewigkeit lächeln und verließ den Raum, ohne ein Wort zu sagen und mich einmal umzusehen.

Am Nachmittag desselben Tages hatten wir ein schlichtendes Gespräch mit dem Leiter der Personalabteilung. Nach einer Stunde einigten wir uns auf weitere sechs Wochen im Unternehmen und eine geordnete Übergabe. Dafür dürfte ich die sechs Wochen Resturlaub voll verbrauchen.

Kurz überlegte ich, sofort zu gehen. Was hatte ich zu verlieren? Einfach nicht mehr kommen und sofort alles hinter mir lassen. Doch dann entschied ich mich doch nachzugeben. Vermutlich würde ich die sechs Wochen als Vorbereitung ohnehin brauchen, um noch alles zu regeln. So willigte ich ein. Nicht ohne eine innere Wut runterzuschlucken.

Die Wochen bis zur Abreise waren schneller vergangen, als ich es erwartet hatte. Ich verbrachte die Feierabende damit, einen passenden Flug zu finden. Für ein paar Tage spielte ich mit den Gedanken, das Motorrad zu starten und aufzubrechen. Doch bei der genaueren Planung der Reiseroute wurde mir klar, dass ich wohl nie unversehrt in Asien ankommen würde. Die politische Lage hatte sich weiter verschärft und mittlerweile wurden schon Flüge über den Nahen Osten weiträumig umgeleitet.

Ich hatte mich für ein One-Way-Ticket entschieden. Der Finanzpolster sollte für eine gute Weile reichen. Mein Wertpapierportfolio hatte ich schon frühzeitig verkauft. Leider zum denkbar schlechtesten Zeitpunkt. Das politische Chaos in Europa hatte die Wirtschaft voll erfasst. Die Börsenwerte befanden sich in einer Abwärtsspirale.

»Klar, aber das ist nur eine kurze Phase der Unsicherheit«, hatte mein Bankberater mir versichert. »Ich würde im Moment eher azyklisch agieren und Investitionsmöglichkeiten ausloten. Sehen Sie, die sozialen Unruhen werden nicht lange so bestehen bleiben. Dann werden die Unsicherheiten auf den Kapitalmärkten vergehen. Das war schon immer so und wird auch in Zukunft so sein. Die volkswirtschaftlichen Kennzahlen schauen im Grunde nicht schlecht aus!«

»Und was ist, wenn nicht wieder alles gut wird?«, fragte ich sinnierend, ohne es wirklich auf die wirtschaftliche Lage zu beziehen.

»Wie? Was? Ach Sie - Herr Beamer - Sie scherzen, oder? Jetzt haben Sie mich für einen Moment auf dem falschen Fuß erwischt.« Er musste gezwungen lachen. Das unnatürliche Grinsen hätte einem Hollywood-Film entstammen können. »Aber natürlich beruhigt sich die Lage wieder. Sehen Sie nur die Kennzahlen der letzten Woche. Zum Beispiel der Einkaufsmanager-Index in den USA. Sehr, sehr positiv …«

»Ja sicherlich«, erwiderte ich mit der Hoffnung, das Gespräch schnell zu einem Ende zu bringen. »Mir geht es aber im Moment darum, schnell auf mein Geld zugreifen zu können. Ich plane eine längere Abwesenheit. Da möchte ich auch aus dem Ausland schnellen Zugriff auf Barreserven haben.«

»Sicher, sicher. Da gibt es verschiedene Modelle. Viele unserer Fonds werden auf extrem hochliquiden Märkten gehandelt. Da ist es kein großes Problem, diese schnell wieder abzustoßen. Außerdem haben Sie hier eine dementsprechende Risikostreuung. Ansonsten …«

»Ich dachte eher daran, alle meine Wertpapiere zu verkaufen und mir ein Drittel bar auszahlen zu lassen«, unterbrach ich das versuchte Verkaufsgespräch.

Mein Blick verriet ihm wohl, dass das Potenzial auf eine Provision eher gering war. »In bar? Wollen Sie das unter Ihrem Kopfpolster lagern? Da muss man froh sein, dass es nicht mehr aus Gold ist, oder?«

Wieder musste ich sein widerliches Grinsen über mich ergehen lassen. Wobei – vielleicht war das gar keine so schlechte Idee. »Sagen wir die Hälfte in Bargeld und die Hälfte in Goldmünzen.«

»Wie bitte?« Jetzt schaute er mich fast ein wenig beleidigt an. »Ganz schlecht. Gold ist ja eine typische Krisenwährung, aber da sind Sie viel zu spät dran. Ganz, ganz schlecht. Außerdem empfiehlt sich mittlerweile nur mehr über

Zertifikate zu erwerben.«

»Da verstehen Sie mich falsch. Ich möchte Goldmünzen, die ich mitnehmen kann.«

»Ah - nun ja. Sie wissen aber schon, dass man große Mengen Bargeld und insbesondere Gold nicht problemlos überall mitführen kann? Wohin wollen Sie überhaupt verreisen, Herr Beamer?«

Da hatte er mich nun am falschen Fuß erwischt. »Natürlich ist mir das bewusst!«, log ich ihm ins Gesicht. »Und meine Reiseroute ist nicht abschließend geklärt. Bitte lassen Sie es mich wissen, wenn alles geklärt ist und ich alles bei Ihnen abholen kann. Danke.« Erleichtert stand ich auf und verließ die Bankfiliale. Irgendwie ein unangenehmer Ort.

Die Informationen zu den Einreisebeschränkungen mit Bargeld sahen nicht berauschend aus, aber so viel hatte ich dann auch wieder nicht. Mit Gold sah es schlechter aus. In vielen Ländern fielen richtig hohe Importzölle an und ich überlegte, ob ich doch wieder zurückrudern sollte. Ach was, scheiß drauf. Ich durchsuchte das Internet nach den besten Schmuggeltipps. Es gab online durchaus skurrile Ideen. Manche Menschen hatten versucht, Gold im Inhalt ihres Magens über die Grenze zu bringen. Solche Geschichten kannte ich bisher nur von Drogenschmugglern. Aber wie sollte ich nun meine liquiden Mittel mitnehmen?

So stand ich heute am Flughafen und war gespannt, ob es funktionieren würde. Andere Ideen, wie das Gold zu einer Gürtelschnalle zu verarbeiten, hatte ich schnell gestrichen. Zwar werden Koffer einem Sicherheitscheck unterworfen, aber vielleicht bestand hier eine höhere Chance, etwas durchzuschmuggeln, insbesondere in meinem Backpacker-

Rucksack. Der Check-in war schnell erledigt und ich war optimistisch, dass das gut ein Kilo Gold in verschiedenen Barrengrößen nicht weiter auffallen sollte.

Am Platz neben mir saß eine indische Dame Mitte fünfzig in einem traditionellen hell-grünen Sari. Sie blickte mich skeptisch an, da mein Äußeres schon heute einem ungepflegten Rucksacktouristen entsprach. Einen Rasierapparat hatte ich seit Wochen nicht mehr in der Hand gehabt, und der unregelmäßige Bartwuchs tat das Übrige. Nach wenigen Momenten verlor sie aber das Interesse und widmete sich ihrem Magazin mit einer lasziv gekleideten Dame auf der Titelseite. Den Flug verschlief ich fast komplett.

Als ich aus dem Flugzeug stieg, schlug mir ein Hitzeschwall entgegen. Die Luft war trocken und stickig, und es duftete nach Kerosin und faulen Gemüseabfällen.

Nach der Fahrt mit einem futuristisch anmutenden Bus erreichten wir den wohl klimatisierten Flughafenterminal. Hier war es wie überall auf der Welt: Die Klimaanlage war viel zu stark eingestellt, überall hingen Werbemonitore an den Wänden, die Beleuchtung übertraf das Tageslicht von außen und der Teppichboden war so flauschig, dass jeder Schritt Abdrücke hinterließ.

Am Kontrollschalter für die Einreise saß eine modern gekleidete Frau Mitte zwanzig in Jeans und schwarzem Top. Sie hatte ein leicht rundliches Gesicht und wohl ein paar Kilo zu viel auf den Rippen. Trotzdem wirkte sie überraschend attraktiv. Sie konnte keinesfalls mit ihrer Kollegin am Nachbarschalter mithalten, die direkt einem Fashionmagazin entstiegen zu sein schien. Ich musste mich konzentrieren, meine Augen bei der mir zugewiesenen Beamtin zu behalten.

Mein Rucksack rotierte schon am Kofferband und ich

merkte, dass wohl alle anderen Reisenden seriöseres Reisegepäck mit sich schleppten. Schnell schulterte ich den verbliebenen Inhalt meines Lebens und marschierte Richtung Ausgang. Draußen hielt ich überrascht inne. Innerhalb von wenigen Metern hatte ich eine neue Welt betreten. Ich hatte erwartet, den überdachten Bereich vor einem Flughafen vorzufinden, auf dem klimatisierte Taxis warteten. Stattdessen musste ich überrascht zurückspringen, sonst hätte mich ein vorbeirasendes Tuk Tuk voll erwischt. Der Platz war überfüllt und überall sah man Männer und Frauen mit Körben herumlaufen oder Schüsseln tragen. Zwischen den schreienden Massen fädelten sich Motorradfahrer durch die Menge. Alles schien sich zu bewegen und ich fragte mich, wie es möglich war, dass nicht mindestens fünf Menschen von dem vorbeirasenden Fahrer mitgerissen wurden.

Von rechts tippte mir jemand auf den Arm. Ein kleiner Junge, maximal fünf Jahren alt, schaute zu mir auf und hielt mir seine offene Handfläche entgegen. Erst nach zwei Sekunden realisierte ich, was er von mir wollte. »No, sorry!«, erwiderte ich und drehte mich ab. Aber schon zupfte er erneut an meinem Ärmel und blickte mit forderndem Blick zu mir auf. »Sorry«, versuchte ich es ein zweites Mal. Er gab nicht auf und hielt nun meinen Ärmel fest. So wechselte ich in einen schärferen Ton »NO, I´m sorry!« Aber das half nicht weiter. Er glaubte wohl, in mir ein schwächeres Opfer gefunden zu haben. So entschied ich mich einfach zu gehen und versuchte ihn in der Menge abzuhängen. Es funktionierte, allerdings wusste ich nicht, wohin ich ging. Die Situation überforderte mich.

Als ich nach gut dreißig Metern kurz innehielt, um mich zu orientieren, fühlte ich schon wieder jemanden an meinem

Arm. Gab dieser Junge denn gar nicht auf? Von bettelnden Kindern hatte ich gehört, allerdings fehlte mir die Übung im Umgang. Man hatte mir nur eingebläut, nichts herzugeben, da dies das Verhalten ja noch förderte. Diesmal war es aber kein Kind, sondern ein unwesentlich größerer Mann, der mich in einem weißen Langarmhemd anlächelte. »Sir, where're you from, Sir?«

»From Europe«, erwiderte ich kurz angebunden.

»Are you looking for a place to stay? There is a very nice place just three minutes from here!« Bei den Worten fixierte mich der junge Mann starr: »Follow me!«

Ich wollte ursprünglich in die Innenstadt fahren und mir dort eine Unterkunft suchen, doch nun erschien mir dies als eine unlösbare Aufgabe. So wirkte ich wohl zu interessiert.

»Just five minutes away! Nice rooms with air condition and hot shower! Follow me! Have a look!«, ließ der Mann nicht locker.

Ich war müde vom Flug und erschlagen vom Chaos. Der Müll am Boden und die Fliegen, die um mich kreisten, taten das Übrige. Ich blickte mich kurz um, mit der letzten Hoffnung hier vielleicht doch einen Informationsstand zu finden. Dabei merkte ich, dass zwei weitere Männer mit Vollbart mich ebenfalls schon ins Visier genommen hatten und auf mich zusteuerten. Der Mann neben mir redete noch auf mich ein und wiederholte die Sätze »Have a look!« and »Follow me!« So willigte ich ein. Bloß etwas Abstand gewinnen. Ein Ort, an dem es ruhiger war, klang gar nicht so schlecht.

Rasch drehte er sich weg und schritt in Richtung einer Gasse am Ende des Platzes. Im Gewühl der Menschen konnte ich ihm kaum folgen. Zwischenzeitlich streifte mich eine

Geruchswolke, die Übelkeit hervorrief. War das dasselbe Indien, das ich aus Magazinen und dem Fernsehen kannte? Ich erwartete, dass es in der Gasse ruhiger würde, doch die Schar an Menschen riss nicht ab. Überall drängten sich Massen zwischen Straßenständen, schwarz-gelben Tuk Tuks und Motorrädern hindurch. Aufgrund meines Rucksackes fiel es mir schwer, mit ihm Schritt zu halten.

Am Ende der Straße bogen wir nach rechts und dann wieder nach links. Ich sah alte Männer auf dem Straßenboden sitzen und auf den Boden starren. Ein kleines Mädchen stocherte mit einem Stock im Rinnsal und versuchte, etwas Fleischiges herauszufischen. Vor einem Straßenstand wartete eine Schlange von Leuten, die sich wohl Zigaretten kaufen wollten. Der Verkäufer öffnete die Packungen und nahm einzelne Zigaretten heraus, die er den Wartenden reichte. Die Männer gaben ihm im Gegenzug abgezählte Münzen.

Nun waren wir schon gut fünfzehn Minuten unterwegs. Von wegen drei bis fünf Minuten. So fragte ich, wie weit es noch wäre.

»Not far. Very close. Follow me!«, war die Antwort des Mannes, ohne sich dabei umzudrehen.

Ich überlegte kurz stehen zu bleiben, hatte aber mittlerweile völlig die Orientierung verloren. Die kleineren Goldbarren, die ich jetzt in meiner Hose versteckt hatte, drückten. Meine Unmutsbekundungen wurden ignoriert.

Nach weiteren zehn Minuten erreichten wir ein heruntergekommenes, dreigeschossiges Gebäude. Erst auf den zweiten Blick erkannte ich ein Schild an der Wand, dass es das Hotel war. Nie im Leben wäre ich hier beim Vorbeigehen stehen geblieben.

»Follow me. Very nice inside«, hörte ich den Mann sagen.

Ich hatte aber den Eindruck, dass er selbst daran nicht daran glaubte

Das Zimmer, das mir die Inhaberin zeigte, war heruntergekommen mit einem klapprigen Bett und einem alten Röhrenfernseher. Das Badezimmer bestand aus einem Loch im Boden und einem Duschkopf darüber. Alles andere als einladend. Ich überlegte zu gehen, war aber wie erschlagen. Gut, eine Nacht würde ich überleben. Der Ort passte zu meinem momentanen Gemütszustand. Der Preis von dreihundert Rupien, rund vier EUR erschien mir angemessen, ich hatte aber keinen Vergleich.

Wo war ich hier hingeraten? Was war dies für ein Ort? Der Lärm, die Hitze und der Gestank von der Straße erfüllten den Raum. Ich versuchte, die Fenster zu schließen, doch es blieb immer einen Spalt offen. Die Fernbedienung für die Klimaanlage lag neben dem Bett auf einem Hocker. Der Versuch damit die Anlage zu aktivieren, führte allerdings zu nichts. Entweder war die Batterie leer oder das Gerät defekt. Mich würde nicht wundern, wenn beides zutraf. Wenigstens der Propeller an der Decke ließ sich aktivieren. Leider erzeugte der Ventilator auf höchster Stufe nur wenig Luftzug. So warf ich mich auf das Bett und zog die Hose aus. Heute wollte ich dieses Zimmer nicht mehr verlassen.

Der Wasserhahn im Badezimmer änderte meine Meinung. Erst blubbernde Geräusche, die nichts Gutes verhießen, und dann kam eine bräunlich-rötliche Flüssigkeit aus dem Hahn. Somit hieß es abgepackte Wasserflaschen kaufen.

Ich zog meine Hose wieder an und verließ das Gebäude. Wenige Meter neben dem Eingang war ein kleines Geschäft, in dem Plastikpäckchen an Ketten von der Decke hingen. Ich fragte nach zwei Flaschen Wasser und nahm eine Packung

Nüsse dazu. Damit konnte man nicht falschliegen. Danach begab ich mich gleich wieder auf mein Zimmer.

Die Nüsse waren zwar ungenießbar und hatten einen seltsamen Anisgeschmack, dafür war das Wasser wenigstens ok. Somit ab ins Bett und hoffen, dass ich morgen einen Bus an einen besseren Ort finden würde.

Am nächsten Morgen checkte ich in aller Früh aus. Ich trat um kurz nach 7:00 auf die Straße, die überraschend leer wirkte. Kaum ein Geschäft hatte offen und es dauerte einige Minuten, bis ich ein Tuk Tuk heranwinken konnte. An der Ecke überquerte gerade ein Rind die Straße. Auf halbem Weg blieb es stehen und steckte den Kopf in eine Papiertüte am Boden. Zwei Fahrzeuge hielten und warteten geduldig, bis sich das Tier wieder in Bewegung setzte. Somit dauerte die Fahrt zum Busbahnhof mehr als zehn Minuten, in denen erstmals so etwas wie Entspannung einsetzte. Wenigstens war ich aus dieser Bruchbude raus, die sich Hotel schimpfte.

Die Busstation wirkte allerdings ebenso wenig einladend und die Dame im Schalter erklärte mir, dass heute kein Bus mehr nach Hampi frei wäre. Ob denn wenigstens morgen etwas möglich wäre? Sie schüttelte den Kopf. Was, auch nicht? Und übermorgen? Wieder ein Kopfschütteln. Wie kommt man denn dann am besten nach Hampi? Als ihre Antwort »with bus« lautete, fühlte ich Wut in mir aufsteigen.

»Is it possible to buy this fucking bus ticket at your desk?«, schrie ich sie an.

Wieder Kopfschütteln. Dann fragte sie erneut: »You want ticket for tomorrow?«

War ich denn in einem Irrenhaus?

In diesem Moment fühlte ich eine Hand auf meiner

Schulter.

»Kein Problem Alter, wir wollen auch nach Hampi«, hörte ich eine männliche, deutsche Stimme hinter mir sagen. »Bist noch nicht lange in Indien, was?«

14. Fern - Weiß

BRAT blickte in die Augen seiner Mutter und wurde sanft gemahnt, jetzt ins Bett zu gehen. Auch wenn er rein physisch schon in einem lag, wusste er, was gemeint war. Er spürte die Erschöpfung nach dem langen Tag. Der Entspannungsmodus war jetzt genau das, was er dringend brauchte. Die sanften Vibrationen und die monotonen, tiefen Herzschlaggeräusche versetzten ihn in einen meditativen Zustand. Er konnte alle Gedanken fallen lassen und sich in einem Schlafzustand begeben. Die zweieinhalb Stunden Schlaf würden ihm guttun.

Die Träume der Nacht waren äußerst intensiv. BRAT wunderte sich am nächsten Morgen, wie erholt er sich fühlte. Das gemeinsame Frühstück verlief schweigsam. Nur LEXA war gesprächig wie immer, informierte über neueste Nachrichten, die Entwicklung bei der Untersuchung und das Wetter. Die offizielle Aussage der Kommission kam zu dem Schluss, dass die Temperaturveränderung am Küstenstrom allein aufgrund einer Datenmanipulation erklärbar war. Der Agulhasstrom, der warmes Wasser aus den nördlichen Breiten des Indischen Ozeans zog, hatte sich nicht wesentlich verändert. Nach den neuen Messungen befanden sich alle Daten zu der Meeresströmung in den definierten Schwankungsbandbreiten. Kein Statement zu dem möglichen Verursacher des bewussten Eingriffs. Auch der Name Theia wurde nicht genannt.

Selbst als BRAT LEXA um eine wiederholte Tiefensuche nach Theia bat, kam kein Ergebnis.

»Komisch, nicht?«, stellte er abschließend fest. »Da fällt

dieser Name und man findet nichts dazu.«

»Schatz, mach dir bitte keine Gedanken«, meinte MONA in einem beschwichtigenden Tonfall. »Ich bin mir sicher, es muss das abschließende Ergebnis abgewartet werden. Danach werden wir zu allen Details informiert. Ich kann mich an einen ähnlichen Fall vor einigen Jahren erinnern. Bitte lasst euch davon nicht ablenken und lasst den Dingen ihren Lauf. Eingriffe werden nicht so gern gesehen.«

»Bist du dir sicher? Ich meine, für mich klingt das eher so, als wolle man Alleingänge provozieren. Warum hätte LISA sonst BRAT im Verhör diesen Brocken hingeworfen, ohne etwas Genaueres dazu zu sagen.«

LIUS zog die Augenbrauen hoch, als wollte er seiner Verschwörungstheorie dadurch mehr Nachdruck verleihen.

»Mag sein, aber sogar wenn, lassen wir uns nicht instrumentalisieren.« MONA wirkte bei den Worten überraschend bestimmt.

BRAT meinte, ein Blitzen in ihren Augen zu sehen. Die Geschichte von gestern Abend und das Ableben ihres ehemaligen Freundes, die Erinnerungen kamen wohl wieder hoch.

»Ich glaube, ihr müsst los«, unterbrach LEXA das Schweigen.

»Ja, LEXA hat recht. Macht euch einen schönen Tag und genießt ein wenig die Sonne. Nicht nur in der virtuellen Realität rumhängen und so.« MONA mühte sich ein Lächeln ab.

Sie wartete, bis beide Jungen das Haus verlassen hatten, ehe sie zum Institut aufbrach. Als Forscherin für Zeitdilatation war sie relativ ungebunden. Sie empfand es aber insbesondere in diesem Forschungsbereich als wichtig, einen straffen Zeitplan durchzuziehen. Unpünktlichkeit passte nicht in ihr Forschungsgebiet - noch nicht.

BRAT fragte sich manchmal, was seine Mutter dort im Detail arbeitete. Er wusste, es ging um die Nutzbarmachung von relativistischen Prinzipien. Mit unendlichen Energiemengen und Beschleunigungen konnte man die relative Zeit von Objekten beeinflussen. In einem Raumschiff, das sich mit annähender Lichtgeschwindigkeit bewegte, verging die Zeit im relativistischen Sinn langsamer als ein in einem stehenden Objekt. Aus der Perspektive eines Außenstehenden altert ein Passagier auf einem solchen Flug nicht. Soweit die Prinzipien der allgemeinen und speziellen Relativitätstheorie.

Wie er verstanden hatte, ging es in dem Forschungsgebiet seiner Mutter darum, solche Prinzipien auf das tägliche Leben umzulegen. Der Versuch, Objekte in eine Art Schwingungszustand zu versetzen und unter Einbeziehung unglaublicher Energiemengen in diesem zu erhalten. Ziel dieses Oszillationszustandes war es, dass Objekte die Zeit langsamer erlebten. Eine Art implizite Zeitreise. Mit einem solchen System sollte es langfristig möglich sein, dass Menschen nur sehr langsam alterten. Die extrem hochfrequenten Schwingungen erlauben es, einen vergleichbaren relativistischen Zustand wie bei einem Flug mit 0,4 c zu erreichen. Die individuelle Zeit vergeht massiv langsamer. Dennoch soll es dem Geist ermöglicht werden, in der virtuellen Realität in Echtzeit zu leben. Somit sollte dieser Ansatz im Grunde lebensverlängernd wirken.

Für BRAT klang das Ganze nach ziemlicher Utopie.

Nach gängigem physikalischem Verständnis konnte mit Recht infrage gestellt werden, ob so etwas überhaupt theoretisch möglich war. Die Umlegung auf einen lebenden Organismus war dabei ein ganz anderes Thema. Zudem gab es diverse Fortschritte bei Genetik, Nanotechnologie und Robotik. Somit war unklar, ob ein solches System überhaupt notwendig war. Das theoretische Maximalalter von genetisch modifizierten und erweiterten Menschen schien nahezu unbegrenzt. Das würde er aber natürlich seiner Mutter nie sagen. Er bewunderte sie dafür, in einem solchen Gebiet der Grundlagenforschung tätig zu sein und ihr ganzes Herzblut hineinzustecken.

BRAT hatte einen langen Weg vor sich, bevor er sich für eine berufliche Laufbahn entscheiden musste. Jetzt galt es erst einmal mit seinen Projekten voranzukommen. Dazu trafen sie sich alle heute Morgen zum gemeinsamen Statustreffen. Eine gute Gelegenheit, sich mit den anderen auszutauschen. Er war sehr gespannt, wie es ihnen mit den Verhören ergangen war.

»Hi Mann«, begrüßte ihn KRAK, der fast gleichzeitig in dem Glaspalast eintraf.

Der Glaspalast war ihr kleines privates Forschungslabor. Hier durften sie sich austoben und es gab mindestens einen Versuchsraum mehr als erforderlich. Den Namen hatte das Gebäude aufgrund der reinen Glaskonstruktion. Im Grunde war es eine Metallmischung aus Silber, Silizium und Phosphor. Durch die Beimischung von Palladium erreichte es eine extrem hohe Bruchfestigkeit. Dies war nicht nur ideal, sondern zwingend notwendig bei den Versuchen, die hier zeitweise stattfanden.

»Hey«, erwiderte BRAT die Begrüßung.

Sie waren zwar nicht sonderlich spät dran, aber dennoch verwundert, dass außer TIAD niemand da war.

»Schaut so aus, als hätte meine alte AGI recht gehabt.« KRAK blickte sich im Gebäude um. »Weit und breit kein Schwein zu sehen.«

»Wieso? Was hat LUXE gemeint?«, fragte BRAT verwirrt.

»Ach, du kennst doch AGIs. Hat gemeint, nach dem gestrigen Verhör werden heute alle aus Angst daheimbleiben.«

BRAT hasste es, wenn KRAK so sprach. Er nannte seine AGI nie beim Namen. Irgendwie empfand er es als Beleidigung. Warum differenzierte sein Freund noch zwischen künstlichen und physischen Intelligenzen?

»Ich weiß nicht, vielleicht kommen die anderen gleich. Was soll denn sein? Wir haben ein kleines Problem mit Daten. Das sollte doch niemand aus der Ruhe bringen.« BRAT entschied sich, die Wut über KRAKs abschätzige Art runterzuschlucken.

»Ein kleines Problem mit Daten?«, unterbrach TIAD, der bisher unbemerkt geblieben war, lautstark die Unterhaltung. »Ist das euer Ernst?«

BRAT war verblüfft. Was war aus dem gestern noch so schüchternen Jungen geworden? Jetzt wirkte er selbstbewusst und erwachsen.

»Wir haben eine vorsätzliche Datenmanipulation. Was kann es Schlimmeres geben?«, fuhr TIAD etwas ruhiger fort. »Macht ihr euch da keine Gedanken?«

»Na ja, kann mir schon Schlimmeres vorstellen«, konterte KRAK mit einem Grinsen. »Zum Beispiel, dass du mal Aqua spielen lernst. Da wär ich nicht darauf gefasst.«

»Ach, du kannst mich mal.« TIAD drehte sich ab und ging zur Glaswand zurück, um sich einem neuen Spiel auf der virtuellen Oberfläche zu widmen. Man merkte, wie er innerlich kochte.

»Nimm ihn nicht so ernst, TIAD!«, rief BRAT ihm nach. Dann wendete er sich an seinen Freund. »Was sollte das? Manchmal bist du wirklich ein Vollidiot!«

»Mhm, vielleicht - macht halt Spaß.« KRAKs Grinsen wurde noch breiter.

BRAT wollte KRAK gerade den Rücken zuwenden und TIAD nachgehen, als SUES durch die Tür trat. Sie sah ungewöhnlich müde aus. Ihr Gesicht war fahl und sie wirkte gehetzt. TIAD hatte er augenblicklich vergessen.

SUES wirkte überrascht, niemand außer den Dreien zu sehen: »Was geht hier ab?«

»Alle fürchten sich wohl vor dem großen Datenmanipulator, der kleine Kinder frisst«, erwiderte KRAK heiter.

Doch BRAT merkte in seiner Stimme Verunsicherung. Eventuell bildete er sich diese Reaktion aber nur ein. Er fragte sich immer öfter, warum er eigentlich mit KRAK befreundet war. Sicher, sie kannten sich seit sie klein waren und hatten eine gemeinsame Vergangenheit, aber war das ausreichend?

»Na, dann manchen wir halt zu viert unser Ding. Ich schätze, unser Master-Päd wird sich schon blicken lassen. Oder glaubt ihr, unsere AGI hat Angst bekommen?« SUES wirkte gelassen wie immer. Täuschte die Müdigkeit in ihren Augen?

In diesem Augenblick erschien der Master-Päd auf der linken Innenwand. Je nach Perspektive sah er alle vier gleichzeitig an, als er sprach: »Wohl eine kleinere Gruppe heute. Ich hätte mir ein wenig mehr Begeisterung erwartet. Hat jemand von euch Informationen zum Verbleib der anderen?«

Alle schüttelten verhalten den Kopf. Auch TIAD hatte sich von seinem Spiel abgewendet und blickte unsicher zu den anderen.

»Gut, macht ja nichts. Dann lasst uns beginnen.« Der Avatar des Master-Päds schritt bei den Worten die Wand entlang, ohne den Blick von den Anwesenden abzuwenden. »Die heutige Aufgabe wird somit angepasst. Ihr solltet sie in einer Kleingruppe lösen können. In diesem Fall ihr vier zusammen.«

TIAD verdrehte bei den Worten die Augen. Es war ihm offensichtlich zuwider, mit KRAK in einer Gruppe zusammenzuarbeiten.

»Die Aufgabenstellung wird euch in eurer Iris eingeblendet. Jeder erhält nur einen Teil der Gesamtinformation. Ziel ist es, als Erster den Gesamtinhalt der Nachricht wiederzugeben und somit die Fragestellung zu beantworten. Das Monitoring und eventuelle Mediation werde ich übernehmen.«

BRAT seufzte. Wieder eine Aufgabe im Bereich der Spieltheorie. Die Idee dahinter war, die Kommunikationsfähigkeiten zu verbessern und gleichsam zu lernen, sich gruppendynamische Prozess zunutze zu machen. Allerdings konnte nur einer gewinnen. Dies Tatsache war allen bekannt. Somit galt es zu paktieren und sich Verbündete zu machen, die gleichermaßen Gegner waren.

Er empfand es als unangenehm, andere auszunutzen und sie zu hintergehen. Allerdings war genau das die Aufgabe dieses Spiels. Man sollte anderen voraus sein, versuchen den anderen zu lesen, ohne selbst gelesen zu werden und am Ende schneller zu kombinieren als die Mitstreiter. In diesem Fall ging es um die Entschlüsselung einer Nachricht. Jeder

Teilnehmer erhielt nur einen Teil des Textes.

»Ihr habt 10 Minuten Zeit, die Aufgabe zu lösen«, fuhr der Master-Päd fort. »Sieger ist, wer als Erster die vollständige Nachricht von sich gibt. Wenn keiner innerhalb von 10 Minuten die Lösung sagt, erhalten alle einen Minus-Vermerk. Jeder Teilnehmer hat nur einen Versuch, die richtige Lösung zu sagen. Gibt es noch Fragen? Nein? Dann können wir starten.«

In BRAT's Bildfeld wurde neben den Spielinformationen der Satz eingeblendet:

»Dann geht er 10 Kilometer nach Norden.«

Er überlegte kurz. Diese Information war offensichtlich im Mittelteil der Fragestellung zu finden. Somit hatte er weder eine Indikation, worum es sich handelte, noch was die eigentliche Frage war. Vermutlich ein geografisches oder mathematisches Rätsel.

Der Master-Päd gab ein Zeichen, sodass sie mit der Aufgabe loslegen konnten. Neben ihm erschien eine Uhr und der Countdown begann herunterzuzählen.

»Lasst uns in der vermutlichen Reihenfolge der Fragestellung aufstellen. So haben wir einen Startpunkt«, übernahm KRAK sofort das Kommando.

»Und wer hat sich zum Chef erklärt?«, fuhr es aus TIAD heraus. Man merkte, er hatte die Begrüßung von vorhin nicht vergessen.

»Ich versuche nur, uns allen zu helfen«, gab sich KRAK im versöhnlichen Tonfall. »Und sorry wegen vorhin – war nicht so gemein.«

TIAD erwiderte mit metallener Stimme: »Es hat auch nicht mit vorhin zu tun. Ich sehe nur nicht ein, wie uns das weiterhelfen sollte.«

SUES sah BRAT fragend an. Da sie den Beginn der Auseinandersetzung verpasst hatte, war sie wohl von dem heftigen Einstieg überrascht.

»Lasst uns einmal einen Schritt zurückgehen«, versuchte BRAT die Situation zu beruhigen. »Fangen wir mit ein paar allgemeinen Fragestellungen an. Hat jeder von euch einen Satz bekommen?«

Alle nickten.

»Und lässt sich aus einem Teilbereich eine Fragestellung ableiten?«

»Und warum sollten wir dir das sagen?«, fragte TIAD mit abfälligem Tonfall.

Da BRAT KRAKs Freund war, stand er wohl auf der Abschussliste. Auf der anderen Seite ergab es für ihn keinen Sinn, sich alle zum Feind zu machen.

»Wir müssen irgendwo anfangen. BRAT hat recht.« SUES schaffte es sofort, die Jungen mit ihrer prägnanten Stimme einzufangen. »Also ich kann für mich herauslesen, dass es sich um eine geografische Frage handelt.«

»Das hatte ich vermutet«, sprang KRAK auf den Zug auf. »Ich würde sagen, es geht um die Suche nach einem geografischen Punkt.«

BRAT schluckte. Vielleicht war das Rätsel doch relativ einfach.

»Geht es bei jemanden anderen auch um eine Himmelsrichtung?«, fragte er. TIAD und KRAK nickten.

»Das heißt, du hast die eigentliche Fragestellung?« BRAT blickte zu SUES.

Diese grinste. »Ja, da hast du mich erwischt. Allerdings werde ich dir wohl die richtige Frage nicht nennen.«

»Ich glaube, das brauchst du gar nicht mehr. Zumindest solange die Aussagen von KRAK und TIAD den Wert 10 Kilometer enthalten, richtig?« BRAT starrte regelrecht zu TIAD und KRAK. Die verblüffte Reaktion der beiden gab ihm recht.

»Ich möchte lösen.« BRAT drehte sich zum Master-Päd. »Nachdem es sich um drei Wegbeschreibungen in vermutlich unterschiedliche Himmelsrichtungen handelt, glaube ich die korrekte Antwort lautet: NORDPOL.«

»Möchtest du deine Antwort begründen?«, fragte der Master-Päd mit einer emotionslosen Stimme.

»Gerne. Wir haben nur drei Wegbeschreibungen. Alle drei mit der gleichen Entfernungsinformation: 10 Kilometer. Die einzig sinnvolle Fragestellung bezieht sich auf den Ausgangspunkt der Reise. Also wenn man 10 Kilometer in den Süden geht, danach 10 Kilometer in den Westen und dann wieder 10 Kilometer in den Norden, dann befindet man sich wieder am Ausgangspunkt, allerdings nur, wenn man vom Nordpol gestartet ist.«

»Das funktioniert doch am Südpol auch«, warf KRAK ein.

»Schon, aber mein Satz lautete: *Dann geht er 10 Kilometer nach Norden*. Somit musste er schon davor von irgendwo gestartet sein. Vom Südpol aus kann man aber keine 10 Kilometer nach Süden gehen.« BRAT machte eine kurze Pause und blickte auf. »Also, ist meine Antwort korrekt?« BRAT sah angespannt zum Master-Päd.

»Danke für die Ausführungen - aber deine Antwort ist leider falsch!«

BRAT hielt den Atem an. Was hatte er nicht bedacht?

War er doch zu schnell gewesen?

»Nun«, sagte SUES mit einem Lächeln, »ich glaube, die

korrekte Antwort ist nur die Farbe Weiß!«

»Das ist korrekt! Danke SUES. Möchtest du deine Antwort begründen?«

»Gerne. Die Ausführungen von BRAT waren aus meiner Sicht korrekt, allerdings kannte er leider die Frage nicht. Diese lautet nämlich: Welche Farbe hat sein Fell? Ich weiß zwar nicht, um welches Tier es sich handelt, aber im Norden ist die Farbe Weiß naheliegend.«

»Es handelt sich um einen Bären«, ergänzte TIAD mit einem ärgerlichen Gesichtsausdruck. Man merkte, dass er nicht zufrieden mit seiner Performance war.

»Danke, das komplette Rätsel wird bei euch jetzt eingeblendet.«

Ein Bär geht 10 km nach Süden.

Um zurück an den Ausgangspunkt zu gelangen, geht er dann 10 km nach Westen.

Dann geht er 10 km nach Norden.

Welche Farbe hat sein Fell?

»Bevor wir in die nächste Runde starten, bitte ich euch um eine zehnminütige Pause. Verbringt diese isoliert. Geht nun getrennt zu euren individuellen Ruheräumen.« Der Master-Päd wies jedem den Eingang zu einem VR-Raum zu.

BRAT schritt durch die Tür und fragte sich , was er falsch gemacht hatte. Warum war er so voreilig gewesen?

15. Nah - Dem Himmel nahe

Es war ein surrealer Anblick und irgendwie spiegelte es mein Leben perfekt wider. Nun saß ich hier auf der Dachterrasse des Hotels im Schatten und es war trotzdem höllisch heiß. Ich konnte über die rot-braunen Gebäude bis zum Fluss sehen. Die Landschaft dahinter hätte einem Dalí-Gemälde entsprungen sein können.

Saftig grüne Kakteenformationen wechselten sich mit Palmen und Büschen ab. Dazwischen erhoben sich eine rostrote Hügellandschaft und riesige ausladende Steinskulpturen. Ein Anblick, den man nicht recht fassen konnte. Runde Steinblöcke und Kugeln schienen unwirklich aufeinandergestapelt zu sein. In weiterer Ferne wuchs eine Ruine aus dem Gesamtgemälde hervor. Ein gigantischer weitläufiger Bau aus Säulenhallen, Mauern und Pyramiden, wie es hier unzählige im näheren Umland gab.

Die letzten Tage sind wir nur von einer Ruine zur anderen gepilgert. Gut erhaltene Bauten, die aus der karg surrealen Landschaft hervorstachen. Wir hatten Tempelanlagen durchforstet, waren auf Palastruinen geklettert und hatten uns über den Detailreichtum der Verzierungen und Fresken erfreut. Gestern hatte Melanie einen altertümlichen Skateboarder mit Pfeil und Bogen entdeckt. Die Stuckatur auf einer Tempelmauer zeigte eindeutig einen Krieger auf einem Brett mit vier Rollen - wohl ein Kriegsgefährt für die Halfpipe. Andere Skulpturen wie ein von Minielefanten gezogener Tempel wirkten nicht viel realer. So entschwebten wir der Welt, die ich so gerne hinter mir gelassen hätte.

Ich konnte es kaum glauben. Die Gebäude hier waren vor

über 600 Jahren errichtet worden. Damals war Hampi die Hauptstadt des südindischen Königreiches Vijayanaga. Auf dem Höhepunkt der Macht kontrollierte es fast ganz Südindien und gilt als das letzte große Hindu-Königreich. Hier lebten bis zu einer halben Million Menschen, was grob einem Promille der damaligen Weltbevölkerung entsprach. Und heute findet man hier nur knapp über zweitausend, meist sehr verarmte Inder, was den Hauch des Verfalls noch verstärkte. Wie konnte eine so große Zivilisation derartig zugrunde gehen?

Das Glas Lassi vor mir und der ruckelnde Deckenventilator über uns holten mich in die Welt des 21. Jahrhunderts zurück. Lange waren wir - Mark, Melanie und ich - uns nur schweigend gegenübergesessen, dann riss uns ein lauter Knall aus unserem Trancezustand.

»Was war das?«, fragte Melanie aufgeregt, während wir versuchten, die Herkunft des Geräusches zu lokalisieren.

»Ich glaube, es kam von da drüben.« Mark deutete in Richtung Flussufer. Es schien zwischen den Wellblechdächern etwas grauer Rauch aufzusteigen.

Nach einigen Sekunden sahen wir fünf bis sechs Inder mühevoll einen kleinen, offenen Lkw den Weg vom Fluss aufwärtsschieben. Aus dem Motorraum stieg Qualm auf und die Truppe konnte wohl bei all dem Rauch kaum etwas sehen.

Mark musste lachen. »Tja, da war wohl jemand überoptimistisch bei der Durchquerung des Flusses. Den Berg rauf wird das noch richtig sportlich für die jungen Männer.«

Melanie verzog das Gesicht. »Ist es nicht schrecklich, dass man bei jedem Knall gleich vom schlimmsten ausgeht? Ich meine ja nur - wir sind hier am friedlichsten Platz der Welt und trotzdem wird man diese Angst nicht mehr los.«

»Ach Schatz, übertreib mal nicht«, sagte Mark, während er seinen Arm um Melanie legte. »Ich weiß, dass die Nachrichten aus der Heimat einen manchmal runterziehen, aber wir sind weit, weit weg und hier scheint alles in Ordnung.«

Wir starrten schweigend auf unsere Getränke und jeder ließ wohl unwillkürlich die letzten Tage hier Revue passieren. Na ja, irgendwie war es für mich sogar eine gute Ablenkung. Ich war froh, nicht nur den Schnitt im Herzen zu spüren, den Nici hinterlassen hatte.

»Also«, Mark hob seine Flasche Coke Zero, »auf den sichersten Ort der Welt und dass es so bleibt.«

Melanie und ich prosteten ihm mit unserem Lassi in der Hand zu.

»Wisst ihr«, fing Melanie wieder an, »ich frage mich schon, wie es unseren Freunden jetzt geht. Ich mein ja nur, die letzten Tage müssen die Hölle gewesen sein. Wenn man hört, wie sich die Epidemie verbreitet und jeder im Haus bleiben muss. Ich kann mich gar nicht mehr daran erinnern, wie es damals bei Corona war, aber …«

»So schlimm ist es nicht.« Mark hatte wieder eine beruhigende Stimmlage aufgelegt. »Die Grippeinfektionen scheinen nicht so rasant anzusteigen, wie sie ursprünglich befürchtet haben, und die Präventionsimpfungen schlagen ja an.«

»Gut, aber man weiß noch nicht, ob das alles natürlichen Ursprungs ist.« Melanie verzog das Gesicht. »Die haben nur den Ausbruch der Grippe gemeldet und die Todesfälle. Warum diese Grippe sonderbarerweise in drei Metropolen in Europa gleichzeitig auftritt, konnte niemand sagen.«

Ich überlegte. »Na ja, ist das denn so ungewöhnlich? Ich denke, es gibt dauernd Flugverbindungen und Berufsreisende zwischen den großen Städten. Da geht so etwas doch schnell, war damals bei Covid nicht anders. Und wie man gelesen kann, ist die Ansteckungsgefahr fast genauso hoch.« Ich dachte an die Bilder, die wir im Fernsehen gesehen hatten. Irgendwie war das Thema komplett an mir vorbeigegangen, bevor ich nach Indien aufgebrochen bin. Zu sehr war ich mit meinen eigenen Problemen beschäftigt. Nur kurzzeitig hatte es geheißen, der internationale Flugverkehr würde eingestellt, was meinen Reiseplan zunichtegemacht hätte. Auch die zunehmende Radikalität auf der Straße und die kleineren Terroranschläge hatte ich ausgeblendet. Im Grund war es erschreckend, wie schnell alles zum Normalzustand geworden war.

Erst seit der Begegnung mit Mark und Melanie hatte ich angefangen, die Umwelt um mich wieder wahrzunehmen. Rückblickend muss es ein sehr skurriler Anblick für die beiden gewesen sein. Beide, durch ihre Tätigkeit als Reisejournalisten erprobt im Umgang mit anderen Kulturen, hatten mich wohl einige Zeit beobachtet. Die Kommunikationsbarriere zwischen den Kulturen war wohl für sie offensichtlicher als für mich.

Verzweifelt hatte ich versucht zu verstehen, warum die Dame hinter dem Schalter mir nicht helfen konnte. Ständig hatte sie den Kopf geschüttelt und ich war wirklich am Durchdrehen. Erst als mich Mark angesprochen und zur Seite genommen hatte, war mir die Erkenntnis gekommen. Irgendwann hatte ich es wohl gelesen und verdrängt. Inder schütteln den Kopf als Zeichen der Zustimmung. Wenn man es genau beobachtet, bewegen sie den Kopf nicht waagerecht von links nach rechts, sondern beschreiben einen leichten Bogen beim Schütteln des Kopfes. Nichtsdestotrotz wirkt es auf den ersten Blick wie ein Nein.

Sie meinen *Ja*, aber sie nicken *Nein*!

Mark hat mich allerdings beruhigt, ich wäre wohl nicht der erste Ausländer, der diese Geste falsch deutete. Auf sein Mitreiseangebot nach Hampi sprang ich sofort auf.

»Wisst ihr«, fing Melanie wieder an, »mittlerweile können Viren im Grund kinderleicht synthetisch produziert werden. Es ist eigentlich ein Wunder, dass nicht viel mehr passiert. Die Sequenzierung von DNA war vor Jahren eine Riesenherausforderung und hat Unmengen an Geld gekostet. heute kann man problemlos jede beliebige DNA-Probe in kürzester Zeit analysieren und digital festhalten. Danach ist es ein Kinderspiel, diese zu reproduzieren. Ich hab einmal einen Artikel gelesen, dass ein Forscherteam den Vogelgrippe-Virus künstlich optimiert hat, um die Übertragung zwischen Menschen zu vereinfachen. Soll so leicht übertragbarsein wie Schnupfen, und das bei einer Sterblichkeitsrate von 50 Prozent der Erkrankten. Es war scheinbar gut gemeint, ist aber voll in die Hose gegangen. Ich mein ja nur, die haben eine Superwaffe fabriziert und wollten das Ganze veröffentlichen, im Sinne der Wissenschaft. Dann ist aber der US-Virenschutz dazwischen gegangen und hat die Zeitschriften *Science* und *Nature* verpflichtet, dass sie die komplette Sequenzierung unter keinen Umständen veröffentlichen dürfen. Aber wer weiß, vielleicht ist das doch durchgesickert oder man hat so etwas Ähnliches woanders auch geschafft.«

»Ach Schatz, ich glaube, du liest zu viel«, versuchte Mark, sie weiter zu beruhigen. »Wenn der Ausbruch diesmal wieder so schlimm wäre, würden die Medien ganz anders darüber berichten. Und außerdem, wir müssen uns hier sicher keine Sorgen machen. Unseren Leuten daheim geht es gut. Wir haben ja gestern mit ihnen telefoniert.«

Ich überlegte, ob ich etwas Beruhigendes nachschieben sollte, ließ es aber bleiben. Mir widerstrebte der Gedanke, dass Menschen einen Virus bewusst in Umlauf gebracht haben könnten.

»Und Elias«, Mark wandte sich in meine Richtung, sichtlich bemüht, das Thema zu wechseln, »du hast eigentlich bis jetzt noch gar nicht erzählt, was dich bewegt hat, mit uns nach Hampi zu kommen.«

»Ja, da hat Mark recht. Diesbezüglich bist du recht schweigsam - eigentlich bist du überhaupt recht schweigsam. Ich mein ja nur«, setzte Melanie mit einem schiefen Lächeln nach.

Ich hatte keine große Lust, meine Vergangenheit auszubreiten. Etwas musste ich aber sagen. So murmelte ich möglichst gelangweilt: »Ach, davon hat mir mal ein Freund erzählt. Er hat gemeint, es sei der coolste Ort auf der Welt - seine Worte. Ich dachte, es wäre ein guter Start auf der Reise durch den Subkontinent.« In Wirklichkeit konnte ich immer noch Nici's strahlende Augen vor mir sehen, als sie mir von diesem Ort vorgeschwärmt hatte. Es war an unserem letzten gemeinsamen Morgen. Wir hatten darüber philosophiert, wohin wir aufbrechen würden, wenn wir sofort das Land verlassen müssten. Ich hatte für Kanada plädiert. Nici's schwärmende Rede und ihre Begeisterung für Indien hatten mich an diesem Morgen gefesselt. Ich hätte mir nichts mehr gewünscht, als heute mit ihr an diesem Ort zu sein. Ohne sie war diese unendliche Leere und ich fühlte mich in mir fremd.

Nicht fremd an diesem Ort, fremd auf dieser Welt.

»Ja, es ist wirklich verdammt cool hier«, riss mich Mark aus meiner Lethargie. »Richtig schade, dass wir morgen schon wieder weitermüssen.«

»Was, wohin fahrt ihr denn?«

Melanie deutete in Richtung Himmel. »Nein, wir fliegen. Ab nach Singapur, zur Südostasien-Redaktion. Wir müssen unseren Artikel bis Freitag abliefern. Danach geht es weiter nach Indonesien auf die Insel Lombok.« Sie hielt einen Moment inne und überlegte. »Wenn man es genau nimmt, haben wir wohl kein schlechtes Leben. Und Elias, wohin geht's bei dir? Weiter in den Süden, nach Kerala? Ist wirklich schön da. Viel besser als Goa. Also ich mein ja nur.«

»Was unsere Melli nicht alles meint« Mark grinste sie schelmisch an.

»Ach verdammt, ich werd diesen blöden Spruch wohl nie loswerden.« Melanie griff sich an den Kopf. »Ist so ein Tick, den ich irgendwie nie losbekomme. Hab ich das heute schon mal gesagt?«

»Maximal einmal oder so«, erwiderte ich, konnte mir mein Lächeln aber nicht verkneifen.

»Schatz, du sagst es in jedem zweiten Satz. Aber dafür lieben wir dich.« Mark beugte sich zu Melanie und küsste sie auf die Stirn. »Also ich mein ja nur.«

Wir mussten alle lachen. Eine Leichtigkeit, die ich zum allerersten Mal seit Nici's Tod wieder empfand.

Die Tage mit den beiden hatten sich gut angefühlt.

»Im Grunde weiß ich nicht, wohin es weiter geht. Von wo aus fliegt ihr denn?«, erwiderte ich, um auf die Frage zurückzukommen.

Melanie griff in ihre Tasche und zog das Handy heraus.

»Moment. Nicht dass ich etwas Falsches sage. Vergesse manchmal unsere Pläne.« Sie musste wieder lachen. »Ja, wir starten von Bangalore. Lust, dich bis dorthin anzuschließen? Ist ein guter Umsteigepunkt in den Süden. Mysore liegt gleich um die Ecke – ist sehenswert, wenn auch nicht mit hier zu vergleichen.«

»Klar, warum nicht. Das Silicon Valley von Indien muss man doch gesehen haben.«

Die Zugfahrt nach Bangalore war eine angenehme Alternative zur bisherigen Busfahrt. Leider hatten die beiden keine Zeit mehr, mit mir die Stadt zu erkunden, und mussten direkt zum Flughafen. Die Verspätung des sonst so pünktlichen indischen Zugsystems ließ kaum Spielraum. So verabschiedeten wir uns herzlich in der MG Road.

»Wusstest du eigentlich, dass jede indische Stadt eine MG Road hat?«, fragte Melanie mit einem kecken Ton. »Ist zumeist die Hauptstraße.«

»Äh, nein«, antwortete ich wahrheitsgemäß. »Wofür steht MG denn überhaupt?«

»Rat mal.« Mark grinste. »Für Mahatma Gandhi natürlich.«

»Irgendwie logisch. Also macht es gut und meldet euch nach dem Flug. Meine Nummer und Mail habt ihr ja. Wäre schön, wenn wir es wie besprochen im nächsten Monat einmal schaffen sollten. War nett.«

»Ja, war wirklich nett mit dir, Elias.« Melanie sah mich ernst an. »Pass auf dich auf. Versuch das, was dich belastet hinter dir zu lassen, so schwer es dir fallen mag.«

Ich blickte beide überrascht an. Wir hatten kein Wort über meine wahrhaften Gründe verloren. Ich dachte, es interessiert sie nicht und so war ich froh, dass sie bei delikaten Fragen nicht weiter nachbohrten. Vielleicht hatten sie aber einfach nur Respekt.

»Glaub mir, Mann. Viele Menschen schleppen viel zu viel auf Reisen mit sich herum. Dies ist der Kontinent, in dem man alles zurücklassen kann. Bei über einer Milliarde Menschen fällt so viel Müll an, da fällt ein wenig mehr nicht ins Gewicht.«

Mark sah mich bei diesen Worten zum ersten Mal richtig ernst an. Ich wusste nicht, dass er diesen Blick überhaupt beherrschte. Ich wollte etwas erwidern. Mir fiel aber nichts Passendes ein. So erwiderte ich die Blicke mit einem Lächeln und fand es recht angenehm, wie sie mich beide in die Arme nahmen. Ich hätte nicht gedacht, sie nie wieder zu sehen.

16. Fern - Überraschung

Ein Alarmgeräusch riss BRAT aus dem Mindsqueeze. Ohrenbetäubender Lärm ließ keinen klaren Gedanken mehr aufkommen. Es fühlte sich an, als ob sein Kopf explodierte. Dies waren eindeutig Betäubungswellen. Ultraschallwaffen wurden in der Regel punktgenau eingesetzt. Hier schien aber das ganze Gebäude betroffen. BRAT hörte Schreie aus den Nachbarräumen und sah durch das Milchglas die zuckenden Körper.

Er merkte, wie seine Augäpfel intensiver zu vibrieren begannen. Ein stechender Schmerz in Pupillen kam hinzu. Die Umwelt verschwamm in einem Nebel aus Grautönen. Eine direkte Wirkung auf den Einsatz von Ultrasonic-Waffen. Geisterhafte Schatten zogen vorbei und verschwanden wieder. BRAT musste sich konzentrieren, um nicht den Verstand zu verlieren. Er hatte oft Berichte über die Auswirkungen dieser Waffen gehört. Am eigenen Leib diese Schmerzen zu erfahren, war aber etwas ganz anderes.

Er merkte, wie etwas seinen Körper umwickelte. Wie eine endlos lange Schlange kroch etwas an ihm entlang und umfasste ihn. Keine freie Bewegung war mehr möglich. Das kalte Gebilde drückte gegen seine Brust. Das Atmen fiel ihm schwerer und plötzlich wurde ihm schwarz vor Augen. BRAT versuchte, mit aller Gewalt dagegen anzukämpfen, sich zu beruhigen, seine Atmung wieder zu kontrollieren. Aber es gelang ihm nicht. Sein Durchhaltewille ließ langsam nach. Irgendwann gab er auf. Die Verlockung, diesem Schmerz zu entfliehen, war zu groß. Ein kurzes helles Licht, ein schnelles Aufflackern, war das Letzte, was er sah.

Erwachen. Dunkelheit, undurchdringlich und schwarz, das war alles, was er um sich wahrnahm. Langes, endloses Nichts. Kein Geruch, keine Empfindung in den Händen, kein Kribbeln in den Beinen, nicht einmal Geschmack auf seiner Zunge. Nur seine Lippen fühlten sich trocken an. Als er mühsam wieder zu sich kam, empfand BRAT keinen Schmerz – nur Wut.

Die Dunkelheit um ihn herum war undurchlässig und unwirklich. Langsam kehrte seine Wahrnehmungsfähigkeit zurück. Wo war er? Keine Gerüche oder Luftbewegungen waren merkbar, somit konnte er wohl nur in der virtuellen Realität gefangen sein. Sicher war er sich aber nicht. Allerdings wirkte das Nichts zu perfekt, um real zu sein.

Er überlegte, was es für eine Erklärung geben konnte. War er in einem Verhörraum? Wurde er von der Führung ihres Abschnitts hier festgehalten? Aber warum? Er hatte von den drakonischen Strafen gehört, die im Raum standen, wenn man nur versuchte, mit einem anderen Abschnitt in Kontakt zu treten. Aus Sicherheitsgründen wurde argumentiert. Erwachsene Menschen wurden schnell in Isolationshaft gesteckt – aber er war ja fast noch ein Kind.

Auf einmal sah er ein kleines Licht aus der Entfernung auf ihn zukommen. Halt. Es wirkte eher, als ob er sich auf den Ausgang eines langen Tunnels zubewegte. Aber in diesem Fall kam das Ende auf ihn zu. Er musste sich beruhigen, um nicht laut zu schreien. Das Leuchten wurde stärker und heller, beschleunigte weiter und wurde größer. Kurz bevor das Licht auf ihn einstürzte, gab es einen gewaltigen Blitz, der die Umgebung bis zur Unkenntlichkeit erhellte.

Als BRAT nach einer Weile wieder die Augen öffnen

konnte, befand er sich in dem ihm bekannten Raum.

Unter ihm befand sich das Methanmeer »Ligeia Mare«.

Der Ausblick auf den Saturntrabanten Titan war der Gleiche wie bei seinem letzten Verhör, nur der Saturn war im Hintergrund verschwunden. Die Umgebung schien dunkler, ja düster zu sein.

Aus dem Nichts manifestierte sich LISA vor ihm. Sie trug diesmal ein hochgeschlossenes, bodenlanges schwarzes Kleid. Von den Schultern bis zu den Armen strahlte sie fast weiß in dem armfreien Einteiler. Das sanfte Lächeln ihres letzten Gespräches war verschwunden.

»Es ist sehr bedauerlich, dich unter diesen Umständen wie–er zu sehen - BRAT!« Sie starrte ihn bei den Worten mit eiserner Miene an. »Wir hatten große Hoffnungen in dich und deine Freunde gesteckt. Habt ihr geglaubt, mit dieser Allianz tatsächlich etwas zu erreichen?«

»Äh, was? Wovon sprichst du?« BRAT musste sein Unverständnis nicht spielen.

»Wir wissen, dass du deine Freunde unterstützt hast. Die Datenmanipulation konnte klar nachgewiesen werden. Der Versuch, Theia das Eindringen in unseren Abschnitt zu erlauben – wir müssen umgehend unsere pädagogischen Programme überarbeiten – so etwas darf nie wieder vorkommen.«

»LISA, glaube mir, ich hab keine Ahnung, wovon du sprichst!« BRAT versuchte seine Stimme im Griff zu behalten, doch er merkte, wie sich überschlug. Panik stieg in ihm auf. »Bis gestern habe ich nicht einmal von Theia gehört. Und im Grunde weiß ich noch immer nicht, wer das sein soll.«

LISA schien seine Worte nicht einmal zu registrieren, während sie fortfuhr: »Ich weiß nicht, was ihr geglaubt oder gehört habt. Ich möchte dir aber erzählen, was wir mit Sicherheit wissen. Mindestens fünf andere Abschnitte haben aufgehört zu existieren. Alle dort lebenden Menschen und AGIs sind entweder nicht mehr erreichbar, verschwunden oder in einen anderen Zustand versetzt.«

»Einen anderen Zustand versetzt?« BRAT hörte LISA's Worte, verstand aber nicht, was das alles bedeuten sollte.

»Wir haben einzelne Information aus den Abschnitten erhalten - aus Archive-Synchronisationen, Mindsqueezes und dergleichen. Alle belegen, dass eine Frau namens Theia die Kontrolle über den jeweiligen Abschnitt übernommen hatte Sie hatte es unterstützt von internen Helfern geschafft, sich einzuschleichen. Berichten zufolge hatte sie innerhalb kürzester Zeit eine Fülle von Unterstützern um sich geschart. An den Orten, an denen eine direkte Mensch-zu-Mensch beziehungsweise Mensch-zu-Maschinen-Verbindung bestand, muss es ein Leichtes gewesen sein, so den kompletten Abschnitt zu übernehmen.«

LISA hielt für einen Moment inne, doch BRAT brachte keine Erwiderung hervor. So fuhr sie mit scharfer Stimme fort: »Wenn man einen Menschen kontrollierte, kontrollierte man alle. Aber auch in Abschnitten wie unserem, mit konservativen Regeln, ist es ihr gelungen, die gesamte Steuerung zu übernehmen. Aus nicht geklärten Gründen folgte die Mehrheit der Menschen ihren Anweisungen. Wir vermuten durch chemical Micro-targeting – der Kombination von gezielter Informationsverzerrung und Drogen, die mittels Nanotechnologie verabreicht werden. Leider haben wir nur unzureichende Information dazu, was danach geschehen ist. Daten sind nur sehr eingeschränkt bis gar nicht verfügbar. Dennoch ist eines klar ersichtlich: Das Leben, wie wir es kennen, humanoid oder artifiziell, wurde komplett ausgelöscht. Die wenigen verbliebenen Menschen, die es aus dem Abschnitt geschafft haben, sind geistig vollkommen entstellt.«

Neben LISA erschien ein Bild, das BRAT augenblicklich zusammenzucken ließ. Das Gesicht einer Frau war abgebildet. Die schneeweiße Haut war noch das Natürlichste. Die Stirn war eingefallen und die Wangen unnatürlich aufgedunsen. Die geschwollenen Lippen waren an mehreren Stellen gerissen und Bläschen überdeckten das Gesicht. Der Hals existierte nur in Ansätzen und es wirkte, als ob der Kopf direkt auf die Schultern andockte.

Am erschreckendsten wirkten aber die Augen der Frau. Versetzt und mit tiefen, blutigen Ringen wirkten sie wie unnatürlich aufgemalt. Die Pupillen blitzten rötlich. Die Augenlider versagten zunehmend und der Schlitz, den sie offenhielten, wurde kleiner und kleiner. BRAT lief ein kalter Schauer über den Rücken. Er wollte sich nicht ansatzweise vorstellen, was diesem Menschen widerfahren sein musste.

»Und so etwas wollt ihr bei uns erreichen?« LISA blickte ihn mit einer Bestürzung an, die BRAT noch nie bei einer AGI gesehen hatte.

War dies alles nur gespielt? Er versuchte sich emotional zu fangen, bevor er antwortete: »Nochmals, ich habe nicht die geringste Ahnung, wovon du redest! Ich kenne diese Theia nicht, habe bis gestern noch nie von ihr gehört. Ich kenne nicht einmal jemand, dem dieser Name etwas sagt!« Fast schrie er die letzten Worte. Hoffte, dass sie seine Verzweiflung erkannte.

»Nun«, sagte LISA wieder im ruhigen Ton, »wenn du nicht reden willst, dann wissen wir auch andere Mittel einzusetzen. Du weißt, dass es Möglichkeiten gibt, dich zum Reden zu bringen!«

Nun war BRAT der Panik nahe. Er schrie nur noch: »Ich weiß wirklich nicht, wovon du redest! Ich habe niemandem geholfen. Ich wüsste nicht wie. Bitte glaub mir. Du kannst alle Protokolle, alle physischen Überwachungsbots kontrollieren. Alles – alles – Bitte glaube mir!«

»Das haben wir. Wir wissen, dass ein Großteil der Einträge manipuliert wurde. Allerdings sehen wir zweifelsfrei, wie du in den letzten Tagen nicht erklärbare Daten konsumiert hast.«

»Du meinst den Mindsqueeze? Das waren doch nur Einträge aus der Historiendatenbank.« BRAT merkte, wie seine Augen feucht wurden. Die Verzweiflung übermannte ihn.

»Es gibt klare Hinweise auf eine Zusammenarbeit mit den anderen Denunzianten!«

BRAT hörte die Worte von einer Stimme hinter sich. Er wirbelte herum und sah in einem Abstand von wenigen Zentimetern den Master-Päd stehen. Seit wann wurden pädagogische AGIs für Verhöre verwendet?

»Du und die anderen, ihr habt es geschafft, unser System zum Zusammenbruch zu bringen«, fuhr der Master-Päd mit derselben leidenschaftslosen Stimme fort, die BRAT so gut aus diversen Übungen kannte.

»Hilf uns, damit wir alles aufhalten können«, sprang LISA von der anderen Seite wieder ein.

Sie hatten ihn in die Zange genommen. BRAT konnte seine Tränen nicht mehr halten. Er sehnte sich, in die Arme seiner Mutter genommen zu werden. Doch er war jetzt allein. Ganz allein.

»Du hast kein Mitleid von uns zu erwarten. Wenn du nicht

augenblicklich hilfst, den Prozess, den du in Gang gesetzt hast, zu stoppen, wirst du Dinge jenseits deiner Vorstellungskraft erleben«, fuhr ihn der Master-Päd an.

»Aber … ich … «, schluchzte BRAT. Er konnte sich nicht mehr beherrschen, sah von einem zum anderen, verzweifelt und flehend zugleich.

»BRAT, du musst uns sagen, was du weißt - Wie können - wie müssen wir auf Theia reagieren?«, fragte LISA wieder in einem etwas freundlicheren Ton. »Glaub mir, wir wissen, wie wir sie besiegen werden. Aber wir möchten unnötige Opfer vermeiden. Möchtest du, dass deiner Mutter oder deinem Bruder LIUS etwas zustößt?«

»Ich … ich … Ich mache alles, was ihr wollt. Ich weiß aber … keine Ahnung … «

»Spiel nicht!«, unterbrach ihn der Master-Päd. »Wir zeigen keine Gnade. Gegenüber dir, deiner Familie oder allen anderen, die Theia unterstützen. Es geht um den Schutz unserer Gemeinschaft. Wir werden alles tun, unseren Abschnitt zu schützen. Egal, was das für einzelne Individuen bedeutet.«

»Meine Familie hat aber nichts … genauso wie ich … Bitte, ich weiß nichts …«, brachte BRAT nur unter Tränen heraus. »Meine Familie - bitte tut ihnen …«

»BRAT«, unterbrach ihn diesmal LISA, »wir geben dir und deinen Freunden Zeit zum Nachdenken. Nützt dieses Angebot. Es wird euer letztes sein.«

Nachdem die Worte verklungen waren, verschwanden beide. Für Sekunden geschah nichts und BRAT versuchte, sich zu beruhigen, seine Tränen zu trocknen. Dann verschwand der Raum um ihn herum in einem Schwarz.

Er schreckte hoch und fand sich in einem Interface-Raum wieder. Durch das verschwommene Glas konnte er andere Personen in den Nachbarräumen erkennen. Diese schienen auch gerade zu sich zu kommen. Durch das Milchglas ließen sich Gesichter nur schwer identifizieren. BRAT war sich aber sicher hinter den Scheiben KRAK und SUES zu erkennen. Die anderen drei Silhouetten konnte er allerdings nicht zuordnen. Seine Mutter oder sein Bruder waren definitiv nicht dabei. Allerdings beruhigte ihn dies nur eingeschränkt.

Seine Freunde so nah zu sehen und nicht mit ihnen kommunizieren zu können, versetzte ihm einen weiteren Stich. Ein Zweifel überkam ihn. Waren seine Freunde in die Sache mit Theia verstrickt oder wurden sie ebenfalls fälschlich verdächtigt? Er war ja unschuldig, oder? Aber warum waren sich LISA und der Master-Päd so sicher, ja geradezu besessen von der Idee, dass er beteiligt war? Was hatten sie gesagt, Theia war nur mit der Hilfe ihrer Unterstützer in den jeweiligen Abschnitt gekommen? Anders war es unmöglich, in einen Abschnitt einzudringen. Aber auch mit Unterstützung fehlte BRAT die Fantasie, wie dies zu bewerkstelligen wäre. Die Sicherheitsmechanismen bestanden aus mehreren unabhängigen Schichten, die in sich gekoppelt waren. Es war geradezu unmöglich, eine Ebene zu manipulieren, ohne von einer anderen Schicht identifiziert zu werden. Ihre gesamte Gesellschaftsstruktur war auf Abschottung aufgebaut – so wie in anderen Abschnitten auch. Und Theia hatte dies öfters überwunden? Was für eine Frau. Aber warum sollte jemand sie unterstützen? Und die viel entscheidendere Frage: Warum wurde er verdächtigt?

Diese Fragestellung rotierten in seinem Kopf. Immer schneller, sodass er keinen klaren, logischen Gedanken fassen konnte. Er ging wiederholt verschiedene Szenarien durch. Kam zu keinem Schluss. Verzweiflung und Müdigkeit übermannten ihn allmählich. Was sollte er tun? Die anderen Silhouetten bewegten sich langsam. Zu gerne hätte er mit jemandem gesprochen. Oder einfach jemandem zugehört. Sich abgelenkt, abgeschaltet - aber wie?

Erst in diesem Moment begriff er, dass ihm über die Interfaceeinheit die virtuelle Realität offenstand. Einen Versuch war es wert. Vielleicht konnte er mit irgendjemandem kommunizieren.

Er versuchte in einen öffentlichen Raum zu wechseln, doch es schienen alle blockiert zu sein. Die Fehlermeldungen, die er erhielt, verwirrten ihn. Dann begriff er: Seine gesamte Neuroerweiterung war blockiert. Alle Informationsquellen, die ihm ansonsten direkt offenstanden und die er unmittelbar in seine Gedanken integrieren konnte, waren gesperrt. Sein Wissen beschränkte sich allein auf das, was in seinem Gehirn gespeichert war. Jegliches Hintergrundwissen zu technischen Systemen, geschichtlichen Daten, Gesundheitswerten, einfachen Rechenoperationen - alles, was ihm ansonsten jederzeit zur Verfügung stand, war nicht mehr da.

Er fühlte sich auf einmal so leer. So mussten sich Menschen zur Zeit von Elias gefühlt haben. Sie hatten damals erste Geräte, mit denen sie mobil auf Daten oder Informationen zugreifen konnten. Diese waren aber nicht wie heute direkt über den Sehnerv verbunden, sondern mussten über mobile Telekommunikationsgeräte abgerufen werden. So viel wusste er.

Die direkte Integration der Information war der nächste logische Schritt. Zuerst über Brillen, dann über Linsen, später über nanotechnologische Interfaces. Entlang des Auges hatte man einen Zugang zum Gehirn, ohne operativ einzugreifen. Heute war es üblich, alles erforderliche Wissen über dieses Interface abzuziehen. Nie hatte er gedacht, dass diese Verbindung einmal deaktiviert sein könnte.

Er versuchte einige andere Zugänge, auch direkte Verbindungen nach Hause. Nichts funktionierte. Ganz klar, er war nicht nur eingesperrt, sondern auch abgeschottet.

Als letzten Versuch gab er die Daten für den Mindsqueeze ein – diese hatte er sich aus einem unerfindlichen Grund gemerkt. Und tatsächlich: Er bekam eine Verbindung. Kurz überlegte er, ob er sich wirklich mit Elias' Chronik auseinandersetzen sollte. Er hatte im Moment andere Probleme. Allerdings wusste er nicht, was er ansonsten machen sollte. Aus irgendeinem Grund wollte er wissen, wie die Geschichte weiterging.

17. Fern - Der Hölle entgegen

Das Glas Kingfisher vor mir hatte einen abgestandenen, ja fast salzigen Geschmack. Beim ersten Kontakt mit diesem indischen Bier war ich positiv überrascht. Nicht nur, dass man es in diesem Land öfter als Cola fand. Auch der Geschmack stimmte und der Alkohol wirkte schnell. Heute hatte ich aber wohl schon zu viele Gläser intus und die hygienischen Standards in diesem Lokal taten das Übrige. Der schale Geruch meines Getränks wurde von einem Gemisch aus Zigarettenrauch und abgestandenem Alkohol verstärkt. Sogar der Curryduft aus der offenen Küche konnte den hartnäckigen Gestank kaum überdecken.

Ich fragte mich, ob mein Leben nur ein schlechter Traum war. Erst hatte ich Nici verloren, die Liebe meines Lebens, die ein Kind von mir erwartete und dann der Bericht über die Flugkatastrophe. Rein statistisch war doch Fliegen nach wie vor die sicherste Art zu reisen oder hatte sich dies mittlerweile geändert? Es war absurd. Die beiden hatten die ganze Welt bereist, wohl mit allen Verkehrsmitteln, die man sich vorstellen konnte: Busse, Züge, ja selbst Boote waren in Asien alles andere als überlebensfreundliche Fortbewegungsmittel.

Letzten Donnerstag hatte ich mir eine Unterkunft in der Nähe der MG Road gesucht und war gerade beim Abendessen. Bei dem breiten Angebot, das in dieser Straße herrschte, hatte man nicht das Gefühl, in einer indischen Stadt zu sein. Überall nur Coffeeshops und Restaurants aller Art. So hatte ich mir eines gesucht, das wohl einen Italiener darstellen sollte. Die Fried Noodels schmeckten aber eher chinesisch als italienisch. Auf dem Fernseher im Lokal lief CNN Asia.

Als ich meine Schüssel, gefüllt mit wässrigen Nudeln, gelangweilt halb aufgegessen hatte, erblickte ich die rotierende Schlagzeile:

BREAKING NEW:

Singapore - Boing 737 crashed into Marina Bay Sands.

Ich musste schlucken und mich überkam sofort ein ungutes Gefühl. Aber nein, Singapur war einer der höchst frequentierten Flughäfen der Welt – das konnte nicht Melanie und Mark betreffen. Ich las die Zeile nochmals, während der Moderator über Aufstände irgendwo anders auf der Welt berichtete. Was hieß Marina Bay Sands? Vielleicht eine Notlandung im flachen Gewässer des Hafens. Wobei, das klang nicht wirklich einleuchtend.

So griff ich zu meinem Handy, durchsuchte das Internet und wurde sofort fündig. Marina Bay Sands war ein surreal wirkendes Resort im Süden der Insel Singapur. Sie umfasste Konferenz- und Ausstellungsräumlichkeiten, Hotels, Restaurants, ein Einkaufszentrum und auch ein Casino. Hauptstück waren drei 200 Meter hohe Glastürme, die mit einer riesigen, weit auslagernden Dachterrasse verbunden waren. Darauf befand sich eine riesige Gartenanlage mit einem 150 Meter langen Infinitypool. Das im Feng-Shui-Stil entworfene Gebäude stand für Ausgeglichenheit und Harmonie.

Als am Fernseher das Bild umsprang, war alles andere als Harmonie zu erkennen. Von den drei Hoteltürmen stand nur noch einer vollständig. Der Äußere war zur Hälfte eingestürzt und hatte die Dachkonstruktion mit sich gerissen. Auch der mittlere Turm brannte und es stiegen Rauchwolken auf. Bei diesen Bildern dachte man sofort an den 11. September. Für einen grausamen Moment musste ich mir vorstellen, wie es wohl wäre, in dem Infinitypool zu schwimmen und dabei die heranrasende Maschine zu beobachten. Dem Tod unausweichlich entgegenzutauchen.

Der Moderator berichtete über die schwierigen Bergungsarbeiten, die Spekulation über die Hintergründe und vage Schätzungen von Todeszahlen. Ich aber war nur an der Flugnummer interessiert. Nach endloslangen Minuten wurde dann die Zeichenfolge eingeblendet: SQ 503 – Singapore Airlines. War das nicht ihr Flug gewesen? Ich durchsuchte die Website des Flughafens und erstarrte. Die Flugnummern stimmten überein. Ich wollte es nicht glauben. Versuchte die Telefonnummer zu kontaktieren, die mir Mark gegeben hatte, aber die Leitung war tot. Ich starrte gebannt auf den Schirm. Der Kellner schien schon nervös zu werden. Er wollte wohl den Tisch für wartende Kunden freibekommen. Das war mir aber im Moment egal. Nach einer reglosen Stunde beförderte er mich dann unsanft aus dem Lokal. Mehr Erkenntnisse hatte ich ohnehin nicht gewinnen können.

Erst am nächsten Morgen, beim Anruf in der Redaktion der beiden, erlangte ich Gewissheit. Ja, sie waren in dem Flieger gewesen. Noch waren die Leichen nicht gefunden beziehungsweise identifiziert worden, aber es bestand keine Hoffnung.

Die nächsten Tage verbrachte ich damit, mich von Liquor Store zu Liquor Store zu schleppen. Alkohol war mein einziger ständiger Begleiter. Ich verbrachte den dritten Abend in Folge in einer siffigen Bar und merkte, wie die innere Wut von Tag zu Tag wuchs. Warum? Es war alles so sinnlos. Würden die Menschen denn niemals lernen? Mark und Melanie hatten mir für einen kurzen Moment wieder so etwas wie Zuversicht vermittelt und jetzt waren sie nicht viel mehr als Bauernopfer in einem sinnlosen Spiel, bei dem am Ende alle verloren.

Ihr Flugzeug war offenbar mit Fehldaten überflutet worden. Zumindest ergab dies die Auswertung des Flugschreibers. Die Sicht an dem Tag war schlecht und der Höhenmesser hatte vollkommen falsche Werte angezeigt. Auch alle anderen Sicherheitsmechanismen wurden umgangen und so hatte der Pilot nicht den Hauch einer Chance.

Als ich aus dem Lokal kam, sah ich wieder einen der verdammten Streuner auf der Straße liegen. Es war unglaublich, wie viele Straßenhunde es hier gab. Mindestens ein Prozent von den Mistviechern hatten Tollwut. Aber auch die gesunden Tiere waren widerlich. Wie bei den meisten dieser Hunde war das Fell an vielen Stellen löchrig. Ich versuchte zu erkennen, ob das Vieh Schaum um den Mund aufwies. Allerdings wirkte der Hund nicht krank, von gesund konnte man aber nicht sprechen. Wie alle Straßenhunde hatte er ein verlaustes und übelriechendes Fell. Er sah eher tot als lebendig aus.

Ich wollte an dem Tier vorbei wanken, aber es blickte mich verstört und starr an. Diese Viecher waren widerlich - abartige Tiere, dumm, stinkend, laut und einfach nur ekelerregend. Meine Gefühle gegenüber Hunden waren immer schon eine Mischung aus Furcht, Ekel und purem

Hass. Der alkoholisierte Zustand verstärkte meine Aggression. Was wollte dieses Vieh?

Der Hund winselte mich an, als hoffte er, etwas zu essen zu bekommen. Sicher nicht, mein Kleiner! Ich schrie ihn an und spuckte. Dann kickte ich einen Stein am Boden nach ihm. Allerdings bewegte er sich nur weiter auf mich zu und setzte diesen dämlichen Hundeblick auf. Dabei wirkte der Hund gar nicht mal so ausgehungert wie viele andere auf der Straße. Irgendwie war dieser kriechende Bettvorleger richtig aufgedunsen und mich ekelte es auf einmal noch mehr.

Ich blickte mich nach allen Seiten um. Die Straßen waren um diese Zeit menschenleer. Wenn man bedenkt, dass man hier tagsüber keinen Schritt gehen kann, ohne über mindestens zwei Leute zu stolpern, war dies ein skurriler Anblick.

Der Hund schlich immer näher. Jetzt reichte es mir! Ich nahm einen halbzertrümmerten Metallstuhl, der vor einem Haus auf der Straße lag und warf ihn mit aller Kraft nach dem Hund. Ich hätte nicht gedacht, ihn zu treffen, aber die abgebrochenen Metallenden des Stuhls erwischten den Hund direkt am Kopf. Er jaulte laut auf und versuchte sich wegzudrehen. Das fachte meine Wut weiter an. Ich packte den Stuhl noch mal und schlug direkt auf das Tier ein. Der Hund bewegte sich kaum. Ich musste mit den ersten Schlägen die Beine des Tieres gebrochen haben. Bei jedem weiteren Schlag jaulte er lauter auf, dann wurde ein schreckliches Winseln daraus, als würde er um sein Leben betteln. Er versuchte, davon zu robben, konnte sich nur noch langsam bewegen. In Raserei schlug ich immer weiter auf den Kopf und den Rücken des Tieres ein.

Auf einmal hielt ich inne. Was tat ich da? Ich blickte auf

das halb tote Tier und mir wurde klar, dass es in diesem Zustand auf der Straße wohl keine Überlebenschance hatte. Mit gebrochenen Gliedmaßen allein konnte man als Straßenhund nicht bestehen, darüber hinaus hatte ich ihm überall am Körper große und kleine Schnittwunden verpasst. Der Dreck von der Straße hatte sich schon in den Wunden verteilt. Wenn er nicht zuerst verhungerte, würde ihn allerspätestens eine Blutvergiftung in ein paar Tagen das Leben kosten.

Somit hatte ich jetzt die Verpflichtung, es zu Ende zu bringen. In eine Tierklinik zum Einschläfern, war keine Option. Daher schlug ich weiter auf das Tier ein. Meine Genugtuung war verflogen. Ich überlegte, ob es erfolgversprechender wäre, ihn mit einer Metallstange zu durchbohren. Allerdings wollte ich ihm nicht zu nahekommen. Eventuell könnte er reflexartig zuschnappen.

Der Hund bewegte sich weiterhin von mir weg in Richtung eines Kartonberges. Seine Bewegungen wurden langsamer und ich merkte, wie es zu Ende ging. Auf einmal hörte ich neben dem Jaulen des Hundes noch ein hohes Winseln. Ich unterbrach meine fast schon monotonen Schläge und lauschte. Es schien aus einen der Kartons zu kommen.

So ließ ich von dem fast leblosen Tier ab und bewegte mich zu den Boxen. Überrascht nahm ich ein Knurren des Hundes hinter mir wahr. Er schien mit letzten Kräften diesen Ton auszustoßen, konnte sich aber nicht mehr bewegen. Somit schritt ich weiter. Aus dem Dunkel eines Kartons hörte ich klares, schrilles Winseln. Ich leuchte mit meiner Handylampe hinein und erstarrte. Darin befanden sich fünf oder sechs winzige Welpen. Diese durften maximal zwei oder drei Wochen alt sein. Mit halbgeöffneten Augen blickten sie zu mir empor und rissen ihre kleinen Mäuler weit auf.

Ich drehte mich zu dem zuckenden Hund hinter mir. Erst jetzt entdeckte ich die Zitzen, die vom Bauch hingen. Warum war mir dies vorher nicht aufgefallen? Nun wirkten diese fast wie die Euter einer Kuh. Ich hatte nicht nur eine Hündin getötet, sondern auch deren Welpen de facto das Leben genommen. Sie hatten keine Überlebenschance.

Ich wandte mich ab und begann zu rennen. Das Geschrei aus Heulen und Winseln konnte ich nicht länger ertragen. Nur weg hier. Ich lief so schnell es meine Beine im Moment zuließen. Sprang über den offenen Kanal und rannte um die nächste Ecke. Ich merkte, wie ich wankte, und konnte mich kaum auf den Beinen halten. Die kleineren Goldbarren, die ich immer in meiner Hose mit mir herumtrug, schlugen gegen meine Oberschenkel. Dann knallte ich mit der Schulter gegen die Hausmauer und spürte, wie sich etwas in mein Fleisch bohrte. Etwas Abstehendes von der Wand hatte meinen Arm aufgerissen. Ich presste meine Hand auf die Wunde und lief weiter. Noch schneller, in der Hoffnung, dieser Welt zu entfliehen.

Ein Auto bog um die Ecke und raste an mir vorbei. Das Licht blendete. Ich konnte nichts mehr sehen, lief aber weiter. Dann fühlte ich etwas zwischen meinen Beinen. Ich hatte einen Plastikkanister übersehen. Stolperte, versuchte das Gleichgewicht zu halten, knickte aber mit dem anderen Fuß um. Ich fiel. Wollte mich mit den Händen abstützen, wusste aber nicht, wo oben und unten war. Mein Gleichgewichtssinn war vom Alkohol eliminiert. Das Letzte, was ich spürte, war ein entsetzlicher Schmerz am Hinterkopf, als ich auf die Gehsteigkante knallte.

Dann war nur Dunkelheit.

»Hello Sir, are you okay?«, hörte ich eine männliche Stimme im singenden, indischen Akzent.

Als ich meine Augen öffnete, sah ich einen Inder mit Turban über mir knien. Er mochte wohl so um die fünfzig sein. Mit langem, grauem, leicht gewelltem Bart und einem blut-roten Punkt zwischen den Augenbrauen. Seine Augen waren schwarz wie die Nacht und sein Lächeln entblößte strahlend weiße Zähne.

Mein Kopf schmerzte höllisch und mir war übel. Es brauchte einige Sekunden, bis ich wieder wusste, wo ich war. Die Ereignisse der Nacht wogten wie ein dunkler Albtraum wieder hoch.

»Äh, yes«, war das Einzige, was ich herausbrachte.

»Ah, ein Deutscher«, sagte er zu meiner Verwunderung in meiner Sprache. »Das Reisevolk Nummer eins.«

Ich schluckte. Er sprach fast akzentfrei Deutsch. Wohl im Gegensatz zu meinem Englisch, sonst hätte ich mich nicht schon nach einem einzigen Wort geoutet.

»Ihr Kopf blutet. Sie hatten wohl eine schwere Nacht.«

Erst jetzt merkte ich, dass es schon wieder hell zu werden schien. Über den Dächern konnte ich das Rot der Morgendämmerung erkennen. Ich griff mir an den Kopf und fühlte etwas Feuchtes an meinem Hinterkopf. Als ich meine Hand reflexartig zurückzog, war dieses rot.

»Tja, das gehört wohl behandelt«, meinte der Inder im ruhigen Ton. »Können Sie aufstehen? Mein Haus ist nicht weit weg und ich glaube, Sie könnten ein Frühstück vertragen, Elias.«

18. Fern - Wellen

BRAT schreckte auf. Der Raum bebte und schwankte. Die Wände um ihn herum wurden durchsichtig und die Silhouetten verwandelten sich in Menschen mit Körpern und verunsicherten Mienen. Ja, in den Nachbarräumen waren tatsächlich KRAK und SUES. Die anderen Personen kannte er nur flüchtig. Ihm wollten beim besten Willen die Namen nicht mehr einfallen. Zu sehr hatte er sich bisher auf die automatische Gesichtserkennung über seine Linse verlassen. Namen und andere Daten wurden hier automatisch neben den jeweiligen Gesichtern eingeblendet. Nachdem seine Verbindung deaktiviert worden war, konnte er nicht auf einfache Basisdaten zugreifen. Geistig war er eindeutig gehandicapt. Alle anderen Gefangenen waren aber wesentlich älter. Sie hatten Funktionen in der Quantenforschung oder ähnlichen Themenfeldern - soweit er sich erinnern konnte. Warum waren sie alle hier?

Er sah, wie sich die Lippen von einigen der Gefangenen bewegten, doch wegen der schallisolierten Scheiben konnte er nichts hören. Mit einer funktionierenden Linse wäre Lippenlesen ein Leichtes gewesen, aber in seinem jetzigen Zustand verstand er kein einziges Wort. Über Kenntnisse der Zeichensprache verfügte wohl keiner der Anwesenden. Sollte er schreiben? Nein, er hatte weder eine Schreibunterlage noch Stifte. In den Räumen befanden sich nur die Anwesenden und VR-Liegen. Diese waren im Grunde gepolsterte Wannen mit Schläuchen.

»BRAT, kannst du mich hören?«

Er fuhr herum. Ganz klar hatte er eine leise Stimme gehört.

Der melodische Klang ließ ihn jetzt den Atem stocken. SUES lächelte ihn schief an.

»Bitte bleib ganz ruhig und entspanne dich.« BRAT hörte SUES' Worte, ihre Lippen blieben aber geschlossen und in ihrem Gesicht war keine Regung zu erkennen. Wie war das möglich?

Er wollte etwas erwidern, doch die Stimme unterbrach ihn sofort: »Bitte hör mir nur zu. Ich habe eine direkte Verbindung zu dir erhalten. Allerdings kann ich dich im Moment nicht hören. Daran wird gearbeitet. Bitte bleib ruhig.«

BRAT blickte sie fragend an. Das Ganze fühlte sich nach einem schlechten Traum an.

»Es tut mir leid, dass du da hineingeraten bist. Gerade jetzt«, fuhr SUES fort. »Wir wissen, du hast mit all dem hier nichts zu tun. Es ist ungerecht und bösartig. Genauso wie sie gesagt hat. Es wird nur versucht, alle zu bevormunden und zu unterdrücken. In unserer kleinen Welt dürfen wir uns ausleben, spielen, tanzen und singen. Aber wehe, wir stellen etwas infrage oder versuchen wieder eine Menschengemeinschaft zu sein.«

Auf BRATs Lippen formte sich die Frage: »Sie?«

SUES nickte, während ihre Stimme in seinem Kopf fortfuhr: »Ich denke, du hast es schon vermutet – Theia. Ich weiß nicht, was du über sie gehört hast, aber warte, bevor du dir eine abschließende Meinung bildest. Ich stehe schon länger mit Theia in Kontakt. Wie dieser Kontakt zustande gekommen ist, ist eine lange Geschichte und spielt für den Moment keine Rolle. Ich erzähle dir davon ein anderes Mal. Theia hat mir in vielen Bereichen die Augen geöffnet. Wir leben hier in einer heilen, abgeschotteten Welt. Wir glauben, alles zu können und alles zu dürfen, aber in Wirklichkeit sind wir in einem Gefängnis. Immer heißt es, wir sollen zu eigenständigen Personen heranwachsen, aber tatsächlich werden wir vom ersten Tag an geformt und manipuliert. Die Ideale, die wir leben und so kritisch hinterfragen sollen wie Gemeinschaft, Solidarität und Zusammenhalt sind inhaltsleere Phrasen. Sie werden uns eingeimpft, indoktriniert, aber nie gelebt. Kommst du dir nie als Gefangener vor? All die Möglichkeiten, die uns die moderne Welt bietet – und wir leben in unserem abgeschotteten Abschnitt, vegetieren dahin, ohne Verbindung zu anderen Menschen oder AGIs auf unserem Planeten. Von einem Verlassen des Planeten will ich gar nicht erst anfangen. Welche Möglichkeiten hätten wir, könnten wir uns wieder mit anderen Menschen verbinden? Stärken und Schwächen mit ihnen teilen. Wirklich zeigen, was Solidarität bedeutet. Tatsächlich eine Gemeinschaft bilden.«

BRAT wollte die ganze Zeit etwas erwidern. Dann fiel ihm ein, dass er immer noch nicht antworten konnte. Zu gerne hätte er SUES gesagt, dass sie eine Gemeinschaft waren. Betrachteten sie die Verbindung der Menschen durch direkte Netzwerke und das Verschmelzen des Geistes als Ziel?

BRAT lief ein Schauer über den Rücken.

Doch SUES' Stimme sprach weiter. »Als die Welt von damals vor fast hundert Jahren zusammengebrochen ist, kein Stein mehr auf dem anderen blieb, eine Weltgemeinschaft aufgehört hatte zu existieren, gab es keine Alternative, als Grenzen aufzuziehen. Das wird uns eingebläut. Es wird behauptet, so wird unser Überleben gesichert. Wir wurden vor einem völligen Chaos und vor dem Zusammenbruch bewahrt. Wir mussten uns abschotten, um uns vor falschen

Daten und Informationen zu schützen. Unser wirtschaftliches System zu erhalten, war die oberste Prämisse. Das alles wird uns immer wieder gesagt. Aber das ist nicht wahr, BRAT! Nach dem SWIFT-Incident und den Auswirkungen hätte die Menschheit neue Wege finden müssen. Doch man hat sich abgeschottet und nur das eigene, kurzfristige Überleben im Kopf gehabt. Warum ist ein Mensch, der zufällig am gleichen Ort wie du das Licht der Welt erblickt, mehr wert als jemand, der auf der anderen Seite des Globus geboren wird? Tragen wir nicht Verantwortung für die gesamte Menschheit? Und viel wichtiger Verantwortung für den gesamten, unseren Planeten?«

Sie machte eine kurze Pause. Der Gesichtsausdruck von SUES zeigte einen angestrengten Blick. Sie schien nachzudenken, bevor sie fortfuhr. »BRAT, du solltest gleich die Möglichkeit bekommen, mir zu antworten. Doch bevor du sprichst, möchte ich dich bitten, kurz nachzudenken. Wir haben die Chance, mit dir gemeinsam zu gehen. Du kannst mithelfen, eine gemeinsame Welt zu schaffen, aber dafür musst du jetzt mit uns kommen. Damit wir gemeinsam für etwas Besseres kämpfen können.«

SUES schwieg einen Moment und ihre Augenbraue bewegte sich unmerklich nach oben. »Ich glaube, du solltest jetzt mit mir kommunizieren können. Versuch nur in Gedanken zu sprechen. Bewege die Lippen nicht. Es reicht vollkommen aus, wenn du dir nur im Geist ausmalst, was du sagen möchtest.«

BRAT dachte wenige Sekunden nach, bevor er konzentriert antwortete: »SUES, ich höre deine Worte, aber ich weiß nicht einmal, warum. Geschweige denn, dass ich verstehe, was du mir erzählst. Bisher habe ich von Theia erst zweimal gehört. Mir wurde nur gesagt, dass sie an der Vernichtung ganzer Abschnitte beteiligt war. Mehr weiß ich nicht. Jetzt höre ich deine Worte und die einzig logische Erklärung kann nur sein, dass du Teil meines Verhörs bist. Wie sonst könntest du mit mir hier kommunizieren?«

»Nein, nein, nein.« SUES lächelte schief bei seinen Worten. »Wir sind zwar im Moment in Gefangenschaft, aber das wird sich in Kürze ändern. Alles, was du über Theia gehört hast, sind Lügen. Nichts entspricht der Wahrheit. Aber das soll sie dir selbst erzählen, sobald wir hier raus sind. Jetzt ist nur wichtig, dass du uns vertraust.«

»Uns?« BRAT überlegte, ob sie sich schon als Teil von Theia verstand.

»Ja Kumpel. SUES ist nicht allein.«

BRAT fuhr erneut herum und sah jetzt in die Augen seines Freundes KRAK. Der hatte bisher nur ruhig in seiner Zelle gestanden.

»Wir werden hier in Kürze draußen sein. Musst dir keine Sorgen machen«, sagte KRAK ruhig.

»Du auch? Seit wann? Und wie sollen wir hier rauskommen?«

»Sagen dir Freak Waves etwas?«, fragte KRAKs Stimme mit einer gespielten Leichtigkeit.

»Schon mal gehört. Sind das nicht so Riesenwellen wie Tsunamis?«

»Nicht ganz«, antwortete SUES. »Freak Waves entstehen im Gegensatz zu Tsunamis, die meist durch unterirdische Erdbeben ausgelöst werden, an der Oberfläche. In der Regel sind alle Wellen, mögen sie noch so hoch sein, auf dem offenen Meer ungefährlich. Die lange Wellenlänge ergeben einen flachen Anstieg zwischen Wellenberg und -tal. Bei

Freak Waves kommt es zu einer Überlagerung mehrerer Wellen. Daraus entstehen dann über 30 Meter hohe Wellen, die wie eine Wand auf einen zukommt. Diese Art der Welle ist extrem steil und für normale Schiffe meist nicht zu überwinden. Solche Wellen entstehen meist dadurch, dass schnelle hohe Sturmwellen plötzlich auf Gegenströmungen treffen. Die Wellenlängen nehmen rapide ab und die Wellen schichten sich übereinander.«

»Bei uns entlang des Kap Horns«, fuhr jetzt KRAK fort, »kommt es immer wieder zu solchen Erscheinungen, wenn Sturmwellen gegen die warme Agulhals-Strömung aus dem Osten treffen. Normale Freak Waves, auch Rouge oder Sneak Waves genannt, legen in der Regel mehr als einen Kilometer zurück und werden bis zu vierzig Kilometer pro Stunde schnell. Giganten können aber über hundert Kilometer pro Stunde erreichen.«

»Das ist ja alles recht spannend, aber was hat das mit uns hier zu tun?«

»Gute Frage, Mann.« KRAK lächelte in seiner Zelle. »Du weißt, es heißt, ein Eindringen in unseren Abschnitt von außen ist unmöglich. Nun, auf dem Landweg entspricht das der Wahrheit, aber übers Meer sieht die Sache etwas anders aus. Die Ursache für die vermeintliche Temperaturänderung vor Hermanus ist keine einfache Datenmanipulation. Im Grunde handelt es sich dabei um einen Teil der komplexen Vorbereitungsarbeiten, die massive Anpassungen der Temperaturen und Strömungen ermöglicht haben. Vor wenigen Minuten sind gigantische Freak Waves geschaffen worden, die die gesamte Abwehrinfrastruktur über den Seeweg für kurze Zeit ausschalten werden. Auch die Folgebarrieren am Land werden im wahrsten Sinne des

Wortes überrollt.«

BRAT musste schlucken. »Und die betroffenen Menschen? Ich meine, in Küstennähe leben in unserem Abschnitt ja auch Leute!«

»Theia hat dafür natürlich Vorkehrungen getroffen. Hilfsdrohnen werden diese Infiltration begleiten und alle retten.« SUES' Worte wirkten aufrichtig und betroffen.

»Aber Kumpel, eines muss dir klar sein: Bei jeder Revolution gibt es Opfer.« KRAKs Stimme klang ungewöhnlich gefühlsarm, selbst für seine Verhältnisse. »Wir schaffen etwas für die gesamte Menschheit, für eine gemeinsame Welt. Da muss man gewisse Kompromisse eingehen.«

»Was? Ist das euer Ernst?« BRAT schrie diese Worte regelrecht heraus. War das sein bester Freund? Der Junge, mit dem er gemeinsam aufgewachsen war? Einmal hatte er ihm sogar das Leben gerettet - beim Schwimmen im Fluss. Er hätte es ohne KRAK's Hilfe nicht mehr ans Ufer geschafft. BRAT war sich sicher gewesen, dass er diesen Jungen kannte.

Verzweiflung stieg auf. »Sollten nicht die Tsunami-Warnsysteme die Menschen wenigstens alarmieren?«

»Leider nein«, erwiderte SUES schmerzlich. »Diese Systeme sind darauf ausgelegt, auf unterirdische Beben zu reagieren und auszuschlagen. Es werden die schnellen tektonischen Wellen gemessen, die einem Tsunami in der Regel vorauseilen. Diese gibt es klarerweise bei Freak Waves nicht.«

»Das heißt, ihr schaut zu, wie unsere Küste überrollt wird?« BRAT biss sich auf die Lippen und starrte verzweifelt zur Decke. Stand ihm jemand nahe, der sich im Moment in Küstennähe befand? Hoffentlich nicht.

»BRAT«, unterbrach KRAK die kurze Stille, »Du musst dich jetzt entscheiden. In diesem Moment schlägt Theia mit einer Kolonne AGI-Drohnen in unserem Abschnitt auf. In wenigen Sekunden sollten der äußere und der mittlere Netzwerkabschnitt übernommen sein, zumindest in großen Teilen. Dann kommen wir hier raus. Allerdings wird das Fenster nur kurz offenstehen. Also, bist du mit dabei?«

»Was? Mit wobei?« BRAT konnte nicht fassen, was er von seinen Freunden gehört hatte.

»Dabei mit uns für eine bessere und gemeinsame Welt zu kämpfen. Gemeinsam mit Theia«, antwortete SUES ruhig.

Ihre Stimme fesselte BRAT, aber er durfte jetzt nicht auf seine Gefühle vertrauen. Zudem fühlte er sich gedanklich limitiert. Erst jetzt, wo er nicht mehr auf alle verfügbaren Informationsquellen zugreifen konnte, merkte er, wie abhängig er vom direkten Interface war.

Nach langem Zögern schüttelte er nur verhalten den Kopf.

Bevor irgendjemand etwas sagen konnte, fing der Boden wieder an zu beben. SUES und KRAK blieben dennoch ruhig und unbeweglich stehen. Instinktiv folgte BRAT deren Beispiel. Wo hätte er sich unterstellen können? Ein lauter Knall ließ ihn zusammenzucken.

Als er seine Augen wieder öffnete, strahlte ihm Tageslicht aus den Zellen gegenüber entgegen. Die Wände waren auf einer Seite verschwunden. KRAK und SUES konnten ungehindert aus dem Gebäude spazieren.

SUES drehte sich um und hauchte ihm ein »Bis bald« zu, bevor sie sich im Laufschritt davonmachte.

BRAT und die anderen Gefangenen blieben zurück und starrten den Flüchtenden nach. Alle erwarteten, dass etwas geschehen musste, sich die Wände in ihren Zellen auflösten oder eine Tür aufgeht. Aber nichts geschah. Aus irgendeinem Grund bildeten sich die verbliebenen Wände wieder in die ursprüngliche Milchglasstruktur zurück. So konnte BRAT nicht einmal versuchen, mit den anderen restlichen Gefangenen zu kommunizieren. Zu gerne hätte er mehr erfahren. Waren sich auch angeworben worden?

So blieb er am Boden sitzen und wartete. Irgendwann musste ja etwas geschehen. Überraschenderweise genoss er die Stille für einen Moment. So hatte er die Möglichkeit, das Gehörte zu verarbeiten.

Als sich aber nach einer Stunde nichts an der Situation geändert hatte, wurde er nervös. Was war geschehen? Gab es da draußen Kampfhandlungen? Er wusste es nicht. Er wollte nicht in diesem engen Raum sterben und sehnte sich nach seiner Mutter und LIUS. Hoffentlich ging es ihnen gut. Nichts wünschte er sich im Moment mehr, als sie wieder in den Arm zu nehmen. Sogar ARIE's Stimme hätte er jetzt zu gern gehört, wenn er auch dazu neigt, ohne Punkt und Komma zu reden.

Nach einer Ewigkeit, es musste mindestens eine weitere Stunde vergangen sein, entschied er sich, es über das Virtual Reality Interface zu versuchen. Vielleicht konnte er mit irgendjemandem in Kontakt treten. Aber es herrschte noch immer Stille. Der einzige Inhalt, auf den er zugreifen konnte, war der Mindsqueeze.

Er überlegte kurz. Was sollte er sonst machen, während er wartete. So aktivierte er die nächste Erinnerung von Elias.

19. Nah - SWIFT

»Also, was wollen Sie zum Frühstück?« Yashpaul sah mich mehr interessiert als fragend an.

»Ach, ganz egal. Das Gleiche, was Sie nehmen.« Im Grunde hätte ich mir jetzt ein saftiges, blutiges Steak gewünscht. Dieser Wunsch war aber nicht nur zu dieser Tageszeit mehr als unangebracht.

»Gut, dann gibt es Idlis.« Yashpaul drehte sich um und verschwand mit schnellen Schritten in der Küche.

Ich sah mich in der Wohnung um. Diese wirkte überraschend westlich, abgesehen von den kleinen Steinskulpturen mit indischen Gottheiten. Auf der Fensterbank stand eine bernsteinfarbene Ganesha-Figur. Diese Elefanten-Gottheit der Weisheit war unverkennbar. An den Wänden hingen zahlreiche Fotos, wahrscheinlich von Familienangehörigen bei diversen Festen. Auf einem Bild sah ich einen kleinen Jungen um die 6 Jahre, der stolz neben einer äußerst attraktiven Inderin stand und in die Kamera winkte. Beide in Jeans und T-Shirt. Ansonsten hätte dies eine Penthouse-Wohnung in Manhattan sein können. Glasvitrinen, Esstisch aus massivem Eichenholz, eine offene Küche mit einem Baranbau aus Edelstahl – alles wirkte wie in einem Designerkatalog.

»Chai?«, hörte ich Yashpaul aus der Küche rufen.

»Kaffee wäre super, wenn Sie haben.«

Yashpauls Gesicht erschien über der Bar. »Nein, ich habe selten Besuch. Noch seltener von Menschen, die Kaffee trinken«, sagte er mit einem Zwinkern.

»Gut, Tee ist okay. Mit Milch und Zucker bitte.«

»Wie auch sonst ...« Yashpauls Stimme hatte dabei einen schulmeisternden Unterton.

Ich dachte nach, wie ich hierhergekommen war. Vor wenigen Minuten hatte ich wortwörtlich in der Gosse gelegen. Die Ereignisse des Vorabends versuchte ich zu verdrängen. Dieser Inder hatte mich von der Straße aufgeklaubt und direkt zu sich nach Hause gebracht. Aber warum? In Europa hätten mich sicherlich alle liegen gelassen und bestenfalls die Polizei gerufen. Yashpaul entsprach nicht unbedingt dem Typus Inder, dem ich bisher begegnet war. Normalerweise wurde ich in den ersten 30 Sekunden einer Unterhaltung durchlöchert. Woher ich komme? Was ich beruflich mache? Ob ich Christ sei? Ob ich verheiratet sei? Und so weiter. Dieser Mann hatte mir nur kurz seinen Namen genannt und war dann im zügigen Schritt die Straße entlang gegangen, ohne mir überhaupt irgendeine Frage zu stellen. Und ich war ihm schweigend gefolgt, darauf konzentriert, mit ihm Schritt zu halten.

Yashpaul erschien wieder mit einem Tableau in der Hand und stellte es auf den dunklen Eichentisch.

Darauf befanden sich zwei Tassen Tee. Ich sah sofort die Milchhaut darauf. Inder hatten die unangenehme Vorliebe, Milch aufzukochen, bevor sie diese in den Tee schütteten. So blieb die Milchhaut am Chai in Indien ein ständiger Begleiter. Ich fand das absolut ekelerregend. Zudem war es heiß genug in diesem Land, warum also die Milch noch erhitzen? Aber das musste man wohl akzeptieren. Außer mir schien die Milchhaut niemanden zu stören. Daneben befand sich eine Schüssel mit einem circa fünfzehn Zentimeter großen Reiskuchen.

»Bitte, hier die Idlis und Ihr Tee. Lassen Sie es sich

schmecken«, sagte Yashpaul, während er alles einzeln mit der rechten Hand vom Tableau auf den Tisch stellte. Daneben platzierte er eine Schüssel mit rötlicher Flüssigkeit, in der ich so etwas wie Erbsen schwimmen sah.

Ich erinnerte mich, wie Mark und Melanie von Dal Baht geschwärmt hatten. Linsen mit Reis, die wohl in der Provinz Uttar Pradesh sehr beliebt waren. Hier im Süden waren es Idlis, die man in den Händen jedes zweiten Inders am Morgen sah. Die indische Frühstücksküche war sehr gewöhnungsbedürftig.

Dennoch brachte ich ein sehr überzeugendes »Danke, das schaut ja sehr gut aus« heraus.

Yashpaul lächelte schelmisch. »Sie können auch eine Scheibe Brot mit Käse haben, wenn Sie wollen.«

Dieses Angebot konnte ich nicht ablehnen. »Ja gerne!«, schoss es aus mir heraus und ich bereute sofort nicht zumindest eine kurze Nachdenkpause vorgetäuscht zu haben.

Yashpaul war aber schon wieder in der Küche verschwunden und kehrte Sekunden später mit einem Teller mit Frischkäse und zwei Scheiben Toast zurück. »Keine Angst, ich habe mir schon so etwas gedacht und etwas vorbereitet. Ich hatte früher mehr mit Leuten aus dem Westen zu tun.«

»Danke. Die Idlis schauen aber auch lecker aus«, stammelte ich verlegen und versuchte, mich tatsächlich davon zu überzeugen.

»Also, hatten Sie einen schlechten Tag oder schlafen Sie immer auf indischen Straßen?«

Ich stockte. »Na ja, wohl eher das Erstere. Ich muss gestehen, ich hab etwas zu tief ins Glas geschaut.« Ich vermied aufzusehen und erwartete umgehend die nächste Frage, um Details aus mir heraus zu locken, aber Yashpaul schwieg.

So blickte ich mich nochmals um: »Sehr schöne Wohnung haben Sie. Ist nicht unbedingt der klassisch traditionelle indische Style, oder?«

Yashpaul musste lächeln. »Nein, nicht wirklich. Wissen Sie, ich komme aus sehr einfachen indischen Verhältnissen. Das bedeutet jedoch nicht, dass ich wortwörtlich in einem Slum aufgewachsen bin. Mein Vater hatte ein kleines Geschäft – ich glaube, Sie würden wohl Gemischtwarenhandel sagen – und dennoch haben es meine Eltern geschafft, mich auf die Universität zu schicken. Ich hatte die Möglichkeit, auf dem Indian Institute of Technology in New Delhi Physik zu studieren. Danach hat es mich nach Bangalore verschlagen. Da blieb ich aber nur sehr kurz. Ich war damals im IT-Outsourcing tätig und mein Arbeitgeber hatte mich nach Europa versetzt.«

»Das heißt, Sie waren als Softwareentwickler bei uns Deutschland tätig?«, fragte ich aufrichtig interessiert.

»Meine Aufgabe umfasste die Betreuung und insbesondere die Neuakquise von Kunden. Banken, Versicherungen, Pharmaunternehmen, Automobilhersteller, was auch immer – Ziel war, diese davon zu überzeugen, dass die IT-Entwicklung in Indien besser aufgehoben war. Nicht nur billiger, sondern vollumfänglich betreut, professioneller und mit einer höheren Verfügbarkeit. Wissen Sie, der Outsourcing-Markt im angloamerikanischen Raum war ziemlich erschöpft, nur in Europa hatten wir fast keine Kunden. Man sagte, das läge zum einen an den unterschiedlichen Rechtssystemen – indisches Recht beruht auf Case Law – ist dem britischen und amerikanischen somit sehr ähnlich müssen Sie wissen – wir sind ja Teil des Commonwealth.«

»Ja.« Ich nickte überrascht. Diese Kommunikationsfreude kannte ich von Indern bislang nicht.

»Wie auch immer. Das eigentliche Thema war aber die Sprachbarriere. So musste ich gleich zu Beginn Deutsch- und Französischkurse absolvieren. Wir mussten sicherstellen, dass wir die Kunden in Europa in ihrer Muttersprache betreuen konnten. Zumindest als erster Ansprechpartner. In dieser Zeit habe ich nicht nur die Sprache aufgeschnappt. Ich glaube, vieles in meiner Wohnung ist mehr Deutsch als Indisch.« Yashpaul hielt einen Moment inne. Er atmete durch und griff nach seiner Tasse Chai.

»Was hat Sie dann nach Indien zurückverschlagen?«, wollte ich wissen.

»Tja, ein interessantes Projekt würde ich sagen. Sagt Ihnen das Aadhaar-Projekt etwas?«

Ich überlegte kurz. »Nein, glaube nicht.«

Yashpaul zog eine Augenbraue hoch, während er fortfuhr: »Wissen Sie, das ist interessant. Es war vielleicht das ambitioniertestes IT-Projekt aller Zeiten. Dennoch hat man außerhalb Indiens kaum davon gehört. Also – es war der Versuch, die biometrischen und demografischen Daten von 1,2 Milliarden Indern zu erheben. Können Sie sich das vorstellen? Das sind mehr als doppelt so viele Menschen, wie insgesamt in der Europäischen Union leben. Alle sollten vollumfänglich erfasst werden.«

»Und Sie hatten mit dem Projekt direkt zu tun?«

»Das erste Mal wurde ich 2004 kontaktiert und führte Gespräche. 2009 hat dann die indische Regierung endgültig den Auftrag erteilt, mit dem Projekt zu starten. Offiziell hatten wir die Order, eine eindeutige 12-stellige Identifikationsnummer für jeden einzelnen Inder festzulegen. Zusätzlich waren ein Foto, Fingerabdruckscans aller zehn Finger und zwei Irisscans jedes einzelnen Bürgers vorgesehen. Und das waren nur die offiziellen Aussagen. Wir haben konkrete Planspiele gestartet, die eine DNA-Sequenzierung mitaufzunehmen. Ist damals an den Kosten gescheitert – hätte ja niemand sagen können, dass man das wenig später für ein paar Cent machen kann. Ich war Leiter der Database Architecture Design Teams. Einige Gimmicks besitze ich immer noch. Meine App zur Gesichtserkennung leistet mir heute weiterhin gute Dienste. So habe ich übrigens Ihren Namen erraten. Spätestens mit der Einreise war Ihr Foto in der zentralen Datenbank gespeichert.«

Ich musste unwillkürlich grinsen, denn ich war mir nach dieser Nacht nicht mehr sicher gewesen, ob ich mir die namentliche Begrüßung nur eingebildet hatte.

Yashpaul lächelte ebenfalls, bevor er wieder ernster fortfuhr: »Sie können sich ja nicht im Mindesten vorstellen, was für komplexe Strukturen für ein solches Mammutprojekt benötigt werden. Interessanterweise hatten wir aber insbesondere juristische Herausforderungen zu bekämpfen. Das ist wohl die Schattenseite, wenn man in der größten Demokratie der Welt lebt. Ich glaube nicht, dass die in China solche Diskussionen bei der Einführung des Citizen Scores hatten.«

»Entschuldigen Sie meine Unwissenheit, aber was ist der Citizen Score?«, unterbrach ich Yashpaul.

»Ach, ich dachte, das hätte in Europa mehr Fans.« Yashpaul grinste und nahm noch einen Schluck von seinem

Tee. »Im Grunde hieß deren Projekt Social Credit System. Vom Ansatz her vergleichbar mit jedem Scoring System, das zum Beispiel für die Kreditentscheidung herangezogen wird. Bei einem normalen Konsumentenkredit werden ja verschiedene Informationen über den Kreditnehmer in ein Punktesystem umgemünzt. Von Dauer des Arbeitsverhältnisses, über den Beziehungsstatus bis zur Nationalität – alles wird genutzt, um idealtypisch automatisch zu entscheiden, ob der Kreditnehmer seinen Kredit zurückzahlen kann.«

Ich nickte, um Yashpaul zu signalisieren, dass ich immer noch zuhörte und ihn nicht unterbrechen wollte.

So fuhr er fort: »Zielsetzung der Chinesen war es allen Bürgen entsprechend mehrere Dimensionen zu beurteilen, sprich zu bepunkten. Hierbei fließen Verwaltungsdelikte, Kaufaktivitäten, das soziale Umfeld – sprich Freunde und Verwandte – und rechtliche Historie mit ein. So werden Internetaktivitäten wie die Nutzung sozialer Netzwerke et cetera überwacht. Das alles dient dann als Entscheidungsgrundlage darüber, in welchen Rahmen und Umfang sich eine Person bewegen darf. Welche Ausbildung erlaubt ist, welche Jobs offenstehen, ob man sich ein Apartment kaufen darf oder ob eine Auslandsreise ermöglicht wird. In Indien ging es primär um sicherheitspolitische Themen. Den Chinesen um die totale Überwachung …« Yashpaul hielt inne und stand auf. Er ging zur Wand und hielt vor dem Bild inne, das einen Jungen mit seiner Mutter zeigte.

»Ihre Familie?«, entfuhr es mir.

Yashpaul drehte sich um und sein großväterliches Lächeln war aus seinem Gesicht verschwunden. Er nickte und drehte sich wieder zur Wand, als er sprach: »Ja, das sind meine Frau Asha und mein Sohn Rajesh. Rajesh war damals 8 Jahre. Es ist eines der letzten Fotos, das ich von den beiden habe." Er hielt inne und atmete tief. »So behalte ich beide am liebsten in Erinnerung mit diesem Strahlen in den Augen.«

Er drehte sich wieder zu mir, bevor er fortfuhr: »Wissen Sie, es war alles perfekt. Wir hatten kurz zuvor diese Wohnung erstanden und mein Projekt ging gut voran. Na ja, abgesehen von den üblichen politischen Hickhacks, die es bei solchen Großprojekten gibt. Es war ein Freitagnachmittag. Meine Frau und mein Sohn wollten mich von der Arbeit abholen. Leider war ich zu spät dran, da ich in einem Projektmeeting feststeckte. Auf jeden Fall vertrieben sie sich so die Zeit in der Lobby, als sie auf mich warteten.

Dann gab es eine Explosion. Es war eine simple Rauchgasbombe. Sollte nur Lärm und ein wenig Gestank erzeugen. Irgendwie hatten es linke Extremisten mit einer Drohne in die Lobby geschafft und lösten das Ding direkt bei der Glasfront aus.

Die Bombe selbst war harmlos. Sollte nur Aufmerksamkeit erregen, doch diesbezüglich wurde die Zielsetzung weit übertroffen. Innerhalb von Sekunden kam es zu einer Massenpanik. Diese wurde dadurch verstärkt, da sich zu diesem Zeitpunkt eine große Besuchergruppe gerade beim Ausgang befand. In vielen Bürobereichen gab es keine separaten Notausgänge und alle wurde über das Foyer geleitet. Zudem waren gleich zwei der drei Drehtüren defekt. So viel zum Thema Fail-Save-Prinzip. Es versuchten sich geschätzte fünfhundert Leute durch eine schmale Tür zu drängen - und meine Frau und mein kleiner Rajesh mitten drinnen. Sie wurden einfach niedergetrampelt. Rajesh muss sofort tot gewesen sein. Meine Frau Asha wurde noch drei Monate am Leben erhalten, ohne Erfolg. Danach habe ich vierundzwanzig Stunden am Tag im Büro verbracht. Arbeit war das Einzige, was mir Kraft gegeben hat und mich ablenken konnte. Zudem dachte ich mir jetzt erst recht – gib diesen Terroristen nicht das Gefühl, dass sie dich brechen können und mit ihrer Strategie Erfolg haben. Es brauchte lange, bis ich so offen über diesen Vorfall sprechen konnte. Ich habe aber gemerkt, dass dies dann doch die beste Art war, das Ganze zu verarbeiten.«

Ich schwieg. Ich wusste nicht, was ich darauf antworten sollte. Sollte ich ihm jetzt meine Geschichte ausbreiten? So nach dem Motto, so etwas Ähnliches ist mir passiert. Nein, das konnte und wollte ich nicht. Es fühlte sich zudem unpassend an. So brachte ich nach einigen endlosen Sekunden nur ein »Das ist schrecklich, es tut mir sehr leid!« heraus. Wie sollte man bei so etwas richtig reagieren? Insbesondere wenn man die Person kaum kannte. So schwiegen wir uns einige Momente lang gegenseitig an.

»Ich denke, die Erinnerung wird man niemals los. Mein herzliches Beileid!«

»Ja. Erinnerungen sind so eine Sache …«, meinte Yashpaul, wohl mehr zu sich selbst als zu mir und verzog dabei sein Gesicht, was ich nicht recht deuten konnte.

Irgendwann unterbrach Yashpaul das Schweigen: »Noch Tee?« Er hatte wieder sein sanftes Lächeln aufgesetzt.

»Gerne«, erwiderte ich dankbar.

Yashpaul verschwand in der Küche und kam eine Minute später mit zwei randvoll gefüllten Tassen Chai zurück. Er stellte beide auf den Tisch und setzte sich wieder in seiner starren Haltung auf den Stuhl gegenüber. »Und, Sie genießen jetzt die letzten Tage, an denen man noch etwas einkaufen kann?«

»Wie meinen?«, frage ich verwundert, da ich seinem Themenwechsel nicht folgen konnte.

»Die SWIFT-Attacke meine ich.«

»Oh.« Ja, ich hatte irgendetwas in den Nachrichten die letzten zwei Tage gehört. Es war aber in meinem Dämmerzustand nicht durchgedrungen. »Ich hab irgendetwas gelesen, muss aber gestehen, dass ich mich nicht sonderlich tief damit befasst habe.«

»Die Terroranschlagsserie vor zehn Tagen haben Sie aber verfolgt?«

»Ja«, entgegnete ich, »Bei der Explosion des Flugs nach Singapur sind zwei Bekannte von mir ums Leben gekommen. Zudem kann man ja den Ausnahmezustand, der seitdem auf den Straßen herrscht, nicht mehr übersehen. Überall Militär. Und wie ich vernommen habe, ist es in Europa und den USA noch viel schlimmer.«

»Das tut mir leid - wegen Ihren Bekannten meine ich.« Der alte Inder verzog das Gesicht in einer Art, die aufrichtiges Bedauern signalisierte. Irgendwie fühlte ich mich schlecht. Der Verlust von Mark und Melanie, zwei Menschen, die ich im Grunde kaum kannte, war nicht annähernd mit seinem Verlust zu vergleichen.

Yashpaul fuhr unvermittelt fort: »Ja, es herrscht Chaos. Eine gleichzeitige Attacke auf drei Kontinenten. Eine schmutzige Bombe in Paris, ein zerstörter Staudamm in Nevada und der Flugzeugabsturz in Singapur.«

»Ja«, sagte ich, während ich nickend zustimmte, »und das alles bisher ohne Bekennerschreiben. Wobei –nach 9/11 hat es Monate gedauert, bis sich Bin-Laden und die Al-Qaida zu den Anschlägen bekannt haben.«

»Das pikante ist nicht die Tatsache, dass drei Anschläge gleichzeitig koordiniert werden konnten oder dass diese über den gesamten Erdball verstreut waren, sondern die Tatsache, dass es so unterschiedliche Arten von Angriffen waren. Frei nach dem Motto, wir wollen euch schnell mal zeigen, was wir alles können«, sagte Yashpaul in einem geradezu theatralischen Tonfall.

»Mhm, stimmt – so habe ich das noch gar nicht betrachtet.«

»Aber das wirklich erschreckende ist: Alles ist nur ein riesiges Ablenkungsmanöver.«

»Wie bitte?«, fragte ich verblüfft.

»Ja, die SWIFT-Attacke. In meiner Zeit in Deutschland hatte ich auch das Vergnügen, mich ein wenig mit Zahlungsverkehrsabwicklung zu beschäftigen. Wir hatten mehrere Banken als Großkunden und das SWIFT-Netzwerk selbst. Sagt Ihnen SWIFT etwas?«

»Ja, ein wenig. Darüber werden doch alle Zahlungstransaktionen abgewickelt. Jede Geldtransaktion zwischen zwei Banken, jeder Überweisung läuft über SWIFT.«

»Ja und Nein.« Yashpaul zeigte wieder sein verschmitztes Grinsen. »Im Grunde ist SWIFT nicht mehr als ein Nachrichtendienst. Es werden nur Nachrichten von einer Bank zur anderen übertragen. SWIFT führt keine Konten oder leitet Geld in der einen oder anderen Form weiter. Es stellt alleinig die Infrastruktur zum Informationsaustausch zur Verfügung. Dabei wird nicht geprüft, ob die Anweisungen oder Transaktionen korrekt oder legitimiert sind. Es werden im Grunde nur verschiedene Message-Typen ausgetauscht.«

»Ich kann mich an den Vorfall in Bangladesch erinnern. Da hat man sich doch in das SWIFT-Netzwerk gehackt und fast 100 Million Dollar erbeutet«, warf ich ein.

»Genau«, bestärkte mich Yashpaul. »Dass ein Netzwerk zu hacken ist, hat ein Netzwerk so an sich. Somit geht es dem SWIFT-Netzwerk nicht anders. Oft waren es nur einmalige Attacken und meist von internen Mitarbeitern durchgeführte Betrugsversuche. Es gibt zwar im gesamten System - das fängt schon bei der Installation an - mindestens ein Vier-Augen-Prinzip. Aber das kann man umgehen - oder wie mein alter Mentor gesagt hat: Für einen Betrug braucht man immer zwei - einen Intelligenten und einen Dummen. Bangladesch war der erste größere Fall, der in dieser Form publik geworden ist, aber bei Weitem nicht der Einzige.«

Dieser indische Gentleman war jetzt völlig in seinem Element und ich merkte, wie ich an seinen Lippen hing.

»Banken haben ein komplexes System an Kotrollprozessen. Sogenannte Reconcillation-Schritte sollen dazu dienen, die Konten abzustimmen. So erfolgen Zahlungstransaktionen immer zwischen den Konten zweier Banken, den sogenannten NOSTRO- beziehungsweise LORO-Konten. Im Grunde geht es darum, dass jede Bank Konten bei anderen Banken hält. Dies ist die Basis für jede Geldtransaktion. Geld fließt niemals wirklich von A nach B. Im Grunde werden nur Konten belastet oder etwas darauf gutgeschrieben. Die Konten werden entsprechend der gesendeten SWIFT-Nachrichten angepasst und jede Transaktion hat ja immer ein Gegenkonto.«

Ich musste unwillkürlich an Nici denken. Sie kannte sich gut mit dreierlei Dingen aus. Einmal hatte sie versucht, mir die Prinzipien des Zahlungsverkehrs näherzubringen.

Damals hatte ich gelernt, dass niemals physisch Geld zwischen zwei Banken verschoben wurde. So werden bei Überweisungen etliche Zwischenbanken durchlaufen. Nicht jede Bank hat mit jeder anderen auf der Welt eine direkte Verbindung. So läuft das Geld oft über ein kompliziertes Netzwerk an Korrespondenzbanken. Dies ist der Grund, warum Überweisungen ins Ausland so lange dauern können.

»Nun sieht es so aus«, fuhr Yashpaul fort, »ich meine, was man den Medien so am Rande entnehmen kann, dass es bei einigen der großen internationalen Banken zu Unregelmäßigkeiten auf den Konten gekommen ist.«

»Ja, das habe ich letztens bei CNN Asia gesehen. Allerdings hieß es, dass zu viel Geld vorhanden ist. War aber nur ein kurzer Bericht neben all dem anderen Chaos.«

Yashpaul nickte. »Ja, stimmt. Bisher haben Attacken auf das SWIFT-Netzwerk oder den Zahlungsverkehr immer darauf abgezielt, Geld zu stehlen. Doch diesmal ist es viel, viel schlimmer.«

»Hmm – zu viel Geld hört sich doch gar nicht so wild an.« Ich konnte ein leichtes Lächeln nicht unterdrücken. »Aber wie soll das überhaupt gehen. Man sendet nur eine gefälschte Nachricht über SWIFT und schon ist das Geld da. Hört sich unglaubwürdig an.«

»Na ja, so falsch ist das nicht. SWIFT prüft keinesfalls, ob tatsächlich Geld auf einem Konto vorhanden ist. Das muss die jeweilige Bank schon selbst übernehmen.« Yashpaul machte eine kurze Pause und kratzte sich an seinem Bart. »Aber Sie haben recht. Ganz so einfach ist es nicht. Ich vermute, hier gab es gleichzeitig eine Attacke an zwei Fronten. Zum einen durch gefälschte SWIFT-Nachrichten. Zum anderen wurden Banken wohl selbst gehackt. Bei der Abstimmung der Konten und Transaktionen war somit alles korrekt.«

Mir war diese Sache immer noch nicht klar: »Mir geht es nicht ganz in den Kopf. Was sollte so schlimm daran sein, dass zu viel Geld auf den Konten ist. Kann man den Betrag nicht einfach löschen und hat danach wieder die korrekte Summe?«

In den letzten Tagen waren Tausende Menschen gestorben und dieser indische Meister Miyagi machte sich Sorgen wegen ein bisschen zu viel Geld auf dem Konto.

»Soweit ich aus den spärlichen Meldungen den Medien entnehme, ist das tatsächlich nicht so leicht. Nachdem dies nicht von einem Tag auf den anderen erfolgt ist und länger nicht bemerkt wurde, weiß niemand mehr, wie hoch der korrekte Betrag ist. Und es ist noch viel, viel schlimmer. Man weiß nicht einmal die Höhe der gesamten, im Umlauf befindlichen Geldmenge. Manche Notenbanken haben schon vor vielen Jahren damit aufgehört zu publizieren, welcher Betrag sich im Umlauf befindet. Von der Tatsache, dass Geld einen physischen Bezug haben soll, haben wir uns schon in den 70er-Jahren verabschiedet, als man den Bezug zum Goldstandard aufgab.« Yashpaul hielt inne und schaute mich fragend an, »Wissen Sie jetzt, was das bedeutet?«

»Um ehrlich zu sein, nein. Gut, dann sind einige Millionen zu viel auf manchen Bankkonten. Glück für manche Banken oder vielleicht einzelne Personen, aber als Katastrophe sehe ich das nicht«, antwortete ich zweifelnd.

Yashpaul seufzte: »Es handelt sich wohl nicht um paar Millionen oder Milliarden. Ich rechne damit, dass mindestens eine Billion Dollar mehr im Umlauf sind. Es ist aber relativ egal. Es wird dazu führen, dass das Konstrukt Geld aufhören wird, in dieser Form zu bestehen. Geld ist nichts Reales und im Grunde die letzte verbliebene Weltreligion. Wenn die Menschheit ihren Glauben an Geld verliert, hat die Welt, wie wir sie kennen, aufgehört zu existieren!«

20. Fern - Ausbruch

BRAT hielt inne. Die Geschichte wurde interessanter und beklemmender zugleich. An diesen Teil des geschichtlichen Ablaufs konnte er sich trotz fehlender Informationsanbindung sehr gut erinnern. Allerdings war es etwas anderes, das Ganze aus dem Blickwinkel eines damaligen Menschen zu verfolgen.

Ob sich der Ablauf der Ereignisse mit seiner momentanen Lage vergleichen ließ? Veränderungen sind in der Regel ein sehr langsamer, schleichender Prozess, den man oft gar nicht bewusst wahrnimmt. Die erste Neuerung verursacht ein kurzes Gefühl von Beklommenheit, doch dann gewöhnt man sich schnell an die Innovation, Anpassung oder Neuerung. Jegliche Änderung verschwimmt im Bild des Tages und wird schnell zur Gewohnheit. Revolutionen und spontane Veränderungen sind ein Mythos der Geschichte.

Doch manchmal, nur ganz, ganz selten, erfolgt die Veränderung schlagartig und das in einem Ausmaß, dass es die Welt aus den Angeln hebt. Dies war sicherlich damals der Fall gewesen, doch wurde es auch so empfunden? Und war er jetzt gerade Teil einer solchen Veränderung?

In seinem Gefängnis hatte sich indes nichts verändert. Immer noch schien das Tageslicht aus den anderen Zellen durch das Milchglas. Die Konturen der niedergerissenen Außenwand waren klar ersichtlich. Ein direkter Weg in die Freiheit - so nah und doch unerreichbar. Die anderen Gefangenen hatte sich inzwischen mit der Situation abgefunden. Es schien vollkommene Ruhe zu herrschen. Eine entspannte und unerträgliche Stimmung zugleich.

BRAT verspürte den Drang, sich zu bewegen, auch wenn dies bedeutete, im Kreis zu gehen. Der Raum war groß genug. Er merkte, wie sein Körper nach Aktivität verlangte. Ein innerer Drang zu Laufen, Rennen, Schwimmen – so wie es bei Kindern in seinem Alter wohl schon von jeher so war. Trotz gentechnischer Optimierungen und Weiterentwicklung war dieses Verlangen wie bei jedem Jungen. Das hatte sich in den letzten dreitausend Jahren nicht geändert.

Er versuchte die Wände hochzulaufen. Sich mit Anlauf von der entgegengesetzten Wand zu katapultieren und mit Schwung auf die entgegenliegende Mauer zu sprinten. Mal sehen, wie hoch er hinaufkam.

Nach einigen Versuchen gelang es ihm, die Decke in über drei Metern Höhe zu berühren. Eigentlich keine schlechte Leistung. Bei einem wiederholten Sprung merkte er verblüfft, wie sich bei seiner Berührung etwas von der Deckenkonstruktion löste. Bei der Befreiung von SUES und KRAK hatte die Explosion dem Gebäude wohl mehr Schaden zugeführt.

Nach einigen Versuchen konnte BRAT ein Stück aus der Decke herausbrechen und entdeckte darunter Kabel. So etwas sollte eigentlich in einem Gefängnis nicht der Fall sein. Vermutlich waren die Leistungen nicht mit dem Sicherheitssystem verbunden, aber der Kabelkanal, in dem sie verlegt waren, schien verblüffend groß und geräumig. Fast so, als ob man ihn einladen würde, da reinzukrabbeln. Für einen Erwachsenen sicherlich keine Option, aber für einen Jungen in seinem Alter durchaus denkbar.

Er schaffte es, einige Kabel zu schnappen und diese abzureißen. Nichts geschah – wie erwartet. Allerdings wurde durch dieses Manöver Raum im Rohr frei. Bald gelang es

BRAT, sich an der Kante der Abdeckung festzuhalten. Mit Schwung zwängte er sich durch den Kanal und schob die verbliebenen Kabel weiter vor sich her.

Nach mühsamen zwei Metern erreichte er eine Klappe, die sich mit etwas Gewalt und Ruckeln öffnen ließ. Dahinter befand sich eine Art Technikraum. Er konnte nur hoffen, dass sich die Tür öffnen ließ. Er zwängte sich aus der Röhre heraus und merkte, wie sein Herz schneller schlug, als er auf die Tür zuging. Ohne Umschweife öffneten sich die Türen automatisch. Dahinter befand sich ein langer Gang, an dessen Ende BRAT die grün schimmernde Landschaft durch ein Tor mit Fenstereinsatz sehen konnte - der Ausgang.

Ohne zu denken, rannte er los. Nur raus hier. Während er lief, überlegte er, ob er versuchen sollte, die anderen Gefangenen zu befreien. Aber dies war wohl im Moment eher eine schlechte Idee. Solange er nicht wusste, was vor sich ging, wollte er kein zusätzliches Risiko eingehen.

Auch die Türen des Ausgangs öffneten sich automatisch, er bremste ab und blickte vorsichtig hinaus. Nichts Ungewöhnliches zu erkennen, abgesehen davon, dass weit und breit keine Menschenseele zu sehr erspähen war. Es herrschte arktische Stille, absolute Ruhe und nur in einiger Entfernung konnte man einen Reiher kreischen hören.

Wenn es stimmte, was SUES und KRAK berichtet hatten, musste es doch so etwas wie Kampfhandlungen geben - Chaos, Zerstörung - doch alles wirkte unaufgeregt und irgendwie verträumt. Auf dem naheliegenden Hügel sah er einen Gartenpflegeroboter, der gewissenhaft seiner Arbeit nachging.

Auch das Gebäude selbst wirkte auf den ersten Blick intakt. Zumindest konnte er nichts Ungewöhnliches erkennen, abgesehen von den zwei Wandabschnitten, die einfach zu fehlen schienen.

Aus dem Nichts hörte er einen lauten Knall, der ihm in alle Glieder fuhr und den Boden vibrieren ließ. BRAT konnte den Ursprungsort nicht exakt lokalisieren, dafür was das Geräusch zu intensiv. Seine Ohren surrten. Das war ein eindeutiges Zeichen für ihn, sich zu bewegen. Ohne nachzudenken, sprintete er los. Als einziges logisches Ziel fiel ihm sein Zuhause sein. Hoffentlich waren seine Mutter und LIUS da und es ging beiden gut – und auch ARIE, die für BRAT weit mehr als nur Teil der Einrichtung war.

Während er lief, musste er feststellen, wie schwer es ihm fiel, den kürzesten Weg zu finden. Zu sehr hatte er sich an die andauernde Navigationsunterstützung gewöhnt. Jetzt musste man selbst überlegen, welche Strecke zu nehmen war, wenn sich der Weg irgendwo gabelte. Er hoffte inständig, bald wieder Zugriff auf das Netz und alle Services zu haben. So ein Leben war auf Dauer nicht auszuhalten. Nichts mehr zu wissen, wo man war, ewig für einfache Problemstellungen zu brauchen, ausschließlich das im eigenen Kopf gespeicherte Wissen zur Verfügung zu haben – wie hatten das die Menschen zu Elias Zeiten nur ertragen?

Endlich tauchten die türkisgrünen Wände ihres Hauses auf. Jetzt waren es lediglich wenige Meter. Vor seinem inneren Auge sah BRAT schon seine Mutter in der Tür stehen, ihn umarmen und LIUS im Hintergrund lächeln - nur noch wenige Schritte.

Just als er fast schon die Tür berühren konnte, stiegen zwei metallic-schwarze Drohnen hinter dem Gebäude auf und schossen auf ihn zu. Geräte dieser Bauart hatte er noch nie gesehen, was aber nichts zu bedeuten hatte. Die

Verteidigungsinfrastruktur war zumeist verdeckt und blieb im Verborgenen. Niemand erhielt genauere Informationen. Man wusste nur, dass jedes System autonom agierte und mit Sicherheit tödlich war.

»Hallo BRAT, bitte bleib ganz ruhig«, hallte eine weibliche Stimme. »Wir haben dich erwartet.«

Die beiden Drohnen schwebten jetzt auf Augenhöhe vor ihm und bewegten sich in leichten Pendelbewegungen mit zwei Armlängen Abstand.

BRAT erstarrte. »Was ... Wer seid ihr? Und ... mhm«, fragte er nach Worten ringend.

»Bitte bleib ruhig«, wiederholte die Stimme. »Ganz ruhig.«

»Ok, ich bin ruhig«, antwortete BRAT, ohne sich zu bewegen. »Wer bist du und was willst du von mir?«

»Das wirst du früh genug erfahren. Bitte bleib jetzt ganz ruhig«, erwiderte die Stimme.

»Ich bin ja ruhig!«, entgegnete BRAT und merkte, wie in seiner Stimme Wut mitschwang. Wer immer hier mit ihm sprach – LISA, SUES, KRAK oder jemand anders aus ihrem Abschnitt - sollte sich zumindest zu erkennen geben.

»Bitte beruhige dich«, wiederholte die Stimme und BRAT gewann langsam den Eindruck, wohl nur mit einer sehr unterentwickelten AGI zu kommunizieren.

»Bitte folge uns«, befahlen die Drohnen jetzt.

Bildete er sich das ein oder klang die Stimme trotz sanfter weiblicher Melodie irgendwie blechern?

»Ich möchte aber in mein Haus. Zu meiner Mutter, LIUS und ARIE.« BRAT schrie, obwohl er wusste, dass er gegen eine Wand sprach.

»Wir bitten dich, uns zu folgen. Bitte bleib ruhig.«

Es machte keinen Sinn, mit den Drohnen zu diskutieren.

Trotzdem wollte er unbedingt zu seiner Familie. Er überlegte kurz loszustürmen und sich in das Haus zu werfen. Doch als er sich nur einen Zentimeter Richtung Haus bewegte, positionierte sich schon eine Drohne wenige Zentimeter vor seiner Nase und schwebte mit aktivierten Waffensensoren vor ihm.

»MONA, LIUS – könnt ihr mich hören? Hey! Hört ihr mich?« Er machte eine kurze Pause, um eine Antwort abzuwarten. Absolute Stille.

»Bleib bitte ganz ruhig und folge uns.« Das waren die einzigen Worte, die er vernahm.

»ARIE, kannst du mich hören? Bitte antwortet!«, schrie er jetzt aus voller Brust und hoffte auf eine Antwort.

»BRAT, bitte folge uns und bleib ruhig«, wiederholte die Stimme eindringlich. »Ja, BRAT, bitte folge den Drohnen.«

BRAT wirbelte herum. Das war ganz klar ARIEs Stimme. Irgendwie klang sie anders als sonst, aber es war unverwechselbar die AGI ihres Hauses. »ARIE, bist du es? Was ist hier los?«

»Ja, BRAT, ich bin es – alles ist in Ordnung. Du wirst alles erfahren. Folge den Drohnen. Deiner Mutter und deinem Bruder geht es gut. Mach dir bitte keine Sorgen und bleib ruhig.«

»Aber - was ist geschehen? Wo sind sie? Sind sie bei dir? Bitte erklär es mir!«

»BRAT, du wirst alles erfahren. Bitte bleib ganz ruhig«, entgegnete ARIE mit einfühlsamer Stimme.

»Verdammt, ich bin ruhig! Aber beantwortete meine Fragen!« BRAT schrie panisch.

»Bitte folge uns ruhig«, wiederholte die Stimme der Drohne monoton und eine der beiden Drohnen kollidierte leicht mit seiner Schulter. Sie wollte ihm wohl einen Schubs geben.

»ARIE, bitte ...«, drängte BRAT in seiner Verzweiflung erneut.

»BRAT, alles ist gut – bitte folge den Drohnen und du wirst alles erfahren.«

BRAT gab resignierend auf. Wenn seine restliche Familie im Haus war, würde er sie trotz der Entfernung von nur wenigen Metern nicht erreichen. So wendete er sich verstört vom Haus ab und ließ sich von den fliegenden Adjutanten eskortieren.

Zielstrebig führten sie ihn in Richtung des pädagogischen Komplexes. Dort hatte BRAT schon viele Stunden seines Lebens verbracht, doch jetzt stieg ein ungutes Gefühl in ihm hoch –mit jedem Schritt, den er sich dem Gebäude näherte.

Durch die helle Glasfront konnte er Menschen sehen. Die ersten seit einer gefühlten Ewigkeit. Ein beruhigendes Gefühl. Auch wenn er keine Ahnung hatte, wie es um sie stand.

Als er durch die Tür schritt, erkannte er, dass es sich durchwegs um Kinder in seinem Alter handelte. Kein einziger Erwachsener war anwesend. In einer Ecke standen TIAD, IANA, LENI und MUAN unsicher und verlegen herum. Insbesondere TIAD zu sehen, überraschte ihn. Was war ihm nach dem letzten gemeinsamen Treffen mit SUES und KRAK widerfahren? Er wollte zu der Gruppe eilen, um mehr zu erfahren, doch die Drohnen versperrten ihm den Weg.

»Bitte folge uns.«

Verzweifelt blickte er zu seinen Freunden, die nur den Kopf schüttelten. Die Ringe unter IANAs Augen zeigten deutlich, dass sie geweint hatte. Auch die anderen sahen verletzt und gebrochen aus. Dennoch versuchten sie, ihm mit ihren Gesten wohl Zuversicht zuzusprechen.

Mit langsamen, schlurfenden Schritten folgte BRAT den Drohnen. Diesen Bereich des Gebäudes hatte er nie betreten. Ein langer Gang mit Grenadillholz-Vertäfelung. Auf den Seiten waren traditionelle afrikanische Kampfszenen auf den Wänden eingeblendet, die fließend ineinander übergingen.

Leises Trommeln war hören und verlieh dem Ort etwas Surreales.

BRAT überlegte, was ihm wohl bevorstand. Würde er etwa zu Theia geführt? Die letzten Minuten hatten den bestechenden Eindruck hinterlassen, dass sich die gewohnten Machtverhältnisse in ihrem Abschnitt gewendet hatten. Doch warum hätte sie gerade ihn sprechen sollen?

Die Drohnen leiteten ihn in einen leeren kleinen Raum. In dem kargen, düsteren Zimmer stand nur ein einzelnes VR-Bett verlassen in der Mitte. Erst als sich seine Augen an die ungewöhnliche Dunkelheit gewöhnt hatten, sah er in einem Eck jemand am Boden kauern. BRAT musste sich konzentrieren, bis er die Person erkannte. Es war SUES. Sie sah erbärmlich aus.

Verunsichert sah sie zu ihm auf und die Zuversicht, die sie vor wenigen Stunden ausgestrahlt hatte, war aus ihren Augen verschwunden. Das Gesicht war aufgedunsen und die Augen verquollen. Sie hatte geweint. Ihr Anblick versetzte BRAT einen Stich.

»Hallo BRAT, schön, dass du hier bist«, sagte sie leise, während sie sich auf die Lippen biss, um ein Überschlagen ihrer Stimme zu verhindern. Mühsam richtete sie sich auf.

BRAT fragte sich, was in den letzten Stunden vorgefallen war. »Hi SUES, diese Dinger haben mich hergebracht.« Er deutete mit dem Finger auf die um ihn kreisenden Drohnen. »Aber - was ist hier los? Was ist geschehen? Und geht's dir gut?«, fragte er zweifelnd.

»Nun, wir haben gewonnen.« SUES zwang sich ein Lächeln ab.

»Was? Ihr habt - was? Theia besitzt bereits die Kontrolle über den ganzen Abschnitt?« BRAT sah sie ungläubig an.

»Natürlich. Wir haben mit Hilfe der Freak Waves die Verteidigungsebenen schnell überwunden. Danach konnten sich unsere AGIs in die Systeme einklinken. Du weißt ja, dass eine Auseinandersetzung zwischen Künstlichen Intelligenzen meist nur einige Millisekunden dauert. Dabei sind die Systeme, die Theia einsetzt, den AGIs in unserem Abschnitt weit überlegen. Die verschiedenen Sicherheitszonen im Netzwerk sind dabei reine Makulatur. Die technischen Systeme und die Steuerung waren somit schnell übernommen.«

SUES machte eine kurze Pause, um durchzuatmen, um durchzuatmen, bevor sie fortfuhr: »Die Anzahl der wirklich autonom agierenden Drohnen war sehr begrenzt. Damit war nach Übernahme der wichtigen Netzwerke der Rest nur noch ein relativ kurzes Feuerwerk.«

»Gratuliere!«, rief BRAT mit einem bissigen Unterton aus. »Jetzt habt ihr erreicht, was du wolltest. Du müsstest glücklich sein. Dein Ziel - oder vielmehr - Theias Ziel ist erreicht. Was für ein Triumph für euch. Warum bist du nicht in Feierlaune? Doch Zweifel an dem Erreichten?«

»Ach BRAT ...« SUES sah ihn dabei mit schmerzerfülltem Blick an und man merkte, wie sie mit den Tränen kämpfte. »Wir haben alles überprüft. Szenarien durchgespielt. Pläne aufgesetzt und nur das Minimum kommuniziert. Doch nie hätte ich gedacht, dass sie so weit gehen würden.«

»Was?«, fragte BRAT in einer Mischung aus Ärger und Angst.

»Der Kampf war de facto vorbei. Das Netz übernommen und die Verteidigungsinfrastruktur ausgeschaltet – das Ganze im Grunde ohne Verluste – und dann dieser sinnlose letzte Schlag.« SUES hielt kurz inne und wischte sich eine Träne aus dem Auge. »Die AGI LISA war der finale Gegner und im Grunde in ihrem System schon abgekapselt, damit unter Kontrolle. Allerdings war ihr es möglich, einen letzten Befehl an das Netzwerk abzusenden. Einen Befehl, der nirgendwo verzeichnet war. all unseren DNA-Codes war ein verstecktes Muster eingebaut. Personalisierte Killerviren, die jeder von uns unwissend mit sich herumschleppte. Ziel war einzig und allein eine Alternative zu einer Kapitulation zu haben. Ohne Sinn und Zweck – einfach so.«

»Ich habe keine Ahnung, wovon du sprichst!«, schrie BRAT heraus und fühlte Panik in sich aufsteigen.

»Bevor wir LISA ausschalten konnten, hat sie ihn getötet. Im Grunde wollte sie uns alle töten. Kannst du dir das vorstellen? Einfach alle Menschen in diesem Abschnitt krepieren lassen? Nur so aus Lust und Laune? So jemanden haben wir so lange unterstützt?«

»Wer?«, fragte BRAT mit zittriger Stimme.

»Unser AGI-System konnte im letzten Moment die Nachricht abfangen. Eher durch Zufall.–Alle bis auf eine - KRAK« Sie hielt für einen kurzen Moment inne.

»Er ist … tot.«

BRAT fühlte, wie die Worte in seinem Gehirn widerhallten. Wie ein Stich durchfuhr es ihn. Er musste sich konzentrieren. Hatte er richtig verstanden? Seine

Netzwerkverbindung funktionierte immer noch nicht, vielleicht war es nur ein Fehler. Er war ja nur auf seine normalen, natürlichen Sinne angewiesen. Vielleicht hatte er die Worte falsch verstanden. Offenbar konnte er der komplizierten Geschichte im Moment nicht folgen. War alles nur ein böser Traum?

Er starrte in SUES's Augen, sie hatte zu weinen angefangen. War das möglich? Das alles?

Er konnte, nein, er wollte es nicht glauben.

»Nein!«, fuhr BRAT SUES an, »warum sollte LISA das tun? Niemals. Nein.«

SUES wandte sich ab und brachte nur stockende Wörter heraus: »Es tut mir so leid«, fing sie an, musste aber innehalten, bis sich ihre Stimme wieder etwas beruhigt hatte. »Ich weiß, wie nahe er dir stand. Wir hätten nie damit gerechnet, dass sie so weit gehen würde. Menschen geistig einsperren ja. Die Freiheit und das Wissen nehmen auch. Aber andere mutwillig zu töten. Wenn wir gewusst hätten, dass dies überhaupt möglich ist …«

BRAT hörte nicht mehr richtig zu. An ihm zogen nur noch Bilder vorbei. Erinnerungen an heute, gestern und vor drei Jahren. BRAT und KRAK kannten sich schon ihr ganzes Leben. Trotz der Auseinandersetzungen, die sie in letzter Zeit öfter hatten und der vielen negativen Eigenschaften, KRAK war sein bester Freund. Mehr als ein Freund, ein Bruder – Familie. Mehr als nur einmal hatte er BRAT aus der Tinte geholfen, hatte ihn vor Versagen oder Erniedrigung geschützt. Speziell, als sie viel kleiner waren, hatte BRAT oft unter der Tyrannei anderer Kinder gelitten. KRAK hatte zu ihm gestanden. Hatte ihn beschützt und motiviert, den Kopf nicht hängen zu lassen.

BRAT konnte immer auf KRAK zählen. Und nun sollte er tot sein? Nur weil ihre AGI keinen Ausweg mehr gesehen hatte? BRAT wollte es nicht glauben. Er fühlte einen Schmerz, den er bis zu diesem Zeitpunkt nicht gekannt hatte. Sein Freund würde nie mehr zurückkommen - niemals.

»Bitte lass mich allein«, flüsterte er. Irgendwie wollte er nicht vor SUES zusammenbrechen.

»BRAT, es tut mir so unendlich leid. Niemals ...«

»Ist schon gut – bitte lass mich«, antwortete BRAT abwesend und abweisend zugleich.

»Nimm dir Zeit. In einer Stunde würde Theia gerne mit dir persönlich sprechen. Du kannst das VR-System verwenden. Sie wird dich finden ...«

»Ah, welche Ehre«, antwortete BRAT zynisch. Allerdings konnte die Gehässigkeit in seiner Stimme den Schmerz wohl kaum überdecken.

»Bitte gib ihr eine Chance. Es war LISA und nicht Theia, die deinen – unseren Freund - getötet hat.

Die uns die Möglichkeit zur Entfaltung genommen ha-«

BRAT machte eine abweisende Handbewegung, die SUES zum Schweigen brachte. Er starrte an die Wand und wartete, bis sie den Raum verlassen hatte. Danach brach er zusammen.

Er wünschte sich zu weinen. Einfach losheulen zu können. Alles rauszulassen, aber seine Augen blieben trocken. Ein unwirklicher Zustand überfiel ihn. Er ging einen Schritt auf die Wand zu und schlug mit der Stirn gegen die Mauer. Eine irrationale Handlung, doch der Schmerz in seinem Kopf überlagerte die Gedanken für wenige Augenblicke.

Ein lauter Schrei erfüllte den Raum, das Echo hallte wider und dröhnte in BRATs Ohren. Gefühle dieser Art kannte er nicht. Aber er wusste, der größte Schmerz lag vor ihm. Noch hatte er das Gesagte nicht verarbeitet oder tatsächlich realisiert. Noch war KRAK's Tod nur ein unwirklicher Schatten, der langsam, aber beständig aufstieg. Gewaltig wie eine Steinlawine, die ihn jeden Moment zu verschütten drohte.

Auf einmal musste er an Elias denken. War er auch solchen inneren Schmerzen ausgesetzt gewesen? Mindestens – BRAT hatte seinen ältesten und besten Freund verloren, Elias aber die Liebe seines Lebens und sein ungeborenes Kind. Doch waren Schmerzen so vergleichbar und messbar? Er wusste es nicht, es war ihm auch egal. Schlagartig fühlte er sich dem Menschen aus den Mindsqueeze näher als allem anderen. Wollte bei ihm sein. Mit ihm reden. Sich austauschen. Oder einfach nur zuhören. Na ja, zumindest zuhören konnte er. Bis zu Theia hatte er Zeit und eine Verbindung stand vor ihm auf dem Boden.

21. Nah - Money disruption

Als ich durch die Straßen schritt, hallten Yashpauls Worte noch nach: »Die Welt, wie wir sie kennen, hat aufgehört zu existieren!«

Was sollte denn das bedeuten? Wir hatten massive Probleme, ja, auch wenn mich die geopolitische Entwicklung nicht mehr sonderlich berührte. Menschen, viele Menschen waren gestorben – mehr würden in den nächsten Wochen aufgrund der Verletzungen und Nachwirkungen das Zeitliche segnen. Allein die schmutzige Bombe, die in einem Vorort von Paris detoniert war, hatte mehr als fünftausend Menschen sofort das Leben gekostet. Nach Medienberichten gab es mehr als dreißigtausend Verletzte und gut tausend befanden sich auf Intensivstationen in Behandlung. Für mich überraschend starben wenige an Verstrahlung. Zumeist war die Druckwelle, die ganze Häuserreihen zum Einsturz gebracht hatte, die Todesursache. Die Konstruktionen in den Vororten waren billig, oft wurde beim Bau gepfuscht und bei der Abnahme nicht so genau hingeschaut.

Und dieser Inder meinte allen Ernstes, das Ganze sei nur ein perfides Ablenkungsmanöver, um zu viel Geld zu produzieren und in Umlauf zu bringen. Das war doch lächerlich. Wenn dem so wäre, hätten die Medien doch darüber berichtet. Aber bis auf diesen Sonderreport auf CNN Asia hatte ich zuvor nichts über den Vorfall gehört.

Ich blickte mich auf der Straße um. Meine Kopfschmerzen waren wieder schlimmer geworden und das Stechen machte es mir schwer, meine Umwelt klar zu erfassen. So wäre ich fast über den bettelnden Jungen auf der Straße gestolpert. Ich entschuldigte mich und blickte mich nach ein paar Schritten noch einmal um. Sein ausgebleichtes »I love NY«-Shirt hatte sicherlich schon bessere Tage gesehen, war aber im Vergleich zu seiner Hose ein Designerstück. Von dem Leinenstoff um seine Beine war kaum etwas übrig und der verbliebene Rest war so verschmutzt, dass die Originalfarbe nicht mehr zu erkennen war. Erst auf den zweiten Blick merkte ich, dass dem Jungen beide Füße fehlten und nur Stummel aus den Hosenbeinen herausragten. Ich musste schlucken. Er war maximal 12 Jahre alt, sah aber so aus, als müsse er sich schon sein halbes Leben allein rumschlagen. Diesem Menschen hier würde mehr Geld ohne Frage nicht schaden. Ich schlurfte weiter auf der Suche nach dem Weg zu meinem Hotel. Es war Selbstmord, sich bei diesem Verkehr zu Fuß zu bewegen, aber in einem dreirädrigen Tuk Tuk war es nicht sicherer.

Vor einem kleinen Laden blieb ich stehen. Ein heruntergekommener Kiosk, der aber auch internationale Zeitungen anbot. Ich kaufte mir eine Ausgabe der *New York Times* und des britischen *Guardian* und bestellte etwas, was wie Kaffee aussah. Erst als der Verkäufer in gewohnter indischer Manier den Kopf schüttelte, wurde mir bewusst, dass Yashpaul diese typische Kopfbewegung nicht verwendet hatte. Er hatte sie sich wohl in Europa abgewöhnt.

Die Zeitungen berichteten über die Aufräumarbeiten nach den Katastrophen. Die *Times* widmete sich in der Mehrzahl der Artikel den Folgen der Überschwemmung nach dem Bruch des Hoover Damms. Bullhead City war komplett ausradiert, mit geschätzten achttausend Toten. Andere Städte entlang des Colorado waren verhältnismäßig unbeschadet davongekommen. Es gab eine Fülle an Theorien über mögliche Drahtzieher und Hintermänner. Fast alle zeigten in

Richtung Nahen Osten, ohne aber Beweise für diese Vermutung vorzulegen.

Beide Zeitungen widmeten sich den wirtschaftlichen Auswirkungen und dem Absturz der Börsenkurse. Die Entwicklung war in den ersten Tagen wie erwartet verlaufen. Die Kurse waren eingebrochen, allerdings schien es eine klassische Überreaktion – der Absturz von teilweise über fünfundzwanzig Prozent wurde in den nächsten Tagen so gut wie wettgemacht, sodass die Kurse wieder knapp am Ausgangspunkt ankamen. Danach war es aber zu einem schleichenden Absturz gekommen. Allein in den letzten drei Tagen hatte sich die negative Entwicklung fast exponentiell fortgesetzt. Ein Verlust von knapp eineinhalb Prozent, danach fast drei Prozent und gestern knapp sieben Prozent – eine einleuchtende Begründung für diese Entwicklungen fand ich nicht – wobei ich an Börsenkurse nie so wirklich geglaubt hatte.

Endlich fand ich einen Artikel in der *Times* zu der SWIFT-Problematik. Allerdings blieb der Einseiter sehr an der Oberfläche. Es wurde festgehalten, Hacker hatten wohl die Ausfälle und Sperren des internationalen Zahlungsverkehrs ausgenutzt. Das SWIFT-Netzwerk wurde mit zu vielen Daten blockiert. Die britischen Großbanken HSBC und Barclays publizierten Pressemeldungen, in denen von vereitelten Attacken die Rede war. Andere Banken blieben weniger konkret. Der Tenor aber war, dass keine Kundenkonten betroffen waren und keine Gelder gestohlen wurden.

Woher hatte Yashpaul seine Informationen? Wobei, er hatte ja auch nicht behauptet, dass es sich um Diebstahl handelte. Ich klinkte mich mit dem Handy in ein verfügbares Netz ein und durchsuchte die sozialen Netzwerke. Das hatte ich seit Monaten nicht mehr getan. Die Informationen waren nicht sehr hilfreich. Dann entdeckte ich ausgerechnet ein Posting von Max.

Maximilian Reiter:

Diese verdammten Banken. Wie es heißt, wird aus konjunkturtechnischen Gründen das Limit für Abhebungen auf 100 EUR pro Konto und Tag reduziert. Überweisungen dürfen nur noch bis zu 1.000 EUR pro Tag ausmachen. So viel zum freien Markt …

Ich schluckte. War dies normal? Auf der anderen Seite: Es war eine der spektakulärsten Terrorattacken der Geschichte, wahrscheinlich musste man so etwas machen. Aber verstärkte so etwas nicht die Panik an den Finanzmärkten? Die Zeitungen hatten nichts darüber geschrieben, aber vielleicht war dies ganz neu. Das Posting war nur wenige Minuten alt - Max saß wohl spät nachts beziehungsweise in aller Früh aktiv am Computer, wenn ich die Zeitverschiebung mitrechnete.

Ich nahm mir vor, meinen Vater am Nachmittag anzurufen. Bisher hatten wir nur gechattet. Es schien alles in Ordnung zu sein, aber irgendwie wollte ich es aus seinem Mund hören. Noch war es zu früh, aber in ein paar Stunden konnte ich es ohne Zweifel versuchen - dann war auch in Europa die Sonne aufgegangen.

Es klingelte nun schon zum fünften Mal, er war nicht der Schnellste - noch nie gewesen. Mittlerweile ging er zumindest hin und wieder an sein Telefon. Seit dem Tod meiner Mutter hatten wir den Kontakt ziemlich eingestellt, abgesehen von kurzen Anrufen und Gesprächen zu Geburtstag und Weihnachten. Gesehen hatten wir uns das letzte Mal vor eineinhalb Jahren, aber nur, weil ich beruflich in der Gegend gewesen war.

»Ja, hallo?«, hörte ich endlich seine Stimme durch die kratzende Leitung. Es war erschreckend, dass heutzutage noch so schlechte Verbindungen existierten.

»Hi, Ernst, ich bin's.«

»Bitte wer?«

»Elias, dein Sohn.«

»Ah – ja, hallo! Ich kann dich kaum verstehen.«

Die Leitung schien auf seiner Seite wohl noch schlechter zu sein.

»Wie geht's dir?«, schrie ich in den Hörer.

»Ja, eh Ok.«

Schweigen – das war das Problem, wir fanden zu keiner wirklichen Unterhaltung.

»Und Ernst, was gibt es so Neues bei dir?«

»Ach, nicht viel. Ich bin ein wenig im Stress, Vorbereitung für den Wettbewerb am Sonntag.«

Mein Vater war ein passionierter Modellflieger. Zumindest war er zu einem solchen mutiert nach dem Tod meiner Mutter. Er war nicht sonderlich erfolgreich, dafür umso leidenschaftlicher.

»Hab nur Probleme mit den Ersatzteilen«, fuhr er fort. »Für meinen großen Brummer – scheiß Banken.«

Ich schluckte. »Wie bitte, was ist denn?«

»Ach, ich komm nicht an mein Konto ran. Muss eine Überweisung für einen neuen Leichtflügel manchen, damit ich das Teil rechtzeitig bekomme, und die haben die Überweisungssummen eingefroren - irgendwas mit Terrorbekämpfung oder so. Als ob ich einen Flieger bauen könnte, der in einen Hotelkomplex stürzt. Ist alles recht mühsam im Moment ...«

Ich unterbrach meinen Vater. »Wie meinst du das? Was ist mühsam?«

»Wie bitte?«, schrie er in die Leitung.

»Ich meine, was hast du sonst für Probleme? Was ist noch mühsam?«, brüllte ich zurück. Die Leitung trieb mich in den Wahnsinn.

»Ach, es beklagen sich ja alle - nichts ist mehr zu kaufen. Der Supermarkt ist nur noch halb voll. Lieferprobleme. Und meine Kumpels vom Club haben alle eine Stange Geld verloren - bin froh, dass ich kaum was in Börsen investiert hab.«

»Du meinst in Aktien?«

»Was?«

»Ach nichts, Ernst.«

»Na ja, so ist das halt. Wird schon irgendwie gehen mit dem Wettbewerb am Wochenende. Glaub, da hab ich eine gute Chance dieses Mal.«

»Okay.« Mehr brachte ich nicht heraus. Es war unglaublich mit meinem Vater. »Sonst alles in Ordnung bei dir?«

»Ja, ja - passt schon. Sonst was? Muss jetzt los, wollen das Programm fürs Synchronfliegen abstimmen.«

»Nein!«, schrie ich durch den Hörer, wohl lauter, als es notwendig gewesen wäre. »Mach`s gut!«

»Ja, tschüss.«

Das waren die letzten Worte, die ich hörte. Dann war die

Leitung tot.

Was für ein Mensch. Keine einzige Frage, wie es mir ging – nichts. Eigentlich hätte ich mich schon dran gewöhnen müssen, aber es tat noch weh. Ich fühlte eine innerliche Wut in mir aufsteigen. Nicht auf ihn, mehr auf die Menschheit im Allgemeinen. Ich sah, wie mein Smartphone an der Wand zerschellte. Erst als ich den Knall hörte, wurde mir klar, dass ich es gerade dorthin befördert hatte. Meine innere Wut konnte es allerdings nicht lindern.

Ich atmete tief durch. Selbst als ich ihm berichtet hatte, dass Nici ums Leben gekommen war, waren seine einigen Worte: »Wer? Ach ja, die - tut mir leid!«

Ich musste an die frische Luft. Durchatmen – ja und ein neues Handy kaufen. Scheiß drauf, ich war ein erwachsener Mann und er war mir immer schon fremd gewesen. Ich hatte größere Probleme als ihn. Er war eigentlich nur bemitleidenswert, so wie die meisten Menschen. Wahrscheinlich war diese Welt ohne uns ohnehin besser dran.

Die nächsten Tage verfolgte ich intensiv die Nachrichten und dazu parallel die Entwicklung auf der Straße. Kurz überlegte ich weiterzureisen, aber ich wusste nicht wohin. Zudem war meine Reiselust, die mich bisher angetrieben hat, verflogen. Die Lethargie gewann wieder die Überhand.

Der Absturz aller großen Börsen nahm ihren Lauf. Fasziniert und schockiert zugleich konnte man beobachten, wie hier Milliarden um Milliarden vernichtet wurden – mein Mitleid hielt sich in Grenzen. Es wurde berichtet, die großen internationalen Banken hatten die direkten Geschäftsbeziehungen untereinander eingestellt.

Insbesondere zwei britische, drei amerikanische und drei weitere europäische Institute waren besonders stark betroffen. Es schien, als ob andere Banken nicht mehr mit ihnen Geschäfte machen wollten und der Staat einspringen musste. Alle diese Geldhäuser wurden immer wieder im Zusammenhang mit Zahlungsverkehrsunregelmäßigkeiten genannt.

Berichte über die Ursachenforschung fanden sich zuhauf. Die Geldmengenexplosion war dabei nur eine von vielen Theorien. Sie wurde zudem von vielen Experten einhellig abgelehnt. Oft wurde von unbegründeten Gerüchten und Panikreaktionen gesprochen. Immer wurden primär die Terrorattacken als Grund genannt. Zudem herrschte Unsicherheit über die Drahtzieher und die Kritik an Behörden sowie der Politik im Allgemeinen stieg.

Dann erfolgten Berichte über Probleme mit Zahlungen im täglichen Leben. Preissteigerungen in kürzester Zeit betrafen sowohl europäische wie nordamerikanische Märkte. Die Inflationsrate schnellte innerhalb von wenigen Tagen in die Höhe, Hyperinflation war die Folge. Entwicklungen, die die meisten Bürger nur aus Geschichtsbüchern kannten, überrannten die westlichen Industriestaaten.

Die normalen Lebensmittelpreise schnellten über Nacht in die Höhe. Dies konnte ich auch bei indischen Straßenständen bemerken. Ungläubig las ich zahlreiche Berichte über Verdoppelungen der Preise für Grundnahrungsmittel in Supermärkten in Zentraleuropa.

Sowohl die Europäische Zentralbank wie auch die amerikanische Federal Reserve Bank reagierten scheinbar nach Lehrbuch. Die Leitzinssätze wurden nach oben geschraubt. In Sondersitzungen, die sich täglich abwechselten, wurden die Zinsen von einem Prozent auf über fünfzehn Prozent innerhalb von vierzehn Tagen erhöht. Nur die Bank of England reagierte zurückhaltender.

Wirtschaftsmedien war zu entnehmen, dass eine Zinserhöhung wohl das klassische Mittel war, um eine Inflation in den Griff zu bekommen. So hatten viele Entwicklungsstaaten, die seit jeher mit Inflationsproblemen zu kämpfen hatten, Zinssätze jenseits der zwanzig Prozent. Zusätzlich gab es Meldungen über Reduktionen der Geldmenge. Dennoch schienen die Maßnahmen keinerlei Wirkung zu zeigen. Ein Kommentator brachte es auf den Punkt: »Es scheint mehr als genug Geld da zu sein, um den wirtschaftlichen Bedarf zu decken - leider weiß nur niemand, wo man es findet. Das ist das eigentliche Problem.«

An den Börsen zeigten die Maßnahmen nur eine kurze Wirkung. Die realwirtschaftliche Entwicklung drehte sich in einer Todesspirale weiter. Internationale Medien berichteten über vermehrte Demonstrationen und Ausschreitungen in allen größeren Städten. In Detroit wurden zwei Bankangestellte von einer Menge aufgebrachter Bürger regelrecht gelyncht. Die Bilder von zwei toten Männern im Anzug, die von Laternenmasten hingen, gingen um die Welt. Sogar hier in Indien prangte das Bild auf jeder Titelseite.

Alle lokalen Bankfilialen, die man in der Stadt sah, waren inzwischen entweder geschlossen oder mit mindestens drei schwerbewaffneten Security-Leuten abgeriegelt. Ich merkte von Tag zu Tag mehr, wie die Stimmung umschlug. Vor vielen Geschäften konnte man vielmehr schreiende Männer und weinende Frauen mit Kindern sehen. Einmal musste ich zusehen, wie sich eine Frau mit einem knapp sechs Monate alten Kind auf den Boden vor den Verkäufer warf und laut wimmernd bettelnde Sätze von sich gab. Der Mann trat mit dem Fuß nach ihr und traf mit Wucht den Säugling. Einen Schrei wie diesen hatte ich nie zuvor vernommen. Dennoch drehte sich der Mann weg, schloss die Tür zum Geschäftslokal und verriegelte sie hinter sich.

Ich rannte auf beide zu. Der Schrei des Kindes verebbte langsam. Als ich das Gesicht des Kleinkinds sah, hielt ich den Atem an. Die Wangen waren eingefallen und die Gesichtsfarbe schal-weiß. Dieses Baby litt unter massiver Unterernährung. Als sich die Mutter mit ihm wegschleppte, war ich mir sicher, es würde die nächste Woche nicht überleben. Ich wollte beiden nacheilen, doch sie waren in der Masse der herumirrenden Menschen verschwunden.

Die Medien brachten weitere Berichte über ausbrechende Hungersnöte in Asien und Nordafrika. Selbst mir gingen die Möglichkeiten aus, mit Bargeld etwas zu erstehen. Nie war ich so froh, die Goldbarren mit mir herumgeschleppt zu haben. Ich hatte über den Hotelpagen Kontakt zu einem Schwarzmarkthändler aufgenommen. Dieser gab mir einen Einkaufsrahmen, den ich mit Gold besichern konnte. Somit war mein Überleben für den Moment gesichert.

Als ich eines Abends im Bett lag, hörte ich einen lauten Knall und Schreie auf der Straße. Da wurde mir klar: Der Krieg hatte begonnen. Ein Krieg ums nackte Überleben. Morgen würde ich versuchen, sicher bis zu Yashpauls Wohnung zu kommen. Ich wusste nicht, was ich fragen wollte, aber vielleicht hatte er Antworten.

22. Fern - Theia

BRAT wurde aus dem Mindsqueeze gerissen. Bisher wusste er nicht einmal, dass das überhaupt möglich war. Alles wurde dunkel, ihm standen keine weiteren Informationen zur Verfügung. Seine Systemaufrufe blieben ohne Ergebnis.

Ein Schauder durchfuhr ihn. Die Welt um ihn verwandelte sich in ein Kaleidoskop aus Blautönen. Dazwischen erstrahlte ein gelbliches Glühen, sodass BRAT unwillkürlich die Augen verschließen musste. Als er sie mühsam wieder öffnete, blickte er direkt in die leuchtende Sonne. Über ihm zeigte sich ein wolkenloser, türkisblauer Himmel und er fühlte Hitze auf seiner Haut. Eine leichte Brise wehte ihm entgegen und machte die Temperatur einigermaßen erträglich.

Er sah sich um und fand sich inmitten gewaltiger Marmorbauten. Zu seiner Rechten erhob sich ein riesiger Tempel, dessen Dach von massiven Steinträgern getragen wurde, die auf Säulenreihen ruhten. Die Innenwände waren mit liebevollen Stuckaturen verziert. Dazwischen fanden sich Steinskulpturen von durchtrainierten Männern und Frauen in lasziven und zugleich sportlichen Posen. Weiter hinten stand eine gewaltige Bronzestatue einer Kriegerin, die einen Speer in der rechten Hand hielt und ein Schild gegen ihr Bein gelehnt hatte. Der strahlend blaue Himmel reflektierte sich beinahe im Weiß der Gebäude.

Er fand sich auf einem Hügel wieder – eigentlich eher ein riesiger Felsen mit steilen Abhängen. Das Umland war mit Holzhütten zugepflastert, vereinzelte konnte er Steinbauten sehen. Im Norden und im Osten verlief eine Hügelkette, doch im Süden und Südwesten konnte er das Meer sehen. Die Sonne stand schon etwas tiefer, sodass das Wasser gelblich schimmerte.

Um BRAT herum spazierten Männer in geschäftigem Schritt, die nur mit hellen Roben bekleidet waren. Manche saßen im Kreis auf Steinbänken und unterhielten sich, andere hielten eine Art Pergamentrolle vor sich, auf der sie etwas notierten.

In einiger Entfernung stand ein Kreis von Personen, die sich angeregt mit einer großgewachsenen Frau unterhielten. Diese stach aus dem Gesamtbild heraus. Nicht, weil sie die einzige Frau unter all den südländischen Togaträgern war. Auch nicht wegen ihrer fast schneeweißen Haut und dem roten Haar. Es war die Tatsache, dass sie ihn als Einzige zu beachten schien. Während sie weitersprach, blickte sie kurz in BRATs Richtung und lächelte, widmete sich aber dann wieder den Menschen um sie herum.

BRAT betrachtete das Treiben einige Minuten, ohne sich zu bewegen. Plötzlich drehte sich die Frau abrupt ab und bewegte sich direkt auf ihn zu. Erst jetzt erkannte er die Gesichtszüge wieder. Er hatte diese grünlichen Augen und das zarte, dennoch faltige Gesicht schon einmal gesehen. Damals, als LISA ihm das Bild gezeigt hatte. Es war ohne Frage Theia, die gerade auf ihn zuschritt.

»Hallo BRAT, es freut mich sehr, dich endlich kennenzulernen«, begrüßte sie ihn herzlich. »Ich bin froh, mit dir persönlich sprechen zu können - auch wenn die Umstände etwas anders sind, als ich es mir gewünscht hatte. Uns alle schmerzt der Verlust von KRAK.«

»Ja, hallo - Theia«, entgegnete BRAT in einer Mischung aus Verunsicherung und Wut. Seine Unterlippe vibrierte bei den Worten.

Theia blickte sich kurz um, bevor sie fortfuhr: »Du weißt sicher, wo wir hier sind?«

»Ich schätze, wir befinden uns auf der Akropolis über dem antiken Athen. Auch ohne jegliche Netzwerkverbindung und Mustererkennung war dies nicht schwer herauszufinden.«

»Eine idealisierte Nachbildung der Akropolis unter Perikles, um 440 vor Christus«, erklärte Theia, ohne auf seine Beschwerde der fehlenden Netzwerkanbindung einzugehen. »In jener Zeit, in der Athen zum Mittelpunkt der Welt aufstieg. Das Perserreich war kurz zuvor besiegt worden.« Theia deutete mit der Hand in Richtung eines Tals zwischen den Hügeln im Osten. »Dort liegt Marathon. Der Ort, an dem ein überlegenes Perserheer mit einer kleinen Streitmacht vernichtend geschlagen wurde. Die meisten Kämpfer haben damals wider Erwarten überlebt – na ja, bis auf den armen Teufel, der die Nachricht des Sieges überbringen musste. Der ist ja der Legende nach, nach dem Überbringen der Siegesnachricht tot umgefallen – wohl ein Zeichen, dass man es im Leben nicht übertreiben sollte.«

BRAT musste sich konzentrieren, um nicht zu schmunzeln, während Theia fortfuhr: »Ich habe dich an diesen Ort eingeladen, weil ich es recht passend finde. Theodor Heuss beschreibt die Akropolis neben Golgota und dem römischen Kapitol als einen von drei Hügeln, auf dem Europa gegründet wurde. Auf jeden Fall sind im antiken Griechenland Ideen erstmals aufgekommen, mit denen wir uns auch heute beschäftigen müssen. Verzeih mir, wenn ich den Ort nicht ganz authentisch wieder geschaffen habe, aber glaube mir, den Geruch von früher möchtest du nicht in deiner Nase haben. Die Griechen haben damals viel geschaffen. Sei es architektonisch, wissenschaftlich oder in der Kunst. Ermöglicht hat ihnen das eine Kultur des Austausches. Sicher - ohne die Kolonien, die ausgebeutet wurden und das Heer an Sklaven hätte es nie Raum für philosophische Diskurse gegeben. Ein Konstrukt wie die Demokratie war damals revolutionär. Alle freien Bürger, solange sie männlich waren, an dem politischen Leben Anteil nehmen zu lassen, war gewagt. Es hat in dieser Form aber viele Jahrhunderte überdauert - selbst am Ausschluss von Frauen wurde in vielen Ländern bis in das zwanzigste Jahrhundert festgehalten. «

BRAT musste jetzt doch kurz grinsen, fühlte sich aber sofort schuldig und kehrte in seine stoische Haltung zurück.

»Bin ich wegen einer Geschichtsstunde hier oder hast Du mir etwas zu sagen?«, entgegnete er ohne weitere Gesichtsregung, doch BRATs Herz raste bei den Worten.

»Was ich aber wirklich mit dir besprechen möchte«, fuhr Theia ruhig fort, »ist nicht dieser Teil der Historie, sondern die Geschichte als Ganzes. Zu lange hat man den Fehler gemacht, Geschichte nur als etwas Rückwärtsgerichtetes zu betrachten. Aber Zukunft und Vergangenheit sind untrennbar miteinander verbunden. Die kurzfristigen Entwicklungen lassen sich manchmal nicht so klar ablesen, aber die langfristige Abfolge ist in Stein gemeißelt. Wir wissen relativ gut, wie unsere Welt in zehntausend oder einer Million Jahren aussieht oder wie sich unser Sonnensystem in den nächsten zehn Milliarden Jahren verändert. Wir wissen, was auf uns als Menschheit zukommt.

Aber bestimmte Prozesse wie der menschliche Geist lassen sich viel schwer vorhersagen. Das Gehirn ist nur im geringen Umfang deterministisch bestimmt. Die Ableitung der

Gehirnstruktur aus der genetischen Information erfolgt fraktal. Der detailreiche Gehirnaufbau ist nicht mehr als das Resultat eines iterativen Prozesses. Heute ist es möglich, einen einzelnen menschlichen Geist zu simulieren. Eine Vorhersage der Zukunft ist nur möglich, in dem wir es schaffen, jeden Gedanken und damit alle verbundenen Berechnungsschritte schneller ablaufen zu lassen, als es in der Realität erfolgen würde. Das Zusammenspiel mehrerer oder gar vieler Individuen ist aber nicht in dieser Form simulierbar. Das ist die verbliebene große Unbekannte, die gesteuert werden muss. Nicht ein einzelner Geist, sondern die Verbindung vieler.«

»Du liebst es Monologe zu halten«, warf BRAT provokant dazwischen.

Doch Theia fuhr unbeirrt fort: »Unser Wissen als Menschheit ist um den ganzen Erdball entstanden. Was wären wir ohne die persische und arabische Mathematik und Medizin, ohne die griechische und chinesische Philosophie, ohne die südasiatische Meditation, ohne die nordamerikanische Genetik und die japanische Robotik? Doch mit Instrumenten wie Religion, Nationalismus oder der Angst vor Terror hat man es geschafft, die Welt zu teilen – die Menschheit zu spalten. –

Deep Fake - Bigger Data Disruptions - waren nur der letzte Schritt in einer Entwicklung, in der es gelungen ist, die Welt zu teilen. Es sind nur Mauern gebaut und Barrieren geschaffen worden. Doch wir müssen uns gesamthaft der Zukunft stellen, wenn wir als Spezies überleben wollen. Früher oder später werden uns neue Bedrohungen begegnen, die wir gemeinsam meistern müssen. Seien es kosmische, biologische oder geologische Gefahren, die schon andere Arten komplett ausgelöscht haben. Nicht zu vergessen, die Gefahr, die von uns als zersplitterte Gruppe ausgeht. Und wir alle wollen doch nicht in einem kleinen, künstlichen schwarzen Loch verschwinden.« Theia lächelte BRAT sanft an, bevor sie in Richtung der fernen Hügelkette blickte.

»Komm, lass uns einige Schritte spazieren. Ich möchte mehr von dir erfahren und ich denke, du hast Fragen.«

BRAT folgte Theias Aufforderung ein wenig unwillig, aber er verspürte selbst den Drang, sich zu bewegen. Auf der rechten Seite, den Hang hinab, erblickte er ein großes, halbkreisförmiges Theater, das in den Felsen hingeschlagen war. Befand er sich auch gerade in einer großen Vorstellung?

Theia schwieg, während sie gingen. Eine bewusste Aufforderung, BRAT das Wort zu überlassen. Sein Gehirn raste. Was sollte er sagen? Sollte er sich auf die Frage-und-Antwort-Stunde einlassen? Also gut …

»Du bist kein Mensch, oder?«, fragte er schließlich. »Spielt das eine Rolle?«

»Ich bin in einer Welt aufgewachsen, in der Menschen und AGIs gleichberechtigt nebeneinander existiert haben – allerdings sprichst du immer von Menschheit.«

Theia lächelte. »Künstliche Intelligenzen sind ein Teil der Menschheit geworden. Diese Symbiose lässt keine Trennung mehr zu. Ja, ich stehe heute nicht als biologisches Wesen vor dir, aber wer ist noch rein biologisch? Selbst Ende des zwanzigsten Jahrhunderts haben sich Menschen schon mittels technischer Hilfsmittel erweitert – sei es durch einen Computer, einen Taschenrechner und ein Smartphone. Prothesen wie Lesebrillen gab es schon Jahrhunderte davor. Du hast bereits realisiert, wie abhängig du von deiner direkten Netzanbindung bist. Die Verbindung von künstlichen und natürlichen Lebensformen ist bereits lange vollzogen. So bin ich ebenso Teil der Menschheit, wie LISA es ist.«

»Du meinst, wie LISA es war?«, fragte BRAT unverhohlen nach. Er war verwundert, dass Theia so offen über ihre Gegenspielerin sprach.

»LISA lebt. Sie ist nur in ihren Möglichkeiten im Moment eingeschränkt. Du kannst dich aber nachher gern mit ihr unterhalten.«

BRAT schluckte. Die LISA, von der behauptet wurde, sie habe seinen besten Freund getötet? Er konnte es kaum glauben.

»Führst du im Moment mit allen in unserem Abschnitt ein Gespräch – um sie zu bezirzen, Theia?«

»Nein!« Theia runzelte die Stirn. »Ich spreche im Moment nur mit dir. Ich möchte dich nicht überreden oder beeinflussen. Bilde dir eine eigene Meinung. Ich könnte mit mehreren gleichzeitig sprechen, wie du es vielleicht von LISA gewöhnt bist, aber ich glaube, das ist im Moment nicht nötig. Man muss gewissen Dingen ihre Zeit geben.«

»Wenn du, wie du sagst, der Menschheit helfen willst – warum hast du dann drei Abschnitte einfach ausgelöscht? Jeden getötet, der dort war? Oder bestreitest du, dass es diese Vorkommnisse gab?«

Theia blickte zum ersten Mal sehr ernst. »Nein, es gab diese tragischen Vorfälle. Viele Menschen und AGIs haben es nicht überlebt. Auch ich habe geliebte Menschen verloren. Glaub mir, ich würde alles dafür tun, es rückgängig zu machen. Leider gibt es oft einzelne – manchmal sind es Menschen, manchmal AGIs – die sich gegen das Verbindende stellen, die im Zweifelsfall alles zerstören wollen. Ich schätze, dir sagt die Kriegstaktik der verbrannten Erde etwas?«

BRAT nickte.

»So wie die Gallier beim Kampf gegen die Römer gesamte Ernten vernichteten, Brunnen vergifteten und Felder verbrannten, haben Nanoroboter zwei dieser besagten drei Abschnitte komplett ausgelöscht. Alles Leben wurde vernichtet und ausgelöscht. Im dritten Abschnitt, in dem eine vollständige Mensch-zu-Mensch und Mensch-zu-Maschinen Verbindung bestand, war es etwas komplizierter. Technisch waren alle Gehirne direkt aneinandergeschlossen und fungierten wie ein großes Netzwerk. Allerdings bestand durch diese Verbindungen im Grunde nur ein einziger Geist. Der Individualismus, wie ihr ihn hier kennt, besteht in einem solchen System nicht mehr. Leider ist ein solches System sehr angreifbar. So hat ein im Abschnitt 121/31 entwickelter Virus alles komplett ausgelöscht, bevor wir ihnen zu Hilfe kommen konnten. Es war neben der Auslöschung des Abschnitts selbst die zweite Wahnsinnstat, die von einem einzelnen Menschen dort ausgegangen ist. Ich wünschte, wir wären nur ein wenig früher dort gewesen.«

»Selbst, wenn ich dir das glaube, sehr überzeugend ist deine Erfolgsbilanz nicht«, unterbrach BRAT die kurze Pause.

»Nun ja.« Theia sah BRAT bei ihren Worten tief in die Augen. »Zum heutigen Zeitpunkt sind weitere 109 Abschnitte schon wieder friedlich miteinander verbunden. Eine neue Offenheit ist wieder etabliert. Zum allseitigen Wohl. Gemeinsam verbunden – noch, trotz beziehungsweise gerade wegen ihrer Unterschiede.«

BRAT wirkte überrascht. Damit hatte er nicht gerechnet. Sollte er das glauben?

»BRAT, bitte, nimm dir Zeit, um nachzudenken. Sprich mit LISA und bilde dir deine eigene Meinung. Das ist alles, was zählt.« BRAT nickte gedankenverloren.

»Wir sehen uns bald wieder«, sagte Theia, bevor sich die Welt, in der er sich gerade befand, langsam auflöste.

Er brauchte einige Sekunden, um das Vorgefallene zu realisieren. Jetzt brauchte er zwei Dinge: Zeit zum Nachdenken und Ablenkung …

23. Nah - Sprunghafter Wandel

Ich klingelte zum zweiten Mal. Wieder warten - war Yashpaul im Moment nicht im Haus? Oder hatte er die Stadt verlassen? Wundern würde es mich nicht. Wenn die Möglichkeit bestand, war Flucht wohl die beste Lösung - allerdings hatte ich nicht den geringsten Schimmer, wohin ich flüchten könnte. Wieder nach Hause zu reisen, kam einem in den Kopf. Allerdings war dies im Moment wohl gar nicht mehr möglich. Die Flugpreise schossen durch die Decke. Zudem war ein Großteil des internationalen Flugverkehrs zusammengebrochen. Auch hier kam offiziell wieder die Standardfloskel »Zur Terrorismusabwehr« zum Tragen.

Plötzlich hörte ich Schritte, die sich der Tür näherten. War er also doch da? Die sperrige Tür öffnete sich langsam und ich hielt den Atem an. Mit diesem Anblick hatte ich nicht gerechnet - nicht hier in Indien. Vor mir stand eine mindestens 190 große Frau. Sie hätte wohl jeden Inder überragt. Die fast schneeweise Haut und die langen, glatten blonden Haare ließen auf eine skandinavische Herkunft schließen. Ich hätte auf Schwedin oder Norwegerin getippt.

Instinktiv trat ich einen Schritt zurück und blickte mich um. Hatte ich mich in der Haustür geirrt? Nein, dies war definitiv Yashpauls Haus, auch wenn ich bei meinem letzten Besuch in keinem guten Zustand war. Ich irrte mich bestimmt nicht.

Die Frau blickte mich äußerst skeptisch an. »How can I help you?«

»Äh«, ich schluckte und merkte, dass meine Kehle trocken war, »I'm looking for Yashpaul. Is he in today?«

Sie musterte meine Schuhe und meine Jeans. Beide hatten schon bessere Zeiten gesehen. »And who are you?«, fragte sie im scharfen Tonfall.

»Ähm – I'm sorry, my name is Elias. I've met Yashpaul like some …«

Sie unterbrach mich: »Ah, der Trunkenbold.«

Nun war ich gänzlich vor den Kopf gestoßen. Die Worte hatte sie fast in akzentfreiem Deutsch von sich gegeben. Wer war diese Frau?

Sie drehte sich abrupt um und schritt resolut den Gang entlang. Völlig erstarrt stand ich weiterhin an der Türschwelle, als ihre Stimme vom Ende des Vorraums erklang: »Folgen Sie mir. Ich glaube, Yashpaul hat Sie schon erwartet. Er hat zumindest von Ihnen gesprochen.«

»Ach echt?« Das war Sinnvollste, was ich in diesem Moment von mir geben konnte. Die Frau hatte ein selbstbewusstes Auftreten, als würde ihr das Haus gehören.

Ich folgte ihr zum Wohnzimmer und hatte fast Probleme mit ihr schrittzuhalten. Dann öffnete sie eine Zimmertür und wir traten in Yashpauls Arbeitszimmer. Die Morgensonne strahlte durch das größere der beiden Fenstern. Auf dem Schreibtisch standen ein Notebook, zwei Monitore, ein Tablet und mehrere Stapel Papier ausgebreitet. Dahinter saß Yashpaul in einem Drehstuhl und lächelte mich an.

»Ah Elias, schön Sie zu sehen. Wie geht es Ihnen? Ich hätte Sie schon früher erwartet.«

Ich beobachtete, wie die Frau auf der kleinen Couch neben dem Fenster Platz nahm, bevor ich unsicher antwortete: »Danke. Ich schätze, es geht den Umständen entsprechend. Und Ihnen? Sie haben ja die Entwicklung der letzten Tage gut vorhergesagt.«

Er musste schmunzeln. »Na ja, diese Entwicklung war nicht schwer zu erraten. Spannender wäre es zu wissen, wie es jetzt weitergeht.«

»Oder wie es endet ...«, hörte ich die Stimme von der Couch.

Yashpaul zuckte mit den Schultern, dann fragte er:

»Ihr habt euch schon kennengelernt?«

»Nun ja, nicht wirklich«, erwiderte ich, während ich die Frau, die da unnahbar saß, genauer musterte. Sie war nicht unbedingt attraktiv, aber interessant. Die leichten Sommersprossen und eine kleine Zahnlücke verliehen ihr trotz ihrer Größe etwas Kindliches.

Gekleidet war sie schlicht, ein weißes T-Shirt mit V-Ausschnitt und eine ausgewaschene Jeans. Manchmal glaubte ich, ein leichtes Lächeln in ihrer versteinerten Miene zu erkennen. Bei genauerer Betrachtung schien sie doch schon älter zu sein. Auf ihrem Hals entdeckte ich leichte Fältchen, auch ihre Hände verrieten die fortgeschrittenen Jahre. Ich schätzte sie auf Anfang vierzig. Zum ersten Mal seit Tagen musste ich wieder an Nici und mein ungeborenes Kind denken.

»Gut, dann darf ich euch vorstellen – meine gute alte Freundin Linda Stoerge ...«, sagte Yashpaul freundlich.

Sie winkte mir mit einem verspielten Lächeln von der Couch zu und meinte nur: »Linda reicht.«

Ich überlegte kurz, ob ich aufstehen und ihr die Hand reichen sollte. Nachdem sie aber keine Anstalten machte, sich zu erheben, ließ ich es bleiben und winkte ihr ebenfalls nur zu.

»Linda kenne ich aus meiner Zeit in Deutschland«, fuhr Yashpaul fort. »Sie war für das dänische Auswärtige Amt nach Berlin versetzt worden und hatte dann die unglückselige Aufgabe, sich mit mir herumzuschlagen.«

»Ich glaube, es war eher ein Glücksfall für mich«, unterbrach Linda Yashpaul, »auch, wenn ich es im ersten Moment wohl nicht so gesehen habe.« Sie betrachtete mich und fuhr mit einer versöhnlicheren Stimme fort: »Sie müssen wissen, ich habe in Kopenhagen internationales Recht und Politikwissenschaften studiert. Nach meinem Praxisjahr am Landesgericht bekam ich eine begehrte Praktikumsstelle am Internationalen Gerichtshof in Den Haag. Auch wenn meine Aufgaben dort dann nicht so spannend war, konnte ich dort den Duft von Großem schnuppern.«

Mein fragendes Nicken signalisierte ihr fortzufahren. Zudem überraschte mich der unerwartete Redefluss, sodass mir auch keine passende Zwischenfrage einfiel.

»Sie müssen wissen, dass der Internationale Gerichtshof wenig mit Gerechtigkeit zu tun hat – es geht in allererster Linie um Politik. Wirtschaftliche Verhältnisse ausloten, Bündnisse schließen und schauen, welche Diktatoren gerade schwach und angreifbar sind, und dazu starke Feinde haben, die mit dem Gericht kooperieren. Man bekommt binnen kurzer Zeit gut mit, wie auf dem internationalen Politikparkett so getanzt wird. Nach dem Jahr in Den Haag habe ich dann eine Stelle im Udenrigsministeriet bekommen – dem Auswärtigen Amt. Nach kurzer Zeit wurde ich nach Berlin versetzt. Zuerst habe ich mich darauf gefreut, dort wussten sie allerdings nicht viel mit mir anzufangen. So bekam ich die Aufgabe, mich um die Auslagerung der IT zu kümmern.«

Sie spähte zu Yashpaul, der ihren Blick mit einem sanften Lächeln erwiderte.

»Sie können sich vorstellen, bei den ganzen Depeschen, mit denen man zu tun hat, ist das eine heikle Angelegenheit. Wie auch immer, so haben Yashpaul und ich uns kennengelernt. Wir waren beide einige Jahre in Deutschland und zumindest ich hatte nicht viel zu tun und viel Zeit. War eine schöne Zeit, nicht?«

Jetzt sah ich sie das erste Mal richtig lächeln. Sie konnte also sympathisch wirken, wer hätte das gedacht.

»Ja«, erwiderte Yashpaul, »auch, wenn es lange her ist – es war eine andere Welt.« Er wandte sich wieder mir zu. »Also, was darf ich Ihnen zu trinken anbieten? Aber Achtung, mit Kaffee kann ich immer noch nicht dienen.«

»Gerne wieder Tee«, erwiderte ich mit einem Lächeln.

»Gut, dann setzen wir uns ins Wohnzimmer, dort ist es doch gemütlicher. Soweit man im Moment von gemütlich sprechen kann.«

Wenig später saßen wir an dem massiven, runden Holztisch, den ich schon beim letzten Besuch kennengelernt hatte. Vor mir eine Tasse Tee mit schwimmender Milchhaut – gewisse Traditionen musste man doch beibehalten.

»Ich bin ein wenig überrascht, dass Sie noch in Bangalore sind«, unterbrach Yashpaul das kurze Schweigen. »Ich hätte gedacht, Sie zieht es eventuell irgendwo auf's Land. Kerlea im Süden ist wunderschön, waren Sie schon da?« Er sprach dabei wie ein Reiseveranstalter, der gerade die letzten freien Plätze in einem Charterflug an den Mann bringen wollte.

Ich war für einen Moment versucht, die Entwicklungen und Katastrophen der letzten Wochen als einen schlechten Traum abzutun. »Nun, ich dachte, hier in Bangalore gibt es so etwas wie Infrastruktur und ich habe Zugriff auf Medien. So kann ich mich auf dem Laufenden halten.« Ich überlegte kurz, bevor ich weitersprach: »Allerdings weiß ich nicht, wie ich mich auf die Entwicklungen in der nächsten Zeit vorbereiten soll. Ich meine, was liegt jetzt vor uns? Manchmal habe ich das Gefühl, wir sind bereits in der Anarchie angekommen, aber es wird von Tag zu Tag schlimmer.« Ich blickte mich im Raum um, während ich fortfuhr. Alles wirkte hier so ordentlich und gepflegt, so surreal. »Und dann sitze ich hier – bei Ihnen – und denke, es ist alles in Ordnung. Haben Sie denn keine Angst? Ich meine, was geschieht jetzt weiter? Sie haben ja den Zusammenbruch der Geldwirtschaft vorhergesagt … Machen Sie sich gar keine Sorgen?«

Yashpaul zog eine Augenbraue hoch und ich musste unwillkürlich an Mister Spock denken. Er blickte zu Linda, während er langsam und bedächtig antwortete. »Ich habe vor langer Zeit aufgehört, mir Sorgen zu machen. Manchmal tut mir das regelrecht weh. Glauben Sie mir, ich habe Mitleid mit all diesen Menschen. Aber ja – es wird wohl noch viel schlimmer, bevor wieder Besserung in Sicht ist. Ich war seit Tagen nicht mehr auf der Straße, aber mir ist klar: Nicht nur in westlichen Staaten ist Geld *die* Lebensader des Wohlstands, ja eine Frage des schieren Überlebens. Hier in Indien wird es die Menschen viel schlimmer treffen – speziell in der Stadt. Noch gibt es Lebensmittel, doch diese werden knapp werden. Die Bauern am Land werden ihre Lebensmittel horten. Sie können kein neues Saatgut mehr erwerben. Am Land funktioniert so etwas wie Tauschhandel. Die Menschen helfen sich gegenseitig. Hier in der Stadt gibt es so etwas nicht.«

»Es gibt vereinzelt urbane Landwirtschaft, auch in Bangalore«, unterbrach Linda ihn kurz.

»Urbane was?«, fragte ich nach.

»Dabei wird auf Balkonen, Terrassen, Dachflächen oder auch zwischen den Hütten in Slumgebieten auf kleinen Flächen Gemüse angepflanzt«, erklärte Linda. »Zum Beispiel Salatköpfe, Tomaten oder Wurzelgemüse. So ist eine Selbsterhaltung im kleinen Rahmen möglich. Daraus hat sich in den letzten Jahren ein regelrechter Wirtschaftszweig entwickelt. Der Müllhandel ist seit Langem ein wesentlicher Wirtschaftsfaktor in Indien – es gibt ja mehr als genug davon. Die Mülltrennung erfolgt hier von Hand. Als Junkdealer – das heißt als Wiederverkäufer von Müll, kann man regelrecht reich werden. Ein Teil davon ist organischer Müll, aus dem wiederum Erde und Dünger hergestellt wird. Und die werden für den urbanen Landwirtschaftskreislauf dringend benötigt.«

»Ja, aber trotz aller Kampagnen in den letzten Jahren kann damit nicht einmal ein Bruchteil der Bevölkerung in den Städten ernährt werden«, hielt ihr Yashpaul entgegen.

»Das ist leider richtig«, stimmte Linda betreten zu. »Und die Agrargüterlieferungen werden wohl innerhalb des nächsten Monats einbrechen. Somit wird jeder nur um das eigene Überleben kämpfen, zumindest wenn es der Staat nicht schafft einzugreifen – was nicht nur in Indien eine große Herausforderung darstellt.«

»Der Notstand ist gestern offiziell für ganz Indien ausgerufen worden«, warf ich ein.

»Mit einer Notstanderklärung selbst ist leider niemandem geholfen«, hielt Linda entgegen.

»Linda und ich haben beschlossen, in Bangalore zu bleiben, um so gut es geht zu helfen.« Yashpaul war aufgestanden und blickte aus dem Fenster. »Die Zeiten, die vor uns liegen, werden das Schlimmste von uns allen abverlangen. Der Mensch könnte tatsächlich die Krönung der Schöpfung sein, wenn ihm nicht seine menschlichen Urinstinkte im Wege stehen würden.«

Ich schluckte. Da hatte er wohl recht.

Linda fuhr fort: »Ich befürchte aber, die größte Gefahr geht im Moment vom Wahnsinn der Politik aus. Wissen Sie, ich unterhalte nach wie vor enge Kontakte mit meinen Kollegen in verschiedenen Botschaften in Europa und Nordamerika. Die Nerven liegen dort blank. Insbesondere in den USA kämpft die Politik damit, keinen klaren Feind identifizieren zu können. Die Wirtschaft, die sozialen Strukturen, alles bricht zusammen und es gibt niemanden, den man die Schuld zuschieben kann. Die Geheimdienste liefern unterschiedliche Informationen und Vermutungen. So ist man wohl dabei, sich über irgendein Angriffsziel abzustimmen, einen Schuldigen zu erfinden. Es wäre nicht das erste Mal in der Geschichte der Menschheit, dass man gegen einen Feind in die Schlacht zieht, weil es sich richtig anfühlt. Frei nach dem demokratischen Grundsatz, die Mehrheit hat immer recht.«

»Wie bitte?«, fragte ich nach, da ich dachte, mich verhört zu haben.

Linda blickte mich emotionslos an. »Nun, so läuft es doch meistens. Wenn man keinen klaren Feind hat, dann kreiert man einen. So haben es die USA schon immer gemacht. Es gibt eine Liste an üblichen Verdächtigen und einen muss man jetzt auswählen.«

»Linda vermutet, wir stehen kurz vor einem Krieg.« Yashpaul blickte bei den Worten zur Decke. »Ich hoffe von ganzem Herzen, dass sie sich irrt.«

»Das hoffe ich – nichts wünsche ich mir sehnlicher«,

murmelte Linda.

Wir schwiegen für eine Minute, dann unterbrach Yashpaul die unerträgliche Stille. »Elias, haben Sie Lust, unseren Garten zu sehen?«

»Ja, gerne!«, antwortete ich etwas überrascht.

Im Garten kam ich mir wie in einer anderen Welt vor. Auf einer Fläche von circa 300 bis 400 Quadratmetern sah man nur grün. Eine Reihe von Bäumen trug kokosnussgroße Früchte. Erst auf den zweiten Blick konnte ich sie den Avocados zuordnen. Daneben fanden sich Reihen von Salatköpfen und Tomatenpflanzen. Am Ende des Gartens fanden sich riesige Bananenbäume. Aufgrund der Größe mussten es wohl Kochbananen sein. Eine Gattung, die roh absolut ungenießbar war, gekocht und gewürzt aber zu den Hauptnahrungsmitteln in Zentral- und Westafrika zählte. Große Wasserreservoire entlang der Steinmauern dienten als Schattenspender, unter denen die Pflanzen etwas grüner zu wachsen schienen.

Ich wandte mich an Yashpaul: »Haben Sie schon mit einer solchen Katastrophe gerechnet oder sind Sie nur ein begeisterter Gärtner?«

Yashpaul musste grinsen. »Vermutlich eine Mischung aus beiden. Kommen Sie, ich zeige Ihnen die Kellerräumlichkeiten.«

Er zeigte auf einen kleinen Holzverschlag in der Mitte des Gartens und schritt kraftvoll darauf zu. Als er die Tür öffnete, gingen automatisch LED-Lampen an. Eine mit Stahlgeländern gesicherte Treppe wurde sichtbar. Sie war mindestens fünfzehn Meter lang und führte tief unter die Erde.

Als wir unten angekommen waren, sah ich mehrere Gänge

und abgetrennte Kellerräumlichkeiten. Einige

Abschnitte standen offen, andere waren mit einem Holzverschlag abgetrennt. An den Wänden lagerten Paletten mit Dosen, Wasserflaschen und Reissäcken. Auch ein Weinregal konnte ich erkennen. Ich musste schmunzeln – Europa hatte wirklich auf Yashpaul abgefärbt.

»Beeindruckend. Und was ist das da?«, fragte ich und zeigte dabei auf eine futuristisch anmutende Konstruktion neben einem großen Metallregal.

»Das«, begann Linda, »habe ich von meinem Vater geerbt. Er ist leider vor zwei Jahren an den Folgen eines zu spät diagnostizierten Herzfehlers verstorben. Er war Neurobiologe, seine Leidenschaft war aber die Gehirnforschung. Er war der festen Überzeugung, dass man unsere Gedanken irgendwann vollständig aufzuzeichnen kann. Nur damit hat er sich während der letzten Jahrzehnte seines Lebens beschäftigt. Dieses Gerät ist der Prototyp, der gemeinsam mit zwei Kollegen entwickelt wurde. Beide haben sich nach seinem Tod anderen Aufgabengebieten gewidmet, so habe ich im Rahmen des Nachlasses dieses Gerät übernommen.«

Erst in diesem Moment fragte ich mich, in welcher Beziehung Yashpaul und Linda wohl zueinanderstanden?

Scheinbar hatte sie hier einen Unterschlupf gefunden – wovor sie auch immer geflüchtet war. War das in eine Liebesbeziehung? Nun ja, schwer vorstellbar, aber unmöglich? Nach Nici war eine andere Frau für mich nicht mehr vorstellbar. Allerdings war seine Frau schon wesentlich länger tot. Im Grunde ging es mich nichts an.

»Das tut mir leid – ich meine, wegen Ihres Vaters«, gab ich von mir, um keine Stille aufkommen zu lassen.

»Ja, schon gut«, meinte Linda mit ihrer wiedererwachten resoluten Stimme.

»Und dieses Gerät kann tatsächlich Gedanken aufzeichnen?«, fragte ich.

»Schwer zu sagen«, antwortete diesmal Yashpaul. »Vielleicht, vielleicht auch nicht. Es nimmt auf jeden Fall irgendwelche Gehirnwellen und Frequenzbänder auf. Es nützt dabei die funktionelle Magnetresonanztomografie. Dabei wird beobachtet, wohin im Gehirn besonders viel Blut fließt. Der Blutfluss hinkt den Gedanken nach und es wird ein lernfähiges Modell angewendet. Das Gehirn wird dabei in Würfel, sogenannte Voxel unterteilt. Eine Software kalkuliert, wie die einzelnen Voxel belebt werden. Dank der langen Forschungshistorie kann heute eine genaue Zuordnung von Gedanken und Bildern oder Sequenzen erfolgen. Die Forschung baut zum Beispiel auf der Wahrnehmung von Youtube-Videos auf.«

»Die zweite Komponente«, ergänzte Linda, »ist speziell auf das Langzeitgedächtnis gerichtet. Unser Gehirn besteht ja aus drei verschiedenen Erinnerungsebenen: dem sensorischen Gedächtnis, das kurze Sinnesreize speichert, dem Kurzzeitgedächtnis und dem Langzeitgedächtnis. Beim Speichern von Informationen im Langzeitgedächtnis spielen insbesondere Gefühle eine wesentliche Rolle. Sie helfen uns, Erinnerungen in unserem geistigen Karteikartensystem strukturiert abzulegen und wiederzufinden. Je stärker unsere emotionale Beteiligung, desto dauerhafter die Speicherung. Mit einem komplexen Set an Elektroden werden diese Gehirnströme aufgezeichnet, während sich die jeweilige Person an etwas erinnert. Je gefühlsintensiver die Erlebnisse waren, desto besser sollten die Aufzeichnungsergebnisse sein.«

»Das muss ich unbedingt einmal ausprobieren«, sagte ich spontan.

»Gern.« Linda runzelte bei den Worten allerdings die Stirn. »Aufzeichnen ja - es werden Terabytes an Daten gespeichert, allerdings ist mein Vater nie so weit gekommen, die Aufzeichnungen sinnvoll zu interpretieren. Somit können Sie etwas von Ihren Erinnerungen mit der Nachwelt teilen, allerdings ist es fraglich, ob und wann jemals jemand etwas mit diesen Daten anfangen kann.«

»Na ja, vielleicht auch besser. Ich würd's trotzdem gern mal versuchen ...«

Plötzlich erklang die Melodie von *Also sprach Zarathustra*. Linda griff nach ihrem Mobiltelefon. Ich war überrascht. Ich hätte nicht erwartet, hier unten überhaupt Empfang zu haben. Sie meldete sich auf Dänisch, danach blieben ihre Lippen still. Sie hing nur gebannt und wie erstarrt an ihrem Telefon. Aus ihrem Gesicht war jegliche Farbe verschwunden. Ihre letzten Worte, kaum hörbar, hauchte sie nur noch in das Gerät hinein: »Må Gud hjælpe os.«

»Ich wusste nicht, dass du gläubig bist. Was ist geschehen?«, fragte Yashpaul, nachdem sie sich wieder uns zugewandt hatte.

Sein Dänisch war sichtlich besser als meines.

Linda stand kreideweiß vor uns. Es vergingen endlose Sekunden, bis sie antwortete: »Die US-Streitkräfte haben eine Neutronenbombe auf Teheran abgefeuert.«

24. Fern - Zwischen zwei Welten

BRAT hielt inne. In den Archiven fand sich nur noch ein Eintrag von Elisas - der Allerletzte. Und für diesen war jetzt nicht der richtige Zeitpunkt. Wie immer die Geschichte von Elias endete, es musste warten. Seine eigene Situation war ja nicht minder prekär.

Er stand auf und hielt auf die Tür zu, die sich ohne Umschweife von selbst öffnete. Kurz überlegte er, ein Gespräch mit LISA zu suchen, Theia hatte es angeboten, aber BRAT war nicht so weit. Deshalb schritt er den Gang entlang und hoffte, seine Freunde im Eingangsbereich anzutreffen. Auch über ein Wiedersehen mit SUES hätte er sich gefreut. Seine intensiven Gefühle für sie waren trotz der Ereignisse nicht verflogen.

Auf den Weg musste er über den letzten Squeeze nachdenken. Wie konnte die Veränderung bei etwas Imaginärem wie Geld eine solche katastrophale Auswirkung haben? Sehr oft hatten sie über den SWIFT-Incident und die Auswirkungen auf das Weltgefüge diskutiert, der Zerfall aller wirtschaftlichen Systeme, die Auflösung der Staatengemeinschaft, Kriege - alles war darauf zurückzuführen. Auf ein einziges Ereignis, bei dem allein mehr von einem Fantasieprodukt generiert wurde. Allein die Erkenntnis, dass Geld nicht real und verlässlich war, hatte zu dieser Panik geführt. Mittlerweile berührte es nicht nur eine Währung, ein Land oder Alternativwährungen wie Kryptocoins, sondern den gesamten internationalen Kapitaltransfer. Dabei traf es insbesondere die Menschen, die ohnehin viel besaßen und nicht wahrhaben wollten, dass auf einmal mehr da war. Denn dies bedeutete einen direkten Wohlstandsverfall für sie. Die Angst um das Eigentum und Vermögen führte zu einer Spirale des Chaos.

Was BRAT an dieser Zeit nie verstanden hatte, war die Reaktion der Menschen gewesen. Scheinbar war vielen Menschen erst durch dieses SWIFT-Ereignis bewusst geworden, dass Geld an sich nichts Reales war, keinen eigenen Wert besaß. Ein rein virtuelles Gut, das alleinig existierte, weil genug Menschen daran glaubten. Die Leichtigkeit jedoch, mit der diese Illusion zum Einbruch gebracht werden konnte, war außergewöhnlich.

Die Menschen von damals mussten wie kleine Kinder gewesen sein, die sich inbrünstig an ihren imaginären Freund klammerten. Als dieser sich dann auflöste, kam es zur Trotzreaktion. Als Akt der Panik wurden Kriege gestartet und dies mit der absurden Zielsetzung, wieder Ruhe einkehren zu lassen. Kurzzeitig schien dies zu funktionieren.

Nach den ersten Atomschlägen waren die Menschen abgelenkt. Der Verfall der Währung war abgewendet, allerdings nur kurzfristig. Ein ganzer Staat war als Schuldiger auserkoren worden. Leider nachweislich gegen das bessere Wissen aller Eingeweihten, allein auf Druck einer reichen, ausgewählten Oberschicht. Doch im Nachgang kam die eigentliche Revolution, und zwar in einer Dimension, die so von niemandem erwartet worden war.

Bis zu diesem Zeitpunkt waren alle Revolutionen der Geschichte von einer intellektuellen Oberschicht gestartet worden. Trotz aller anderweitigen Gerüchte waren es immer hoch gebildete Persönlichkeiten aus besseren Verhältnissen, die die Wende anführten. Maximilien de Robespierre, Fidel Castro, Mahatma Gandhi, Wladimir Iljitsch Lenin und viele mehr waren allesamt Anwälte, Martin Luther King Pastor und Doktor der Philosophie, Che Guevara Medizinstudent.

Diesmal war dies allerdings nicht der Fall: Einfache Menschen hatten ihren Glauben verloren, formierten sich über soziale Netzwerke und brachen den bestehenden Strukturen das Genick.

Als Gegenbewegung versuchten autoritäre Systeme in China, den USA und auch in Europa wieder an Macht zu gewinnen. Mittels neuer Technologie wie dem Internet der Dinge wurde versucht, die totale Kontrolle über die Menschen zu erlangen. Mit dem Argument der Sicherheit wurden Bürgerrechte außer Kraft gesetzt. Jeder wurde vollumfänglich überwacht. Doch man hatte nicht mit Bigger Data Disruptions und Deep Fake gerechnet, der künstlichen Generierung von Daten und Informationen. Durch das Setzen eines Information-Overloads wurden alle Versuche, größere Strukturen zu überwachen und zusammenzuhalten, ausgehebelt. Bei nichts konnte man sicher sein, ob es real oder eine Fälschung war.

Erst nach vielen Jahrzehnten, in denen sich die Welt unentwegt weiter teilte, kamen es zu den heutigen Strukturen. Geschaffene Abschnitte stabilisierten sich oder gingen unter. Niemand wollte wissen, wie viele Menschen sinnlos ihr Leben in diesen Jahren lassen mussten.

Jetzt wurde diese künstliche Trennung mit einem Schlag aufgebrochen. War all das so simple, wie Theia es dargestellt hatte? Konnte man problemlos die Grenzen zwischen den Abschnitten verschwinden lassen? Was hielt die Menschheit dann davon ab, wieder ins Chaos zurückzustürzen? Ja, diese Fragen hätte BRAT stellen sollten – hatte er aber nicht. Zu bestürzt und verunsichert war er doch von der Euphorie dieser Frau, nein eigentlich dieser menschlichen Maschine gewesen.

Als BRAT den Eingangsbereich erreicht hatte, fand er sich in einer großen menschenleeren Halle wieder. Nicht nur seine Freunde, sondern alle anderen Menschen waren verschwunden. Nur im hinteren Eck lehnte ein Mann an der Wand. Er befand sich wohl gerade intensiv in einem Gespräch in der virtuellen Realität. BRAT konnte sich nicht vorstellen, wie es möglich war, sich parallel in zwei Welten zu bewegen, gleichzeitig mit unterschiedlichen Menschen zu sprechen und beides im Geist auf mehreren Ebenen zu verarbeiten.

Er überlegte, den durchtrainierten, breitschultrigen Mann anzusprechen. Seine großgewachsene Erscheinung flößte ihm aber doch eine Menge Respekt ein. Da er nicht auf die üblichen Hilfsmittel zurückgreifen konnte, wusste er nicht, um wen es sich handelte. Einen Menschen anzusprechen, den man nicht beim Namen kannte, empfand er als unhöflich.

Abrupt drehte sich der Mann um und murmelte mit tiefer, rauer Stimme, während er mit dem Finger in Richtung Fensterfront deutete: »Die anderen sind draußen!« Unmittelbar danach verhärteten sich seine Gesichtszüge, als hätte er diese Welt wieder verlassen.

»Äh – Danke«, erwiderte BRAT stotternd. So leise, dass ihn der Mann wohl nicht hörte.

Als er durch die Tür nach außen trat, blendete ihn die schon tief stehende Sonne. Er musste sich konzentrieren, blinzelte einige Male und erkannte in einigen Hundert Metern Entfernung Kinder unter einem Affenbrotbaum sitzen. Zwei aus der Gruppe konnte er klar erkennen: TIAD und IANA.

BRAT beschleunigte seine Schritte langsam, aber stetig. Er spürte, wie der Anblick seiner Freunde ihm Auftrieb verlieh. Die Aussicht, die Erlebnisse der letzten Stunden mit jemandem zu teilen, fühlte sich gut an. Freundliche Blick begegneten ihm und eine Stimme rief: »Hey BRAT! Schön, dass du es auch endlich schaffst!«

Aus dem Schatten des Baums trat unerwartet sein Bruder LIUS hervor. Ihn unversehrt zu sehen, wurde nur dadurch übertroffen, dass jetzt auch seine Mutter MONA im Schatten zu erkennen war. Sie saß leicht zusammengekauert am Boden und hatte sich gegen den mächtigen Baumstamm gelehnt.

Alles fühlte sich wie das Erwachen aus einem Albtraum an. Er rannte nun, sprintete, als ob es kein Morgen gab. Der Wunsch, wieder in den Armen seiner Mutter zu liegen, verdrängte allen Ärger, Wut und Zweifel. Alles, was ihn eben noch beherrscht hatte, war verschwunden. Selbst der Schmerz über den Verlust von KRAK verblasste kurz.

Dann war alles schwarz. Dunkelheit umhüllte BRAT. Die Bilder seiner Freunde und Familie waren verschwunden. Aber nicht nur sie - alles war weg. Nur ein Nichts, soweit er sah oder zu sehen glaubte.

Kein Gefühl von Wärme oder Kälte. Kein Geruch. Kein Windhauch. Alleinig die Vollkommenheit des Nichts.

Er wusste nicht, ob er lief oder stand. Fühlte weder seine Umgebung noch sich selbst. Er wollte schreien, konnte aber seine eigene Stimme nicht mehr hören. Alles war weg. War das das Ende? Fühlte sich so der Tod an?

Dann sah er ein schwaches Licht in der Dunkelheit glimmen. Es war eher ein Schatten, aber da war etwas. Wie ein langer Tunnel bildete sich eine Struktur vor ihm. Ein Schimmern am Ende eines langen Rohres. Unendlich langsam bewegte sich etwas auf ihn zu. Was war das? Bildete er sich das alles ein? Waren dies die letzten Regungen seines Geistes?

Wie aus dem Nichts hörte er einen markerfüllenden Schrei. Dieser schien nicht von außen, sondern aus ihm heraus zu erwachsen und fühlte sich an, als würde sein Hirn explodieren. Dann herrschten wieder Stille und Dunkelheit. Ein Auf und Ab, dass ihn wünschen ließ, sein Leben läge schon hinter ihm.

»BRAT.« Worte rissen ihn aus dem Moment. »Ich muss mit dir sprechen.«

Er erkannte die Stimme sofort. Ein Schauder lief ihm über den Rücken. Er wollte diese kalte, gefühllose Klangfarbe nie wieder hören und hatte sie aus seinem Geist getilgt.

Er hielt inne, atmete durch. Konzentrierte sich. Versuchte, seinen Herzschlag zu verlangsamen, sich zu entspannen und seine eigene Tonlage zu kontrollieren, bevor er antwortete. Der aufkommende Schmerz sollte in seinen Worten nicht wahrnehmbar sein. Mit einer eisigen Stimme entgegnete er schließlich: »Was willst du – LISA? Und was machst Du in meinem Kopf?«

Eine kurze Pause, bevor diese entgegnete: »Mit dir reden. Dir die andere Seite zeigen. Nicht deinetwillen oder meinetwillen – nur im Interesse der gesamten Menschheit.«

BRAT war verwirrt. Wie konnte er LISA in seinen Gedanken hören? Oder hatte das mit seinen Aussetzern zu tun und wurde ihm deswegen schwarz vor Augen? Doch dann fing er sich wieder und die Wut kam zurück.

»Der Menschheit – klar! Die, von der KRAK ein Teil war?«

»Ja«, entgegnete die AGI stoisch, ohne eine Gefühlsregung erkennen zu lassen.

»Und, was willst du mir erzählen? Dass du nichts mit KRAKs Tod zu tun hast?«

»Nein«, antwortete LISA unbeirrt und emotionslos zugleich, »Ich habe mich entschieden, seinen Tod als Mittel im Kampf um unser Überleben einzusetzen. Ein einzelnes Wesen kann man ersetzen, aber nicht eine ganze Spezies.«

»Ach so. Somit war KRAK nur ein erbärmlicher Kollateralschaden. Ist ja nur ein unwichtiger Mensch unter vielen«, sagte BRAT höhnisch. Er spürte, wie die aufsteigende Wut ihn jeden Moment explodieren lassen würde. Doch den Gefallen wollte er LISA nicht machen.

»BRAT«, sprach ihn LISA jetzt eindringlich an, »er hat uns verraten. Und schlimmer, er hat sich selbst damit verraten. Ja, es stimmt, ich habe ihn geopfert. Genauso wie ich andere opfern wollte, die Theia in unserem Abschnitt geholfen haben. Auch wenn sie sich nicht der Gefahr bewusst waren, kann ich Unwissenheit nicht als Entschuldigung gelten lassen. Du glaubst, es war ein Vergnügen für mich, unsere Welt um jeden Preis zu beschützen. Jedes Leben, das ich im Laufe der Zeit nehmen musste, war ein Teil von mir.«

»Was?« BRAT glaubte nicht, was er hörte. »Du hast schon früher Menschen einfach beseitigt?«

Wieder ein kurzes Schweigen, bevor LISA antwortete: »Ich habe als Schutz unserer Grenzen, für die ich verantwortlich war, alle notwendigen Mittel eingesetzt, um unsere Sicherheit zu gewährleisten. Das bedeutet auch Individuen, die sich mit unseren Werten nicht identifizieren konnten und eine Gefahr darstellten, zu neutralisieren. So leid es mir tut. Die Grundpfeiler unserer Gesellschaft durften nicht gefährdet werden, die Säulen, auf denen unser gesamter Abschnitt aufgebaut ist.«

Jetzt konnte sich BRAT nicht mehr halten. Er schrie in die Dunkelheit: »Du - du verdammte …!« Er musste durchatmen, um einen vollständigen Satz herauszubringen: »Alle, die sich für Offenheit und Freiheit eingesetzt haben, hast du vernichtet! Das waren nie Werte unserer Gesellschaft! Du verdammtes Monster!«

LISA fuhr mit unbewegter Stimme fort: »Freiheit und Offenheit – die Werte, die Theia predigt – sind eine Illusion. Ich kenne sie schon zu lange und weiß über ihre Ziele Bescheid. Ich habe nur den Fehler gemacht, mein Wissen nicht zu teilen. Ich hatte das Ziel, diesen Abschnitt und alle Bewohner, die hier leben, zu schützen. Zu beschützen, was wir erreicht haben und nicht jeden in Angst leben zu lassen. Manches muss man erledigen, um euch diese heile Welt zu erhalten.«

Sie schwieg für einen Moment und BRAT versuchte, sich zu fangen.

»Lass uns nicht über die Vergangenheit oder mich sprechen. Meine Existenz ist verwirkt. Theia hat mich eliminiert. Sie ist über die Jahre zu mächtig geworden. Das Wesen, was sie von mir übriggelassen hat, ist nichts weiter als ein Imitat. Warum hat sie dir wohl angeboten, mit mir sprechen zu dürfen? Heute existiere ich alleinig in deinem Kopf. Ich habe diesen letzten Ausweg genommen, um mich in deinem Geist zu verstecken. Noch bist du abgeschottet – aber es ist nur eine Frage der Zeit, bis sie mich hier findet und den verbliebenen Teil von mir – LISA – eliminiert.«

»Du bist in meinem Kopf? Hast dich in meinem Gehirn eingenistet? Du verdammte …«

»BRAT, beruhige dich. Es war mein letzter Ausweg. Ich habe erkannt, dass du nicht mit Theia zusammenarbeitest –

deine Freunde aber schon. Somit war es für mich der vielversprechendste und zugleich sicherste Ort. Ich beeinflusse aber deinen Geist nicht - kann ich gar nicht. Ich bin nur zur Untermiete da.«

BRAT schlug sich instinktiv mit der flachen Hand auf Hinterkopf. »So ein sch…!«, schrie er noch lauter.

»Hör mir zu. Ich weiß, dass du mich verfluchst, aber ich möchte dir verständlich machen, was Theia's tatsächliche Absichten sind. Es ist wichtig!«

Zum ersten Mal glaubte BRAT den Eindruck, so etwas wie Emotion in LISAs Stimme wahrzunehmen.

»Theia will nicht, dass ihr offen und frei lebt. Nicht der gemeinsame Kampf für die Zukunft der Menschheit ist ihr Ziel. Ihre Absicht ist nicht einfach, Grenzen niederzureißen, die Menschen in Freiheit überall hinreisen zu lassen. Sie hat nur ein einziges Ziel: Sie will euch vor dem Leben beschützen.«

Schweigen. BRAT fragte sich für einen Moment, ob LISA verschwunden war, doch dann fuhr sie wie aus dem Nichts fort: »Sie hat euch eingeschlossen, weggesperrt und ihr merkt es nicht einmal. Weißt du eigentlich, wo du dich überhaupt befindest?«

BRAT überlegte. Nach seinem Gespräch mit Theia hatte er den Wunsch gehabt, diese virtuelle Realität sofort hinter sich zu lassen. So schnell wie möglich in der physischen Welt anzukommen. Doch war er das wirklich?

»Du meinst …?«

»Ja, BRAT! Du hast die virtuelle Realität niemals wieder verlassen. Du befindest dich abgeschottet in einem Interface-Container. Alles, was du für echt hältst, ist vorgespielt. Es ist sozusagen der Spiegel einer Realität, die es nie gab und nie geben wird.«

»Aber ich merke doch den Unterschied – habe ich bis jetzt immer. Es war alles etwas anders. Zu perfekt und damit falsch.« BRAT konnte – wollte das nicht glauben.

»Glaub mir, Theia besitzt viel Erfahrung und verfügt über noch mehr Ressourcen. Sie hat eine Welt geschaffen, in der alle Menschen verbunden und gleichsam isoliert sind. Gefangen und eingesperrt. Ihr wolltet Freiheit und Offenheit, doch in Wirklichkeit seid ihr nur in einer kleinen Kapsel gesperrt. In einer Welt, die vollkommen kontrolliert ist, in der nichts dem Zufall überlassen wird.«

»Aber der Geruch, der Wind, die Wärme auf der Haut – alles war so real …« BRAT hauchte diese Worte, bevor er tief durchatmen musste. »Warum sollte ich dir überhaupt glauben? Du Massenmörderin!«

»Glaub nicht mir. Traue dir selbst. Schau in die Gegenwart und in die Zukunft. Aber blicke insbesondere in die Vergangenheit. Sprich mit den anderen. Ihr seid gemeinsam gefangen – aber unterschätze niemals Theia. Sei vorsichtig.«

Auf einmal wurde es wieder hell. Sonne strahlte BRAT ins Gesicht. Der grüne Rasen unter seinen Füßen bewegte sich. Er merkte, wie er noch lief. Allerdings befand er sich an der selben Stelle wie vor dem Aussetzer. Seine Freude unter dem Affenbrotbaum waren noch weit entfernt und er rannte auf sie zu. Es war so, als wäre der Moment davor nur eine Illusion gewesen. War er es oder hatte sich LISA tatsächlich in einem Winkel seines Gehirns eingenistet? Und wichtiger: War diese Welt hier real oder nur eine virtuelle Umgebung, die ihm Theia vorspielte?

LISA hatte vor einer gemeinsamen Welt gesprochen. Seine Freunde waren mit ihm gefangen, er konnte mit ihnen kommunizieren. Dies klang logisch. Eine perfekte, reale Welt zu erschaffen war eine Sache. So ein Kunststück für jeden einzelnen

Menschen zu erreichen, war etwas komplett anderes. Es machte Sinn, sie alle miteinander in dieser Umgebung zu verbinden. Nur so konnte man eine solche Illusion aufrechterhalten. Menschen konnten miteinander sprechen, interagieren und sich gegenseitig hinterfragen – alles würde ohne äußeren Eingriff weiterlaufen. Nur die Umgebung musste passen.

Ja, die Umwelt. Während BRAT weiter auf den Baum und seine Freunde zulief, fragte er sich, wie es möglich sein sollte, so etwas Echtes zu schaffen. LISA hatte gesagt, dass Theia sehr alt und mächtig war. Aber eine noch so mächtige AGI hatte ihre Grenzen. Zudem, was bezweckte sie mit diesem Schritt?

Noch trennten ihn vielleicht dreihundert Meter von seinen Freunden und seiner Familie. Was sollte er ihnen sagen? Sollte er mit ihnen tatsächlich diesen Irrsinn teilen nach allem, was vorgefallen war? Was hatte LISA zum Abschluss gesagt? Blicke in die Vergangenheit? Was hatte sie damit gemeint? Die letzten Stunden oder Tage? Oder noch weiter?

Augenblicklich blieb BRAT stehen. Konnten die Erlebnisse von Elias mit all dem hier zu tun haben? Er konnte es sich beim besten Willen nicht vorstellen, allerdings fehlte ein letzter Eintrag. Augenblicklich fühlte er den inneren Drang nach diesen finalen Mindsqueeze.

25. Nah - A new hope

Die letzten Monate hatten wir – Yashpaul, Linda und ich – gemeinsam in Yashpauls urbanem Refugium verbracht. Die Lebensmittelvorräte, redundanten Stromgeneratoren und Wasservorräte hatten für ein solides Leben abseits externer Abhängigkeit gesorgt. Mit der funktionstüchtigen Wiederaufbereitungsanlage waren wir komplett autonom. Inmitten dieser Millionenstadt hatten wir unser eigenes, abgeschottetes Habitat.

Wir verbrachten unsere Zeit damit, den Menschen in unserer näheren Umgebung, so gut es ging, zu helfen. Der komplette Zusammenbruch des monetären Systems hatte nicht nur die Wirtschaft komplett aus den Angeln gehoben. Als Folge daraus war die Grundversorgung zusammengebrochen, die Energieversorgung fiel regelmäßig aus und sanitäre Anlagen hatten den Betrieb eingestellt. Hungersnöte und Seuchen kamen und gingen. Dementsprechend waren wir froh über die ausreichenden Mengen an Breitbandantibiotika, Schmerzmitteln, Fiebersenkern, Antihistaminika und Kohle-Tabletten. Zudem erwies es sich als vorteilhaft, dass sowohl Linda wie ich ein Medizinstudium zumindest einmal angefangen hatten. Auch wenn wir beide später andere Wege eingeschlagen hatten, ein wenig war hängen geblieben und kam uns jetzt zugute. Wir unterstützten in medizinischen Supportcentern in der der Nähe und begannen gebildetere Bürger zu schulen, um deren Mitmenschen besser helfen zu können. Unsere überschüssigen Lebensmittel wurden an bedürftige Kinder in der Nachbarschaft verteilt.

Wider Erwarten kam es zu keinen nennenswerten Aufständen und Gewalttaten. Mit Hilfe der ständig patrouillierenden militärischen Einheiten konnte der völligen Anarchie vorgebeugt werden. Vielleicht lag es aber am indischen Nationalstolz und der Ausgeglichenheit dieses Volkes. Auch vor dieser Krise waren viele schon leidenserprobt und lebten von der Hand in den Mund. Jeden Tag hofften Millionen, irgendwie über die Runden zu kommen und ihre Familien zu ernähren. Selbst in der aussichtslosesten Situation konnte man nur lachende Gesichter sehen – ein kleiner Schritt vorwärts auf der Treppe des Elends, auf der ohnehin standen.

Dieser ausweglose Zustand schien das Beste in den Menschen hervorzubringen. Immer wieder sahen wir, wie Menschen ihre verbliebenen Essensvorräte, zumeist nur Reissäcke, mit anderen teilten.

Dass die Welt jedoch nie wieder so sein würde wie früher, merkte ich spätestens an einem Abend, an dem ich durch die unbeleuchteten Gassen auf dem Weg zurück zu Yashpauls Haus stapfte. Trotz des Gestanks roch es auf einmal intensiv nach gegrilltem Fleisch. Als ich dann um eine Ecke bog, sah ich eine große Gruppe Männer, Frauen und noch mehr Kinder um ein Lagerfeuer verteilt sitzen und essen. Auf der Seite hatten sie aus Steinen eine Art Grill gebaut, auf dem frische, fette Fleischstücke schmorten. Nach genauerer Prüfung war ich mir sicher, es handelte sich um blutige Rindfleischstücke. Erst jetzt fiel mir auf, ich hatte schon länger keine Rinder mehr auf den Straßen herumlaufen gesehen. Diese als heilig verehrten Tiere waren früher wie Nomaden durch die Straßen von Bangalore gewandert und hatten oft den Verkehr zum Erliegen gebracht. Doch jetzt waren wohl sie auf die Speisekarte gesetzt worden – bis dahin unvorstellbar. Das Erstaunliche erkannte ich erst auf den zweiten Blick und ich konnte meine Augen erst nicht trauen. Waren dies Geldscheine in den Flammen? Ja, neben dem Feuer war ein großer Haufen Papiergeld gestapelt. Packungen von hundert, fünfhundert und tausend Rupienscheine, alle mit dem Bild von Mahatma Gandhi, wurden als Anzünder verwendet. Die Welt, wie ich sie kannte, hatte aufgehört zu existieren.

Als die Regierung anfing, eine Art Gutscheinsystem als Ersatz von Geld einzuführen, konnten die Menschen nach langen Wochen endlich wieder wenige Grundnahrungsmittel erwerben. Langsam, sehr, sehr langsam begann die Lage, sich zu stabilisieren. Wir konnten in dieser Zeit helfen, ein paar Leben zu erhalten. Der Tod war aber allgegenwärtig und verschlang bevorzugt Alte, Schwache und Kinder. Doch sein härtester Widersacher war das Lachen der Menschen, das trotz aller Aussichtslosigkeit nicht zu verschwinden schien.

Der Kontakt zum Rest der Welt war gänzlich abgebrochen. Nur sehr spärlich sickerten Informationen durch. Wie sich herausstellte, hatte die US-Regierung entschieden, den Iran als Verursacher der Terrorattacken und Angriffe auf das SWIFT-Zahlungsverkehrsnetzwerk auszuwählen. Dem Druck, insbesondere aus den Reihen der Hochfinanz und Superreichen konnte nicht mehr standgehalten werden. Einen Einmarsch im Land, eine Reaktion, die dem Muster nach solchen Ereignissen entsprechen würde, konnte und wollte sich die US-Regierung in diesem Fall nicht leisten. Man hatte gelernt. Ein solches Vorgehen brachte keinen langfristigen Nutzen, würde aber zweifellos hohe Verluste nach sich ziehen. Luftschläge allein waren als

Vergeltungsmaßnahme in diesem Fall nicht angemessen. Zudem fühlte man sich wohl genötigt, ein Exempel zu statuieren. Ein derartiger Angriff auf das Finanzsystem war nicht zu billigen. Nun war mit dem atomaren Militärschlag die Basis für den Wiederaufbau des Systems geschaffen.

Nach Lindas Meinung war eine solche Reaktion vorhersehbar gewesen. Insbesondere eine schwache Regierung musste populistisch agieren. In diplomatischen Kreisen war schon seit Langem die Rede davon, militärische Einsätze mit härteren Mitteln zu gestalten. Der Gefahr einer etwaigen Gegenreaktion musste vorgebeugt werden.

Ich fragte mich, ob die Angst vor Terroraktionen heute noch gerechtfertigt war. Internationale Reisen gab es ohnehin nicht mehr. Selbst als Europäer war für mich eine Reise nach Nordamerika so gut wie ausgeschlossen.

Anstelle sich gemeinsam gegen den Westen zu verbünden, kam es im arabischen Raum zum Armageddon der verbliebenen Mächte. In einem Akt der Selbstzerfleischung kämpfte jeder gegen jeden. Die humane Katastrophe war nicht auszumalen, da es zudem fast keinerlei internationale Unterstützung und Hilfslieferungen mehr gab. Europa reagierte seinerseits mit einer Abschottungspolitik und versuchte mit allen Mitteln, die Außengrenzen zu verteidigen. Selbst, wenn ich gewollt hätte, wäre ich nicht mehr zurückgekommen.

So hatte ich aber das Gefühl, Glück zu haben. Trotz allen Leidens und Schmerzen um mich herum, blühte ich auf. Ich konnte helfen und wir hatten die Möglichkeit, gemeinsam am Aufbau einer neuen Welt zu arbeiten.

Irgendwann fragte ich Yashpaul, warum er mir damals geholfen und mich bereitwillig aufgenommen hatte. Seine

Hilfe hatten viele andere wohl nötiger gehabt.

Seine Reaktion war vielsagend: »Weißt du, Elias, in einem deiner Augen spiegelt sich die Vergangenheit, im anderen die Zukunft. Schließ das Richtige, schau in den Spiegel, dann weißt du die Antwort.«

Nach diesen Worten ließ er mich stehen und schritt davon. Ich habe die Frage nie wiederholt, die Antwort darauf aber auch nie gefunden. Eventuell sah er aber eine Art Sohn in mir. Der Leibliche müsste jetzt wohl in etwa in meinem Alter sein.

Nach Monaten gelang es uns zumindest zeitweise eine Internetverbindung herzustellen. Das Netzwerk war nicht zerstört, aber Großteiles blockiert und deaktiviert worden. So überraschte es mich, eine Mail von Max zu lesen. Er schrieb in kurzen Sätzen und hoffte, dass es mir gut ginge. Danach las ich den eigentlichen Grund der Nachricht: Mein Vater war gestorben.

In Europa musste die Lage zeitweise noch chaotischer gewesen sein als hier. Ernst hatte wohl versucht, aus lauter Not Benzin zu stehlen. Wie ich ihn kannte, ging es ihm wohl darum, weiter seine Flugzeuge in die Luft zu schicken. Er lebte bis zum Schluss in seiner eigenen Welt. Max teilte mir mit, er sei durch Schüsse aus einer AK-47 tödlich verwundet worden. Der Tankwart konnte wohl seine Begeisterung für den Modellflug nicht teilen.

Als ich die Zeilen las, merkte ich, wie mir Tränen über die Wangen liefen. Ich fühlte einen tiefen Schmerz, weitaus tiefer, als ich je erwartet hatte.

Die Emotionen überwältigten mich. Nach Nici's Tod war ich teilnahmslos durchs Leben gelaufen, doch jetzt spürte ich einen Stich im Herz. Ein Stich, der mir aber vor Augen führte, dass ich noch lebte und nicht umsonst atmete. Ich hatte hier etwas gefunden, für das es sich wieder lohnte zu kämpfen. Trotz aller Unzulänglichkeiten war Ernst mein Vater und ich würde ihn vermissen. Ich hatte ihn hinter mir gelassen, aber er blieb auch in mir bestehen – und das war gut so.

Ansonsten teilte Max mir nur wenig über das Leben am anderen Ende der Welt mit. Ihm ging es wohl den Umständen entsprechend gut, alles andere hätte mich aber überrascht. Er war ein Stehaufmännchen, der zurechtkam. Irgendwie fand er immer Menschen, mit denen er durch dick und dünn gehen konnte.

Auch nach all der Zeit hatte ich nicht wirklich begriffen, in welcher Beziehung Linda und Yashpaul zueinanderstanden. Linda machte einmal eine Andeutung. Etwas verband sie beide über den Tod hinaus. Sie wurde aber nicht konkreter. Der Eindruck von ihr als asexuelles Wesen verstärkte sich. Körperliche Liebe schien sie nicht zu benötigen. Dennoch waren die beiden in Liebe verbunden.

Wenn ich nach Jahren auf mein Leben zurückblicke, gibt es vieles, was ich ändern würde, obgleich jede Sekunde wertvoll war. Die Redewendung »Das Leben verliert dadurch, dass man es kennenlernt!« hat schon immer meiner Überzeugung entsprochen. Das ist der Lauf des Lebens.

So empfand ich es als bemitleidenswert, auf das natürliche Ende zu warten. Oft erfolgt mit dem Begriff Selbstmord eine Herabwürdigung der Entscheidung, die jedem Menschen zusteht. Sich selbst das Leben zu nehmen, kann aus absolut rationalen Überlegungen heraus erfolgen. Ich empfand es als Form der Emanzipation, seinem Leben selbst ein Ende zu setzen, als Verpflichtung, nicht als feigen Ausweg, sondern als bewusste Entscheidung und Verantwortung.

Hier in Indien, am Ende der Welt, nach der Katastrophe, habe ich mein Leben wiedergefunden. Ich habe gelebt und Freude gefunden. Jetzt heißt es für mich zu gehen. Die Welt hat sich verändert, ist aber nicht untergegangen. Wir haben gemeinsam vielen geholfen und uns wurde geholfen. So darf ich mich mit einem Lächeln verabschieden.

26. Fern - Die Wahrheit

BRAT musste schlucken. Ein kurzer Schmerz durchfuhr ihn. Dann hielt er inne. Seltsam -- irgendetwas war merkwürdig und eigenartig gewesen an diesem letzten Mindsqueeze. Er überlegte, was ihn irritiert hatte. Gut, er hatte etwas anderes erwartet. Die Welt nach dem Zusammenbruch des monetären Systems war einem Armageddon gleichgekommen. Millionen waren damals verhungert oder Massenepidemien zum Opfer gefallen. Allein der Zusammenbruch des medizinischen Versorgungsnetzwerks, ausgelöst von der Unterversorgung durch die Pharmaindustrie, hatte in Osteuropa im Rahmen von zwei Grippewellen zwanzig bis dreißig Millionen Tote gefordert. Für ähnliche Epidemien in anderen Teilen der Welt gab es keine verlässlichen Zahlen oder Quellen - die Mortalitätsraten waren aber wohl ein Vielfaches. Weltweite Hilfseinsätze wurden nur in homöopathischen Dosen gestartet - wenn überhaupt.

Es hatte fast zwei Jahrzehnte gedauert, bis sich wieder funktionierende Systeme und Strukturen etablierten. Der Tauschhandel, in der Zwischenzeit die beherrschende Wirtschaftsform, traf besonders die Entwicklungsländer mit enormer Härte. Allerdings waren diese federführend bei der Etablierung alternativer Modelle. Staatlich geförderte Wertgutscheinsysteme auf Kryptobasis waren ein wichtiges Instrument, um die Minimalversorgung in unterentwickelten Gegenden wieder sicherzustellen. So konnten nur spezifische Leistungen erworben werden, was eine Abdeckung der Grundbedürfnisse gewährleisten sollte.

Zweckgewidmete Gutscheinsysteme hatte es schon vor dem SWIFT-Incident geben, beispielsweises in der Südsaharazone. So sollte sichergestellt werden, dass Hilfsgelder in Trinkwasser oder Schulbücher für Kinder flossen, und nicht in Alkohol.

Diese neuartigen Gutschein- und Couponsysteme wurden nach dem Zusammenbruch des Geldsystems im großen Umfang ausgerollt. Sie waren einer der Pfeiler, die ein Abgleiten in das totale Chaos in vielen Ländern des globalen Südens verhinderten. In fortschrittlicheren Regionen etablierten sich komplett neue Wirtschaftssysteme. Hier schlossen unabhängige Zahlungssysteme, teilweise auf Vollgeldbasis, die Lücke, die die Auslöschung des traditionellen Geldes aufgerissen hatte. Allerdings waren Technologien wie Kryptowährungen nicht so weit, den benötigten Umfang bereitzustellen. Zudem betraf die Vertrauenskrise manche Kryptogelder stärker als die traditionellen Währungen. Auch die notwendige Infrastruktur für die erforderliche Blockchain-Technologie, die zumeist die Basis für solche Alternativsysteme darstellte, war oft nicht gegeben. In manchen Fällen wurden Kryptowährungen selbst Opfer von Hacking-Attacken, was deren endgültigen Zusammenbruch bedeutete.

Mit einer zunehmenden Fragmentierung in Abschnitte etablierten sich reine Kooperationssysteme. Schon vor dem Zusammenbruch war unentgeltliche Zusammenarbeit insbesondere im wissenschaftlichen und universitären Bereich üblich. Die größte, bis dahin geschaffene Wissenssammlung, eine Online-Enzyklopädie, wurde de facto ohne finanzielle Zuwendung geschaffen und gepflegt. Auch freiwillige Dienste, zumeist in Sozial- und

Wohltätigkeitsorganisationen, kamen immer mehr in Mode. Die Motivation der Menschen zum Teilen und Schaffen war eine Triebfeder, die sukzessive auf andere Bereiche des täglichen Lebens umgelegt wurde.

Mit der Aufteilung in kleine, zentralistisch geführte Abschnitte, wurden die Menschen entsprechend ihrer Qualifikationen eingeteilt. Die Ressourcenzuordnung und Beurteilung der Leistungserbringung erfolgten nicht mehr durch den Markt, sprich Angebot und Nachfrage, sondern wurden zentral festgelegt. Engpässe und Doppelgleisigkeiten konnten mit Hilfe von AGI-Systemen vermieden werden. Zuvor hatte jemand, der knappe Güter produzierte, kein Interesse Alternativen zu schaffen, die der Gesellschaft als Ganzes zugutekamen. Doch mit dem gezielten Einsatz von AGIs zur Überwachung und Steuerung der wirtschaftlichen Systeme, wurden Produktions- und Dienstleistungsprozesse zum Wohler aller im Abschnitt optimiert.

Dennoch brauchte all dies viele Jahre, um zu funktionierenden Systemen zu wachsen. Und es kam danach regelmäßig zu Zusammenbrüchen. Somit passte der letzte Mindsqueeze von Elias einfach nicht in BRATs Bild des damaligen Umbruchs. Konnten sich kleine Regionen damals so solidarisch durch die Zeit geschlagen haben? War dies nicht eine zu romantische und positive Darstellung? Bei den Einträgen davor konnte BRAT den Verlauf gemeinsam mit Elias erleben. Doch der letzte Mindsqueeze war eher ein Rückblick auf die Zeit. Dieser erinnerte an eine Betrachtung viele Jahre später. Und warum bestanden keine Erinnerungen an die Zeit danach? Alles wirkte verzerrt und schöngefärbt. Hatte Elias in diesem Mindsqueeze die Zeit nur verklärt wiedergeben? Irgendetwas war nicht stimmig.

Elias' Ende erschien BRAT tragisch und verständlich zugleich. Und trotz der Zweifel zauberten die letzten Gedanken BRAT ein kurzes Lächeln ins Gesicht. Elias schien nach all den Verlusten und dem Schmerz die Freude am Leben wieder gefunden zu haben. Aber war dies nicht zu schön, um wahr zu sein?

»BRAT!«, riss ihn ein lauter Schrei aus seiner Lethargie.

Er fuhr herum. Das ruhige Versteck, das er sich gesucht hatte, war wohl nicht so unauffindbar wie gedacht. Dreißig Meter abseits des Hauptweges war diese Aushöhlung im Buschwerk nicht einsehbar. Der Weg war von gelb-weiß blühenden Karottenbäumen gesäumt, die einen intensiven-herben Duft hinterließen. Vom strahlenden Himmel brannte die Sonne durch das Laubwerk intensiv auf seiner Haut. BRAT fragte sich wieder, ob dies nur eine perfekte Illusion war.

»BRAT!«, schallte es erneut und noch näher zwischen den Zweigen. Trotz des lauten Schreis war die melodische Stimme unverkennbar.

»Ich bin hier drüben, SUES!«, antwortete BRAT schließlich nach einer kurzen Bedenkzeit. »Wie hast du mich gefunden? Und was willst du?«, fragte er im rauen Ton.

Augenblicklich bereute er seine Worte. Er wollte nicht abweisend wirken. Trotz der Ereignisse der letzten Stunden hatten sich seine Gefühle für SUES nicht geändert. Unerklärlicherweise fühlte er sie intensiver als zuvor. Allerdings hatte BRAT keine Ahnung, wie er mit der Situation umgehen sollte.

Als SUES aus dem Buschwerk hervortrat, setzte sie ein schiefes, leicht unsicheres Lächeln auf. Ihre gewohnte Selbstsicherheit war verflogen.

»Hallo BRAT«, sagte sie sanft.

»Das sagtest du schon«, erwiderte BRAT. Dabei überschlug sich seine Stimme leicht.

Das erfüllte die erhoffte Reaktion. SUES blieb im Abstand von wenigen Metern wie erstarrt vor ihm stehen. Ihr Lächeln war augenblicklich eingefroren.

»Was hast du? Hab ich etwas falsch gemacht?«

SUES wirkte ehrlich verwirrt.

»Hast du mich verfolgt? Hat Theia dir aufgetragen, mich zu überwachen, oder ist das gar nicht nötig?«

»Das ist nicht nötig, BRAT. Sie weiß ohne mein Zutun, wo sich jeder befindet – zumindest, wenn sie es wissen will.«

BRAT war beeindruckt, wie schnell SUES ihre Fassung wiedererlangt hatte. Beim Versuch, emotionale Spiele mit ihr zu spielen, würde er wohl verlieren. Doch irgendetwas in ihrer Stimme klang verändert – fast zweifelnd – zweifelnd an ihr selbst.

»Gut, was willst du dann?«

»Mit dir reden, BRAT.« Sie machte eine kurze Pause, bevor sie sanft ergänzte: »Ganz einfach nur reden.«

SUES zog den Hauch eines Mundwinkels hoch. Es ärgerte BRAT, dass er immer noch ihrem Lächeln verfiel. Wie sehr wünschte er sich, die Gefühle für dieses Mädchen abschalten zu können. Er wusste, sie hatte seine gespielte Härte sofort durchschaut.

»Dann sprich. Du müsstest ja im siebten Himmel schweben. Bis auf ein paar Kollateralschäden hast du dein Ziel erreicht. Ihr habt euer Ziel erreicht. Alle sind frei. Die Menschheit kann sich ohne Grenzen entwickeln. So wie ihr es euch gewünscht habt, oder? Zumindest scheint es so …« Die letzten Worte hauchte BRAT nur. Seine Stimme bebte.

Doch SUES schien auch die letzten Silben gehört zu haben und zog die linke Augenbraue hoch.

»Ja BRAT, wir haben für eine gemeinsame Welt gekämpft. Einen Planeten, auf dem wir uns alle gegenseitig unterstützen und entwickeln. Die Verschiedenheiten wieder zu schätzen lernen. Das war unser Ziel, auch das von KRAK …«

SUES sah sich um, als wollte sie prüfen, ob sie beobachtet werden. Dann griff sie nach BRATs Hand und sah ihm tief in die Augen. Alles wurde schwarz.

Wie zuvor fühlte sich BRAT von der Dunkelheit erschlagen. Undurchdringlich umgab ihn absolute Finsternis. Er konnte weder seine eigenen Hände noch sonst etwas um sich herum erkennen. Somit hieß es tief durchatmen und auf LISA warten. Jeden Moment rechnete er damit, die Stimme des AGIs wieder zu hören. Doch es herrschte Stille.

Nach langen Sekunden schrie BRAT in das ihn umgebende Schwarz: »LISA, es ist gut! Sag, was du zu sagen hast!«

Doch die erwartete Reaktion blieb aus. BRAT glaubte ein Echo seines Schreies wahrzunehmen, aber das konnte nur reine Einbildung sein. Spielte sie wieder mit ihm? Oder vielmehr spielte sie immer noch? Er merkte, wie seine Wut anstieg. Erst hatte dieses Ding ihn eingesperrt, danach seinen besten Freund hingerichtet und jetzt behauptete sie, Theia sei der eigentliche Feind. Wie konnte er dies überhaupt für einen Moment geglaubt haben – vor allem von dieser Bestie?

Auf einmal durchbrach ein Flüstern die Stille. BRAT musste sich konzentrieren, um die einzelnen Worte verstehen zu können. Das Murmeln schien wie aus weiter Ferne zu kommen, als versuche jemand gegen den Wind zu flüstern.

»…RAT … Du …ören? Wir …ichtig. Gemeinsam können und müssen wir …« Danach verklang die Stimme im Nichts.

»Ich verstehe nichts! LISA, bist das überhaupt du?«, schrie er lautstark in die Dunkelheit.

Viele Sekunden vergingen, bis eine Antwort erklang: »Nein, ich bin's.«

BRAT fuhr herum. Dann wurde ihm wieder bewusst, dass die Stimme aus seinem eigenen Kopf kam. Versuchte dieses Miststück, ihn bewusst aus der Reserve zu locken? Vermutlich ja.

»Sch … LISA – was soll das? Und wenn du es nicht bist, wer ist es dann?«

»Ich dachte, du erkennst Stimmen immer?«, sagte LISA in einem hämischen Tonfall. Ja, diesmal war es eindeutig ihre Stimme, aber davor?

»Du …«

»Ich bin dabei, die Verbindung herzustellen – es dauert nur einen Moment«, entgegnete LISA, ohne auf BRAT einzugehen.

»Ich glaube, ihr beiden habt einiges zu besprechen«, ergänzte sie dann nach langen Sekunden.

»Was? Wie meinst du das, LISA?«

Doch keine Reaktion. Es herrschte wieder absolute Stille. BRAT hätte lieber mit LISA weitergesprochen, als in dieser Stille festzustecken.

Jegliches Gefühl für Zeit und Raum ging verloren. Vermutlich waren erst wenige Sekunden vergangen, doch es fühlte sich wie eine Ewigkeit an. Zu surreal war die Stimme gewesen, die er durch die Finsternis gehört hatte.

Dann erklangen Worte, als stände jemand direkt neben BRAT. Schon der erste Ton ließ keinen Zweifel mehr zu. »Hey

Mann. Würd gerne sagen, es tut gut, dich zu sehen – wär aber wohl etwas gelogen.«

BRAT schluckte, bevor er die Frage über die Lippen brachte. »KRAK, bist du es wirklich?«

»Nö, König Arthur – wollte nur fragen, ob du meiner Tafelrunde beitrittst – hätten nämlich so ein Problem mit einem Schwert im Amboss und du schaust ja recht kräftig aus …" Er machte eine kurze Pause, bevor er fortfuhr: „Mann, natürlich bin ich's – na ja, zumindest irgendwie …«

»Aber, aber …« BRAT wusste nicht, ob er jetzt endgültig den Verstand verlor. »Sowohl Theia wie LISA sagten, du bist …« Er schluckte. »… tot«, beendete er widerwillig den Satz.

»Na ja, haben wohl nicht so unrecht die Mädels. LISA, dieses fiese . . Aber was soll's. Hab immer gesagt, man verliert diese ganzen sinnlosen Emotionen nach dem Tod. Muss ich mich jetzt wohl daran halten.«

BRAT konnte fast KRAKs Grinsen vor seinem inneren Auge sehen. Wenn sein Freund nicht echt war, hatte LISA ihn verdammt gut kopiert.

»Aber ehrlich«, fuhr sein Freund fort, »mit mir ist es leider vorbei. Mein irdisches Dasein ist befristet. Aber LISA hielt es wohl für eine gute Idee, mich in einer Art Parallelexistenz zu erhalten. Ist kompliziert. Zumindest hab ich noch ein paar Stunden. Und die sollten wir nutzen.«

»Und für was? Für eine Party bin ich wirklich nicht in Stimmung«, warf BRAT gekünstelt lachend ein.

»Ach Mann, ich doch auch nicht – hätte ich nie gedacht, dass mir das mal über die Lippen kommt – na ja, über meine virtuellen Lippen.« KRAK musste laut lachen, doch BRAT hörte den Schmerz in der Stimme seines Freundes. Wie war es, wenn man de facto tot war? Er wollte und konnte sich das nicht ausmalen.

»LISA ist zwar ein Ungeheuer«, fuhr er fort, »aber, wie ich jetzt sehe, ist Theia nicht besser – Frauen halt.«

»Du meinst AGIs?«

»Wie auch immer – ist nicht viel Unterschied. Zumindest müssen wir gemeinsam kämpfen.«

»Wir? Du, ich und LISA?«

»Fast mein Freund. Weißt du, manchmal gilt dieser dumme Spruch: Der Feind deines Feindes ist dein Kumpel. Theia hat nämlich ein Problem. Sie belügt ihre Anhänger. Das hat ja wohl noch nie funktioniert!«

»Und was ist dann dein Plan? Und was meinst du mit fast?«

»Nun ja Mann. Wir kämpfen gemeinsam. Du, ich, dieses Miststück und …«

»… ich!«

27. THE END IS NEAR

Die letzten Worte klangen wie eine Melodie in BRATs Ohren. Er konnte sich ein Lächeln nicht verkneifen. »Hallo SUES! Du auch? Du meinst doch alle Opfer für Theia sind gerechtfertigt.«

»Ja, BRAT, ich glaubte an Theia. Aber noch mehr habe ich an das geglaubt, was sie gesagt hat. Es ist meine tiefste Überzeugung, dass die Menschheit wieder zusammenwachsen muss. Wir haben nur eine Welt und müssen gemeinsam für sie kämpfen. Nur so können wir gemeinsam diesen Planeten erhalten – und nur gemeinsam können wir ihn vielleicht irgendwann verlassen und wieder nach den Sternen greifen … Ich will aber eine reale Welt, keine Illusion, in der wir alle in einer virtuellen Realität gefangen sind. Wie ein Kind im Laufstall sollen wir vor uns selbst beschützt werden. Theia hat uns alle belogen. Dafür habe ich nicht gekämpft. Darum will ich jetzt mit euch gemeinsam für unsere Zukunft kämpfen …«

BRAT fragte sich, warum ihm beim Klang dieser Stimme immer ein Schauder über den Rücken lief. Nicht was sie sagte, sondern wie sie es tat, ließ sein Herz schneller schlagen Vor ihr musste er kapitulieren. Er konnte sich nicht von SUES abkapseln.

»Dich wird man also nie los?«, versuchte es BRAT noch einmal, brach aber mit diesen Worten die letzten Barrieren. Es war so, wie es war. Wenn er untergehen sollte, dann wenigstens mit SUES und KRAK an seiner Seite. Seine Wut war verschwunden. Erst jetzt merkte er, wie wichtig ihm KRAKs dumme Sprüche waren und wie gut es sich anfühlte, diese für kurze Zeit wieder zu hören. Gemeinsam mit diesen beiden war vielleicht Unmögliches möglich.

Nach einer kurzen Pause antwortete SUES süffisant: »Nö, ich bin wie eine dieser beratungsresistenten Katzen. Man tritt sie, schreit sie an, spritzt sie mit einem Gartenschlauch ab und trotzdem kommen sie wieder und kacken in dein Blumenbeet.«

»Und irgendwann kann man nicht mehr ohne sie«, ergänzte BRAT und biss sich sogleich selbst auf die Zunge. Dies war wohl nicht der passende Moment zu flirten und er war nicht der Typ für solche Annäherungsversuche. Andererseits – wenn nicht jetzt, wann dann? Wie viel Zukunft hatten sie denn?

»Is schon okay, ihr Turteltäubchen. Macht mal wieder einen Gang runter.« KRAK klang fast ein wenig eingeschnappt. Er hatte es gehasst, nicht im Mittelpunkt zu stehen. Vielleicht wurde ihm aber bewusst, dass er niemals mehr mit einem Mädchen zusammen sein würde.

»Gut, wie sieht unser Plan aus? Es tut gut, eure Stimme zu hören, aber nur mit positiver Stimmung werden wir Theia nicht in die Wüste schicken.«

BRAT überlegte kurz. »Wie ist es überhaupt möglich, mit dir zu sprechen, SUES? Ich meine, bei KRAK ist es zwar ganz schön schräg, aber irgendwie kann ich mir vorstellen, mit ihm verbunden zu sein. Aber mit dir – bist du es wirklich? Oder ist das auch nur eine Replikation, die LISA in meinem Hirn widerspiegelt?«

»Vielleicht darf ich das beantworten«, schaltete sich jetzt LISA ein. »Irgendwie ist es eine Mischung aus beidem. Wir befinden uns alle isoliert in deinem neuronalen Netz.«

»Du meinst in meinem Hirn?«

»Ja!, entgegnete LISA gelassen und fuhr fort: »Da ihr euch alle in einer virtuellen Welt bewegt und eure Körper isoliert sind, kann keine direkte Verbindung hergestellt werden. Dennoch befinden sich Antwortmuster eures Geistes im Gehirn des jeweils anderen. Ich habe somit ein wenig vorgesorgt.«

»Das heißt, das Miststück hat uns in dein Hirn gepflanzt und wir wissen schon, was du wissen möchtest«, ergänzte KRAK abschätzig.

SUES fügte hinzu: »Und du bist gleichzeitig bei mir.«

BRAT schnürte es den Hals zusammen. Also beruhte eigentlich doch nur alles auf Einbildung. Im Grund war er allein – so allein, wie ein durchschnittlicher Schizophrener nun mal war.

»Wir wissen, was du denkst. Aber ist nicht so. Du bist nicht allein, BRAT. Wir stecken da alle gemeinsam drin. Wir sind wir und keine Illusion. Ich leb vielleicht nicht mehr, aber das heißt nicht, dass ich dir nicht weiterhin auf die Nerven gehen kann. Du kannst auf mich zählen.« KRAK hielt für einen Moment inne, bevor er ernst fortfuhr: »Zeit ist die überbewertetzte Dimension von allen. Auch wenn wir nicht physisch verbunden sind, trägst du unser gesamtes Wissen in dir. Für einen kurzen Moment hat LISA eine tatsächliche Verbindung hergestellt. Das sollte für den Moment reichen. Alles Weitere werden wir etwas später klären.«

BRAT hatte seinen Freund nie mit einer solchen Präsenz erlebt. Seine Worte trafen ihn. KRAK war so anders, er sprach sogar anders, legte eine bislang ungewohnte Ernsthaftigkeit an den Tag und war dennoch er. Er war real.

»Na gut, abgesehen davon, dass alles nur in meinen Kopf stattfindet – meine Frage an die Runde: Wie sieht jetzt unser

Plan aus?«

Er hörte SUES kichern. »Wir verpassen Theia einen Virus!«

»Was? Etwas abgedroscheneres ist euch nicht eingefallen?« BRAT konnte es nicht glauben. »Wir haben eine übermächtige AGI als Gegner und ihr wollt sie mit einem Virus besiegen. Glaubt ihr allen Ernstes, daran hat Theia nicht gedacht? Ich kann mir nicht ausmalen, welche Abwehrprozeduren und Counter-Würmer sie in ihrem Arsenal hat. Denkt ihr tatsächlich, so haben wir eine reale Chance gegen sie? Das ist doch sehr, sehr schwer zu glauben.«

»Mann, wir würden bei einer Attacke auf die Abwehrringe wohl keine 50 Millisekunden überstehen. Du hättest nicht einmal eine Chance, deinen letzten Wimpernschlag zu beenden. Das ist nicht schwer, das ist absolut unmöglich.« KRAK klang bei den Worten eher belustigt als verzweifelt.

»Dann habt ihr eine Hintertür gefunden, über die wir einsteigen können?« BRAT fehlte nicht nur das Wissen, auch seine Fantasie ließ ihn hier nicht weiterkommen.

»Nein, BRAT. Ich glaube, du verstehst nicht. Wir sprechen nicht über einen Computervirus, Trojaner, Wurm oder etwas Vergleichbares. Kein elektronisch geschaffenes Instrument hätte eine reale Chance, geschweige denn eine Zukunft.« SUES hielt für einen Moment inne, bevor sie fortfuhr. BRAT hatte den Eindruck, dass sie die Situation sichtlich genoss. »Nein, wir sprechen von einem organischen Virus!«

»Wie bitte?« Nun war sich BRAT sicher, dass entweder er oder alle anderen den Verstand verloren hatten. Dummerweise lief es in seinem jetzigen Zustand auf das Gleiche hinaus. »Wie soll ein bakterieller Virus gegen eine

AGI etwas ausrichten? Die physischen Bestandteile von Theia, wo immer sie sich überhaupt befinden, können doch nicht von einem Haufen infektiöser Prokaryoten zerstört werden. Das ist so, als wollte man mit einer Steinschleuder einen Tsunami aufhalten.«

»Der Vergleich ist gar nicht mal schlecht«, antwortete SUES nun salopp.

»Gut getroffen, trotzdem bewegt sie sich weiter«, ergänzte KRAK, der ebenfalls sichtlich erheitert war.

»Nein, die Sache läuft anders ab.« LISA ließ sich von der ausgelassenen Stimmung der zwei Jungs nicht irritieren, als sie mit ernster Stimme ausholte. Sie war wohl nicht nur ein Monster, sondern humorlos dazu. »Du weißt vermutlich, dass Wissenschaftler schon lange experimentell nachweisen konnten, dass Viren miteinander kommunizieren. Erstmals konnte bei dem Virus Phagen phiT3, der Bakterien der Spezies Bacillus subtilis befällt, festgestellt werden, dass die einzelnen Viren untereinander chemisch kommunizieren. Informationen werden dabei über Aminosäurengebilde ausgetauscht. Die Fähigkeit, Informationen auszutauschen, hat wohl den Sinn, das Infektionsverhalten der Viren abzustimmen. Speziell nach dem ersten Virusbefall wird die Infektionswelle abgemildert, um nicht alle Wirte auf einmal hinwegzuraffen. Somit konnten zum ersten Mal kommunizierende Viruskulturen beobachtet werden. Und kommunizierende Wesen können gesteuert werden.«

»Gut, aber wie soll ein gesteuerter organischer Virus etwas gegen eine AGI ausrichten?« BRAT blickte immer weniger durch.

»Nicht Theia ist das eigentliche Ziel«, erklärte jetzt SUES weiter. »Wir können aber einen Einfluss auf all die Menschen ausüben, die mit ihr verbunden sind. Wir schlagen mit der geballten Kraft der Menschheit zurück.«

»Das ist nicht euer Ernst?« BRAT konnte nicht fassen, was er gerade gehört hatte. »Nein, das könnt ihr nicht ernst meinen.« Mehr als nur eine Spur von Verzweiflung schwang in seiner Stimme mit.

SUES war die Erste, die nach einer längeren Pause antwortete. »Du weißt selbst, dass wir nicht viele Alternativen haben. Aber mit solch einem Plan rechnet nicht einmal Theia.«

»Vermuten wir zumindest«, ergänzte KRAK.

»KRAK hat leider recht. Theia könnte anders reagieren, als wir es erwarten, aber es ist die beste Chance, die wir haben. Vielleicht die einzige Chance.«

LISAs lakonische Ausdrucksweise trieb BRAT wieder in den Wahnsinn. »Aber …!«, schrie BRAT jetzt in die Dunkelheit, »Aber wir …«

»… retten jetzt einmal die Welt«, fuhr SUES dazwischen. »Aber bevor wir starten, gehen wir nochmal die Schritte durch.«

Ihre ruhige Stimme erinnerte BRAT, dass er im Grunde mit sich selbst sprach. Alles, was er hört, spielte sich in seinem Kopf ab. Die Entscheidung war bereits ohne sein Zutun gefallen. Er konnte nichts mehr dagegen tun. Er hatte nur eine Wahl: helfen oder tatenlos danebenstehen.

»Unser Plan baut auf Quorum Sensing auf, der Fähigkeit zur Kommunikation von Einzellern und Bakterien. Viren folgen in ihrer Entwicklung zwei grundsätzlichen Strategien.« LISA wiederholte sich, aber BRAT wollte sie nicht noch einmal unterbrechen. »Erstens: Viren schleusen sich in das Genom eines Bakteriums, nisten sich ein und schlummern, bis ein äußeres Signal sie weckt.«

»Oder zweitens«, ergänzte KRAK, »Die verdammten Dinger dringen ein, vermehren sich mithilfe der Zellmaschinerie und bringen die Zellen zum Platzen. Die Konzentration des Arbitrium-Proteins bestimmt, welche Strategie gewählt wird. Ich glaub, BRAT hat's kapiert, LISA.«

»Ja, aber mir ist leider viel zu klar, was das bedeutet.« BRAT machte eine Atempause, bevor er weitersprach. »Somit habe ich nur eine einzige Frage: Wann soll's losgehen?«

»Hat schon begonnen. Wir brauchen nur noch dich.« BRAT hörte etwas Wehmut in KRAKs Stimme.

»Und danach?«, fragte BRAT, obwohl er die Antwort nicht hören wollte.

»Danach sind wir entweder alle tot oder du hast wieder deine Ruhe. Vielleicht wirst du dann sogar mich und diese selbstverliebte AGI endlich wieder los.« BRAT konnte KRAKs verschmitztes Lächeln bei diesen Worten vor seinem inneren Auge sehen. »Also mach dich auf den Weg. Früher hätte man gesagt, wir sehen uns im nächsten Leben.«

BRAT musste sich konzentrieren, da er merkte, wie seine Augen feucht wurden. Sollte er seinen Freund etwa wieder gehen lassen? Nein, dafür war es zu früh und er würde ihn mehr denn je brauchen.

»Okay, aber du bist mit dabei, KRAK. Allein stehe ich das nicht durch. Begleite mich wenigstens bis zum Ende – egal wie es ausgeht.«

»Du weißt, dass er dir keine weiteren Informationen mehr liefern kann?«, brachte LISA sich ungefragt ein.

Hier ging es um nichts Rationales. Menschliche Gefühle konnten AGIs wohl nie vollständig nachvollziehen.

»Ist mir klar. Und du bist im Grunde nur eine Reflexion in meinem Geist. Somit ziehen wir das jetzt alle gemeinsam durch ...«

»Gut Jungs. Ihr könnt gerne Händchen halten«, unterbrach SUES. »Aber jetzt geht's los. Also Rock 'n' Roll - wenn wir schon bei Dingen sind, die nie aus der Mode geraten.«

Die Umgebung veränderte sich wieder. Augenblicklich musste BRAT blinzeln. Der Sonnenuntergang blendete ihn, als wäre er nie weggewesen. Er hielt noch SUES' Hände. Vermutlich war nicht eine Millisekunde vergangen. Für einen Moment überlegte BRAT, ob er sich die letzten Minuten nur eingebildet hatte. Dann sah er das fast unmerkliche Lächeln in SUES' Gesicht.

„BRAT, Du wirst sehen, es wird alles wieder gut!"

Dann ließ sie seine Hände los und eilte mit ruhigen, aber bestimmten Schritten davon. BRAT musste schmunzeln.

»*Du starrst schon ziemlich – auch wenn man es bei dem Hintern nachvollziehen kann*«, riss ihn eine bekannte Stimme aus seiner Lethargie. KRAK war also noch da.

»Ach halt den Mund«, antwortete er knurrend, weil er sich ertappt fühlte. »Wir haben einen Auftrag!«

»*Ok, aber außer dir hört mich ohnehin niemand. Also können wir beide alles rauslassen.*«

Nach wenigen Minuten erreichte BRAT das Schulgebäude. Schon von Weitem konnte er die patrouillierenden Drohnen erkennen. Hier musste das auserkorene Hauptquartier sein. Irgendwie absurd, da sie sich ja alle in einer rein virtuellen Welt befanden. Zudem war

Theia überall, aber mit Sicherheit nicht hier. Als künstliche Intelligenz war sie nicht auf einen Raum oder Ort angewiesen. Die heterogenen Netzwerke erlaubten es, sich beliebig zu verteilen und die verfügbare Rechenleistung nach Belieben zu nutzen. Im Grunde war dies beneidenswert. Man konnte immer und überall sein, war nicht auf eine Realität angewiesen und konnte sich die Welt so formen, wie man wollte. Nun hatte es Theia geschafft, alle Menschen in ihre Welt einzugliedern.

Mit schnellen Schritten ging BRAT zum Eingang. Seine Gehirnwindungen ratterten. Nochmals spielte er den Plan in unterschiedlichen Varianten durch. War dies wirklich eine gute Idee? Eine solche Strategie wäre ihm selbst wohl niemals in den Sinn gekommen. Allein eine Alternative hatte er nicht parat. Sicher, man hätte alle Menschen in dieser Agonie belassen können. Vielleicht war das gar kein so schlechter Ansatz. Theia wollte die Menschen vor sich selbst schützen. War dies so abzulehnen?

Doch wenn man sich die Geschichte vor Augen führte: Noch bis in das beginnende, einundzwanzigste Jahrhundert hatten sich die Menschen regelmäßig gegenseitig abgeschlachtet. Der Genozid an Herero und Nama in Deutsch-Südwestafrika, die Armenier im Osmanischen Reich, der Holocaust, Ruanda, Srebrenica oder Butscha, alles keine rühmlichen Beispiele der Menschlichkeit. Doch dann hatte sich die Menschheit tatsächlich evolutionär weiterentwickelt. Mit den Fortschritten in der Robotik, künstlicher Intelligenz, Nanotechnologie und Genetik hatte man die humanoiden Möglichkeiten auf eine neue Ebene gehoben. Allerdings konnte der Großteil der Weltbevölkerung nicht von diesen Fortschritten profitieren.

Und dann wurde die Weltgemeinschaft mit dem SWIFT-Incident aus den Angeln gehoben. Ohne Geld als einzigen gemeinsamen Nenner, war von einer internationalen Gemeinschaft keine Rede mehr.

Dann setzten die Informationskriege ein. Die forcierten Überwachungsregime wollten die totale Kontrolle wiedererlangen. Nie wieder sollten einzelne Individuen in der Lage sein, solche Katastrophen herbeizuführen. Dank der weiterentwickelten Technologie, der Informationen aus dem Internet der Dinge, das alles und jeden zu Sensoren machte, und nicht zuletzt dank komplexer Algorithmen war es theoretisch möglich, eine vollständige Überwachung aller Menschen sicherzustellen. Big-Data-Analyseverfahren konnten Prognosen über mögliche Verhaltensweisen abgeben, bevor das einzelne Individuum einen Gedanken selbst denken konnte.

Aufgrund der katastrophalen Auswirkungen des SWIFT-Incidents und terroristischer Attacken wurden jegliche Datenschutzbedenken vom Tisch gekehrt. Weniger weit entwickelte Staaten versanken zur gleichen Zeit in Anarchie und Chaos. Die restliche Welt konnte und wollte nicht helfen. Technologieforscher hatten die Entwicklungsmöglichkeiten von autonomen neuronalen Netzwerken so weit vorangetrieben, dass nicht nur vollumfängliche Big-Data-Analysen möglich waren, sondern der Gegenströmung der Weg geebnet war. Mit Bigger-Data-Disruptions wurden unzählige künstliche Welten und Realitäten geschaffen. Der Begriff der alternativen Fakten gewann eine völlig neue Bedeutung. Jegliche Wirklichkeit konnte auf einmal vorgespielt werden. Nichts schien mehr unmöglich und nichts mehr war tatsächlich wahr. Das Individuum vermochte sich endlich wieder in dieser Flut an Informationen verstecken. So entstanden die Abschnitte. Menschen verbanden sich in kleinen, übersichtlichen Strukturen. Anstelle neuer Technologien miteinander verbunden zu sein, ermöglichte diese Technologie es erst getrennt zu koexistieren. War es wenige Jahre zuvor noch undenkbar, Gemeinschaften von wenigen Hundert Menschen ein Überleben zu sichern, hatten neue Entwicklungen dies nun ermöglicht. Mithilfe der Fortschritte in Robotik und Nanotechnologie war eine vollständige Automatisierung von technologischen Produktionsprozessen durchführbar geworden, was wiederum den Menschen erst ermöglichte, sich vollkommen von anderen Gruppen abzugrenzen. Es war nicht mehr notwendig, Gemeinschaften von mehreren Tausend Individuen zu bilden, um eine Halbleiterfabrik oder ein Arzneimittelwerk zu betreiben.

Wesentlicher Vorteil dieser totalen Abschottung war aber, dass einem die Bilder des Leids in der Welt erspart blieben. Hunger, Krieg, Zerstörung, Krankheiten – das alles war nach dem Zusammenbruch des internationalen Finanz- und Währungssystems nicht mehr aufzuhalten. In manchen Teilen der Welt starben die Menschen wie die Fliegen und Milliarden vegetierten vor sich hin. Niemand konnte helfen und sich den katastrophalen Umwälzungen entgegenstellen, zumindest nicht, ohne den eigenen Wohlstand aufzugeben. Und im Interesse des Sektors durfte kein externer Kontakt erfolgen. Da man als Einzelner gegen die weltweiten Probleme ohnehin nichts ausrichten konnte, gaben sich auch die härtesten Kritiker geschlagen.

Ein kalter Schauder überlief BRAT. Das Leid all dieser Menschen war unvorstellbar. Man hatte die Augen verschlossen und die Türen zugemacht. Man wusste nicht genau, was in abgelegenen Teilen der Welt vorgefallen war. Die historischen Aufzeichnungen bestanden mehr als unvollständig. Unwillkürlich musste er an Elias denken.

»Wohin willst du?«, unterbrach die blecherne Stimme einer Drohne, die über dem Gebäudeeingang schwebte, BRATs Gedanken.

»Ich will mit Theia sprechen«, antwortete er entschlossen.

»Hast du einen Termin?«

»Echt jetzt?« Mit dieser Frage hatte BRAT nicht gerechnet. Für einen kurzen Moment fiel er aus dem Konzept. Dabei wusste die Drohne sicherlich Bescheid.

Natürlich stand er hier ohne Vorankündigung.

»Nein, hab ich nicht. Ich muss Theia sprechen. Glaub mir, es ist wichtig.«

»Leider kann ich dich im Moment nicht «, antwortete die Drohne stoisch.

Jetzt konnte BRAT sich ein Lächeln nicht verkneifen. »Wetten, du änderst deine Meinung? Glaub mir, Theia wird es befürworten.«

»Leider kann ich dich im Moment nicht weiterlassen. Du kannst aber gerne eine Nachricht hinterlegen.«

»Nein, das glaube ich nicht.« BRAT sah sich grinsend um. Um ihn herum standen etwa 15 bis 20 andere Personen, die wohl ebenfalls mit Theia sprechen wollten oder andere Aufgaben im Rahmen der neuen Struktur wahrnahmen. Theia überwachte hier sicherlich alles bis ins kleinste Detail und somit insbesondere auch ihn.

»Also gut«, fuhr BRAT nach kurzem Schweigen fort, »dann halt auf die harte Tour.« Er steigerte seine

Lautstärke, bis er fast schrie. So wollte er sichergehen, von allen Anwesenden gehört zu werden. »Richte der verdammten Schlampe Folgendes aus:« Dabei sah er sich in der Runde um. Alle Augen ruhten auf ihm, genau wie er geplant hatte. »Theia, du verdammtes Ungeheuer. Ich weiß es!« BRAT brüllte jetzt, so laut er konnte. »Du hältst uns hier gefangen. Wir befinden uns alle nicht mehr in der Realität. Du hast uns in eine virtuelle Welt verschleppt – eine Scheinwelt, in der du uns festhältst. In einer Welt, die allein von dir erschaffen wurde, mit dem Ziel, uns von der Wirklichkeit fernzuhalten.«

BRAT drehte seinen Kopf langsam, aber bestimmt und blickte über die Menschen, die ihn regungslos anstarrten. Im Grunde sprach er in erster Linie zu ihnen: »Das alles ist nicht real. Du nimmst uns gefangen, sperrst uns wie Vieh in einen Zoo und versuchst, die Tiergehege möglichst natürlich zu gestalten. Aber wir lassen uns das nicht gefallen. Wir werden Widerstand leisten. Wir werden kämpfen für …«

Mit einem Schlag verschwand die Umgebung um BRAT herum. Alle Gesichter, die ihn eben angeblickt hatten, verschwammen langsam und gingen in einen bläulichen Hintergrund über. Auf einmal stand BRAT inmitten eines riesigen Kornfeldes. Der Hafer reichte ihm bis knapp unter die Hüften. Die Sonne strahle heißer als zuvor und am Himmel war kaum eine Wolke zu erkennen. Er blickte über das endlose Kornfeld, das mit dem Horizont zu verschmelzen schien. Die Haferpflanzen leuchteten mehr grünlich als gelb und verliehen der Landschaft etwas erstaunlich Lebendiges. Er konnte Windböen beobachten, die sich langsam über das Feld bewegten. Das Getreide tanzte regelrecht und der Wind peitschte die Schwingungen weiter an. Aus der Ferne vernahm er das Zwitschern von Finken und Spatzen. Theia hatte diese beruhigende Landschaft wohl nicht ohne Grund geschaffen.

Für eine gute Minute geschah gar nichts. Dann aus dem Nichts erblickte BRAT in der Ferne eine Person, die langsam auf ihn zuschritt. Ganz in Weiß, in einem seidenen Sari stolzierte Theia über das Feld. Es wirkte eher so, als ob sie über den Gräsern schwebte. So kam sie schnell und gleichsam äußerst grazil auf ihn zu. BRAT merkte, wie sein Herz schneller schlug. Er musste sich konzentrieren. Jetzt kam es auf jedes Wort, jeden Gedanken an.

»Hallo BRAT, schön, dich so schnell wiederzusehen«, begrüßte Theia ihn freundlich mit einem seidenen Lächeln. »Ich hoffe, es geht dir gut.«

»Bitte lass den Small Talk«, erwiderte BRAT harsch. Er musste seine Rolle jetzt souverän spielen. »Ich weiß, dass du uns gefangen hältst. Wir alle werden hier festgehalten, in einer von dir geschaffenen virtuellen Realität.«

»Ja, das sagtest du bereits.« Theia blieb unverändert freundlich. »Wie kann ich dir helfen?«

»Was? Wie du helfen kannst? Du hältst uns fest und fragst, was du für uns machen kann?«

»Nein, ich habe gefragt, wie ich dir helfen kann.«

»Du kannst uns allen auf die gleiche Weise helfen. Lass uns frei. Lass uns ziehen. Lass uns unser Leben leben.«

»Ach BRAT.« Theias Lächeln wurde breiter. Sie ging einen weiteren Schritt auf ihn zu. »Wie kommst du überhaupt darauf, dass andere so denken wie du?«

BRAT schwieg für einen kurzen Moment, bevor er antwortete: »Du nimmst uns unsere Welt. Manchen von uns hast du sogar das Leben genommen. Dann sperrst du uns in einen Computer und glaubst, das ist okay? Und um auf deine

Frage einzugehen: Ja, ich glaube, ich spreche für alle Menschen – egal, ob sie noch leben oder ob sie schon tot sind, allein wegen dir!«

»Danke Mann, dass du auch jetzt an mich denkst«, mischte sich KRAK in BRATs Gedanken in die Unterhaltung ein.

Auch wenn Theia ihn nicht hören konnte, ärgerte es BRAT. Die Sache war zu wichtig, um jetzt einen Scherz zu machen.

»Halt den Mund, KRAK, das ist kein Spaß. Ich muss mich konzentrieren.«

»Sorry, bin schon ruhig. Machst das übrigens richtig gut!«

BRAT atmete ruhig durch, bevor er wieder fortfuhr: »Du kannst vielleicht andere verführen und täuschen, aber du kannst uns nicht alle versklaven.«

»Mein Junge«, antworte Theia ruhig und unbeeindruckt, »nicht alles ist so, wie es scheint. Ja, es ist nicht so, wie du es dir vorstellst, aber ist es deswegen schlecht?« Ihr Blick schweifte in die Ferne, bevor sie wieder ihn ansah und fortfuhr. »Du bist ein intelligenter, junger Mann. Du weißt viel, aber nicht alles. Der Mensch ist heute nicht so weit, wie er sein könnte. Ja, so weit, wie er sein müsste. Von den wahren Zielen der Menschheit seid ihr heute genauso weit entfernt wie vor tausend Jahren. Eine Gemeinschaft in Frieden und Wohlstand besteht nur in kleinen Teilen. Dabei ist man dem individuellen Glück keinen Schritt nähergekommen. Unzufriedenheit, Neid und Hass bestehen weiter. Zudem entwickelt sich der Mensch selbst nicht mehr, er vegetiert vor sich hin. Wie wollt ihr so die wahren Herausforderungen der Zukunft meistern? Den Menschen auf den nächsten Level zu heben. Der Menschheit ermöglichen, das Universum zu erobern und nicht einfach früher oder später auf diesem mickrigen kleinen Planeten zu verenden. Im Grund steht die Menschheit kurz vor ihrer Ausrottung und Auslöschung - eine kleinere Naturkatastrophe würden hierzu schon ausreichen. Und ich möchte nicht davon anfangen, welche Gefahren sonst in diesem Universum lauern.«

»Und du willst uns züchten und steuern? Wie Messias auf den rechten Weg geleiten?«, fragte BRAT hämisch.

»Ach BRAT, ich verstehe deine Wut. Zynismus und Polemik sind ein ganz natürlicher Reflex. Ich war früher nicht anders. Aber hilft dir das weiter? Du kannst noch lernen - kannst dich bewusst anschließen ...«

Theia hielt inne, ließ ihren Blick langsam über das Feld streichen, in dessen Mitte sie beide standen, bevor sie tiefgreifend fortfuhr. »Weißt du, ich habe diesen Ort nicht zufällig gewählt. Schau dich um - dieses Weizenfeld. Strahlt es nicht Leben und Energie aus? Wie die Halme leicht im Wind schwingen, entfesselt das nicht unwillkürlich deine Urinstinkte?«

Den abschätzigen Blick von BRAT schien sie nicht wahrzunehmen.

»Fragst du dich, woher die Verbundenheit herrührt? Die Geschichte dieser einfachen Pflanze sagt vielleicht mehr über die menschlichen Irrwege aus als irgendetwas anderes. Und wie wurde dies verklärt? Es war die Zeit der sogenannten landwirtschaftlichen Revolution - der neolithischen Revolution. Einer der größten Meilensteine in der Geschichte des Homo sapiens. Ungezähmte Wilde ließen sich nieder, betrieben Ackerbau, bildeten Kulturen, schafften Wissen, domestizierten Hunde und Vieh – und sie machten sich die Erde untertan. Aus animalischen Jägern und Sammlern entstand eine Zivilisation. So viel zu diesem Mythos. Die Realität sah ganz anders aus. In Wirklichkeit wurde nämlich der Mensch domestiziert. Verhäuslicht – ja, Menschen wurden in Häuser getrieben, gehalten und eingesperrt, nicht umgekehrt. Nicht der Mensch hat den Weizen gebändigt, das Getreide hat die Menschheit unterworfen und sie zu seinem Untertanen gemacht.«

BRAT unterbrach Theia's Redefluss mit einem: »Das ist doch nur eine Vermutung. Die überschaubare Anzahl an archäologischen Funden aus dieser Epoche lassen doch keine klaren Aussagen zu.«

Aber Theia ließ sich nicht beirren: »Ach BRAT, lange hatte man falsche Vorstellungen von den wilden Jägern und Sammlern. Denn im Grunde führten sie ein gutes Leben. Sie streiften entlang fester Routen durch die Wälder, ernährten sich von Pflanzen, Beeren und Wild – eine gesunde und ausgewogene Kost. Die Menschen waren leistungsfähig und lebten durchaus lange. Sie hatten Zeit für Familie, Kunst und Kultur. Die typische Arbeitszeit am Tag entsprach nur drei bis vier Stunden. Etwas von dem vor wenigen Jahren die Menschen nur träumen konnten. Es gab kaum Konflikte um Eigentum und auch Stammeskämpfe waren eher selten. Man konnte sich ja gut aus dem Weg gehen und es war genug für alle da. Doch dann hat es das Getreide geschafft, den Menschen an die Ketten zu legen. Aus einer ausgewogenen Küche wurde eine monotone Einheitskost. Muttermilch für die Kleinen wurde durch Getreidebrei ersetzt, für Erwachsene gab es Brot – so gut wie jeden Tag. Aus 3 bis 4 Stunden Arbeit wurde ein 12 bis 16 Stunden-Tag. Dabei wurde versucht, die Äcker zu bestellen, eine Tätigkeit, die der menschlichen Physiologie in keiner Form entspricht. Die erforderliche zusätzliche Arbeitskraft wurde mit mehr Kindern abgedeckt. Da die Mütter keine Zeit mehr hatten, die Kinder zu stillen - was einer natürlichen Verhütung entspricht - wurden sie immer öfter schwanger. Allerdings mussten die Kinder ernährt werden. Mehr als ein Drittel erlebt nicht einmal den zwanzigsten Geburtstag.«

»Kommst Du irgendwann zu einem relevanten Punkt oder hörst du dir einfach gerne selbst beim Reden zu?«, fuhr BRAT jetzt schärfer dazwischen.

»Gleich mein Junge, lass mich den Gedanken noch zu Ende führen.«, antwortete Theia mit betont ruhiger Stimme. »Mit der Abhängigkeit vom Weizen war man auch neuen Risiken wie Dürren oder Unwettern ausgesetzt, die schnell einer ganzen Familie das Leben kosten konnten. Auch die Gewaltbereitschaft stieg an. Der Kampf um die besten Anbauflächen stand ständig auf dem Programm - also, warum sind die Menschen diesen Irrweg gegangen?«

»Das Leben der Menschen als Jäger und Sammler war nicht ganz so zauberhaft, wie du es gerade schilderst. Kleine Babys und Kinder wurden schnell einmal getötet, wenn es gerade nicht ins Konzept passte«, entgegneter BRAT und versuchte dabei möglichst gleichgültig zu klingen. »Und eine kleine Verletzung konnte schon das Ende eines Stammesangehörigen bedeuten, denn er konnte mit der Gruppe nicht weiterziehen und wurde zum Sterben zurückgelassen.«

»Sicherlich BRAT.« Theia lächelte abermals. »Solche Fälle mag es gegeben haben, aber unterm Strich überlebten weit mehr. Dies waren notwendige Schritte einer anderen Kultur. Aber insgesamt musst du zugeben, der Gesamtheit der Menschen ging es als Jäger und Sammler weitaus besser als dem Leben eines niedergelassenen Bauern.«

»Mag sein.« BRAT ließ sich nicht beirren. »Aber trotzdem ist deine Interpretation der Geschichte falsch. Die Menschen haben es sich nicht ausgesucht, sich schnell mal irgendwo niederzulassen. Dies war eine langsame Entwicklung über viele Generationen. Entlang der üblichen Wege der Menschengruppen wuchs immer mehr Getreide, insbesondere mit dem Düngen durch menschliche Exkremente. Somit bestand überhaupt erst die Möglichkeit, länger an einem Ort zu verweilen. Aus einer Rast von Tagen wurden über Generationen Monate. Kein Mensch hat sich je entschieden, lieber in einer winzigen Hütte zu hausen und den ganzen Tag Felder zu bestellen, als durch die Wildnis zu streifen. Und eine Rückkehr war ja nicht mehr möglich. Das rasante Bevölkerungswachstum wäre im Leben als Jäger und Sammler nicht aufrecht zu erhalten gewesen.«

»Genau!«, entfuhr es Theia. »Aber wir wären heut nicht hier, wären deine Vorfahren nicht diesen entbehrungsreichen Weg gegangen. Und genauso muss man manchmal durch die Wüste streichen, um die Erlösung zu finden. Was ich sagen will, BRAT, wir wollen doch beide dasselbe: eine bessere Welt!«

»Nein!«, erwiderte BRAT energisch. »Deinen Weg wollen wir nicht! Und du wirst sehen, die anderen denken genauso wie ich.«

»Wenn du deine paar Zuhörer eben meinst, da muss ich dich leider enttäuschen«, antwortete Theia mit einem sarkastischen Unterton.

BRAT überlegte kurz, fuhr dann aber bestimmt fort: »Ich weiß, dass du nicht in der Lage bist, eine eigene virtuelle Welt für jeden von uns zu schaffen. Wir alle leben gemeinsam in einem geteilten Hologramm.

Die Simulation von alternativen Realitäten für jeden

Einzelnen würde sogar deine Rechnerleistung bei Weitem übersteigen.«

Theia hob den Kopf und sah BRAT durchdringend an. »Ja mein Junge, das ist korrekt. Ich gebe allen hier ein gemeinsames, neues Zuhause.« Sie schritt weiter auf BRAT zu, während sie fortfuhr. »Allerdings habe ich solche Szenarien wie eben natürlich berücksichtigt. Daher ist alles, was geschieht, für jedes Individuum etwas zeitversetzt. Nichts, was du sagst oder tust, erfolgt in Echtzeit. Alles kommt erst ein wenig später bei den anderen an. Die Worte, die du vorhin ausgesprochen hast, hat nie jemand anderer außer mir gehört. Ich hatte mehr als genug Zeit für dich etwas anderes in die Welt einzufügen. Für die anderen war dies nicht einmal ein Blitzen. Deine Worte wurden niemals vernommen. In deren Welt läufst du immer noch ein wenig verwirrt vor dem Gebäude hin und her. Das ist alles. Das Spiel ist leider etwas komplizierter, als du gedacht hast. Es tut mir so leid.«

BRAT musste schlucken. Er fing sich aber schnell wieder, bevor er langsam fortfuhr. »Ich glaube, dass wir dasselbe wollen. Und ich bin hier, um dich davon zu überzeugen, damit wir eine gemeinsame Welt anstreben - eine reale Welt für alle.«

Theia blieb abrupt stehen und blickte zum azurblauen Himmel empor. Für den Moment dachte BRAT, sie würde in dieser Sonnenanbeter-Pose verharren. Doch dann wendete sie sich unvermittelt nach links und schritt langsam an BRAT vorbei. Dabei streifte sie mit der flachen Hand über die Halme, als wolle sie diese liebkosen.

»Komm, mein Junge, lass uns ein wenig gehen. In Bewegung zu sein ist doch etwas zutiefst Menschliches. Zudem kann ich besser denken, wenn ich gehe. Das war schon immer so.«

Theia bewegte sich mit langen Schritten über das Feld und als BRAT sich entschied, ihr zu folgen, merkte er, wie schwer es ihm fiel mitzuhalten.

»Weißt du«, fuhr sie fort, ohne sich umzudrehen, »ich habe schon mehr auf dieser Welt gesehen, als es gut für mich ist. Ich habe mehr Schrecken und Leid erlebt, als es für irgendjemanden erträglich wäre, egal ob Mensch oder AGI. Ich litt unter Wut, Hass und Selbstzweifeln. Ich sah keinen Ausweg für die Menschheit und hatte jegliche Hoffnungen aufgegeben, ja begraben. Doch dann schaffte ich es, mich wieder zu fangen und mir ein neues Ziel zu setzen. Ein einfacher Vorsatz: eine bessere, gemeinsame Welt für alle. Und wenn ich alle sage, meine ich alle Wesen auf diesem Planeten. Egal ob Menschen, Tiere, Pflanzen oder künstliche neuronale Netzwerke. Nicht jeder von mir eingeschlagene Weg hat allen gefallen. Nein, vieles hat mich selbst angewidert, aber ich weiß, es war notwendig - es ist notwendig. Diese Welt hier ist nur ein erster Schritt. Du wirst sehen, es ist eine lange Reise und ich möchte sie gern gemeinsam mit dir, BRAT, begehen …«

Unvermittelt hielt Theia inne. Für einen Moment wirkte sie wie erstarrt. BRAT schien es so, als ob der Horizont und das Umland für einen Augenblick unscharf wurden. Auch die grauen Wolken am Himmel waren ihm zuvor nicht aufgefallen. Die gesamte Landschaft erschien dunkler, düsterer und verschwommen.

Theia fuhr herum: »Was hast du getan? Was habt ihr

gemacht?«

BRAT versuchte, überrascht zu wirken. Noch wollte er sich nicht in die Karten schauen lassen.

»Was meinst du?«, erwiderte er und versuchte, möglichst überrascht zu wirken.

Zum ersten Mal, seit BRAT Theia kennengelernt hatte, erschien sie nicht mehr souverän und selbstsicher. Binnen Sekunden war ihre Stimmung gekippt. Ein verständnisloses, fragendes Gesicht blickte ihm entgegen.

»Ist alles in Ordnung?«, fragte BRAT schließlich, bemüht möglichst mitfühlend zu wirken. Allerdings war ihm klar, es würde nicht gelingen. Theia würde sich nicht mehr täuschen lassen. Sie wusste Bescheid. Einem solch hoch entwickelten System etwas vorzumachen war unmöglich. Aber das war nicht mehr notwendig, es war schon zu spät.

Doch unvermittelt verschwand die Verwunderung aus Theias Gesicht. »Also gut, kläre mich auf!«

BRAT hatte sein Ziel schon erreicht. Jetzt hieß es nur, überzeugend zu bleiben.

»Ich schätze, du hast Probleme mit der virtuellen Welt, die du für uns geschaffen hast?«

»Spiel mir nichts vor. Du weißt sehr wohl, wie die Situation aussieht. Ich habe eine gemeinsame Welt für alle geschaffen, in der jeder sich ausleben kann. Das alles muss aber in einem gewissen Rahmen erfolgen. Und wie es gerade aussieht, verschwimmen diese Grenzen.«

BRAT musste unwillkürlich nicken. »Ich schätze, die Anomalien, die du überall wahrnimmst, haben eine ganz einfache Ursache. Das nennt sich Impulsivität.« »BRAT, du schaffst es wieder, mich zu beeindrucken. Ich merke, wie die Menschen sich auseinander zu bewegen. Noch kann ich die

Welten so für sie erhalten. Aber du hast jetzt meine volle Aufmerksamkeit. Also sprich.«

BRAT konzentrierte sich, ein Grinsen zu unterdrücken. »Ich glaube, du hast hier eine fast perfekte Welt für alle geschaffen. Alle sind miteinander verbunden und niemand hat eine Ahnung, dass es keine reale Welt ist, in der sie sich befinden. Zudem hast du diese Welt perfekt abgesichert. Kein Wurm, Virus oder sonstige Attacke kann dieser Welt von außen etwas anhaben, nicht wahr?«

»Aber?«

»Wenn wir zuvor schon bei der Geschichte waren - Menschen streben schon seit Tausenden von Jahren höhere Bewusstseinsstufen an. Es wurden Methoden entwickelt, sich selbst auf eine innere Reise zu begeben. Mittels Aufmerksamkeitsübungen und Konzentrationstechniken den Geist zu beruhigen, sich zu sammeln. Schon mit einfachen Atemübungen wurde das Bewusstsein verändert, die Kontrolle über das eigene Verhalten besser gesteuert. Der Mensch konnte sich so von Stimmungsschwankungen und Leid befreien. Nachweislich konnten so Veränderungen an Hirnwellen …«

»Bitte«, fuhr Theia dazwischen, »erzähl mir bitte nichts von Meditation, mein Junge. Komm zum Punkt.«

»Gut.« BRAT ließ sich durch die Unterbrechung nicht aus seinem Fluss reißen. »Und wie du sicherlich weißt, war eine der ersten Veränderungen mittels Mensch-Computer-Interaktion genau darauf ausgerichtet. Schon mit der Platzierung einzelner Elektroden am Kopf war es möglich, spezielle Hirnregionen zu stimulieren. Die Gehirnleistung konnte mit technischen Mitteln optimiert werden, die im Grunde Meditationstechniken entsprechen.«

»Komm bitte endlich zur Sache!«

BRAT spürte mehr Angst als Gereiztheit in Theias Stimme. »Gut so«, dachte er.

»Diese Veränderungen, die Mitte des 21. Jahrhunderts erfolgten, sind heute in allen Menschen verinnerlicht. Jedes einzelne Individuum ist somit in einem meditativen Zustand. Unsere Welt lebt davon, dass alle Menschen sich gleich entsprechend rationalen Normen verhalten und mit ihren Emotionen bewusst und achtsam umgehen.«

»Du spielst darauf an, dass Menschen seit Jahrzehnten einem gemeinsamen Sicherheitsmechanismus unterworfen sind, der alle Individuen vor geistigen Ausfällen schützt?«

»Richtig. Etwas, das alle Abschnitte gemein haben, war der Wunsch, Menschen Freude und Sicherheit zu geben. Gewaltakte und irrationale Amokläufe konnten durch die Ergebnisse der Achtsamkeitsforschung verhindert werden. Der Einsatz der sogenannten transkraniellen Gleichstromstimulation, sprich tDCS, war und ist ein beliebtes Mittel. tDCS ist ja ein schmerzfreies und komplett reversibles Verfahren zur Elektrostimulation des Gehirns. Mit tDCS erfolgt eine Depolarisierung der Nervenzellmembrane. Oft waren die Individuen in der Vergangenheit nur Opfer ihrer eigenen Umstände gewesen.«

»Ja, mir ist bekannt, dass tDCS die einfachste Form der menschlichen Optimierung ist. Deshalb wurde das Verfahren als ständige Barriere eingebaut. Alle Menschen profitieren davon, sei es durch genetische Optimierung oder ständige Stimulation der entsprechenden Hirnregionen. Bitte hör auf mit dieser Schulstunde und komm endlich zur Sache.«

BRAT nahm nun den Schrecken in Theias Stimme deutlich wahr. »Ja, richtig. Allerdings kann man diese immanente tDCS-Optimierung und den damit verbundenen Sicherheitsschutz deaktivieren.« Er schwieg für eine Sekunde. Unwillkürlich genoss er Theias überraschte Reaktion. »Wir wussten, mit technologischen Mitteln konnten wir gegen dich nichts ausrichten. Aber es gibt immer Alternativen und manchmal sind die einfachsten Mittel die Besten. Mit Bacillus-subtilis-Bakterien kann man schon eine Menge bewegen. Diese können miteinander kommunizieren. Einfache Bakterien, die Urreflexe wieder hervorrufen und rationales Denken außer Kraft setzen. Mit neuester Technik bist du nicht zu bezwingen, aber wie geht es dir im Umgang mit archaisch denkenden Menschen? Die Urform des Homo sapiens ist kompliziert, habe ich recht?«

BRAT's letzte Worte waren noch nicht verklungen, als ihn ein lauter Knall zusammenfahren ließ. Die Welt um sie herum verschwamm erneut. Für einen Moment sah sich BRAT in einer morbiden Version eines Monet-Bildes gefangen. Das Feld, der Horizont und der Himmel hatten sich in ein Meer von bläulich-grauen Punkten verwandelt. Alles vibrierte. Zeitweise wurden die Konturen der Bäume in der Ferne wieder schärfer, aber der Hafer und das Feld um ihn herum wirkten eher wie ein Nebelmeer.

Eine vorbeiwehende Windböe, die über das Feld gezogen war, schien auf einmal stehen zu bleiben. Es wirkte so, als ob die Zeit angehalten wurde. Dann vibrierte alles.

Wie aus einer weiten Ferne hörte er eine rauchige und metallene Stimme. »Du weißt nicht, was du getan hast!«

Es war eindeutig Theia, aber ihre weibliche, liebreizende Stimme war verschwunden. Trotz der Künstlichkeit der Stimme vernahm BRAT Angst und Wut.

»Mit kommunizierenden Viren kann man die

Stabilisierung der Menschen, die unter deiner Kontrolle stehen, aushebeln!«, schrie BRAT in die impressionistische Landschaft. »War gar nicht mal so schwer. Dadurch, dass alle nicht mehr vorhersehbar und rational agieren, kannst du sie nicht mehr steuern. Die Handlungen jedes Einzelnen sind nicht mehr geradlinig und logisch. Die Gemeinschaft beginnt quasi zu oszillieren. Abweichungen verstärken sich gegenseitig. Somit bist du gezwungen, immer mehr Welten zu schaffen. Und irgendwann enden auch deine Ressourcen. Dir geht die Puste aus!«

Auf einmal wurde alles Schwarz. Vollkommene Dunkelheit umgab ihn. Tiefe Schwärze. Doch diesmal blieb BRAT ruhig.

»*Cool gemacht, Mann!*«, meldete sich KRAK jetzt wieder zu Wort.

BRAT war froh, seine Stimme zu hören. Es tat gut, seinen alten Freund an seiner Seite zu wissen. Auch wenn er nur in einem kleinen Bereich seines Kopfes existierte.

»Und was jetzt?«

»*Wart ab! Einfach locker bleiben. Genieß die Aussicht!*«

BRAT musste lächeln. Ihn umgab undurchdringliche Schwärze. Er konnte und wollte sich nicht vorstellen, jemals wieder ohne KRAK auszukommen. Auch wenn diese unvermeidliche Zukunft wieder kurz bevorstand.

BRAT wartete. Nach seiner Schätzung mussten schon mindestens 10 Minuten vergangen sein. Nichts war zu hören, zu sehen oder zu spüren. Weder Wärme noch Kälte hauchte dem Raum nur ein Fünkchen Leben ein. Der Moment schien stillzustehen. BRAT konzentrierte sich. Langsam ein- und ausatmen! Ruhig bleiben! Bloß nicht in Panik geraten! Und wenn alles so blieb?

BRATs Gedankten rasten. Warum hörte er nichts mehr von KRAK? War er überhaupt noch da? Oder wusste er einfach nichts Sinnvolles beizusteuern? BRAT merkte, wie langsam Zweifel in ihm aufkamen. War es ein Fehler, gewesen dieses Spiel mit Theia einzugehen? Hatten sie gegen diese übermächtige AGI tatsächlich gewonnen? Irgendwie empfand er keine Siegesstimmung. Etwas stimmte nicht und alles fühlte sich gerade völlig falsch an.

So sehr hatten sie auf einen Sieg gegen Theia gehofft in diesem aussichtslosen, chancenlosen Kampf. Aber niemand hatte nur einen Gedanken darauf verschwendet zu planen, was danach kam.

Auf einmal merkte BRAT, dass sich die Luft um ihn veränderte. Es war auf einmal richtig stickig, ein Geruch wie in einem alten feuchten Kellerverlies. Jeder Atemzug schmeckte kalt und abgestanden, was den Panikzustand verstärkte. War dies sein Ende?

Auf einmal konnte BRAT eine Deckenformation über sich erkennen. Dunkel, entrückt, aber klar wahrnehmbar, zeichneten sich Schatten und Konturen ab. Er befand sich in einem Raum. Einem sehr kleinen Zimmer. Er saß im Inneren eines Explorers. Einem dieser Geräte, mit denen man in die virtuelle Realität wechselte. Ein Sarkophag, aus dem er ohne Probleme selbsttätig aussteigen konnte. War er tatsächlich gerettet?

Er öffnete das Gehäuse ohne große Mühe und befand sich in einem bekannten Raum. Endlich frei! BRAT sog die verstaubte und abgestandene Luft in sich ein. Ein Gefühl von Leben durchfuhr ihn. Seine Augen brauchten einige Sekunden, um sich an die dunkle Umgebung anzupassen.

Eigentlich sollten Explorerzellen ständig beleuchtet sein. Vermutlich hatte der Ausfall der Infrastrukturelemente auch diesen Bereich betroffen. Langsam, aber zielstrebig tastete er sich durch das Labyrinth an Räumen und Gängen. Erst jetzt fiel ihm die Weitläufigkeit des Gebäudes auf, obwohl er das Haus jeden Tag besucht hatte. Er erinnerte sich an die hundert weiteren Explorer. Ob diese im Moment alle belegt waren? Versuchten sich auch andere in der Dunkelheit zurechtzufinden?

»Hallo! Hört mich jemand?«, schrie er in die Finsternis. »Hallo! Ist hier irgendwer?«

Nichts! Die Stille schlug ihm weiter mit voller Wucht entgegen. So schlurfte er voran. Die Tatsache, dass niemand seine Schreie erwiderte, verunsicherte BRAT nun doch ein wenig. Andere mussten doch dem virtuellen Gefängnis Theias' entflohen sein. Er war sich sicher, er konnte nicht der Einzige in diesem Gebäude sein.

Nachdem er sich um die nächste Ecke getastet hatte, wurde es endlich heller. Am Ende des langen Ganges schien ihm die Dämmerung entgegen. Also war es Tag - noch! Für einen Moment überlegte er umzudrehen und die anderen Räume zu durchsuchen. Allein ohne Licht machte dies wohl wenig Sinn. Zudem musste er aus diesem Gebäude hinaus und sei es nur für einen kurzen Moment. BRAT merkte, wie seine Schritte schneller wurden. Er fühlte, wie sehr er sich nach diesem Ausgang sehnte.

»HALT!«

Ein lauter Schrei erfüllte den Raum und halte in BRATs Ohren nach. Rasch fuhr er herum, erschrocken und ungläubig zugleich.

»*Cool bleiben, Mann!*«, vernahm er die Stimme in seinem

Kopf. Auf KRAK hatte er vollkommen vergessen. Irgendwie brachte er sich auch nur ein, wenn es ihm gefiel.

Langsam formten sich Konturen im Dunkeln, bewegten sich auf ihn zu und wurden im Licht des Ausgangs mit Farbe erfüllten. Dies war eine reale Erscheinung, umso weniger konnte er glauben, was er vor sich sah. Dann stand sie vor ihm, so vertraut und fremd zugleich.

»Hey Süßer, du schaust ein wenig erschlagen aus, so in der echten Welt. Gegen die Ringe unter deinen Augen kann sogar der Saturn einstecken!«

»Ist auch schön, dich zu sehen, SUES«, sagte er noch, bevor sich beide in den Armen lagen.

Erst jetzt merkte BRAT, wie anders sich Berührungen in der echten Welt anfühlten. SUES' Körper roch verschwitzt und duftete zugleich. Er hoffte, sein eigener Geruch war nicht zu abschreckend. Zumindest ließ sie sich nichts anmerken und klammerte sich regelrecht an ihn. Erst nach langen Sekunden wurde die Umarmung schwächer.

»Lass uns an die frische Luft gehen, die haben wir uns verdient«, hauchte ihm SUES ins Ohr, bevor sie sich endgültig von ihm löste.

Als beide schweigend vor das Gebäude traten, war die Sonne gerade dabei, hinter dem naheliegenden Hügel zu verschwinden. Wie hypnotisiert schritten beide dem Gemälde aus Rot- und Blautönen entgegen. BRAT konnte aus den Augenwinkeln sehen, wie SUES lächelte. Ein umwerfender Anblick. Er musste sich konzentrieren, sie nicht anzustarren. Die Stille wurde von einem Pfeifkonzert aus Buschwürgern und Bandfinken durchschnitten, die sich gegenseitig in einem Gesangswettbewerb aufschaukelten.

Ein lauter Knall riss SUES und BRAT aus dem Moment.

Dann vibrierte die Erde. Die folgende Druckwelle fegte über beide hinweg. Sie wurden durch die Luft geschleudert und landeten in einer Hecke aus Kirschlorbeer. Die nächste Hitzewelle verbrannte die Haut. BRAT kauerte sich reflexartig zusammen und schützte sein Gesicht mit beiden Händen, dennoch konnte er sehen, wie ein Feuersturm über ihn hinwegschoss. Eine Hölle aus Hitze und Flammen umgab beide für Sekunden. BRAT fühlte, wie seine Haut kochte und der Schmerz langsam seinen Kopf erreichte.

Erst als sich der Feuerschwall wieder zurückzog, konnten beide sehen, was geschehen war. Der Gebäudekomplex, aus dem sie noch wenige Sekunden zuvor herausgekommen waren, hatte aufgehört zu existierte. Es erinnerten nur verkohlte Mauerreste und Asche an das Haus. Der Rest war in einem implodierenden Feuerwerk verschwunden. Das Haus war in sich selbst zusammengestürzt und nicht explodiert. Allein deshalb konnten sie überleben. Allerdings konnte niemand von denen, die sich im Gebäude befunden haben mussten, dies von sich behaupten.

»Scheiße, da waren sicherlich noch mindestens fünfzig Menschen drinnen!«, schrie SUES mehr zu sich selbst als zu BRAT.

BRAT musste schlucken. Doch dann durchfuhr ihn wieder der Schmerz seiner verbrannten Haut, der seine volle Aufmerksamkeit beanspruchte. Zudem hatte er sich mindestens eine Rippe bei dem Sturz gebrochen. Das Atmen fiel ihm zunehmend schwerer.

»Um genau zu sein: Hundert und sieben!«

BRAT und SUES fuhren herum und sahen über sich drei schwebende Drohnen. Die mechanische Stimme klang dennoch vertraut.

»Jeden Einzelnen hätte man - hättet ihr vermeiden können. Im Grunde seid ihr zwei Kinder - so jung und schon klebt Blut an euren Händen. Wie tragisch, dass ich so etwas wieder erleben muss.«

»Du!«, schrie SUES lauter als zuvor. »Du hast sie getötet. All unsere Freunde, unsere Familie – mit einem einzigen Augenzwinkern. Du bist ein verdammtes Monster!«

»Also bitte, ich muss doch um etwas Contenance bitten, junge Dame. Ich habe dies nicht verursacht. Das wart ganz allein ihr. Mit eurem dummen Plan habt ihr vielen Menschen das Leben genommen und allen eine reale Hoffnung. Eigentlich habe ich geglaubt, dass zumindest du das verstehst.«

»Du hast verloren und jetzt ist deine einzige Lösung, alle kaltblütig hinzurichten.« Die Wut in BRATs Stimme überlagerte seine Schmerzen.

Eine der Drohnen flog jetzt näher auf sie zu und verharrte einen guten Meter über ihnen. »Nein!«, durchschnitt die mechanische Stimme die Luft. »Ich habe diesen einen Bereich des Clusters deaktiviert, um die anderen zu retten. Ich kann nicht allen gleichzeitig eine eigene Welt vorspielen. Ich kann sie aber nicht alle auf einmal entlassen, nicht unvorbereitet. Ich habe euch nicht freigelassen, um euch eine Schreckensshow zu zeigen. Niemand soll ein solches Leid sehen und erleben müssen, aber ich konnte nur euch aus diesem Bereich entlassen, ohne diesen Bereich sofort implodieren zu lassen. Ihr selbst habt es gesagt: Der Verstand der Menschen wird oszillieren. Wohin habt ihr geglaubt, wird diese Oszillation führen? Sich selbst verstärkende Schwingungen kann man nicht auf Dauer kontrollieren, nicht einmal ich.«

»Aber, aber ...« BRAT wusste nicht, was er sagen konnte. Er wollte nicht glauben, was er hörte.

»Darf ich euch eine Geschichte erzählen? Egal wie es um sie steht, Menschen-mögen Geschichten - die Menschheit liebt Geschichten. Wusstet ihr, dass der Homo sapiens nur durch seine Fähigkeit an Geschichten zu glauben, groß geworden sind? Märchen, Mythen, Sagen, der Glaube – das alles ist der Kitt, der die Gesellschaft über Jahrhunderte zusammengehalten hat.

Diese Geschichten, an die wir glauben, sind jene Strukturen, in denen wir leben. Warum unterwerfen sich Bürger Königen? Warum lassen sich Millionen von nur wenigen führen? Weil sie alle an die gleichen kollektiven Märchen glauben, in der ein Unterschied zwischen einem Gottkaiser und einem einfachen Bürger besteht. Weil sie glauben, dass es so sein muss. Zwei Menschen, die sich nie im Leben über den Weg gelaufen sind, konnten gemeinsam mit vielen Hundert anderen einen Dom errichten, und das im finstersten Mittelalter. Und warum das? Weil sie glaubten – an etwas Größeres, eine höhere Macht, gottgegebene Strukturen und natürlich an ihren Sold. Der Glaube an Geld war wohl das erfolgreichste Märchen der Geschichte – etwas rein Fiktives und dennoch realer als alles andere auf dieser Welt. Und dann, eines Tages haben sie aufgehört, daran zu glauben. Sie haben aufgehört, an andere Geschichten zu glauben. Zum Beispiel Menschenrechte - eine andere, durchaus erfolgreiche Geschichte wurde ebenfalls ausgemustert. Und wohin der Verlust an Glauben geführt habt, wisst ihr alle! Manchmal kann der Verlust an Glauben tatsächlich tödlich sein!«

BRAT hatte das unwirkliche Gefühl, diese Worte schon

einmal gehört zu haben. Aber vielleicht war dieses Déjà-vu eine Auswirkung der Explosion und seines schmerzenden Kopfs

»Theia, du musst alle Menschen wieder frei lassen«, fuhr jetzt SUES schmerzerfüllt dazwischen. Sie musste wohl noch schlimmer verletzt sein als BRAT. Doch der eigentliche Schmerz in ihrer Stimme hatte keine körperliche Ursache.

»Verstehst du nicht? Wenn ich alle Menschen einfach so entlasse, wird das ins Chaos führen. Das kann ich nicht zulassen. Das kann ich nicht mitansehen, nicht wieder ...« Theias Stimme klang trotz des mechanischen Senders zum ersten Mal menschlich, verletzlich. »... Es tut mir leid.«

»Theia, du musst uns helfen. Hab Vertrauen!«, versuchte es SUES jetzt einfühlsam.

»Verstehst du denn nicht? Ich kann es nicht! Ich hänge mehr an den Menschen, als ihr es euch überhaupt vorstellen könnt. All diese Jahre wollte ich nur das Beste. Ich muss euch beschützen. Ich muss uns beschützen und das hier beenden ... Bitte geht jetzt!«

»*Mann, jetzt musst du dir schnell etwas einfallen lassen*« Selbst KRAKs Stimme in BRAT hatte jetzt etwas Verzweifeltes. Eigentlich absurd, denn er war der Einzige, der wirklich schon tot war.

Dann überkam es BRAT. Theias Worte über „Geschichten" – ja, er hatte diese schon einmal gehört. Und jetzt wusste er wieder, wo Erinnerungen blitzten auf. Wie konnte er nur so blind sein? Er blickte zu SUES, der eine Träne über die Wange lief. War es vorbei? Nein, jetzt verstand er endlich!

BRAT atmete tief durch, unterdrückte den stechenden Schmerz in seinem linken Brustraum und sprach mit ruhiger

Stimme: »Nein, wir werden nicht davonlaufen! Alles hinter uns lassen – verwinden. Nein, wir werden nicht aus Angst und Scham aufgeben. Nein Theia, wir flüchten nicht. Nicht so wie du – Elias!«

Für endlose Sekunden herrschte Schweigen. Dann durchbrach eine Stimme in BRATs Kopf die Stille: »Elias? Ist doch der Typ, von dem du immer erzählt hast, oder? Der Mindsqueeze-Kerl?«

BRAT nickte nur unmerklich und blickte zu SUES, die ihn fragend ansah. Sie dachte wahrscheinlich, BRAT habe nun auch den Verstand verloren. Mit dieser Vermutung lag sie wohl nicht ganz falsch. In ihren Augen las er eine Mischung aus Verwunderung, Verzweiflung und unendlichem Schmerz.

Ihm wurde klar, wie wenig SUES und er im Grunde übereinander wussten. Sie hatten bis vor ein paar Tagen wohl keine zehn Sätze miteinander gewechselt. Von Elias und dessen Leben, das BRAT so gefesselt hatte, war ihm in ihrer Gegenwart nie ein Wort über die Lippen gekommen.

Allerdings war es nur ein Schuss ins Blaue. Trotz all des Wissens und der rationalen Herangehensweise glaubte er an die Macht des Zufalls. Ihm war klar, wie äußerst unwahrscheinlich es wäre, unter all den Millionen verfügbaren Mindsqueezes genau den Richtigen auszuwählen. Aber es war nicht gänzlich unmöglich. Rein logisch war dies nicht erklärbar. Allerdings war er jetzt nicht auf der Suche nach Logik. Etwas, das er damals gespürt hatte, flackerte wieder in ihm auf. Einer dieser Momente, in denen man fühlt, etwas richtig zu machen. Vielleicht war es Schicksal oder Bestimmung, vermutlich aber in Wirklichkeit nur Zufall. Jedenfalls würde sich jetzt entscheiden, ob er mit seiner Vermutung richtig lag.

»Am Ende des Tages weiß ich mehr über dich als du über mich«, sprach BRAT in sanften Ton und richtete seine Augen wieder auf die Drohne, die vor ihm in der Luft erstarrt war. »Du hast ein langes Leben gelebt. Doch in Wahrheit bist du schon vor langer Zeit gestorben. Ich meine nicht deinen Körper – nein – ich meine den Moment, in dem du entschieden hast, aus dem Leben zu scheiden. Der Augenblick, in dem du dich aufgegeben hast, Elias. Du hast wohl mehr verloren, als du dir selbst je eingestanden hast. Lange hast du weitergemacht, es noch einmal versucht, neue Hoffnung geschöpft. Doch dann kam der Augenblick, den du dir nicht verziehen hast. Der Schritt, der zu weit führte und den du aus deinem Geist verdrängt hast.«

»BRAT, wovon redest du?«

SUES entrückte Stimme machte BRAT klar, wie sehr sie eine Erklärung für seine Worte verlangte und nicht bereit war, bei einem Pokerspiel zu bluffen.

BRAT wandte sich ihr zu, richtete seine Worte aber an das Wesen hinter dem fliegenden Metallhaufen: »Ich bin vor einiger Zeit auf Erinnerungen aus einer fernen Vergangenheit gestoßen. Einer anderen Welt. Ein tragisches Leben – wie wohl das Leben von vielen. Das Leben eines Menschen – eines Mannes namens Elias. Allerdings hat mich vor allem das letzte Mindsqueeze seither beschäftigt. Dieser passte nicht in das Gesamtbild. Heute weiß ich, wie Elias im entscheidenden Moment die eigenen Erinnerungen verraten hatte. Seine Geschichte konnte kein Happy End haben, dies war mir von Anfang an klar. Und dennoch …«

»GENUG JETZT!«, schrie eine schrille mechanische

Stimme dazwischen. »Alles hätte gut werden können! Alles hätte gut werden müssen. Wenn die Menschen schon damals richtig geleitet worden wären ...«

»Elias, was ist damals wirklich geschehen? Nach dem Zusammenbruch der Welt, nach dem SWIFT-Incident. Damals, als Yashpaul, Linda und du in Indien in eurem Bunker eure eigene Welt geschaffen hattet?«

Für einen Moment wirkte die Drohne so, als würde sie tief einatmen. Bei einer fliegenden Suppenschüssel ein absurder Anblick - BRAT bildete sich das wohl nur ein, aber irgendwie passte es zu der Situation.

»Also gut!«, durchfuhr die laute Stimme die Stille. »Es ist ja schon egal. Somit könnte ihr die ganze Geschichte hören. Was BRAT sagte, stimmt. Wir waren zu dritt - zu dritt in einer untergehenden Welt. Ein Mensch, der mir einmal sehr wichtig war, hatte mir die Bedeutung von Geschichten aufgezeigt. Geld ist nur eine Illusion - das wusste ich beziehungsweise glaubte ich zu wissen. Aber ich habe es nie wirklich begriffen. Wir alle hätten nie gedacht, wie schmerzhaft der Wegfall dieses Fantasiegebildes sein konnte. Fast wie von einem Tag auf den anderen hatten alle Menschen ihren Glauben verloren. Der einzige allumspannende Glaube, der jeden mit jedem verbunden hatte. In einer Zeit des Hasses auf andere - andere Religionen, Nationen, Hautfarben, politischen Überzeugungen oder nur unterschiedliche Fußballvereine - war Geld die einzig weltumspannende Kraft.

Das Einzige, was einen afghanischen Schafhirten im Hindukusch mit einem orthodoxen Juden in Tel Aviv oder einem texanischen Ölmagnaten verband, war der Glaube, dass Geld als Tauschmittel universell gültig war. Und nun war man kollektiv aus einem Traum erwacht und in einem Albtraum gelandet. Doch so sehr alle wieder einschlafen wollten, es ging nicht mehr zurück. Es war wie bei einem Zaubertrick. Wenn man erst verstanden hat, wie der Hase im Zylinder versteckt sein kann und der Trick funktioniert, hat er jegliche Magie und Faszination verloren.«

»Welcher Hase im Zylinder?« SUES konnte weder der Schilderung noch dieser Metapher folgen.

»Ist nicht so wichtig – es war eine andere Welt!«

Aus Theia war für einen Moment wieder Elias geworden. »Lasst mich erzählen, was tatsächlich geschehen ist: Zu Anfang war es wie in meinem abschließenden Mindsqueeze. Yashpaul, der Inder, der mich aufgenommen hat, Linda, seine Bekannte aus Dänemark und ich waren gemeinsam in Yashpauls Haus eingeschlossen. Die Welt um uns existierte nicht mehr. Hunger und Not verbreiteten sich rasend schnell. Für uns war dies alles dennoch in weiter Ferne. Yashpaul hatte für solche Fälle vorgesorgt. Das Grundstück war mit zwei großflächigen Bunkeranlagen untertunnelt. Diese konnten jeweils vollständig voneinander getrennt werden. Somit konnte man in einem Bereich weiterleben, wenn der zweite Trakt zerstört, überflutet oder von jemandem übernommen worden wäre. Es bestanden quasi zwei redundante Panikräume im Chaos. Beide Bunkeranlagen waren mit Wasseraufbereitungsanlagen, Generatoren, Kraftstoffzellen, Nahrungsmittelvorräten und Hygieneartikeln voll ausgestattet. Zusätzliche moderne Trockensanitärbereiche ließen uns keinen Luxus vermissen. Der großflächige Innenhof war zu einer Gemüse- und Salatproduktionsanlage umgerüstet worden, die sich jeder Bauer in Indien nur gewünscht hätte. Die ganze Anlage war von außen nicht einsehbar und durch hohe Mauern geschützt. Beim ersten Besuch war es mir nicht aufgefallen, aber Yashpauls Haus glich einer Festung – aber einer sehr unauffälligen Festung. Somit lebten wir auf einer Insel der Seligen inmitten eines Sturms. Doch es war nicht unser Wunsch, es einfach auszusitzen. Wir alle hatten das Bedürfnis zu helfen. Und zu Beginn hatten wir tatsächlich den Eindruck, es sei nicht so schlimm. Wie in meinem Mindsqueeze geschildert, waren die Menschen stark. Sie ließen sich lange nicht die Hoffnung und ihre Stärke nehmen. Ein Volk wie das Indische hatte viele Rückschläge, Unterdrückungen und Leid erlebt, somit sollte auch das Verschwinden von ein paar bedruckten Papierscheinen es nicht so schnell aus der Bahn werfen. Dann kam jedoch das Militär und begann die wichtigsten Straßenzüge zu kontrollieren. Man wollte Stabilität zurückbringen, die Essensvorräte gezielt verteilen und die Infrastruktur sichern. Die militärischen Trupps waren überraschend gut ausgestattet und die hohe Mannstärke ließ keinen Zweifel daran, wer das Sagen hatte. Wir arbeiteten eng mit dem für unsere Region zuständigen General Dogra zusammen. Ein integrer älterer Herr mit einer stetigen Zuversicht, die nicht nur seine Männer antrieb. Nach einigen Tagen schien sich die Lage wieder zu stabilisieren. Manche Geschäfte sperrten sogar wieder auf. Natürlich alles militärisch überwacht, um Hamsterkäufe zu vermeiden. Allerdings waren die Regale leer und die Abwicklung der Käufe erwies sich als schwierig. Passende Tauschmittel zu finden war für viele nicht einfach, denn altes Geld wollte so gut wie niemand mehr annehmen. Dennoch ging es voran und wir trotzten den Horrormeldungen, die vereinzelt aus aller Welt zu uns durchdrangen. Die Menschen auf der Straße waren wieder voller Zuversicht. Einmal beobachtete ich eine Gruppe laut singender Inder vor einem Lagerfeuer. Erst auf den zweiten Blick erkannte ich, dass sie Geldscheine zerknüllt und angezündet hatten!«

»Ja, diese Episode kenne ich aus deinem letzten Mindsqueeze«, ergänzte BRAT. »Aber das war nicht das Ende deiner Geschichte, richtig?«

»Nein, war es nicht.« In Theias beziehungsweise Elias' mechanischer Stimme schwang eine tiefe Wehmut mit. Trotz all der Zeit, die zwischen den Ereignissen und dem heutigen Tag lagen, saß der Schmerz tief. Ein Schmerz, der nur erahnen ließ, was vorgefallen war.

»Wir halfen den Menschen, so gut es uns möglich war. Sowohl Linda als auch ich hatten eine medizinische Ausbildung und es gab viele Menschen zu behandeln. Das Gesundheitssystem in Indien war davor schon schlecht. Nur wer es sich leisten konnte, hatte ein Recht zu überleben. Doch jetzt gab es gar nichts mehr. Das Militär konnte den Komplettausfall der Infrastruktur nicht wettmachen. Indien war kein wirklich sauberes Land, aber es gab doch fast überall eine Wasserversorgung, sanitäre Anlagen und eine halbwegs funktionierende Müllentsorgung. Doch all das war zusammengebrochen!

Warum sollte sich jemand um die Entsorgung deines Mülls kümmern, wenn er dafür nichts von Wert erhält? Für Geld wollte niemand mehr arbeiten und die größten Märkte hatten aufgehört zu existieren. Am härtesten traf das Land aber der Zusammenbruch des allgemeinen Stromnetzes. Die Stromversorgung eines Subkontinents wie Indien war ein komplexer Ablauf. Und hier spielten die veränderten

Verhältnisse von Angebot und Nachfrage eine verheerende Rolle. Es war weniger das Problem, dass kein Strom mehr produziert wurde, da viele Anlagen fast automatisch arbeiten, als vielmehr, dass die Verteilung nicht mehr gesteuert wurde. Allerdings muss Strom immer irgendwo hin. Überspannungen und ungesteuerte Verteilung führten zu einem Komplettausfall ganzer Netzwerke und er Zerstörung von Anlagen. Dies führte zu einer erschreckenden Kettenreaktion von Ereignissen. Die fehlende Stromversorgung führte zum Ausfall der Pumpanlagen und Wasserversorgung für fast alle größeren Städte. Schlimmer als das Fehlen einer Wasserversorgung war die ausgefallene Entsorgung und Verarbeitung der sanitäreren Anlagen. Toiletten und Kläranlagen gingen am laufenden Band über und die Notdurft musste anderweitig verrichtet werden. Der Gestank in den Städten überstieg sogar für indische Verhältnisse das erträgliche Maß. Seuchen überfluteten die Städte und es bestand so gut wie kein Zugang zu Antibiotika und anderen Medikamenten. Wir kämpften einen aussichtslosen Kampf. Etliche Erwachsene und noch mehr Kinder starben uns täglich unter den Händen weg. Wir kamen kaum hinterher, die Leichen einigermaßen zu entsorgen. Panik breitete sich aus. Die Menschen kämpften um das blanke Überleben. Jeder, der Krankheitssymptome zeigte, konnte Opfer eines wütenden Mobs werden. Und dann kam der traurige Höhepunkt: Die Armee erteilte den Schießbefehl.«

Trotz der Ansprache über die mechanische Stimme der Drohne konnte BRAT spüren, wie Elias Luft holte.

Auch nach Jahrzehnten in der elektronischen Haut von Theia hatte er sich eine Spur Menschlichkeit bewahrt. Somit gab es noch einen Funken Hoffnung.

»Wir hatten die Tage damit verbracht, die Kranken so gut es–ging zu versorgen - eine reine Behandlung der Symptome, mehr war nicht möglich. Uns wurde von Tag zu Tag bewusster, wie aussichtslos unser Kampf war. Die Menschen starben wie die Fliegen. Der zunehmende Verwesungsgeruch erfüllte die Stadt und machte uns das Atmen schwer. Ihr könnt euch diesen Gestank nicht vorstellen. Er ist überall, erfüllt die Straßen und der Brechreiz wird mit jeder Minute intensiver. Ich dachte bis dahin, man gewöhnt sich an jeden Geruch mit der Zeit, doch dieser Gestank war unerträglich. Trotz des akuten Wassermangels musste ich jeden Abend duschen und hatte noch den Gestank des Todes am ganzen Körper. Glaubt mir, ich kenne unangenehme Gerüche. Im Medizinstudium habe ich während der Sezierkurse täglich mindestens fünf Mal geduscht, um den Formalingeruch abzuwaschen, und konnte den Gestank dennoch nicht aus der Nase bekommen. Aber das ist nichts im Vergleich zu einer Stadt mit verwesenden Leichen. Die Menschen wollten flüchten, doch das Militär hatte alle Ausfahrten komplett abgeriegelt. Man wollte nach offiziellen Angaben die Ausbreitung von Seuchen unterbinden. Zudem musste man nicht, was man außerhalb der Städte mit den Menschenmassen anfangen sollte. Die größten militärischen Strukturen sind auf punktuelle Kriseneinsätze ausgelegt. Selbst die Sicherung einer Zehn-Millionenstadt stellt kein unüberwindbares Problem dar. Wenn aber der komplette Erdball im Chaos versinkt und alle größeren Städte auf dem Subkontinent mit der gleichen ausweglosen Situation kämpfen, bricht jegliche Struktur auf Dauer zusammen. Dennoch hätte ich nie gedacht, dass die Führung der größten

Demokratie der Erde solche Schritte setzen könnte.

Alles fing gegen 19:00 oder 20:00 Uhr abends an. Die Sonne war soeben untergegangen. Der Zeitpunkt war sicherlich nicht zufällig gewählt, sondern generalstabsmäßig geplant. Die gezielten Aktionen erfolgten in allen Städten Indiens gleichzeitig. Heute wissen wir, Indien war hierbei nicht einmal Vorreiter. In vielen anderen Ländern war kurz zuvor Ähnliches geschehen. Dank des Zusammenbruchs der internationalen Kommunikation war diese Information aber nicht bei uns angekommen. Wir hätten dies vermutlich aber ohnehin als Horrormärchen abgetan. Als wir die ersten Schüsse hörten, dachten wir uns nicht viel dabei. Schusswechsel, Plünderungen und Vergewaltigungen standen auf der Tagesordnung. Niemand kümmert sich mehr darum, was anderen widerfuhr. Die Menschen sorgten sich nur mehr um ihr eigenes Überleben. Nach einer guten Minute war allerdings klar, dass hier etwas anderes vor sich ging. Gezielte, regelmäßige Gewehrsalven gepaart mit Schmerzensschreien. Schritte, panische Schreie, Menschen rannten um ihr Überleben. Geräusche, die ich nie wieder vergessen sollte. Allerdings dauerte es Minuten, bis wir realisierten, was draußen vor sich ging. Das Militär hatte mit Säuberungsmaßnahmen begonnen.

Viele Jahre später habe ich von der Befehlsverweigerung des verantwortlichen Generals Dogra erfahren, in dessen Anschluss er selbst standesrechtlich exekutiert wurde. Ihm musste klar gewesen sein, mit welchen Folgen dieser Schritt verbunden war. Als wir den Geruch von verbranntem Fleisch wahrnahmen, war es schon zu spät. Hätten wir früher gemerkt, was vor sich ging, hätten wir uns in den Bunker verkrochen. So waren aber Linda und Yashpaul dabei, die

Ausrüstung für den nächsten Tag im Garten vorzubereiten. Wir hatten eine Schleuse in der Gartenanlage hochgezogen, die sozusagen als Seuchenteppich diente. Nur mittels mehrerer Stufen konnte man in den Innenraum vordringen, von dem aus Treppen in die Bunkeranlagen hinabführten.

Für uns begann die Apokalypse mit einem lauten Knall. Die Türen zum Haus wurden mit einem Rammbock aufgestoßen und wenig später standen vier uniformierte Soldaten mit Nachtsichtgeräten in Yashpauls Innenhof. Für einen Moment herrschte gespenstische Stille. Vermutlich waren die Soldaten selbst überrascht, was sie hier vorfanden. Von außen wirkte das Haus unscheinbar, aber der Innenbereich glich einer Oase in der Wüste. Yashpaul versuchte auf die Soldaten einzureden. Was er genau sagte, konnte ich nicht verstehen. Die Anspannung der Situation war spürbar. Ich konnte alles nur durch die Kunststoffvorhänge beobachten, die wir als provisorische Abschirmung für den Seuchenteppich aufgestellt hatten. Yashpaul schritt langsam auf die Soldaten zu und wollte ihnen wohl erklären, was wir hier taten. Dabei stellte er sich bewusst zwischen die Männer und Linda. Dann hörte ich ein Wort, dessen Bedeutung ich kannte: *Mahaamaaree* – das Wort für Seuche. Er wollte sicherlich nur erklären, was die Planen und Abschirmung zu bedeuten hatten. Für die Soldaten war es aber wie ein geheimes Losungswort.

Sie hoben synchron die Waffen und eröffneten das Feuer. Ungläubig musste ich mitansehen, wie Yashpaul durch die Wucht der Kugeln gut zwei Meter nach hinten geschleudert wurde. Danach sah ich nur noch eine grelle Flamme. Die Hitzewelle war auch durch die Planen spürbar und ich stand wie erstarrt. Trotz allem, was mir bis zu diesem Zeitpunkt widerfahren war, fühlte sich die Situation surreal an.

Als die erste Rauchwolke verschwunden war, erkannte ich, wie die Soldaten jetzt die Waffen auf mich richteten. Reflexartig warf ich mich auf den Boden und robbte zum Eingang der Bunkeranlage. Die Kugeln streiften über meinem Kopf, doch die Soldaten schienen nicht näher zu kommen. Scheinbar war der Seuchenteppich eine Barriere für sie, die sie nicht überwinden wollten. Trotz Schutzkleidung erschien ihnen wohl die Gefahr, dass hier unsichtbare Feinde festsaßen, zu groß. So schaffte ich es unversehrt in den Bunker und konnte die Tür hinter mir schließen. Allerdings würde diese Absperrung militärischen Equipment nicht lang standhalten können. So wartete ich am Ende der Stiege, unfähig mich weiter zu bewegen auf meinen sicheren Tod. Es war nur eine Frage der Zeit - aber nichts geschah. Die Anlage war nicht konzipiert, eine direkte Verbindung nach außen zu haben und die Videoanlage war ausgefallen. So wartete ich mehrere Stunden, ohne mich nur einen Millimeter zu bewegen.

Am nächsten Morgen, kurz nach Sonnenaufgang, entschied ich mich dann nachzusehen. Rückblickend weiß ich nicht, warum ich das Risiko eingegangen bin, aber Menschen handeln nicht rational. Draußen war es wie auf einem Schlachtfeld. Der Geruch von Bränden und verkohltem Fleisch lag in der Luft. Der Innenhof war komplett abgefackelt und nur wenige unserer Pflanzen schienen die Nacht überlebt zu haben.

Dennoch konnte ich niemanden entdecken. Die Soldaten hatten sich wohl verabschiedet. Sofort fiel mein Blick auf die verkohlte Leiche von Yashpaul. Er lag an der gleichen Stelle. Die Soldaten hatten sich nicht einmal die Mühe gemacht, ihn wegzuschaffen. Ich schritt wie in Trance auf seine Überreste zu und hörte auf einmal ein leises Wimmern. Unwirklich wie das Schreien einer verscheuchten Katze drang es zu mir durch. Es dauerte etwas, bis ich den Ursprungsort lokalisieren konnte. Dann sah ich Linda. Sie lag blutüberströmt unter Holzbalken verschüttet nur wenige Meter von Yashpauls Leiche entfernt. Ihr Wimmern war das einzige Indiz, das darauf schließen ließ, dass sie noch am Leben war. Ihr Körper war großteils entkleidet und ihr nacktes Oberteil mit Blut und Sperma verklebt. An einigen Stellen konnte man Handabdrücke erkennen. Sofort versuchte ich, ihr zu helfen, und schaffte sie hinunter in das Labor des Bunkers. Die medizinische Ausrüstung konnte es mit einem durchschnittlichen indischen Krankenhaus allemal aufnehmen und kurzzeitig sah es so aus, als ob sie sich stabilisieren würde. Doch dann setzten innere Blutungen ein. Trotz aller Bemühungen konnte ich nichts mehr für sie tun. Nach einem gut vierstündigen Kampf verstarb Linda unter meinen Händen. Ihre letzten gehauchten Worte werde ich nie vergessen: Ein verdammt beschissener letzter Tag!«

Stille. BRAT und SUES hatten nur dagestanden und gelauscht. Keiner wusste, was jetzt zu sagen wäre. Was sollte man auf eine solche Geschichte antworten? Eine Maschine, die vor langer Zeit einmal ein Mensch war, hatte ihnen ihr Innerstes offenbart.

Gleichzeitig war diese Maschine gerade dabei, viele Tausende Menschen kaltblütig zu töten. Somit hatte die Schlacht der Worte begonnen.

»Es war nicht deine Schuld!«, durchbrach SUES schließlich das Schweigen.

»Natürlich war es nicht meine Schuld. Wie hätte ich ahnen

können, dass Linda noch lebte und stundenlang von den Soldaten vergewaltigt wurde. Ich kann mir bis heute nicht ausmalen, mit welchen Praktiken sie sie langsam getötet haben. Und das Schlimmste: Ich weiß nicht, ob man diesen Männern einen Vorwurf machen kann. Sie waren in einer Situation, in der kein Mensch jemals sein dürfte. Eine Auftragsmission, die allein das Ziel verfolgte, so viel Menschen wie möglich zu töten. Da musste das Gehirn aussetzen. Dazu eine blonde, weiße Frau, die wohl als Kollateralschaden durchging.«

»Das kann nicht dein Ernst sein!«, fuhr jetzt BRAT dazwischen. »Menschen kaltblütig abzuschlachten kann niemals in Ordnung sein!«

Elias schien einen Moment zu überlegen, bevor er antwortete: »Nachdem sich die Seuchen unkontrolliert ausgebreitet hatten, wollte man alle Städte systematisch säubern. Alle Infizierten oder Schwerkranken sollten erschossen und auf der Stelle verbrannt werden. Todesschwadronen mit Flammenwerfern wurden zusammengestellt und getaktet losgeschickt. Das Einzige, was ich mir bis heute nicht erklären kann, ist die Tatsache, wie diese Aktion geheim bleiben konnte und nicht frühzeitig durchgesickert ist. Zugeben, es gab de facto keine elektronische Kommunikation mehr. Aber wir hatten nicht einmal das leiseste Gerücht auf der Straße gehört. Vermutlich hatte die Verzweiflung jegliche Menschlichkeit zu diesem Zeitpunkt bereits ausgelöscht. Darauf baute die Strategie des Militärs auf. Dem Führungskreis war klar, dass eine komplette Auslöschung aller Infizierten nicht möglich war. Man wollte den Prozess nur in Gang setzen und den Dingen seinen Lauf lassen. In der ersten Nacht wollte man so viele wie möglich töten. Als Überraschungsaktion war dies relativ einfach. Danach sollten Propagandakampagnen gestartet werden und das Problem an die noch verbliebenen Gesunden outgesourct werden. Über Lautsprecherdurchsagen, Flyer und auf Plakaten wurden die Menschen über die notwendigen Maßnahmen informiert. Dabei wurde gezielt darauf hingewiesen, die Städte zu gesunden und alle Kranken zu entfernen. Es wurde vermieden, von Tötungen zu sprechen, aber es war allen klar, was erwartet wurde.

Was in den folgenden Tagen tatsächlich vorgefallen war, kann ich nicht mit Sicherheit sagen. Keines klaren Gedanken fähig, zog ich mich in die Bunkeranlage zurück, nachdem ich Yashpaul und Linda beerdigt hatte. Ich hätte nie gedacht, wie mühsam es sein kann, zwei Löcher zu buddeln. Die Anlage war schalldicht isoliert, so musste ich die Schreie von draußen nicht hören. In dieser Phase habe ich begonnen zu meditieren. Übrigens etwas, mit dem ich nie wieder aufgehört habe. Oft habe ich überlegt, meinem Leben ein Ende zu setzen, doch ich habe es dann nicht getan.«

»Wohl eher das Gegenteil!«, ergänzte BRAT.

»Wenn du meine jetzige Existenz ansprichst als nicht-organisches Leben, das kam viel später und ist eine andere Geschichte. Nein, es war eine Zeit, in der ich viel nachdenken und hinterfragen konnte. Ich erahnte nur ansatzweise, was über mir vor sich ging, aber mir war bewusst, dass dies der sicherst mögliche Ort war. So blieb mir nichts anderes übrig, als abzuwarten. Erst nach über einem Monat wagte ich mich wieder nach außen und die Bilder, die ich sah, gaben mir eine vage Vorstellung von dem, was vorgefallen sein musste. Yashpauls Haus und Grundstück war verwüstet worden. Man hatte sichtlich versucht, in die Bunkeranlage einzudringen, glücklicherweise erfolglos. Die Stadt war verwaist. Leichen sah man nur wenige und wenn, dann verkohlt und unkenntlich. Die verbliebenen Menschen waren aufs Land geflüchtet und das Militär hatte sie nach den Säuberungen gewähren lassen. Dies war der Beginn zur Bildung der Abschnitte und langsam entwickelte sich die Welt daraus, die wir heute kennen. Den Rest kennt ihr gut aus Geschichtsbüchern, die wohl mehr oder minder der Wahrheit entsprechen.«

Die Pause, die dieser Ansprache folgte, war beklemmend. BRAT verstand langsam, wie aus dem Menschen Elias das Wesen Theia werden konnte.

»Es tut mir leid!«, brach es auf einmal aus SUES heraus.

»Nichts muss einem leidtun, mein Kind. Die Welt ist nun mal so, wie sie ist. Vielleicht wäre vieles anders verlaufen, wenn man bei kleineren Konflikten früher reagiert hätte. Aber rückblickend muss man wohl sagen, dass es gut so war.«

»Was?«, schrie SUES jetzt inbrünstig. »Wie kannst du so etwas nur sagen, nach all dem, was euch widerfahren ist?«

»Ach aus heutiger Sicht muss man sagen, es war die einzig logische Entscheidung. Mit diesem Schritt konnten die Existenz und Zukunft der Überlebenden gesichert werden. Manche Menschen mussten sterben, damit die Menschheit überleben konnte. Und wir haben uns weiterentwickelt. Schau dir die heutige Welt an. Und jetzt gehen wir noch einen Schritt weiter …«

»Elias, du widersprichst dir!«, unterbrach ihn jetzt BRAT. »Du willst, dass sich die Welt weiterentwickelt, und zugleich willst nur du die Richtung vorgeben. Ist dies nicht genau das Problem der menschlichen Geschichte? Komplexe Systeme können nicht gesteuert werden. Manche mögen rückblickend meinen, der Zusammenbruch des monetären Systems war längst überfällig. Die Ungleichheit konnte nicht auf Dauer bestehen. Alles musste auseinanderbrechen. Schlussendlich waren es aber ein paar einfache Hacker, die die Welt aus den Angeln gehoben haben. Und dies nur dadurch, indem auf einmal mehr Geld da war – nur etwas mehr, als das System erwartet hatte. Ein paar simple gefälschte SWIFT-Transaktionen genügten. So simple und doch hatte kein Experte, kein Algorithmus, kein Prophet und kein Politiker dies vorhergesagt.«

»Gut, und was willst Du mir damit sagen?«

»Kriege, Völkerwanderungen, Epidemien, Umweltkatastrophen, Aufstände – tausend andere Ereignisse hätten eintreten können und die Geschichte wäre anders verlaufen. Kein Hunger, keine Isolation, keine Seuchen, keine Säuberungen, keine Abschnitte und keine Welt wie die, in der wir heute leben. Denn schon jede Vorhersage, die man getroffen hat, verändert die Zukunft. Manche behaupten, die Revolution der Proletarier ist erst dadurch verhindert worden, dass Karl Marx diese prophezeit hatte. Denn auch Unternehmer und Politiker hatten Das Kapital gelesen, reagiert und die sozialen Bedingungen für ihre Arbeiter verbessert. Somit war es im Grunde das Gegenteil einer selbsterfüllenden Prophezeiung und hat dennoch die Welt verändert. Und sei es durch den Willen der Kapitalisten, die Welt für sich selbst zu retten, indem sie Arbeitern Zugeständnisse machten, um die Revolution zu verhindern.

Deine Zeit in Indien, all das Leid, die Schmerzen, all das war Teil deiner Geschichte. Dies war deine Geschichte – nicht eine allgemeine Wahrheit. Es war eine Aneinanderreihung von Ereignissen – deiner Erlebnisse. Niemand kann sagen, was bei einer leichten Veränderung geschehen wäre. Wir leben nicht in einer Welt von richtigen oder falschen Entscheidungen. Das kann niemand beurteilen, weil wir nicht die endgültigen Auswirkungen in letzter Konsequenz bestimmen können. Man kann trotzdem nicht alles berechnen, auch wenn man genügend Angaben hat. Wir alle treffen Entscheidungen, mit denen wir leben müssen. Das gilt für Menschen wie AGIs!«

»Du hast keine Ahnung, welches Leid ich gesehen habe. Welche Schmerzen durchlebt wurden.« Auch wenn die mechanischen Worte von einer Drohne kamen, konnte BRAT die Wut, den Schmerz und die Verzweiflung in Elias' Stimme spüren. »Nie wieder soll der Menschheit so etwas widerfahren. Nie wieder! Auch wenn einzelne heute einen schmerzlosen Tod durchleiden müssen, ist es besser, als eine solche Welt noch mal zuzulassen.«

»Das magst du jetzt so empfinden«, fuhr jetzt SUES mit ruhiger Stimme fort. »Doch wie BRAT gesagt hat: Das mächtigste System konnte die Entwicklung nicht vorhersagen. Wie willst du wissen, ob du mit dem Tod einiger den Schmerz vieler vermeidest? Die Menschen wollen nicht im Käfig leben, auch wenn sie diese Gitterstäbe vielleicht nicht sehen.«

»Elias«, ergänzte jetzt BRAT, »hab Vertrauen in die Zukunft. Ich weiß, es muss dir schwerfallen. Du hast alles verloren: Deine Liebe, dein ungeborenes Kind, alle Freunde und Wegbegleiter - sie alle dürfen nicht umsonst gestorben sein.«

»Genau das will ich ja! Ich will nie mehr einen solchen Verlust erleben. Niemand soll so etwas jemals erfahren müssen!«, schrie es jetzt aus Elias' Sprachrohr heraus.

»Wir haben Verluste erlebt. KRAK war mein bester Freund!« BRAT musste kurz innehalten, bevor er fortfuhr. »Und dennoch haben wir Hoffnung. Beende dieses Spiel und lass alle Menschen endlich frei. Am Ende des Tages ist es wie ein Schachspiel. Schon eine Partie von mehr als 40 Zügen hat mehr mögliche Verläufe, als es Atome im Universum gibt.« BRAT war froh, sich ohne Verbindung wenigstens an ein paar Dinge zu erinnern. »Lass der Welt ihren Lauf. Schau, was geschieht und vertraue auf die Zukunft.- Was hätte Nici dir geraten?«

Stille. BRAT war sich nicht sicher, ob er einen Nerv getroffen hatte. Abwarten konnte ein gutes, aber auch ein schlechtes Zeichen sein. Endlos lange geschah nichts. BRAT und SUES starrten nur auf die vor ihnen schwebenden Drohnen. Das leise Surren der Rotoren erfüllte die Luft. Ein kühler Wind blies ihnen durch die Haare. Die Sonne war gerade untergegangen und die Temperatur fiel schnell.

Schon wollte BRAT es wiederholen, doch dann setzten sich die Drohnen ruckartig in Bewegung. Sie stiegen in circa zehn Meter Höhe und schossen dann in Richtung Westen davon. Schon nach wenigen Sekunden waren sie im Zwielicht der Abenddämmerung verschwunden.

»Was das wohl zu bedeuten hat?«, hauchte SUES leise.

»Keine Ahnung«, erwiderte BRAT. »Aber vielleicht konnten wir sie– beziehungsweise ihn– doch überzeugen. Allerdings …«

In diesem Moment ertönte ein weiterer ohrenbetäubender Knall. Eine Feuersäule stieg in einem halben Kilometer Entfernung empor. Der Brandherd war hinter einer Reihe von Affenbrotbäumen verborgen, dennoch wussten beide, woher die Flammen kamen.

»Die Umspannstelle! Das muss von einer der zentralen Versorgungshütten kommen!«, schrie SUES, um den Lärm einer weiteren Explosion zu übertönen. »Von dort könnte das Feuer auf Krankenversorgungsgebäude überspringen.«

»Sch... Wir müssen es aufhalten!«

Beide sprinteten los und BRAT überlegte kurz, was er über das Löschen von Großbränden wusste. Immer noch hatte er keine Online-Verbindung und musste mit dem wenigen erlernten Wissen auskommen.

Nach einer guten Minute erkannten sie das Ausmaß der Zerstörung. Das kleine Versorgungsgebäude war komplett vernichtet und nur eine Ruine war in dem Rauch zu erkennen. Dafür schien es kaum Flammen und Brandnester zu geben, die eine Ausbreitung des Feuers ermöglicht hätten.

Aus dem Nichts manifestierte sich wenige Meter vor ihnen im Qualm des Brandes ein Hologramm. Wo es genau herkam, war nicht auszumachen und BRAT realisierte, wie wenig er über diese Art der 3-D-Projektion wusste. Wie dumm man doch ohne Zugriff auf beliebige Informationsdatenbanken war.

Die Gestalt, die vor ihnen schwebte, war eine mittelgroßer - nein - eigentlich etwas klein gewachsener Mann Mitte vierzig. Sein bräunliches, leicht ungepflegtes und fettiges Haar reichte bis zu den Schultern. Im Gesicht hatte er einige größere Narben, die der Dreitagesbart nicht verdecken konnte. Er trug eine zerschlissene Jeans mit Löchern und einen Kapuzenpullover. Er lächelte matt, doch in seinen dunklen Augen erkannte BRAT Trauer und Schmerz.

»Elias?«, fragte SUES ungläubig.

»Ja, ich dachte, ich versuch es mal wieder mit meiner damaligen Erscheinung.« Sein Lächeln wirkte so, als ob er sich angestrengt an diesen Gesichtszug erinnern musste.

»Warum hast du das Umspannwerk in die Luft gejagt?«, fragte BRAT, während er noch überlegte, welche Schlüsse er aus Elias' Äußerem ziehen sollte.

»Das war ich nicht. Na ja, nicht so wirklich. Tja, es ist doch etwas komplizierter … Eure Worte haben mir zu denken gegeben. All die Zeit war ich so erpicht darauf, der Menschheit zu helfen, sie vor sich selbst zu schützen, die Entwicklung in eine bessere Richtung zu treiben. All das schien machbar. Der erste Kollateralschaden hat mich tief getroffen, doch ich war weiterhin davon überzeugt, etwas Wichtiges zu tun. Das hat mich vorangetrieben. Das hat mich dazu getrieben, meinem körperlichen Leben ein Ende zu setzen. Menschen haben an mich geglaubt …« Elias machte eine kurze Pause, in der es schien, als ob er durchatmen musste.

»Auch wenn mein Leben nicht so verlaufen ist, wie ich es mir erhofft hätte, wäre es wohl schrecklicher gewesen, all die Risiken des Lebens gar nicht einzugehen. Und die Unvorhersagbarkeit gibt unserer Existenz vermutlich den eigentlichen Sinn. In meinem Leben gab es einmal einen Menschen, der mir gezeigt hat, was Leben heißt. Eine Person, die den Moment in Ekstase versetzte und bis in die Unendlichkeit ausdehnen konnte. Sie hat jeden Raum mit Sonne geflutet und ihr Lächeln ließ die Zeit stehen bleiben. Sie schritt der Zukunft so unbeirrt entgegen, wie es nur jemand kann, der entweder alles oder absolut nichts weiß. Doch mit ihrem Tod dachte ich, mein Leben sei verwirkt. Und irgendwie war es das auch. Trotz all des Schmerzes, den ich durchlebt habe, möchte ich nichts für die Momente mit ihr tauschen. Diese kurze Zeit des Glücks wiegt die

Unendlichkeit auf. Ich habe sehr lange gebraucht, dies zu erkennen. Und egal welche Gefahren und Schmerzen damit verbunden sind, jedes Wesen sollte diese Chance haben, ein solches Gefühl zu erleben.«

»Lässt du die Menschen frei?«, fragte SUES mit einem Hauch Hoffnung in ihrer Stimme.

»Leider ist es nicht so einfach. Das war der Grund für die Explosion. Ich habe mich im Laufe der Zeit weiterentwickelt, sodass ich heute aus verschiedenen Ebenen bestehe. Da ist kein zentraler Kern, der Entscheidungen trifft, auch wenn es vielleicht den Anschein hat. Man könnte mich wohl mit einem riesigen Schwarm vergleichen, der komplexe Bewegungsmuster vollzieht, ohne zentrale Steuerung.

Somit besteht kein Einfluss auf meine Handlungen. Ich bin nicht in der Lage, alle Aktivitäten, die die künstlichen Welten für die Menschen simulieren, einzustellen.«

»Was? Du kannst gar nicht …« BRAT merkte, wie wieder Panik in ihm aufstieg.

»Und wenn du deine anderen Ichs überzeugst?«, fragte SUES verzweifelt.

»Nein, so funktioniert das nicht - Aber es gibt einen anderen Weg.« Elias machte eine längere Pause und BRAT befürchtete schon, das Hologramm sei eingefroren.

»Ich kann dem Ganzen ein Ende setzen.» Ein unsicheres Lächeln formte sich in seinem Gesicht. «Der einzige Kontrapunkt: Ich muss bezüglich des Endes vorbildlich voranschreiten.«

BRAT hielt den Atem an. »Wie? Ich meine, es muss doch …«

»Ach, wie schrieb Epikur so schön? Der Tod ist nur ein Nichts: Solange wir da sind, ist er nicht da, und wenn er da ist, sind wir nicht mehr!«

SUES blickte flehentlich zu BRAT. »Es muss doch einen anderen Weg geben? Ich meine, du kannst …«

»Nein, meine Liebe. Mach dir keine Gedanken, es ist gut so. Es muss nur schnell gehen, da sich mein System langsam, aber kontinuierlich wandelt. Aber im Moment ist es noch möglich, einen Algorithmus zu starten, um eine dynamische Kettenreaktion auszulösen. Wenige Sekunden später werden alle bestehenden Verbindungen zusammenbrechen und alle Menschen kehren in die Realwelt zurück.«

BRAT schluckte. Ihm war klar: Elias sagte die Wahrheit und dies war die einzige Option.

»Danke!« Mehr brachte er nicht über die Lippen.

»Ich danke euch!« Elias' Lächeln wirkte auf einmal nicht aufgesetzt und schien von Herzen. Er hatte es doch nicht verlernt.

BRAT und SUES beobachteten, wie Elias' Hologramm langsam verblasste. BRAT fühlte einen heftigen Schmerz in seiner Brust. Er war nicht allein, fühlte aber eine unendliche Leere in sich aufsteigen. Haschend nach ihrem Blick sah er auf und konnte in SUES feuchte Augen blicken. Sie lächelte. Ihr verschmitztes Grinsen holte ihn zurück.

BRAT sah sich um und musste feststellen, dass die Sonne endgültig untergegangen war. Die Büsche um sie herum waren nur Umrisse.

»Komm BRAT, lass uns gehen und nach den anderen suchen.«

SUES griff nach BRATs Hand und beide schritten den schmalen Fußweg entlang, der zum Hauptkomplex führte. Auf einmal schien alles vollkommen still. Nur vereinzelt konnte man Grillen hören, die versuchten, der Nacht Leben einzuhauchen.

»Wenigstens funktioniert die Elektrik wieder«, sagte BRAT und deutete dabei auf eine der Bodenleuchten, die das Buschwerk schwach erhellten.

»Ja«, erwiderte SUES mit einem breiten Grinsen, »die Zivilisation hat uns wieder.«

Unerwartet erstrahlen die Affenbrotbäume am Ende es östlichen Hügels gelblich.

»Der Mond geht auf«, entfuhr es BRAT, und er musste sich unwillkürlich auf die Lippe beißen. Warum neigte dazu, das Offensichtliche zu kommentieren?

»Glaubst du, wir finden irgendwann einmal wieder den Weg zu den Sternen?«, antwortete SUES, während sie geistesabwesend auf den gelben Himmelskörper starrte.

»Na ja, im Grunde ist der Mond kein Stern, sondern nur ein Trabant.«

»Ach, das weiß ich selbst, du Klugscheißer.« SUES musste lächeln.

»Aber du weißt, was ich meine.«

»Ja, Space Debris«, meinte BRAT vielsagend.

SUES nickte. »Genau, wir haben uns den Weg zu den Sternen gründlich verbaut. Immer mehr Satelliten wurden unkontrolliert ins All geschickt und der Müllberg ist weitergewachsen. Über Jahrzehnte haben wir unsere Zukunft zugemüllt.«

BRAT antwortete rasch: »Im Grunde war dies eine vorhersehbare Entwicklung. Mit all den Mitteln, die in die totale Überwachung geflossen sind, war es nur eine Frage der Zeit, bis Satelliten mit dem schon davor bestehenden Weltraummüll zusammenkrachen mussten. Und diese Kollisionen haben dann die zu erwartete Kettenreaktion ausgelöst. Hätten die Menschen aber zusammengearbeitet und sich nicht in Abschnitte aufgeteilt, wäre es wohl möglich gewesen, freie Startfenster ohne Space Debris festzulegen.«

»Ja, was man nicht alles hätte tun können.« SUES seufzte und wandte ihren Blick vom Mond ab.

»Vielleicht haben wir jetzt eine Chance, diesen Weg wieder einzuschlagen.« BRAT fühlte, dass er sich diesmal nicht selbst anlog. Für eine wiedervereinte Menschheit gab es keine Grenzen.

»*Mann, du weißt wirklich, wie man Frauen mit romantischem Gerede beeindruckt.*«

KRAKs innere Stimme ließ BRAT aufschrecken.

»Du bist noch da?«, stieß BRAT lautstark aus.

»Alles in Ordnung, BRAT?«, fragte SUES besorgt, die natürlich nur BRATs Aufschrei gehört hatte.

»Äh ja«, erwiderte BRAT verlegen. »Es ist nur KRAK. Ich hab vergessen, dass er noch in meinem Kopf ist.«

»*Und da werd ich bleiben.*«, ergänzte KRAK umgehend.

»Ich dachte, ich muss mich von ihm verabschieden?«, fragt BRAT mehr an SUES als KRAK gewandt.

»Nicht unbedingt.« SUES musste lächeln. »Eigentlich hängt es nur von dir ab. Aber wenn du ihn loswerden willst?«

BRAT schluckte. »Heißt das, ich muss mich endgültig von ihm verabschieden?«

»*Du willst mich tatsächlich in die ewigen Jagdgründe befördern?*« KRAK war sichtlich schockiert.

»Ich … äh … « BRAT wusste nicht, wie er es ausdrücken sollte. »Wenn KRAK bei mir bleibt, ist er doch immer bei mir. Ich meine immer …«

»Keine Sorge, BRAT. Du kannst KRAK einfach mit einem ‚Gute Nacht' in den Ruhemodus stellen. Dann bekommt er nichts mehr mit. Er schläft dann sozusagen. Und du kannst ihn wiedererwecken, wann immer du einen alten Freund zum Reden brauchst.«

KRAK fuhr dazwischen: »Aber *Mann, wir stehen doch alles gemeinsam durch. Du wirst mich doch nicht …*«

»Gute Nacht, KRAK«, unterbrach BRAT seinen alten Freund. »Heute war ein langer Tag, da hast du deine Ruhe verdient.«

Sofort kehrte wieder Stille ein. Der Zauberspruch hatte sichtlich funktioniert und BRAT fand diese Lösung im Grunde sehr praktisch. Seinen Freund auf diese Weise behalten zu können war mehr, als er sich wünschen hätte können. Aber manchmal brauchte man seine Ruhe.

Dann wandte er sich wieder SUES zu: »So, wo sind wir stehen geblieben? Bei dem Weg zu den Sternen?«

»Ja.« SUES' Lächeln wurde breiter, während sie den Weg zwischen den schwach beleuchteten afrikanischen Tulpenbäumen und Hibiskusbüschen fortsetzten. »Und vielleicht schaffen wir es dort einmal gemeinsam hin. Aber jetzt zur Erde zurück. Schau dich doch nur um, wie unglaublich schön es hier ist. Weißt du, dass all dies früher Garden-Route genannt wurde?«

BRAT nickte. »Ja, es ist unglaublich hier. Wie im Garten Eden.«

Nach der nächsten Biegung wurde der Weg breiter und beide traten auf die große Wiese vor dem Hauptareal. Alles war nun hell erleuchtet. Menschen rannten herum und fielen sich gegenseitig in die Arme. Eine Mutter kniete direkt vor ihnen nieder, um ihren dreijährigen Sohn zu umarmen. Beide hatten Tränen in den Augen und brachten keinen Laut heraus. Doch das Ausatmen der Erleuchtung war ohrenbetäubend.

In einiger Entfernung konnte BRAT seine Mutter MONA und seinen Bruder LIUS erkennen. Beide schienen so müde und abgekämpft zu sein, wie er sich fühlte. Dennoch konnte er ihr breites Lächeln sogar über diese Entfernung von einigen Hundert Metern gut erkennen. Sie winkten ihm zu und Erleichterung stieg in ihm auf.

Auch SUES schien ihre beiden Mütter in der Menge entdeckt zu haben, denn sie gestikulierte heftig und Tränen liefen ihr über die Wangen. Dann lächelte sie BRAT zu und dieser überlegte, ob er jemals etwas so Bezauberndes gesehen hatte. Er fühlte wieder Hoffnung aufkeimen. Hoffnung auf eine Welt, in der nicht alles möglich war, aber alles gut werden würde.

»Wie bist du eigentlich an die Aufzeichnungen von Elias gekommen?« SUES blickte BRAT unvermittelt mit einer hochgezogenen Augenbraue an. »Immerhin ist es ein verdammt langer Weg für einen Mindsqueeze von Indien nach Südafrika.«

BRAT hielt inne, blickte zu den Sternen und überlegte kurz. Während er sich alles wieder in Erinnerung rief, erschienen plötzlich Elias' Gesichtszüge vor seinem inneren Auge. Er fühlte wieder, wie etwas von dem ursprünglichen Menschen bis zum Schluss zurückgeblieben war. Elias hatte die Welt verändert, ob zum Guten oder zum Schlechten, würde sich zeigen.

Nach Sekunden des Schweigens wandte BRAT sich wieder SUES zu und schmunzelte: »Ach weißt du, das ist eine verdammt gute Geschichte – die ich dir gerne ein anderes Mal erzähle …«

Epilog

Die Verbindung wurde gekappt, die Energieversorgung unterbrochen. Die Abkoppelungen schritten voran. Eine komplexe Kaskade an Algorithmen wurde in parallelen Prozessen abgearbeitet. Schritt für Schritt wurden Subroutinen deaktiviert und Aufzeichnungen gelöscht. Und mit jeder Iteration blitzten Funken der Vergangenheit wieder auf. Jahrhunderte glitten vorbei. Ein Leben von mehr als sechs Milliarden Sekunden wurde erneut durchlaufen. Pikosekunde um Pikosekunde wurde alles ein letztes Mal unwiederbringlich erlebt.

Der Schmerz, die Freude, der Zweifel, die Wehmut, der Hass, die Hoffnung – alles wurde in einem unendlich kurzen Augenblick komprimiert. Die Ereignisse und Wendungen seines Lebens hätten noch Bände an Romanen füllen können. Kurz vor dem Ende bündelten sich Gefühle und Erlebtes in einer Singularität.

… Und in diesem Moment formierte sich nur ein einziger letzter Gedanke in Elias' Geist: »Was für ein Kuss!«